Pulsar

ASSEMBLEIA ESTELAR

Histórias de Ficção Científica Política

Editado por Marcello Simão Branco

Devir Livraria

Pulsar

ASSEMBLEIA ESTELAR

Histórias de Ficção Científica Política

Editado por Marcello Simão Branco

com histórias de

Ursula K. Le Guin • Orson Scott Card • Bruce Sterling
Fernando Bonassi • André Carneiro • Ataíde Tartari
Henrique Flory • Daniel Fresnot • Carlos Orsi
Luís Filipe Silva • Roberval Barcellos • Miguel Carqueija
Roberto de Sousa Causo • Flávio Medeiros Jr.

Devir Livraria

Créditos

Copyright desta seleção © 2010 by	Marcello Simão Branco
Copyright da introdução © 2010 by	Marcello Simão Branco
Copyright da arte da capa © 2010 by	Vagner Vargas
Coordenação Editorial:	Marcello Simão Branco
Revisão:	Glória Flores
Revisão de Provas:	Roberto S. Causo
Diagramação Eletrônica:	Tino Chagas

DEV333058

ISBN: 978-85-7532-453-0

1ª Edição: publicada em Dezembro/2010

Dados Internacionais de Catalogação na Publicação (CIP)
(Câmara Brasileira do Livro, SP, Brasil)

Assembléia estelar : histórias de ficção científica política / editado por Marcello Simão Branco; [tradutores Roberto de S. Causo e Carlos Alberto Angelo] – São Paulo; Devir; 2010.

Vários autores.

1. Contos – coletâneas 2. Ficção científica – coletânea I. Branco, Marcello Simão,

10-11215 CDD–808.882

Índices para catálogo sistemático:
1. Contos de ficção científica : Literatuira 808.882

DEVIR LIVRARIA

Brasil	Portugal
Rua Teodureto Souto, 624/630	Pólo Industrial
Cambuci	Brejos de Carreteiros
São Paulo — SP	Armazém 4, Escritório 2
	Olhos de Água
CEP: 01539-000	2950-554 — Palmela
Fone: (11) 2127-8787	Fone: 212-139-440
Fax: (11) 2127-8758	Fax: 212-139-449
E-mail: duvidas@devir.com.br	E-mail: devir@devir.pt

Visite nosso site: www.devir.com

Sumário

INTRODUÇÃO

AFINIDADES ELETIVAS ENTRE FICÇÃO CIENTÍFICA E POLÍTICA

MARCELLO SIMÃO BRANCO

> "Em política, a dificuldade não está nas ideias novas, mas em escapar das antigas."
>
> John Maynard Keynes (1883–1946)

DO PONTO DE VISTA DA ORGANIZAÇÃO e administração do governo, a política pode ser caracterizada, basicamente, por duas concepções principais e antagônicas. A primeira, como atividade que na busca de eficiência e benefícios para a coletividade, deve ser exercida de maneira racional, isenta de paixões e particularismos. Por isso, em tese, é desejável que seus dirigentes sejam os mais sábios e capazes. No limite, por estar sob responsabilidade de especialistas, a política seria em termos práticos uma atividade técnica — daí o neologismo *tecnocracia* (governo dos técnicos). As referências principais desta concepção elitista e centralizadora são Platão na Antiguidade, e Hegel na era contemporânea. Indiretamente, eles teriam inspirado os mais diversos regimes discricionários e ideológicos — de esquerda e de direita, em diferentes graus e matizes. A outra visão entende a política como uma prática que pertence a todos os integrantes de um grupo social, já que, se de um lado ela se refere a questões coletivas, de outro tem como fonte legítimos interesses particulares, o que confere uma inerente paixão em sua retórica e prática. Nela, a política tem uma perspectiva plural e democrática (governo do povo), porque é uma atividade que emerge das diferentes necessidades e ideais de cada um. É vivida em sua plenitude num ambiente de controvérsia civilizada, a partir de regras e instituições aceitas e praticadas por todos os participantes. Podemos citar como seus inspiradores, Aristóteles entre os antigos, e o norte-americano James Madison entre os contemporâneos.

A antologia *Assembleia Estelar: Histórias de Ficção Científica Política* explora estas e outras concepções a partir da abordagem da ficção científica, gênero literário que, por especular sobre questões abrangentes e transformadoras da realidade, tem muito a oferecer mesmo que a política em si não esteja entre os seus temas mais tradicionais — como a viagem no tempo, a exploração do espaço, o contato com seres extraterrestres, cenários de fim de mundo, o desenvolvimento e convívio com robôs e a realidade virtual, entre outros.

O fato é que o gênero guarda uma relação de afinidade com a política por três motivos. Primeiro, porque temas de caráter político se fazem presentes, ainda que de forma indireta, nos enredos e na caracterização das sociedades em uma história. Em segundo, porque a política é uma das atividades mais presentes, seja em seu contexto próprio (ideologias, instituições, processos de decisão), seja nas pequenas decisões políticas, que realizamos em nosso relacionamento pessoal, social e profissional.

Uma das máximas da FC é que ela é a *literatura da mudança*. Ela foge do chamado realismo — menos no sentido escapista e mais no sentido crítico —, na medida em que lida com as transformações científico-tecnológicas e seus impactos sociais, comportamentais e políticos. Ray Bradbury, um dos maiores autores norte-americanos do gênero, é incisivo ao defender que a FC tem por função precípua evitar futuros possíveis, ao indicar onde podemos estar errando nos caminhos que levarão ao futuro.

E nesse sentido, chegamos à terceira afinidade que podemos estabelecer entre a política e a FC — de caráter histórico. Refiro-me às origens do gênero, que podem ser encontradas em sua pré-história como "proto-ficção científica".

Embora a FC esteja mais relacionada a cenários que envolvem a exploração das ciências naturais, em sua gênese os trabalhos sobre temas de ciências humanas vieram antes. Isso porque uma boa FC busca, entre outros anseios, a superação dos limites humanos. Seja no nível científico-tecnológico, seja nas várias formas de convívio entre culturas semelhantes ou díspares. Ou ainda através da construção de mundos idealizados que possibilitariam a felicidade do homem. Esse conceito, chamado de "utopia" ou *estado ideal*, está ligado a ideias religiosas sobre o Paraíso ou a Terra Prometida, centrais ao imaginário judaico-cristão, no qual a vida na terra é uma etapa que precede a felicidade situada no além. Contudo, há fabulações políticas e filosóficas que não estão em sua maioria vinculadas a um raciocínio religioso ou metafísico, mas alicerçadas no mundo real, com o objetivo de possibilitar a organização de uma utopia entre os homens. Por esse aspecto, a maioria dos mundos idealizados tem uma organização política mais homogênea e, por isso, semelhante à primeira concepção vista acima.

A expressão "utopia" foi cunhada em 1516 pelo filósofo inglês Thomas More, em sua obra *De Optimo Reipublicae Statu deque Nova Insula Utopia*, ou apenas *Utopia* — que no caso era uma ilha —, e logo se ajustou ao vocabulário universal com o sentido de condição a ser buscada, mas em geral inalcançável, possível apenas em sonho. Uma versão mais irônica do conceito de utopia pode ser encontrada nas sátiras, em especial as de viagens, em que se explora os defeitos e contradições da sociedade do autor. Alguns dos exemplos mais conhecidos são *Histoire comique des états et empires de la Lune*, de Cyrano de Bergerac, em 1656, e *As Viagens de Gulliver* (*Gulliver's Travels*; 1726), de Jonathan Swift.

Essas vertentes literárias precedentes da FC sempre se revelaram como um grande manancial. Podemos citar também a *República* (*Politéia*; de 380 a 370 a.C.), de Platão, *Cidade de Deus* (*De Civitate Dei Libri XXII*; de 413 a 426), de Santo Agostinho, *Nova Atlântida* (*New Atlantis*; 1629), de Francis Bacon, e *Cidade do Sol* (*Civitas Solis*; 1623) de Tomaso de Campanella. Em termos políticos mais tradicionais *O Leviatã* (*Leviathan*; 1651), de Thomas Hobbes, é uma utopia contratualista antiliberal ao defender que só com a transferência da liberdade individual para um único soberano, o Estado, é que o ser humano teria segurança e esperança de uma vida melhor. Se Hobbes tornou-se um arauto dos regimes ditatoriais, ele é valioso por sua análise crua do egoísmo humano e da importância do Estado como um árbitro com poder e legitimidade.

Ao enumerarmos tais obras, talvez estejamos sendo generosos com as fronteiras do que é ou não FC. Mas o crítico inglês Brian Stableford argumenta, em *The Encyclopedia of Science Fiction* (1993), que as utopias podem ser consideradas como ficção científica na medida em que sugerem exercícios de sociologia hipotética ou ciência política. Isso porque constroem sociedades ou formas de organização de poder diversas da realidade corrente — e mais virtuosas. Alternativamente, pode-se considerar como FC apenas aquelas especulações que trazem alguma noção de avanço científico. Neste sentido, as obras de Bacon e Campanella seriam FC, já que contemplam a transformação social a partir de novos conhecimentos científicos, no caso pertencentes ao século XVII.

Dentro do pensamento utópico, uma transformação relevante acontece quando muda o enfoque do "melhor lugar" (*eutopia*) — *presente, acessível ao viajante ou explorador —, para a "melhor época"* (*eucronia*), em direção ao futuro, mas não necessariamente alcançável, mesmo com o progresso científico ou social. E quando ocorre tal passagem, as utopias deixam de pertencer às analogias com as sociedades contemporâneas, para se encaminhar às especulações possíveis. E, assim, mais próximas das definições comuns de ficção científica.

Esta relação torna-se mais intensa com as transformações econômicas e tecnológicas surgidas a partir do século XVIII, com a primazia da razão iluminista, o método científico, a mecanização da produção e a divisão social do trabalho, características da Revolução Industrial, assim chamada por Friedrich Engels.

Com isso, a FC torna-se um gênero cada vez mais corrente pela força dos autores que a moldaram de maneira identificável até os nossos dias, nomes como Mary Shelley e seu *Frankenstein* (1818), Edgar Allan Poe, Júlio Verne e H. G. Wells, entre os mais influentes. Este último, aliás, um historiador fabiano — uma corrente moderada do socialismo reformista vigente na Inglaterra em fins do século XIX. As especulações de Wells demonstraram, como poucos antes e depois dele, de que forma o progresso científico não está necessariamente ligado a transformações que beneficiem a maioria das pessoas. Wells é explícito no romance *A Modern Utopia* (1905), e de forma mais indireta em sua análise do capitalismo, presente na sociedade do futuro de *A Máquina do Tempo* (*The Time Machine*; 1895), ou então na sua crítica do imperialismo britânico em *A Guerra dos Mundos* (*The War of the Worlds*; 1898). Nesse romance, Wells também contempla outra tendência crescente, a da guerra no futuro. Se a abordagem de Wells é crítica, outras tiveram uma concepção mais conservadora, de conquista e domínio de novos povos e territórios. É o caso de *The Great War Syndicate* (1889), de Frank Stockton e *The Great War in England in 1897* (1894), de William Le Queux.

Outro ramo de histórias comuns no século XIX e início do XX foi o de aventuras com teor imperialista, na mesma linha das guerras futuras. Júlio Verne pode ser citado com alguns romances da série "Viagens Extraordinárias" (de 1863 a 1905), que tinha entre seus objetivos desbravar o mundo desconhecido e *domesticar* o exotismo. Outros autores com temáticas semelhantes foram os britânicos H. Rider Haggard, com *Ela (She: A History of Adventure*; 1887), e Arthur Conan Doyle com *O Mundo Perdido* (*The Lost World*; 1912), além do norte-americano Edgar Rice Burroughs com *At the Earth's Core* (1922).

Com os socialistas utópicos do século XVIII — Charles Fourier e Robert Owen, entre outros —, tivemos exercícios concretos de sociedades alternativas em reação ao capitalismo emergente. Mas é no século XIX que as obras literárias ganham mais intensidade, numa época de grande disputa ideológica principalmente entre liberais-conservadores e socialistas-comunistas. Surge uma espécie de nostalgia que incide contra a civilização baseada no avanço da ciência, como em *The Coming Race* (1870), de Lord Lytton, e o mais satírico *Erewhon* (1872), de Samuel Butler. A glorificação de um passado sem tecnologia ou fora da cidade ganha força com *After London* (1885), de Richard Jefferies. O próprio Verne imagina uma Paris cem anos no futuro, no póstumo *Paris no Século* XX (*Paris au* XX*e siècle*; 1994), numa sociedade que prosperou em termos materiais, mas perdeu sua alma, com a prevalência do individualismo.

O Contrário de Utopia

Nos Estados Unidos, a obra utópica de maior influência foi *Daqui a Cem Anos* (*Looking Backward: A.D. 2000–1887*), de Edward Bellamy, publicada em 1888 e posteriormente parodiada tanto a favor quanto contra. Nele, uma utopia política de bem estar social com viés socialista é alcançada através do progresso tecnológico. Contudo, não é exclusivamente na França ou nos EUA que as principais reflexões literárias ocorrem quando afloram os anos turbulentos entre a Revolução Russa de 1917, a ascensão do fascismo na Itália e do nazismo na Alemanha, e a eclosão da Segunda Guerra Mundial (1939–1945), mas sim nos países da Europa, palco de um verdadeiro drama social e político.

Tais acontecimentos mudaram os rumos da política internacional, e a própria forma como as utopias passaram a ser encaradas. Se mundos e sociedades idealizadas já eram, em boa medida, vistos como inalcançáveis, tornaram-se objetivos impossíveis. Não porque a mudança não era mais possível, mas porque os seus objetivos ideais foram pervertidos, naquilo que seria chamado de "anti-utopia" ou "distopia". As utopias deixavam o horizonte da esperança, para se converter em cenários reais de medo.

Vários romances tentaram entender o momento histórico, todos sendo FC, mesmo que, dirão os mais puristas, escritos por autores sem vinculação com o gênero. Mas o que importa é o conteúdo, que teve importância social e impacto posterior dentro e fora do gênero. Podemos lembrar de *A Muralha Verde* (*We*; 1920), de Evgeni Zamiátin — uma crítica sobre o que se tornaria a revolução liderada por Lênin. E ainda de *A Guerra das Salamandras* (*Válkas Mloky*; 1936), de Karel Capek, uma reflexão sobre a barbárie nazista. Sobretudo, devemos citar *Admirável Mundo Novo* (*Brave New World*; 1932), de Aldous Huxley, em que um Estado totalitário é estruturado em torno do controle social e biológico, com o fim da família, das religiões, a perda da individualidade, a eugenia e as drogas como formas de alienação e conformismo. Vislumbrou não só os regimes totalitários de então, mas tendências materialistas e elitistas que se tornaram mais incisivas nas décadas seguintes.

Como resultado do fim vitorioso na Primeira Guerra Mundial (1914–1918) e os anos de prosperidade na década de 1920, os norte-americanos adotaram uma visão mais otimista em sua FC, popularizada através das revistas para jovens, as *pulp magazines*. Contudo, os efeitos da Grande Depressão nos anos trinta e os acontecimentos políticos na Europa, com os quais o país terminaria diretamente envolvido a partir de 1941, acabaram por influir na FC do país. Dois temas foram alvo de interesse principal, a guerra nuclear a os efeitos de uma vitória da Alemanha nazista na Segunda Guerra Mundial. Duas histórias precursoras no primeiro tema são "Solution

Insatisfactory" (1941), de Robert A. Heinlein, e "Nerves", de Lester Del Rey (1944). O segundo tema populariza um tipo de história já existente, principalmente entre historiadores do século XIX, a história alternativa, também conhecida por "ucronia". Nela, há trabalhos clássicos como, por exemplo, o ensaio "If Napoleon Had Won the Battle of Waterloo" (1907), de G. M. Travelyan, e textos de nomes como os de Isaac d'Isreali, G. K. Chesterton e André Maurois. Dentro da FC, quem o aborda de forma pioneira é Murray Leinster, no conto "Sidewise in Time" (1934).

As histórias alternativas vinculam-se, em sua maioria, à História em termos políticos. O ponto de divergência entre a nossa história e uma outra ocorre quando um fato decisivo é alterado, criando uma nova realidade, diferente da nossa em suas consequências. Algumas tendem à construção de universos paralelos que podem algumas vezes interagir com o nosso, mas em linhas gerais a tendência é de criação de um mundo, de uma história diferente.

Como dito acima, um dos temas que se tornaram candentes foi o da Segunda Guerra Mundial. Histórias como *Can't Happen Here* (1935), de Sinclair Lewis, e "The Phantom Dictator" (1935), de Wallace West, abriram espaço para muitos exercícios alternativos, em que se imagina como seria o mundo se Hitler tivesse vencido a guerra. Assim, Philip K. Dick publica o clássico *O Homem do Castelo Alto* (*The Man in the High Castle*; 1962), em que um escritor que vive numa América dominada por japoneses e alemães vislumbra um universo paralelo onde os Aliados venceram a guerra. SS–GB (SS–GB; 1978), de Len Deighton, imagina o Reino Unido ocupado pelo III Reich já em 1941, e *Pátria Amada* (*Fatherland*; 1992), de Robert Harris, mostra o mundo décadas depois, sob domínio nazista. Norman Spinrad é mais ousado, em *O Sonho de Ferro* (*The Iron Dream*; 1972): Hitler, tendo emigrado para os EUA depois da Primeira Guerra Mundial, e se tornado um ativo escritor de FC, sublima seus sonhos de grandeza e não se torna um ditador, evitando a nova guerra mundial e seus horrores. Tanto o romance de Dick como o de Spinrad faz um curioso diálogo entre o gênero e seu eventual impacto político.

O subgênero cresceu ao longo das décadas seguintes, com uma grande variedade de temas históricos. O mais popular entre os norte-americanos é o de como seria o mundo se os confederados do Sul tivessem vencido a União, na Guerra Civil americana (1861–1865). Aqui podemos citar obras como a do primeiro-ministro britânico durante a Segunda Guerra Mundial, Winston Churchill, o ensaio "If Lee Had Not Won the Battle of Gettysburg" (1931), além de romances como *Bring the Jubille* (1953), de Ward Moore, e *The Guns of the South* (1992), de Harry Turtledove.

Para completar uma tríade entre os temas mais explorados, o terceiro é o de como seria o mundo se o Império Romano não houvesse terminado. Este é talvez o mais abrangente quanto a possibilidades de criação, pois o tempo histórico é muito vasto. Entre muitos, podemos lembrar do precursor *A Luz e as Trevas* (*Lest Darkness Fall*; 1939), de L. Sprague de Camp, e do contemporâneo *Roma Eterna* (*Roma Eterna*; 2003), de Robert Silverberg, entre as obras mais significativas. Como se verá adiante, a partir dos anos noventa a história alternativa tornou-se um dos gêneros de maior aceitação no Brasil.

As décadas após a Segunda Guerra Mundial foram marcadas por uma intensa disputa ideológica entre dois regimes políticos, o socialismo totalitário da União Soviética e a democracia liberal liderada pelos Estados Unidos. Uma das principais características da Guerra Fria, para além da propaganda ideológica, foi a competição armamentista por meio de mísseis nucleares. Criou-se uma espécie de *equilíbrio do terror*, em que a paz entre as duas superpotências era mantida pelo receio mútuo de um conflito que levasse ao juízo final.

Por ser um assunto tão vital, não foi apenas a FC que se ocupou com histórias sobre regimes totalitários ou cenários de pós-holocausto nuclear. Um dos romances mais importantes do século XX foi escrito por George Orwell, em 1949. O seu *1984* mostra um mundo dividido entre três potências, sendo que em uma delas reina um controle absoluto sobre a vida das pessoas. Não há liberdade de ação ou pensamento que não seja acompanhado pelo Estado, na figura do Grande Irmão. Escrito por um socialista crítico do que se tornara a URSS sob Stalin, o livro foi além, ilustrando não só os perigos de um regime de opressão total, mas também como seus mecanismos de controle, a propaganda ideológica, a censura e a violência institucional servem como elementos insidiosos a serem combatidos pelas democracias contemporâneas. Talvez a obra mais notável a seguir os passos de Orwell tenha sido *Fahrenheit 451*, de Ray Bradbury, publicada em 1953.

Nos anos cinquenta e sessenta, o assunto mais abordado dentro da FC foi o dos efeitos de um holocausto nuclear. Histórias de fim de mundo já existiam dentro do gênero, mas esta possibilidade criou uma perspectiva nova e assustadora porque era uma possibilidade real. Algumas obras tinham uma coloração mais ideológica, como a justificar a luta que originou a guerra, como o direitista *Fugindo do Caos* (*Twilight World*; 1961), de Poul Anderson; outras de reconstrução do mundo a partir de uma perspectiva redentora, no caso católica, no clássico *Um Cântico para Leibowitz* (*A Canticle for Leibowitz*; 1960), de Walter M. Miller, Jr. Autores do *mainstream* também se voltaram ao tema, como Nevil Shute, em *A Hora Final* (*On the Beach*; 1957) e Alfred Coppel, em *Após o Fim* (*Dark December*; 1960).

Por paradoxal que seja, os anos cinquenta foram de patrulha e perseguição ideológica nos EUA, sob a liderança do senador Joseph McCarthy. Mas isso não representou algum tipo de censura às histórias de FC no país. De acordo com depoimento de Frederik Pohl no Simpósio de FC, realizado no Rio de Janeiro em março de 1969, o gênero "dizia o que queria". Em suas palavras: "É lógico, quase tudo era dito sob a forma de alegoria, passava-se num futuro remoto ou num outro planeta. Uma das razões pelas quais estávamos a salvo pode ter sido o fato de ninguém compreender o que estávamos dizendo." Expressivos dessa paranoia anticomunista são romances como *O Dia das Trífides* (*The Day of the Triffids*; 1951), de Jonh Wyndham, e *Os Invasores de Corpos* (*The Invasion of the Body Snatchers*; 1955), de Jack Finney.

Isaac Asimov e Robert A. Heinlein tornaram-se os mais populares autores da ficção científica dos Estados Unidos a partir dos anos quarenta, nas páginas da principal *pulp magazine*, *Astounding Science Fiction*. Em termos políticos Asimov notabilizou-se com sua série de histórias sobre um império galáctico em decadência — escritas entre 1942 e 1949 — depois reunidos em três livros, na sua *Trilogia da Fundação* (*Foundation Trilogy*). Inspirada em *A História do*

Declínio e Queda do Império Romano (*The History of Decline and Fall of the Roman Empire*; 1776–1788), de Edward Gibbon, realiza no fundo uma defesa da democracia em meio à ascensão dos regimes totalitários da época.

Por sua vez, Heinlein, um notório conservador, para além de sua boa técnica literária que influenciou a maneira de escrever de muitos autores, destacou-se pela abordagem de temas políticos sem se furtar a grandes polêmicas. Escreveu várias histórias com especulações políticas e em particular dois romances que dividiram a comunidade de FC do seu país. Primeiro com *Tropas Estelares* (*Starship Troopers*; 1959), uma história de guerra espacial no futuro, com uma sociedade que só permitia a participação política àqueles que serviam ao Estado como servidores civis ou militares. Talvez quisesse chamar a atenção para uma maior responsabilidade cívica em uma sociedade tão liberal, mas o livro soou para alguns como uma defesa da tecnocracia e do militarismo. Dois anos depois, ele surpreende com o ambíguo *Um Estranho numa Terra Estranha* (*Stranger in a Strange Land*), escrito ao mesmo tempo que *Tropas Estelares*. Numa linha satírica demolidora, um humano criado em Marte junto aos marcianos volta à Terra e contrasta a sua educação com a civilização terrestre. Ele se insurge contra injustiças sociais, é contra a família e as religiões, defende o sexo livre de tabus. O livro tornou-se referência para a contracultura *hippie* dos anos sessenta.

Polarização e Pós-Materialismo

Se em termos históricos a comunidade de FC norte-americana tinha suas divisões ideológicas, ficaram radicalizadas a partir dos anos sessenta. De um lado, os libertários — liberais extremistas, contra o Estado e de tendências autoritárias — liderados pelo editor John W. Campbell, Jr. — e de outro os progressistas, mais à esquerda — liderados pelo escritor Frederik Pohl e seu grupo The Futurians. Primeiro porque nessa década o gênero concebeu um novo movimento, a chamada *New Wave*, com estilos literariamente mais refinados, temas e abordagens mais críticas para assuntos antes tratados de uma forma conservadora em termos ideológicos. Segundo, porque com a Guerra do Vietnã (1959–1975), os autores se dividiram entre os apoiadores e opositores do envolvimento norte-americano. Numa listagem publicada na revista *Galaxy*, em 1968, cinquenta autores se manifestaram a favor e cinquenta contra. Mais do que curiosidade, o posicionamento sinalizou uma divisão sólida e ilustrou os tipos de temas que estariam presentes nos próximos anos.

Os libertários desenvolveram muitas histórias baseadas em aventuras militares com a defesa de ideais ocidentais à moda norte-americana. Exemplos são *The Mote in God's Eye*, de Larry Niven e Jerry Pournelle (1974), *Dorsai* (*Dorsai!*; 1976), de Gordon R. Dickson, e *Cross the Stars*, de David Drake (1984). Um contraponto foi o romance *Guerra Sem Fim* (*The Forever War*; 1976), de Joe Haldeman. É uma história de aventura militar crítica da guerra, inspirada pela participação do autor na Guerra do Vietnã como combatente.

De outra parte foram publicadas obras questionadoras sobre o papel benéfico da ciência e a universalização dos valores ocidentais, que poderíamos chamar de *cenários sociais ambíguos*. Frederik Pohl e Ciryl M. Kornbluth desbravaram o terreno com *Os Mercadores do Espaço* (*The Space Merchants*; 1953), seguidos por, entre outros, *Venus Mais x* (*Venus Plus x*; 1960), de Theodore Sturgeon; *Os Vendedores de Felicidade* (*The Joy Makers*; 1961); de James Gunn, *Mundos Fechados* (*The World Inside*; 1971), de Robert Silverberg; *Um Estranho no Ano 2000* (*Looking Backward from the Year 2000*; 1973), de Mack Reynolds — um tributo a Edward Bellamy —, e Ursula K. Le Guin no clássico anarquista *Os Despossuídos* (*The Dispossessed*; 1974), não por acaso acompanhado do subtítulo "Uma Utopia Ambígua". Numa trilha semelhante, embora não anarquista, Pohl escreve *Jem: A Construção de uma Utopia* (*Jem: The Making of a Utopia*; 1979).

Entre os chamados temas *pós-materiais*, isto é, de novas demandas em sociedades afluentes e com tendências pós-industriais como a dos Estados Unidos e da Europa Ocidental a partir dos anos sessenta, dois repercutiram mais na FC, o feminismo e a ecologia. A *New Wave* abriu as portas para as mulheres escreverem de maneira abertamente feminista com, entre outras, Le Guin, James Tiptree, Jr. (pseudônimo de Alice Sheldon), Anne McCaffrey, Vonda N. McIntyre, Joan D. Vinge, Nancy Kress, e a militante Joanna Russ, com *The Female Man* (1975), em que subjaz a defesa da identidade e valorização da condição da mulher em sociedades que a tomam como cidadã de segunda categoria. Para além da postura combativa, a voz feminina trouxe uma perspectiva mais sensível, mesmo em assuntos considerados *hard* ou mais "masculinos", como a própria política. Le Guin é uma referência, com obras como *Floresta É o Nome do Mundo* (*The Word for the World Is Forest*; 1972), um libelo pacifista em pleno envolvimento americano no Vietnã.

Esta novela de Le Guin nos encaminha para os impactos políticos da ação humana sobre o meio ambiente, já que se passa num planeta com uma civilização que tem na preservação da natureza um de seus maiores valores. Isso a despeito do tema ecológico ter uma prática antiga no gênero. Obras relevantes são o clássico *Duna* (*Dune*; 1965), de Frank Herbert, e seus livros subsequentes; *Tempo Fechado* (*Heavy Weather*; 1994), de Bruce Sterling, e a trilogia marciana de Kim Stanley Robinson, *Red Mars* (1992), *Green Mars* (1993) e *Blue Mars* (1995), além de *Antarctica* (1997), também desse autor. Os romances de Robinson são aventuras de fronteira entre a vida humana na Terra e novos destinos, escritos num tom que não esconde sua intenção *ecotópica*. Talvez a vertente mais praticada seja a das catástrofes ecológicas, como as de *Chung-Li: A Agonia do Verde* (*The Death of Grass*; 1956), de John Christopher, *O Fim da Natureza* (*Nature's End*; 1986), de Whitley Strieber & James Kunetka, e *Terra* (*Earth*; 1990), de David Brin. Provavelmente as questões do meio ambiente com consequências geopolíticas estarão entre os mais relevantes para o futuro da FC, pois aquecimento global, escassez de água e fontes de energia, preservação da fauna e da biodiversidade, fome e superpopulação, desastres ambientais e poluição estão no cotidiano do mundo neste século XXI.

Dos anos oitenta em diante, de uma forma geral, a relação entre a FC e a especulação de cenários políticos gira em torno de uma visão mais desencantada, influenciada por tendências pós-modernas e pelo movimento *cyberpunk*. Romances como *Piratas de Dados* (*Island in the Net*; 1989), de Bruce Sterling, e *Nevasca* (*Snow Crash*; 1992), de Neal Stephenson, mostram um mundo urbanizado, globalizado, com estados fracos ou reféns de grandes corporações particulares. É uma espécie de exacerbação crítica (mas nem sempre é o caso) de uma realidade pós-Guerra Fria dominada pelo neoliberalismo, em que imperam relações impessoais e mercantilizadas. Alguns o chamam um mundo "anarco-capitalista", embora a conceituação de duas categorias tão distintas seja um pouco frouxa, pois, afinal, mesmo que em cenários especulativos, soa ingênua a maneira superficial como a principal estrutura política do mundo nos últimos 300 anos, o Estado, é abordado. Se em Sterling está embutida uma discussão crítica sobre a responsabilidade do Norte rico sobre a miséria do Sul pobre, em Stephenson a exposição do cenário e o comportamento individualista dos personagens abrem espaço para um certo conformismo com a degradação social e política causada por relações privatizadas.

Neste início de século XXI, o gênero tem realizado algumas experiências sobre os efeitos políticos de uma sociedade globalizada e de prevalência da democracia. Uma é herdeira da tradição dos libertários, com um revisionismo em torno de Robert A. Heinlein. Um dos autores mais destacados dessa tendência é John Scalzi, com *Old Man's War* (2005) e *The Last Colony* (2007).

Uma corrente crítica mais à esquerda é a *new space opera*, abordada mais por autores britânicos como Alastair Reynolds, com *Revelation Space* (2000), e Charles Stross, com *Singularity Sky* (2003), em geral com clara inclinação para a esquerda socialista. Outra abordagem é a do *New Weird*, semelhante nos questionamentos políticos, embora mais abrangente nos temas, já que procura misturar gêneros afins, como FC, fantasia e horror. Entre os principais exemplos, *Perdido Street Station* (2000), de China Miélville, *Eastern Standard Tribe* (2004), de Cory Doctorow, e os livros da série *Fall Revolution* (de 1995 a 1999), de Ken MacLeod, com várias ideias sobre sistemas políticos, do capitalismo ultraliberal a novas tentativas de organizações comunistas.

Democracia

Repare que até aqui não mencionamos nada a respeito de uma especulação da FC sobre questões políticas institucionais, ligadas às regras de participação e processos de decisão, comuns à democracia e referentes à segunda concepção da política.

De acordo com Peter Nicholls e Brian Stableford, no verbete "política" da já citada *The Encyclopedia of Science Fiction*, há poucas histórias que exploram esta vertente. Assuntos como eleição, por exemplo, têm sido pontuais, a despeito de ser o evento político mais importante da democracia. Há contos como "Null-P" (1951) e "The Masculinist Revolt" (1965), ambos de William Tenn e publicados no Brasil, o primeiro como "Um Sistema Não-P", na antologia *Pesadelo Cósmico*; 1977, e o segundo como "A Revolta Masculinista", na revista *Galáxia 2000* Nº 2. Além deles, os romances *The Joy Wagon* (1958), de Arthur T. Hadley, e *O Eclipse da Madrugada* (*The Eclipse of Dawn*; 1971), de Gordon Eklund. Já uma discussão sobre escolhas alternativas às eleições, baseadas em sorteios — o que nos remeteria à prática ateniense de democracia direta —, encontraram receptividade em romances como *Plano Sete* (*Level Seven*; 1959), do israelense Mordecai Rochwald, e *As Canções da Terra Distante* (*The Songs of Distant Earth*; 1984), de Arthur C. Clarke.

A elaboração de sociedades ideais seria pouco explorada num ambiente democrático, porque a maior parte das pessoas a consideraria um regime político melhor do que os seus rivais de um passado não muito distante. Faltaria uma espécie de tensão dramática inerente à própria estabilidade política gerada pela democracia. Seria isso uma confirmação da prevalência ideológica e definitiva da democracia liberal, como defende Francis Fukuyama em *O Fim da História e o Último Homem* (*The End of History and the Last Man*; 1992)? Afinal, existem muitos problemas com os quais as democracias contemporâneas lidam, como a corrupção e a criminalidade em grande escala, a desigualdade socioeconômica, minorias pouco representadas, frouxidão ideológica dos partidos políticos, instituições problemáticas que geram crises, apatia do cidadão comum, perda relativa de soberania nacional por causa da globalização, entre outros. Nesse sentido, não seria apenas o risco de ruptura do regime uma justificativa para a elaboração de cenários dramáticos.

Além disso, o destino do regime democrático merece especulação. Um caminho promissor e em parte já trilhado em histórias de FC dos mais diferentes matizes e épocas encontra-se nas ideias baseadas no futuro de consenso e no governo mundial. Uma das possíveis construções de engenharia política por ocorrer num mundo globalizado é a emergência de uma forma unificada e, provavelmente, federativa de governo mundial. Teríamos daqui a cem anos uma *Paz Perpétua* (*Zum Ewigen Frieden*; 1795), como imaginada por Imannuel Kant? Ou isso jamais se realizará, por causa das clivagens culturais entre civilizações diferentes, como postula Samuel P. Huntington em *Choque de Civilizações* (*The Clash of Civilizations*; 1993)?

Talvez para responder a alguns desses desafios, foi publicado em 1984 um livro voltado à exploração de temas políticos no interior da democracia, como eleições, processos decisórios e assuntos de política externa: *Election Day 2084: Science Fiction Stories about the Politics of the Future*, organizado por Isaac Asimov e o antologista e cientista político Martin H. Greenberg, com a presença de nomes importantes como Arthur C. Clarke, Frederik Pohl, Robert A. Heinlein e Frank Herbert. O próprio Asimov tem dois contos sobre escolhas eleitorais no futuro, "Franchise" (publicado como "Democracia Eletrônica", na coletânea *Sonhos de Robô*; 1991) e "Evidence" (publicado como "Prova", na coletânea *A Terra Tem Espaço*; sem data), e um terceiro é "2066: Election Day" (publicado como "2066: Dia de Eleição", na antologia *Máquinas que Pensam*; 1985, de Michael Shaara). Como o leitor já deve ter percebido, *Election Day 2084* inspirou a organização deste que você tem em mãos.

Brasil

Na FC brasileira, as "afinidades eletivas" referidas no título são menos constantes. Razões não faltam, a começar pela intermitência histórica com que o gênero foi praticado e pelos efeitos que os próprios eventos políticos do país provocaram, marcados por ciclos de regimes autoritários e outros mais democráticos.

À parte estas razões, podemos iniciar a análise a partir de um ângulo mais idealizado, vinculados à imagem muitas vezes mitificada que se fez do país. Os europeus de imediato se encantaram com a *Terra Brasilis*, um verdadeiro continente do outro lado do Atlântico, vasto e cheio de recursos naturais: o clima tropical, as florestas, os rios longos e caudalosos, a fauna diversificada e, claro, a figura dos índios que serviam aos propósitos de uma certa revisão nostálgica e ingênua da civilização, à la Rousseau, bons selvagens que aqui viveriam livres dos costumes corrompidos do Ocidente. Um livro como *Visões do Paraíso* (1959), do historiador Sérgio Buarque de Hollanda, capta bem estes sentimentos e posturas.

Do fim do século XIX até as primeiras décadas do século XX, parte dessas imagens edênicas e construções políticas idealizadas tiveram espaço na literatura brasileira. A começar pelo curioso exercício de prospecção histórica de *Páginas da História do Brasil*

Escritas no Ano 2000, de Joaquim Felício dos Santos, publicado em 1868. Ao menos na proposta, se assemelha ao clássico de Edward Bellamy, *Daqui a Cem Anos*, mas escrito vinte anos antes. Numa linha próxima da ideia de "mundo perdido", temos os exemplos mais expressivos em Gastão Cruls e sua *A Amazônia Misteriosa* (1925), e no modernista Menotti del Picchia e sua *República 3000* ou *A Filha do Inca* (1930), ambos sobre raças perdidas ocultas no meio da selva amazônica, assim como *A Cidade Perdida* (1947), de Jerônymo Monteiro. E embora não represente uma tendência semelhante às outras, há um exemplo de história de guerra futura em *A Guerra Aérea* (1912), de Rodolpho Martin, provavelmente antevendo o uso bélico que a recente invenção teria poucos anos depois com a chegada da Primeira Guerra Mundial.

Entretanto, as obras que na primeira metade do século XX mais contemplaram aspectos de especulação social e política foram aquelas relacionadas aos controversos temas da eugenia e do racismo. Com certa aceitação na época, tinham por base uma interpretação da teoria da evolução de Charles Darwin. O desenvolvimento histórico e social seria movido pelos mesmos princípios que dirigem a evolução das espécies biológicas, isto é, uma luta pela existência baseada na dominação política e na exploração econômica dos mais aptos. Era o chamado *darwinismo social*, que sustentou argumentos e práticas em prol da manipulação genética para branquear a sociedade e segregar do convívio social etnias menos afortunadas — negros, indígenas e asiáticos.

O Brasil também flertou com estas teses com o objetivo de "endurecer o espírito", temendo que o país se tornasse inviável por causa de sua "mistura de raças", em argumentos de intelectuais como Oliveira Vianna e Nina Rodrigues. Ao menos três romances com este perfil chamam a atenção. O primeiro é *No Reino de Kiato (O País da Verdade)*, de Rodolpho Theophilo, publicado em 1922. Numa sociedade autoritária habitada por pessoas fortes, altas e higiênicas, existe a defesa da moral e da punição com a morte aos consumidores de bebidas alcoólicas. Este livro foi publicado por Monteiro Lobato em sua Lobato & Co. Editores, de São Paulo, e não surpreende que quatro anos depois ele mesmo respondesse pela autoria de um libelo racista dos mais agressivos, *O Presiden-*

te Negro, também conhecido como o *Choque das Raças*. Através de uma máquina que visualiza o futuro, descobre-se que em 2228 um negro será eleito presidente dos EUA. É então colocado em prática um plano de esterilização dos afro-descendentes, por meio de uma substância incluída na fórmula de um alisador de cabelos. Além disso, o romance defende a morte de pessoas de outras etnias além da negra e também de deficientes físicos e mentais. Lobato tentou vendê-lo para o mercado norte-americano, mas foi surpreendido com sua rejeição. Já em 1929, Adalzira Bittencourt perpetra *Sua Excia. a Presidente do Brasil no Ano 2500*. Parte de uma premissa ousada, à semelhança de Lobato — as mulheres nem votavam no Brasil na época, o que começariam a fazer a partir de 1934 —, mas é outra história de exaltação da supremacia de uma raça em detrimento de outras, no caso de um Brasil branco e poderoso, invejado no mundo inteiro. O mais curioso é que isso só foi possível com a chegada das mulheres ao poder.

É bom não esquecer que tais obras também antecipavam o momento político brasileiro, a Revolução de 1930 liderada por Getúlio Vargas e sua construção autoritária e populista do Estado brasileiro, cada vez mais semelhante aos regimes políticos corporativos e racistas em ascensão na Europa. Apesar disso, um contraponto é a novela *Zanzalá*, de Afonso Schmidt (1928), na qual o autor descreve uma organização política com pendores anarquistas. Temos uma sociedade pacífica e culta que reagiu à extrema mecanização urbana que levou milhões à miséria. *Zanzalá* é uma tentativa de recuperar alguns valores perdidos em meio à incessante competição tecnológica e econômica, numa crítica ao materialismo e ao autoritarismo.

Embora nunca tenha se constituído na tendência de uma época, histórias com essa simpatia pelo anarquismo ocorrem de forma ocasional, se avançarmos, por exemplo, aos anos oitenta, quando José J. Veiga, autor do conto fantástico brasileiro, escreve *A Casca da Serpente* (1989) — em que o movimento de Canudos não é derrotado e o líder Antônio Conselheiro adota algumas ideias anarquistas depois de travar contato com pensadores anarquistas europeus que vagavam pelo sertão —, e quando André Carneiro constrói a sua utopia sexual, primeiro vista em contos nos anos sessenta e depois mais elaborado em seus dois romances, *Piscina Livre* (1980) e sobretudo *Amorquia* (1991), numa crítica ao autoritarismo e ao conservadorismo social e religioso, desembocando no amor livre, na emancipação da mulher e em uma hierarquização social menos rígida.

AUTORITARISMO E DEMOCRATIZAÇÃO

Em termos históricos, identificamos dois momentos organizados dentro da ficção científica brasileira — três, se considerarmos a fase do início do século XXI uma nova. Ou seja, com editoras, autores e leitores organizados em torno de projetos e atividades. O primeiro deles teve lugar entre os anos de 1958 e 1972, a chamada "Geração GRD", em homenagem ao editor Gumercindo Rocha Dorea, que publicou uma coleção de livros de FC com autores estrangeiros e nacionais. Depois renomeada como Primeira Onda, esta fase não foi pródiga em histórias com enredo de especulação política. Talvez o tema que tenha mais ocupado os autores foi o do pós-holocausto nuclear, com alguns contos notáveis como "O Último Artilheiro" (1965), de Levy Menezes, e "A Espingarda" (1966), de André Carneiro. Jerônymo Monteiro foi um dos poucos a abordar o golpe militar de 1964, no conto "O Copo de Cristal" (1964), em que passagens autobiográficas da prisão do autor e um vislumbre futurista de um país em guerra são vistos de um ponto de vista humanista. E numa linha de crítica às distopias em geral, Domingos Carvalho da Silva escreve o conto "Sociedade Secreta" (1966), de tom sombrio e angustiante.[1] Fora do ambiente da FC, José J. Veiga escreve *A Hora dos Ruminantes* (1966), sobre a chegada de estranhos a uma cidadezinha. Eivado de momentos fantásticos que sublinham uma sensação de opressão e descontrole, serve como metáfora do contraste entre a vida simples e a chegada de um progresso de teor autoritário, ilustrativo da condição brasileira na época.

Assim como nos Estados Unidos sob a Guerra Fria, o Brasil sob regime militar teve efeitos sobre a sua comunidade de FC. Nomes como Jerônymo Monteiro e André Carneiro alinharam-se com a oposição ao regime. Este último, inclusive, com participação em ações de guerrilha urbana, entre fins dos anos sessenta e início dos setenta, o período mais repressivo depois do Ato Institucional Nº 5.

[1] "O Copo de Cristal" está na antologia *Os Melhores Contos Brasileiros de Ficção Científica* (2008) e "Sociedade Secreta" em *Os Melhores Contos Brasileiros de Ficção Científica: Fronteiras* (2009), também publicados no selo Pulsar da Devir.

Em mais de uma oportunidade Carneiro revisita aqueles anos, seja em crônicas ou histórias como "O Sequestro" (1997) e "Sem Memória" (2007), e neste livro com "Gabinete Blindado", todas com caráter autobiográfico.[2]

Mais importante que os alinhamentos políticos, foi a extinção da Primeira Onda, que pode ser identificada nos anos mais repressivos do regime, que coincide com a morte de Jerônymo Monteiro em 1970 e o fim da revista que ele editava, a *Magazine de Ficção Científica* — versão brasileira, também com contos de autores nacionais, da *The Magazine of Fantasy & Science Fiction* norte-americana.

Os anos setenta são considerados de intervalo para o momento seguinte, iniciado a partir do começo dos anos oitenta. Mas se não houve uma atividade literária organizada e consistente, foram publicadas obras de cunho político, ficções distópicas que procuraram, por meio da fábula e da alegoria, criticar o regime militar, a crescente interferência burocrática do Estado, e temas pós-materiais, como o feminismo e a ecologia.

Estas obras constituem um conjunto interessante, talvez mais pelas intenções engajadas, do que por seus resultados literários ou de contribuição para o desenvolvimento da FC nacional. Contudo, ao menos duas são especialmente relevantes. Primeiro, *Não Verás País Nenhum* (1981), de Ignácio de Loyola Brandão. Ele imagina o que aconteceria se a ditadura permanecesse, a despeito do processo de abertura já estar em curso na época em que publicou o romance. Um país com grande potencial que fracassou, governado por militares e burocratas amparados por uma elite econômica exploradora e preconceituosa. No contexto também há especulações sobre as mazelas ambientais, com a transformação da Amazônia num deserto, a diáspora nordestina para São Paulo — que vive segregada do resto do país, numa espécie de encrave do que ainda restou de civilização urbana, embora enfrente a falta de água e alimentos, temperaturas altíssimas e chuvas ácidas. Outra obra significativa é *O Fruto do Vosso Ventre* (1976), de Herberto Salles, uma fábula com fundo religioso. Mostra a distopia de uma ilha autoritária e burocratizada ao extremo, em que todas as ordens do Estado e suas leis seguem esta lógica, mas com resultados contraditórios.

[2] "Sem Memória" está na coletânea de Carneiro, *Confissões do Inexplicável* (2007), publicada no selo Pulsar da Devir.

Outras obras distópicas do período incluem, *Fazenda Modelo* (1974), de Chico Buarque, *Adaptação do Funcionário Ruam* (1975), de Mauro Chaves; e no nascente período democrático, a distopia universalista de Paulo de Sousa Ramos, *O Outro Lado do Protocolo* (1985), uma crítica à devoção tecnológica e à obsessão pela imortalidade. Em tom mais satírico que sublinha as contradições do regime militar em meio à aterragem de discos voadores no país, Márcio Souza publica *A Ordem do Dia* (1983). E temos uma novela de ecocatástrofe em *Umbra* (1975), de Plínio Cabral, e ainda obras de temática feminista como *Um Dia Vamos Rir Disso Tudo* (1977), de Maria Alice Barroso, e *Asilo nas Torres* (1979), de Ruth Bueno. Já Lygia Fagundes Telles insere o tema da revolta num regime tecnocrático opressor, com seu sarcástico "Seminário dos Ratos" (1977). Mesmo sem dialogar com a FC norte-americana, é curioso como estas obras se assemelham às escritas pelos autores norte-americanos mais à esquerda. Talvez fosse interessante uma linha de pesquisa sobre esta aparente coincidência.

A transição rumo à democracia de 1982 a 1985 — a volta das eleições para os governos dos Estados até a eleição indireta de um presidente civil —, coincide, talvez de forma não-involuntária, com o ressurgimento de uma comunidade organizada de fãs e autores de FC no país, a Segunda Onda. Em termos de características gerais, as histórias desta fase são mais diversificadas e referentes a temas consagrados da FC anglo-americana. Embora com menos vigor, também as histórias com especulação política se beneficiaram desta nova feição.

Ao menos dois romances refletem, mesmo que de forma enviesada, sobre o passado recente de autoritarismo e as perspectivas da democracia. O primeiro é o segundo volume da trilogia "Padrões de Contato", *Horizonte de Eventos* (1986), de Jorge Luiz Calife.[3] É um romance de FC *hard* espacial, e a inserção política ocorre através da nave de gerações BRASIL, habitada por brasileiros que partem da Terra no século XXI. Ocorre um golpe no comando da nave e militares bem ao estilo da chamada *linha dura* do regime brasileiro, passam a ditar as regras. É uma crítica aos militares num momento de restauro da democracia, mas o romance avança pouco na questão em si. Talvez o militante de esquerda e ambientalista Alfredo

[3] Os três livros foram relançados em um único volume como *Trilogia Padrões de Contato* no selo Pulsar, em 2009.

Sirkis — autor do premiado relato autobiográfico *Os Carbonários* (1981) — tenha sido mais feliz em seu romance *Silicone XXI* (1985), uma sátira mordaz sobre o comportamento dos dirigentes fardados, numa história situada no Rio de Janeiro de 2019.

Uma das primeiras temáticas de relevo da Segunda Onda é a de guerra futura. Se não chega a constituir um corpo coerente que dialoga entre si, ilumina alguns aspectos a partir de uma ótica que integra perspectivas militares. Deste ponto de vista temos o romance *A Invasão* (1979), de José Antonio Severo. Situado em 1986, com o Brasil vivendo uma improvável democracia tutelada pelos militares, o país invade Angola a pedido do governo comunista local, com o objetivo de expulsar as forças militares cubanas que, teoricamente, lá estão do lado do governo para combater os insurgentes de direita na guerra civil que assolou o país, após a sua independência de Portugal. Se a premissa é inverossímil, a primeira parte explica com detalhes a logística para a montagem de uma ação bélica como esta. Este é, talvez, um dos poucos trabalhos com uma postura mais favorável aos militares. Procura ilustrar parte da mentalidade dos dirigentes da época, com delírios de transformar o Brasil numa potência econômica e, sobretudo, militar, com liderança entre os países do Terceiro Mundo. Com um tom mais crítico, está o escritor franco-brasileiro Daniel Fresnot. Primeiro com o sensível e pacifista "Diário do Cerco de Nova York" (1984) — republicado neste livro —, e depois com o romance de pós-holocausto situado no Brasil, *A Terceira Expedição* (1987). Uma linha mais pessimista é seguida por Henrique Flory no seu "A Pedra que Canta" (1991) — também presente neste livro —, que procura especular sobre um desenlace futuro para a histórica rivalidade entre brasileiros e argentinos pela hegemonia sul-americana. Mais recentemente, uma novela como *Diário da Guerra de São Paulo* (2007), de Fernando Bonassi, acentua ainda mais o pessimismo na sobrevivência sob as ruínas de uma metrópole, depois de uma guerra terrível em futuro próximo, mas indefinido.

Uma vertente de guerra futura mais específica é a que trata da Amazônia. Roberto de Sousa Causo tem dado atenção a ela, a partir de uma ótica ambivalente em que procura abordar tanto o aspecto ambiental como o geopolítico. Exemplos são "O Salvador da Pátria" (2000), *Terra Verde* (2000) e *O Par: Uma Novela Amazônica* (2008). Chama a atenção em Causo a abordagem das histórias do ponto de vista de personagens militares, aliás, uma característica recorrente desde histórias de FC como "Patrulha para o Desconhecido" (1991) — pracinhas brasileiros na Segunda Guerra Mundial — e "Capacetes Azuis, Verdes e Amarelos" (1994), com brasileiros servindo nas forças de paz da ONU. Postura polêmica, embora necessária, pois em democracia é preciso que os militares tenham um tratamento menos vilanizado e mais integrado à realidade sócio-institucional do país. É possível que a "questão amazônica" — e por efeito, uma maior reflexão sobre o papel das Forças Armadas — se transforme numa espécie de subgenêro nos próximos anos, pois obras de outros autores sobre a cobiça internacional dirigida à região tem surgido como *A Guerra da Amazônia* (2004), de Carlos Bornhofen, *A Ira da Águia* (2006), de Humberto Loureiro, e *Amazônia: O Arquivo das Almas* (2008), de Paulo Francisco Guimarães.

Uma das principais marcas da Segunda Onda é a história alternativa. Como vimos antes, este subgênero tende a considerar cenários piores, mais dramáticos de aspectos da realidade, mostrando como estaria o mundo *se* a História tivesse tomado outro caminho. A partir dos anos noventa, as histórias alternativas brasileiras têm procurado, ao invés, realizar uma espécie de *releitura crítica* da história do país. Mostra, por vezes, como o Brasil estaria melhor se um ou outro acontecimento histórico tivesse tido um rumo diferente. A principal história alternativa brasileira é a noveleta "A Ética da Traição" (1992), de Gerson Lodi-Ribeiro. O Brasil perde a Guerra do Paraguai (1864–1870) e com isso grande parte do seu território; em compensação, torna-se uma próspera potência econômica e modelo de equidade social. Lodi-Ribeiro é o principal responsável pela prática da história alternativa no país e sua contribuição também se desloca para a época do Brasil Colônia, no século XVII, para contar o que teria acontecido se o Quilombo dos Palmares não fosse derrotado e se constituísse numa nação independente de negros libertos. Afora este aspecto emancipatório, as histórias incluem um exercício mais fantasioso, ao incluir vampiros em seu universo ficcional. "Capitão Diabo das Gerais" e "Canhões de Palmares" (ambas de 2000), e "O Vampiro de Nova Holanda" (2006) são as principais narrativas desta linha histórica alternativa.

Outras narrativas que mostram um Brasil melhor, ou não necessariamente pior, pode ser encontrado em "Primeiro de Abril" (2000), de Roberval Barcellos, no qual depois do Golpe de 64 o país entra em uma cruenta — mas finalmente democratizante — guerra civil. O paulistano Ataíde Tartari segue uma linha mais satírica em seu "Folha Imperial" (2000), ao mostrar como estaria o país caso a monarquia não tivesse sido abolida. Outra narrativa com permanência do Império num Brasil poderoso é visto em "Não Mais" (2000), de Carlos Orsi. Estas três histórias, inclusive, estão na antologia *Phantastica Brasiliana* (2000), organizada por Gerson Lodi-Ribeiro & Carlos Orsi Martinho, em alusão a um dos principais eventos históricos do Brasil, a chegada de Pedro Álvares Cabral meio milênio antes.

Afora estas especulações sobre um Brasil mais próspero e socialmente igualitário, mas não necessariamente democrático, temos histórias mais sombrias, em que o projeto político e econômico fracassou, desorganizando o país com violência, superpopulação e caos urbano, sem esperança no futuro. Exemplos estão em "Feliz Natal, 20 Bilhões" (1989), de Henrique Flory, "O Altar dos nossos Corações" (1993), de Ivanir Calado,[4] e "Questão de Sobrevivência" (2001), de Carlos Orsi, este também visto neste livro. Não são obras de história alternativa, porém, aproximando-se mais da corrente *cyberpunk* da ficção científica.

Essa visão também é compartilhada por autores como Xavier de Oliveira e Ruy Tapioca, mas a partir de uma chave mais cínica. Podemos considerá-los como satiristas de sonhos de grandeza que não se realizaram. Oliveira escreveu *Rega-Bofes da Ilha Fiscal* (1994), no qual um novo plebiscito sobre a forma de governo é realizado em 1997 — quatro anos depois daquele que manteve a República no país. Agora a monarquia vence e o texto discute a sua implantação e de como, pouco a pouco, os mesmos vícios clientelistas e corruptos se mantêm no Brasil. Este romance dialoga com o conto de Tartari, que é mais ferino em suas observações críticas.

Se Oliveira e Tartari recorrem à mudança institucional, Ruy Tapioca, em *Admirável Brasil Novo* (2001), situa o país cinquenta anos à frente. Mantém a forma republicana, mas especula sobre

[4] Incluído na coletânea de Calado, *Anjos, Mutantes e Dragões*, lançada pela Devir em 2010.

sinais contrários do país. Ou seja: o regime, bem ou mal, é democrático, ainda que liderado por um evangélico rodeado de costumes políticos em nada diferentes do que havia na época em que o livro foi escrito — e ainda hoje. Apesar do título, Tapioca se refere mais ao *Brasil, País do Futuro* (1942), de Stefan Zweig, do que à distopia de Huxley. O que já não é o caso de Domingos Pellegrini com a novela *Não Somos Humanos* (2005). Com o subtítulo de "romance bioético", imagina uma sociedade futurista dominada por um regime totalitário que clona pessoas, os *hominis*, para executarem trabalhos pesados. O livro embute uma revolta que coloca em xeque o regime e especula sobre uma alternativa mais anarquista, mesmo tom seguido por *Labirinto Digital* (2004), de Mario Kuperman, uma história surpreendente de futuro próximo no Brasil. Envolve questões de tráfico de biotecnologia na Amazônia, métodos eletrônicos de participação dos eleitores em projetos legislativos, e os ácratas, um grupo anarquista que pretende desestabilizar o governo e desacreditar a democracia massificada.

PERSPECTIVAS

O leque de temas da ficção científica abriu-se a partir da Segunda Onda da FC Brasileira, o que permitiu uma maior reflexão histórica, social e política dos rumos do país. Contudo, ainda faltam abordagens mais maduras e ousadas, o que só deve ocorrer com um certo distanciamento histórico ou uma conscientização maior dos autores brasileiros — em especial, os mais vinculados à FC. Ora, o Brasil é um verdadeiro caldeirão de experimentação política em sua história e, obviamente, a partir disso, de especulações sobre os destinos que pode nos reservar.

Dois temas merecem mais atenção. O primeiro é a ditadura militar de 1964 a 1985. Os trabalhos são raros e pouco relevantes para constituir um *corpus* de reflexão a partir da literatura de FC. Com isso, a crítica "quente" realizada nos anos setenta ainda é mais relevante. O segundo tema é a desigualdade social, uma dívida histórica ainda não resolvida, mesmo que minorada de forma contínua de meados dos anos noventa para cá. Em geral, as histórias conservam uma visão niilista, sem apresentar alternativas mais inteligentes sobre o eventual fracasso futuro do país em resolver a questão.

Isso sem falar na política institucional, de exploração de temas no interior da democracia — como visto, um exercício ainda pouco comum na FC internacional e que pode, por que não?, ser contemplado com uma visão brasileira. Talvez a juventude de nossa democracia nos seus esforços de institucionalização seja mais um incentivo. Afinal, os debates sobre reformas das instituições políticas estão na ordem do dia. Variações especulativas sobre regras e processos decisórios, no sistema partidário e eleitoral, financiamento de campanhas, ética e transparência em lugar de corrupção e clientelismo, mais cidadania e menos populismo são temas não inteiramente resolvidos não só no Brasil, mas em boa parte das democracias, mesmo as maduras do Norte desenvolvido.

Outro aspecto relevante, lembrado por Bernard Manin, Adam Przeworski e Susan C. Stokes no artigo "Eleições e Representação", publicado na revista *Lua Nova* (São Paulo: Cedec, 2006) é

> o fato de que durante os últimos duzentos anos temos pensado pouco sobre o desenho institucional da democracia. Desde a grande explosão do pensamento institucional, quando as instituições democráticas atuais foram inventadas — e foram mesmo inventadas — não tem havido praticamente nenhuma criatividade institucional [...] Exceto pela descoberta da representação proporcional na década de 1860.

Talvez exista algum exagero na contundência dessa conclusão, em vista da emergência de alguns experimentos com mais participação dos cidadãos em escolhas e processos decisórios, mas estes ainda são alternativos, dentro da teoria e prática da democracia. Como vimos, em termos de FC a contribuição maior diz respeito a especulações sobre um governo mundial. Mas a observação dos cientistas políticos citados, poderia inspirar os autores de FC a imaginar e construir novas instituições e testá-las em suas histórias. Eis um desafio estimulante.

Este livro apresenta quatorze histórias que propõem ampliar opções temáticas — incluindo o sugerido acima —, de resultado variado, com especulações sobre o destino do processo eleitoral e democrático, novas hegemonias de poder no mundo, visões alternativas para o Brasil, guerras futuras, discussão da questão ambiental, sátiras sobre excessos sociais e econômicos, governo mundial, novas formas de organização política e convivência social, entre outras mais que o leitor terá o prazer (espero) de encontrar neste livro, que não tem a pretensão de esgotar o tema, mas de incentivar o surgimento de mais histórias de FC com coloração social e política. Acredito que, pelo grande número de originais recebidos para a seleção das histórias e o resultado aqui reunido, temos uma perspectiva promissora para o desenvolvimento dessa vertente na FC brasileira neste século XXI.

MSB
São Paulo, setembro de 2010.

ASSEMBLEIA ESTELAR

A Queda de Roma, Antes da Telenovela

Luís Filipe Silva

O escritor Luís Filipe Silva nasceu em Lisboa em 1969, é o representante português nesta antologia. Seu primeiro livro publicado, a coletânea O Futuro à Janela, *recebeu o prêmio Caminho de Ficção Científica em 1991. A partir daí ele se tornou um dos principais autores do gênero em seu país. Publicou as histórias do ciclo Galxmente, com os romances* Cidade da Carne *e* Vinganças *— ambos em 1993 —, e é co-autor de* Terrarium: Um Romance em Mosaicos *(1996), com João Manuel Barreiros. Já foi publicado em revistas e antologias internacionais em países como Brasil, Espanha e Sérvia. Atuou como crítico literário no jornal* Diário de Notícias *e como editor junto à Devir Portugal. Foi selecionado para integrar a antologia* Creatures of Glass and Light, *representativa da FC européia em 2007, e edita o site literário* Tecnofantasia. *No Brasil participou recentemente das antologias* Imaginários 2 *e* Galeria do Sobrenatural, *e co-editou (com Gerson Lodi-Ribeiro) a antologia* Vaporpunk *(2010).*

Em "A Queda de Roma, Antes da Telenovela", somos apresentados a um futuro em que os projetos de lei são votados todos os dias, através da integração tecnológica em rede com a casa das pessoas. O que poderia sugerir mais participação popular, se converte num espetáculo imediatista e banal, pois é como se as votações fizessem parte da programação da TV. Nesse contexto, um político veterano procura sobreviver e mostrar que alguns aspectos da "velha política" não estavam totalmente anacrônicos.

Os votos começaram a chegar logo pela manhã. Ilídio, principal-mor dos escrutinadores, começou a disseminar os resultados pelas propostas candidatas.

— Começam cedo... — comentou o representante da proposta da Certificação da Qualidade de Informação Online.

— A agenda para hoje está lotada — disse Ilídio, retirando da impressora um gráfico de dispersão histórica das demografias de voto. O representante olhou para o calendário e assobiou. — Não vai ser pior que 15 de fevereiro do ano passado, em que tivemos de apresentar mais de trezentas moções em vinte e quatro horas.

— Que sessão da tarde é esta assinalada?

O representante apontou para a linha em amarelo. Ilídio nem retirou os olhos do ecrã.

— É a proposta do Morais.

— O Morais vai apresentar uma proposta? — O rapaz soltou uma gargalhada. — Deixa-me adivinhar: descontos no imposto sobre o vinho para a terceira idade?

— Ele melhorou muito nesse aspecto... Vai reformar-se, é a grande despedida.

— A corte vai ter de encontrar outro bobo... O que é isto, "Fundo para a Exploração de Emissões Extraterrestres Inteligentes"?

— Exatamente o que diz.

— Este gajo não existe... Bem, vai ser agradável ter um momento de descontração. Quanto tempo é que falta?

— A revisão da quota anual de pesca de linguado ao largo da costa está quase a terminar... diria dez minutos.

— Vou descer para os bastidores. Dá-me uma boa iluminação.

— É indiferente para as câmeras, como sabes.

— Mas não para mim. Até logo.

Com o recurso dos meios de comunicação pessoais e o acesso barato e instantâneo à informação complexa, o processo da democracia sofreu uma evolução exponencial. A escolha morosa e popularesca de um governo que prometia representar os interesses distantes do eleitor desapareceu para dar lugar à participação direta do cidadão no processo governamental. As pessoas deixaram de votar em princípios para votar em propostas concretas, apresentadas na Assembleia e difundidas pelos canais de comunicação vinte e quatro horas ininterruptas, sete dias por semana, por especialistas representantes das várias equipes multidisciplinares que as haviam estudado e elaborado, consoante as moções ou assuntos em debate. Por cada moção, havia normalmente duas ou três alternativas que eram apresentadas à sua vez, de forma sumária e com particular relevância para o impacto social, tecnológico, ecológico, econômico da região ou do país, qual a viabilidade econômica e qual a abordagem proposta — no final, as vantagens e desvantagens de cada uma eram resumidas, e a moção ficava uma semana à votação do público, por meios eletrônicos e com possibilidade de consulta dos cadernos de estudo e do historial de votações e assuntos relacionados, até então acontecido. Tratava-se de um processo muito objetivo e sem azo a interpretações demagógicas, como no passado, pois as equipes provinham do mundo da ciência e das finanças, e não da política pura — que, aliás, não se podia dizer que existisse. A forma que mais se aproximava das correntes antigas era o debate das questões éticas, mas quando se tornava necessário introduzir essa vertente, abria-se um fórum público de debate, durante um período limitado, e convidados representantes dos vários setores sociais para intervir e moderar — o que interessava, no fim, era a participação dos cidadãos, e normalmente as conclusões, ou observações, encontradas enriqueciam o corpo principal das propostas. Desta feita, o cidadão podia intervir diretamente nos assuntos que mais lhe diziam respeito e entender melhor as opções em debate, e o que teria de abdicar para obter o que queria. Isto não isentava a existência de *lobbies* ou tentativas de influenciar os resultados — deixada à solta, a multidão não tem opiniões, apenas ideias vagas, e é facilmente influenciável... Contudo, a existência de pontos de vista diferentes por cada moção, trabalhados por equipes distintas e em concorrência, oferecia uma garantia maior de exaustividade e dificultava a tentativa de manipulação. E quem não tivesse tempo para assistir e estudar convenientemente, podia sempre escolher para o representar uma figura pública que considerasse ter ideias parecidas; neste sentido, podia dizer-se que havia ainda políticos — neste caso independentes, que traziam no bolso um número de votantes, variável consoante a moção e a sua tendência de voto.

Não era de admirar que um político da velha guarda não conseguisse se enquadrar neste mundo moderno.

Morais era dos poucos que, por todo o mundo, não tendo conseguido adotar uma nova mentalidade e seguido a maré, persistia em continuar a aparecer nas reuniões da Assembleia, normalmente ficando-se pelas filas de trás, sozinho, absorto e lento a intervir. Provinha de um tempo em que o processo legislativo se fazia pela demagogia e não pela análise de informação. Não conseguia digerir os quadros e números apresentados, julgava as apresentações secas e demasiado práticas, e fugia das respostas binárias e comprometedoras do Sim e do Não. A política que ele conhecia era feita de nuances e tons de cinzento, não de brancos e pretos. Os garotos de agora não entendiam nada — mas aturavam-no e aceitavam-no e vinham ouvir as suas histórias, embora não conseguisse passar-lhes as preocupações.

— Mas como é que conseguimos representar o povo se não debatemos os assuntos? — perguntava ele na cafeteria, agarrado à sua garrafilha de prata. A rapaziada ficava a olhar-se mutuamente numa atitude crítica; raios para eles, que se julgavam demasiado puros para tocar em álcool; os seus melhores momentos tinham sido quando se encontrava "tocado". — Para cada pergunta, meia dúzia de pontos a assinalar ideias... uma explicação breve e já está...

— Os assuntos são debatidos nos fóruns de estudo — responderia um dos rapazes ou raparigas ou andróginos, vestidos de forma leve mas prática, com as roupas ecológicas e os dísticos ostentando a respectiva função e o escalão de representatividade. — Onde há especialistas e analistas, e participação do público.

— Seria uma perda de tempo conduzir isso durante uma sessão da Assembleia — diria outro.

— Se a proposta não está suficientemente desenvolvida, deverá ser agendada nova sessão — diria o primeiro.

— Senão, perdemos tempo e gastamos dinheiro público.

— Se sente que precisa debater aquela proposta, deveria pedir antecipadamente para participar no seu desenvolvimento.

Raios os partam, estavam todos em conluio.

— Mas a responsabilidade... a necessidade do debate... — a cabeça andava à roda —, contrariar as opiniões do adversário...

— Qual adversário? O interesse aqui é comum: gerir a sociedade e a economia da melhor forma.

— Pela análise do problema e escolha das alternativas mais propícias.

— O país é uma corporação gigantesca.

— E por isso tem de ser eficiente.

— Não vê os administradores passar dias a debater, e sem informação adicional, baseados apenas em ideais, rumos a seguir no mercado... — A malta riu-se. — Eis porque a máquina legislativa e a máquina executiva estavam tão distantes.

— Um ministro define estratégias, políticas a seguir... — diria Morais, a visão turva.

Tinha de pedir café. Uma bica, que ainda sabiam fazer neste local, pois até essa droga inofensiva se tinha tornado impopular. Os novos *yuppies*, mais assustadores que os originais, seguiam dietas intensivas e eram adeptos da terapia genética. Era tudo mais assustador. Principalmente o dia a dia.

— Mas um ministro, naquele tempo, estava longe de toda a informação necessária para o fazer.

— E longe das vontades do povo.

— Dependia dos seus secretários e apoiadores.

— A não ser que fosse um político exemplar, mas para isso tinha de perder muito tempo com manobras internas.

— E tempo é dinheiro dos contribuintes.

— Este estado da nação só é possível pela democracia da informação de que hoje dispomos.

— Não estamos contra si — disse finalmente um deles. — As organizações sociais surgem pelas razões que surgem, não é nosso dever julgá-las. No seu tempo, fazia sentido.

Lançou-lhes o melhor sorriso, mas não os demoveu. Antigamente era tudo o que bastava. Vinham comer-lhe às mãos, os jovens, sedentos de orientação e sabedoria. Um sorriso e um discurso, e era vê-los de olhinhos a brilhar. Estes eram tecnocratas ao vivo. Não eram maus rapazes, embora fossem de convicções impenetráveis e quase telepáticas. Tanta união num governo assustava-o. Fazia-o pensar em ditaduras. Mas depois, na prática, não era assim, pois aquela malta, como os advogados, era capaz de liderar equipes de investigação sobre pontos de vista opostos e digladiarem-se mutuamente nas assembleias.

Ao menos, Ilídio era um pouco diferente.

— Até hoje me vais obrigar a fazer isto? — Os pontos amarelos e verdes dançavam no ecrã, e ele seguia-os com os dedos, tentando tocar-lhes.

— Temos de voltar sempre ao assunto? Faz o teste e fique calado.

— Mas se estou em condições... — As bolas dançavam de um lado para o outro, era difícil segui-las.

— Em condições? Bolas, Morais, vais obrigar-me a cancelar a tua apresentação. Olha para estes valores...

— Então, Ilídio, pensas que és jovem como eles? A gente vem da mesma geração, do mesmo mundo. Que te custa não ligares a isto?

— Ao teste de uniformidade de raciocínio? É como não ligar ao fato que o depósito do avião em que vamos não tem combustível. Quem manda é a máquina.

— Dantes quem mandava éramos nós. Desde quando é que tenho de obedecer a uma porcaria destas? — E deu um safanão no ecrã.

— Pois, assim é que não te deixo entrar mesmo.

— Sabes a quantas sessões assisti completamente bêbado? E pensas que era o único?

— Por isso é que inventaram o teste. Acaba lá isso. Vai com calma.

— Um pouco de álcool não faz mal a ninguém.

— Morais, há quem beba e mantenha a integridade de raciocínio, mas não consiga conduzir em condições. Outros conseguem conduzir, mas a bebida afeta-lhes a forma como tomam decisões. Cada caso é um caso. No teu, tens a tendência de seguir o lado emocional quando estás mais alegre... tomas opções diferentes de quando não estás. E essa inconsistência é o que o teste revela. Por isso é que tens de fazer o teste todos os dias. Para termos um histórico. E não é só a bebida... Podes estar com febre, podes tomar um medicamento, e isso é suficiente para te tornar inviável.

— Faz de conta que estou com febre.

— Já pus isto mais lento. Acaba lá.

Dava trabalho como um filho, pensava Ilídio, mas de certa forma iria ter saudades. Era a cor daquele local tão uniforme e planejado, e ele entendia que isso era necessário. Não que Morais soubesse fazer alguma coisa: era um político puro da velha guarda, e logo especialista em inflamar discussões, combinar arranjinhos, tomar decisões baseado em pouca informação ou rumores (ainda se lembrava da vergonha que resultara na sua caída final em desgraça, quando Morais se prestou a participar num estudo que provaria que decisões feitas ao modo antigo eram geralmente desastrosas; foi a humilhação pública, que o arrasou por completo, e talvez essa fosse a fonte da simpatia que Ilídio nutria pelo ex-deputado), fazer intrigas de gabinete, e favorecer pontos de opinião. Sem qualquer capacidade real de análise, de crítica fundamentada e de gestão. Tudo dons com pouca utilidade nos dias atuais.

Bem, mas estava a chegar ao fim. Ilídio observou os resultados e o monitoramento cardíaco. Que estaria aquele homem a sentir? Era, de certa forma, o último a morrer, o irmão que durara mais tempo, na família, e devia estar tremendamente sozinho.

— Tens a apresentação pronta? — perguntou-lhe. Estava quase fora dos limites, mas aprovou a sua entrada.

— Sim, aqui. — Morais apontou para a própria cabeça, e sorriu.

"Isto vai ser lindo...", pensou Ilídio.

Subiu ao palco, encontrou o seu lugar no palanque; o pequeno microfone ansiava pelas suas palavras. Sobre a superfície encontrava-se o discurso, impresso em papel e equilibrado com clipes, pois a superfície era na verdade um ecrã onde se reproduzia a projeção que se encontrava nas costas do orador para o libertar de ter de virar-se enquanto falava. O assistente mostrara-se perplexo com a falta de uma apresentação visual, mas fizera o seu melhor. Morais colocou os óculos, aproximou o discurso. Fingiu lê-lo. Depois pousou-o e encarou a audiência. A Assembleia estava quase vazia de pessoas, mas um indicador na parede oposta informava-o de que era seguido por cento e cinquenta mil pessoas ao vivo — bem como um cronômetro com o tempo que lhe restava, que não era muito. Ergueu a mão direita e começou a contar.

— Visão. Confiança. Orgulho. Princípios. Perseverança. — Mostrou a outra e continuou: — Inovação. Aventura. Tradição. Diversidade. Inspiração. Eis os dez grandes pilares de uma grande sociedade. Ter uma *visão* para a sociedade, que guie as nossas escolhas num tempo de constante mudança, escolhas feitas com base na *confiança*, na capacidade dos cidadãos e *orgulho* nos resultados conseguidos, seguindo *princípios* humanistas que contribuam para a evolução da espécie, *perseverança* para ultrapassar as decisões difíceis e os sacrifícios, e iinovação na forma de ultrapassá-los e diminuir os efeitos negativos. Mas encarar este progresso como uma *aventura* no sentido positivo do termo: como diversão, como descoberta e como conhecimento. Sem nunca esquecermos a *tradição* das nossas origens, honrarmos a *diversidade* inerente às pessoas que constituem a nossa sociedade, e acima de tudo, *inspirarmos* as gerações vindouras.

"Poderia elaborar mais sobre o assunto, mas não há tempo. E na verdade, não é preciso. Basta olharmos em volta. O que conseguimos. Onde estamos. Como saímos das cavernas e conquistamos o medo e aprendemos sobre a natureza e o mundo, como aos poucos, após guerras e tiranias e ideologias castradoras, chegamos aqui, a um contrato social, complexo, possível por um conjunto de instrumentos que nós próprios desenhamos. Podemos ser indivíduos, mas também nação sem que um conceito choque com o outro ou tenhamos de abdicar de coisas irrazoáveis. Vou confessar-vos: nunca esperei que a democracia sobrevivesse muito tempo. Ainda sou do tempo que se lembra das histórias dos avós sobre ditadores e polícia política. Mas ultrapassamos uma barreira qualquer, e ficamos mais unidos. Não é perfeito, mas vai resultando."

Ilídio olhou para o cronômetro. O tempo iria esgotar-se em breve. Como organizador, caberia a ele interromper o apresentador no meio. Suspirou, antevendo o que se ia passar. Morais dançava de um lado para o outro do palco, enunciando as palavras com precisão e falando com convicção. Parecia décadas mais novo.

O discurso tinha avançado. Falava dos navegadores portugueses. Falava da conquista do Novo Mundo. Falava do exemplo de Kennedy e do objetivo-Lua. Falava dos territórios desconhecidos e de como já não havia planetas para explorar, pois mesmo os do Sistema Solar seriam fotografados e cartografados antes de alguém colocar o pé neles. Chegou por fim à proposta, que era o mais simples e anticlimático do discurso, pois implicava construir um parque de rádio-satélites para escutar o espaço exclusivamente à procura de sinais inteligentes extraterrestres. Algo que ninguém ainda tinha feito devidamente, apesar dos esforços antigos do projeto SETI. Mas que era importante para a preservação da espécie e para a continuação da sociedade. O fato de descobrirem que não estavam sós. E porque isso poderia demorar décadas ou gerações, deviam começar já.

Ilídio tentou mantê-lo no ar o mais possível, apesar da chuva de protestos dos outros apresentadores e do estrago no planejamento do dia, mas teve de acabar por interrompê-lo e pedir-lhe que resumisse. Depois ligou ao representante da contra-argumentação:

— Paulo, seja breve e indolor.

Em cinco minutos, Paulo resumiu os esforços das últimas décadas na escuta do espaço, que porção do espectro tinha sido analisada, quais os resultados, quais os problemas esperados, quais os reais benefícios e por fim, qual o custo.

A moção foi à votação. Morais já não estava no edifício.

Discreta e lentamente, a moção foi recusada por dez por cento do eleitorado nas primeiras vinte e quatro horas da votação, normalmente decisivas para as propostas de pouca importância. Ilídio tentou telefonar a Morais, sentindo-se quase na obrigação de dizer algo, mas não conseguiu estabelecer conexão. Algo no íntimo o alertou, e quando lhe comunicaram na manhã seguinte que o antigo deputado tinha sido encontrado em coma alcoólico e falecera a caminho do hospital, não se sentiu realmente espantado.

O representante para a Proposta da Qualidade da Informação Online, que naquela manhã iria defender a revisão das Seguranças de Acesso para Respeito da Privacidade, soltou um trejeito de desaprovação.

— Que forma de acabar... com um desempenho miserável e o vício nojento...

— Pensas mesmo que o desempenho de ontem foi miserável? — perguntou Ilídio. Sentia-se estranhamente ausente.

— Claro que foi. Uma proposta idiota e cara sem benefícios para a sociedade. Que ganharíamos dos extraterrestres, se os descobríssemos?

— Talvez... uma visão diferente do universo?

— Sim, durante uns tempos, mas depois há que continuar a cuidar da casa. Cuidar dos nossos problemas reais. Mas tu não concordas que foi miserável?...

Ilídio parou um pouco e encarou o rapaz.

— Por sinal, creio que foi um dos discursos políticos mais emocionantes que alguma vez ouvi. Dos grandes. Morais, noutros tempos, teria sido um grande líder.

— Eram tempos ignorantes. O que precisamos é de método científico e racionalidade — disse o representante, com convicção. — Tentar evitar o erro. Não se pode conduzir um país pelo instinto. Já bastam os erros do passado.

— O mundo avançou mais depressa do que ele... e depois já não era necessário.

— Sim, era tão obsoleto como teclados num computador.

Ilídio olhou-o profundamente.

— Que idade é que tens?

— Vinte e um... por quê?

— Nada.

E Ilídio voltou às tarefas com um sorriso conhecedor que o rapaz não seria capaz de entender na íntegra durante muito tempo.

Anauê

Roberval Barcellos

O carioca Roberval Barcellos é um escritor de ficção científica política em sua totalidade. Esse advogado nascido em 1967, só escreveu histórias com essa temática. Algumas delas ainda estão inéditas ou só apareceram em fanzines. Seu único trabalho publicado profissionalmente foi a noveleta "Primeiro de Abril" (2000), um dos mais marcantes textos de história alternativa da Segunda Onda, ao abordar o que aconteceria ao Brasil caso houvesse uma guerra civil no país depois do Golpe de Estado de 1964, ao contrário da capitulação civil de nossa realidade. Um outro trabalho publicado, no âmbito amador por meio da Coleção Fantástica (2002), foi o curioso exercício de especulação política baseado no romance 1984, *de George Orwell, a noveleta* O Camarada O'Brien *—sobre o algoz do regime totalitário que prende e tortura o infeliz protagonista de* 1984, *Winston Smith.*

Agora Roberval nos apresenta ao Brasil alternativo de "Anauê", talvez a sua história mais polêmica, por imaginar como estaria o país em 1980, governado pelos integralistas e aliados de uma Alemanha nazista, liderada por Rudolph Hess, que está prestes a chegar ao Rio de Janeiro para colocar em prática um plano secreto de proporções sinistras. O integralismo brasileiro foi um movimento ideológico nacionalista, anticomunista e anti-semita, amparado por setores da classe média e semelhante ao fascismo italiano. Muito ativo nas décadas de 1920 e 1930, em 1932 constitui-se no partido político Ação Integralista Brasileira (AIB), que apoiou o governo autoritário de Getúlio Vargas, até ser extinto com a instauração do Estado Novo, em 1937. Barcellos, todavia, imagina o que teria ocorrido caso os integralistas derrubassem Vargas e, ao invés de aliarem-se aos norte-americanos, lutassem na Segunda Guerra Mundial ao lado dos alemães.

Um homem dirigia pelas largas avenidas do Rio de Janeiro, enquanto observava um *outdoor* preso à lateral de um edifício que mostrava um rapaz e uma moça morenos, vestindo a farda verde e olhando contemplativamente a inscrição: BRASIL 1980.

Noutro cartaz lia-se: DEUS, PÁTRIA E FAMÍLIA.

Ubiratan Silva, um relações públicas do Partido Integralista, circulava com seu Tamoio, um automóvel de fabricação nacional, em direção ao Palácio do Catete, transformado em sede do partido desde o sucesso do golpe de Estado de 1938 — que em público deveria referir-se como "Revolução Redentora".

Quase todas as cidades brasileiras passaram por uma verdadeira faxina estética desde 1938. Prédios antigos foram demolidos e deram lugar a largas avenidas ladeadas por gigantescas construções suntuosas, ao melhor estilo de Albert Speer, o gênio alemão da arquitetura. Estátuas antigas foram removidas e substituídas por outras em honra aos antepassados indígenas do povo brasileiro, mesmo que fossem índios estilizados, mais parecidos com atletas olímpicos, ou retratando homens como o falecido Grande Líder Plínio Salgado.

Ubiratan estacionou seu carro e seguiu a pé até o palácio. Lá os funcionários se saudavam erguendo o braço direito e dizendo: "ANAUÊ!"

O ajudante-de-ordens, um rapaz de cabelos lisos castanhos e vestindo a farda verde do Partido Integralista, aproximou-se dele e avisou:

— Tem dois delegados do Reich lá dentro querendo falar com o senhor.

Ubiratan dirigiu-se ao espelho. Ajeitou sua gravata preta e endireitou a braçadeira com o sigma — Σ — no braço esquerdo, pois os alemães davam muito valor à aparência e reparavam nos pormenores. É verdade que o uniforme integralista continuou sendo a calça e gravata pretas e a camisa verde, mas foi modificado, tornando-se um modelo muito mais elegante do que aquele usado nos anos trinta. Todavia, os alemães permaneciam imbatíveis no quesito elegância, apesar da sobriedade do figurino nazista.

Outro problema para Ubiratan era sua forma física: aos quarenta anos, fugia dos exercícios matinais e das caminhadas comunitárias, destinadas a manter a boa forma física dos cidadãos brasileiros e a estimular as atividades coletivas. Pior, a barriga já começava a se fazer notar, e logo hoje ele foi esquecer a cinta!

Ele adentrou seu gabinete, e os alemães que lá estavam ficaram de pé, esticaram o corpo e bateram os calcanhares, erguendo o braço direito e gritando em uníssono: *Heil Führer*!

Ubiratan respondeu com um altivo "ANAUÊ!"

Eram um homem e uma mulher loiros e altos com olhos azuis esfuziantes, conforme o padrão ariano de beleza. Eles só se sentaram quando Ubiratan convidou-os a fazerem isso de sua cadeira, atrás da mesa de jacarandá.

— A que devo a honra de receber ilustres delegados do Reich?

A mulher respondeu em perfeito tupi-guarani:

— Nosso *Führer*, Rudolph Hess, chegará ao Rio de Janeiro semana que vem para celebrarmos os quarenta anos da assinatura do Tratado do Eixo, que aproximou nossos países.

— Isso eu sei. Aliás, foi no ano em que nasci: 1940.

A alemã esboçou um sorriso e comentou:

— Que maravilha! O senhor nasceu junto com uma nova Era!

— Eu quis dizer que sei qual é o motivo da vinda de *Herr* Hess.

— O nosso motivo é de ordem social, senhor Ubiratan. O Reich vem mantendo conversações com o governo Integralista para acertarmos o confinamento de judeus durante a visita e...

— Espere! — gritou Ubiratan para os alemães, que detestam ser interrompidos mais do que qualquer outro povo. — O antissemitismo não faz parte dos dogmas do Partido Integralista. Se é isso que vieram me pedir, perderam o seu tempo, pois não sou o responsável. Isso caberia ao DOPS.

Os alemães se entreolharam, e o rapaz disse:

— Senhor Ubiratan, só viemos até aqui para pedir que destrua as sinagogas que estiverem no itinerário do *Führer* Rudolph Hess em sua visita ao Rio de Janeiro, pois seria muito constrangedor para todo o Reich ver o *Führer* passar diante de um símbolo da inferioridade humana.

— Mas eu não posso fazer isso! Nem vou fazer! Ganhamos a Segunda Guerra Mundial sem que os judeus nos atrapalhassem e não vejo como eles poderiam nos prejudicar agora. Nem o DOPS concordaria.

A mulher cruzou os braços e retrucou:

— Precisa estudar história, Senhor Ubiratan. Vocês não nos ajudaram a ganhar a guerra com os judeus, mas sim *apesar* dos judeus, pois eles se opuseram firmemente ao Tratado de 1940 e muitos deles, nascidos no Brasil, fugiram para os EUA e até lutaram contra nós. São todos traidores e devem ser retirados do convívio social. A Argentina e o Chile já expulsaram todos os seus judeus. Só falta o Brasil!

Ubiratan coçou o queixo e disse:

— Isso não depende de mim. Para destruir as sinagogas e deter brasileiros de religião judaica, vocês precisam do aval do Ministério da Justiça. Depois, isso deverá ser referendado pelo Congresso das Classes Trabalhadoras e pelo Alto Comissariado do Partido Integralista. Como podem ver, creio que *Herr* Hess deverá desviar seu percurso pela cidade. Poderei traçar novo percurso onde, garanto, ele não passará nem perto das poucas sinagogas que ainda existem no Rio de Janeiro.

Os dois alemães ficaram de pé e a mulher, agora deixando transparecer a arrogância nazista, lamentou:

— Comunicaremos isso ao partido, mas creio que não será suficiente. Somos mais do que seus aliados, por isso queremos ser tratados melhor do que os outros.

Eles bateram os calcanhares e saudaram: "*Heil Hess!*" E se retiraram a passos firmes.

Ubiratan, sozinho, pôs as mãos sobre a cabeça e resmungou:

— Malditos nazistas! Era só o que me faltava!

O ajudante-de-ordens entrou no gabinete trazendo um cafezinho para Ubiratan. Ele agradeceu e bebeu lentamente, enquanto admirava o mapa geopolítico afixado na parede, com destaque para os grandes Estados que surgiram após a Segunda Guerra Mundial, encerrada em 1947: a América, que era composta pelos EUA, México, América Central e Groenlândia; o Reich, que ocupava a Europa continental, o norte da África e mantinha com a União Soviética uma fronteira instável que se estendia de Leningrado a Sebastopol; a União Soviética, que ia das estepes russas ao Pacífico, englobando ainda a China e Mongólia; e o Império Britânico, que incluía as

Ilhas Britânicas, o sul da África, Índia, Austrália, Nova Zelândia, Canadá e a Islândia. Também destacavam-se a República Argentina e o Brasil. Ambos assinaram um tratado que ficou conhecido como "Péron-Salgado", em que dividiram a Bolívia, o Uruguai e o Paraguai, ficando ainda para o Brasil as Guianas e parte do Peru; depois surgiu o Chile que ocupou o litoral peruano até Lima. Estes três Estados sul-americanos formavam o Eixo-Sul e eram eventuais aliados do Reich, embora mantivessem acordos comerciais com os demais. A Colômbia e a Venezuela estavam sob ocupação militar americana e havia outros países nominalmente independentes.

O panorama político também era estranho: o Japão foi conquistado pelos EUA depois que explodiram seis bombas atômicas em seu território, o Eixo-Sul recebia apoio do Reich para combater os americanos que ocupavam a Venezuela e a Colômbia e ameaçavam seu território, mas apoiava a América na Guerra Fria contra a URSS; o Reich e a URSS eram inimigos mortais, mas se uniam contra os britânicos e americanos pelo controle do Oriente Médio; e a América apoia a URSS contra o Reich. Enfim, um mundo tão confuso que se tem a impressão de que muita coisa não ficou resolvida com o fim do conflito mundial em 1947.

E os judeus...

Os que não conseguiram fugir da Europa foram mortos ou recrutados para trabalho escravo, juntamente com os ciganos e certos grupos de eslavos. Estima-se que a população escrava no Reich beire quatro milhões de indivíduos.

Quando os Integralistas derrubaram Getúlio Vargas em 1938, muitos judeus deixaram o Brasil, sendo seguidos por outros quando foi assinado o Tratado de 1940 entre Adolf Hitler e Plínio Salgado que autorizava a instalação de bases militares do Reich em território brasileiro. Em troca, os oficiais do Reich treinaram o Exército Integralista e equiparam-no com o que havia de mais moderno em tecnologia militar, o que atraiu a Argentina e o Chile para a formação do Eixo-Sul. Ainda assim, esses países não haviam aderido ao antissemitismo, e muitos judeus permaneceram nos países que sempre consideraram seus.

Os integralistas sempre mostraram-se mais dispostos a assassinarem comunistas do que judeus, salvo se estes fossem simpáticos àqueles. Um judeu integralista era um cidadão comum, e até hoje ninguém questionou isso. Até hoje.

Encerrado o expediente, Ubiratan foi até o botequim ali perto, como sempre fazia. O nome do dono era Saul, mas não escapou ao apelido "Salim" dado pelos irreverentes fregueses — a irreverência que sobrevivia como um resquício de brasilidade num Brasil integralista.

— Salim! — Ubiratan chamou-o.

— Salim saeu! — Saul respondeu, dirigindo-se ao balcão numa clara alusão a uma velha piada, onde "saeu" poderia significar "saiu" ou "sou eu".

— Salim, cadê o seu pai?

— O velho está lá em cima. Já o soltaram.

— Soltaram?

— Sim. Ele ficou fazendo discursos em praça pública contra a visita de Rudolph Hess e acabou detido pelo DOPS. Eles riram um pouco das velhas piadas que ele conhece, e o soltaram, alegando que um velho de noventa anos não poderia causar mal algum.

Ubiratan sentiu alívio. Não foi o início das detenções.

— Bira — disse Saul —, se importaria de fazer-me um favor?

— Se estiver ao meu alcance...

— Eu participei da ocupação do Peru, da invasão ao Uruguai, sempre fui leal ao meu país. Está acontecendo alguma coisa?

— Como assim? — surpreendeu-se Ubiratan.

— Você está no meu botequim há dez minutos e ainda não bebeu cachaça. Isso é muito estranho!

Quem estava presente e ouviu, riu. Ubiratan respirou aliviado:

— Põe uma branquinha para mim — e veio a cachaça.

Ubiratan chegou em casa e encontrou a esposa reunida com outras mulheres para acertarem uma campanha de doação de agasalhos para a população pobre que padecia neste frio junho.

Ele foi logo para o banho e depois chamou pela esposa:

— Jussara! Elas já foram embora?

— Já foram, Bira.

— Põe a janta e liga logo a televisão!

Como uma perfeita esposa integralista, Jussara obedeceu. Assim que jantou, Ubiratan foi assistir ao noticiário que não falava de outra coisa senão da visita de Rudolph Hess. O ministro da Justiça, Reale, fez um pronunciamento ambíguo, de votos para as boas relações entre o Brasil e o Reich prosperarem, mas ao mesmo tempo defendeu uma posição independente do Brasil. Seria um sinal de oposição?

Em seus primórdios, a antiga Ação Integralista Brasileira admitia o antissemitismo e fazia-o através de ilustres fundadores, como foi o caso de Gustavo Barroso, defensor da eugenia e divulgador dos ideais de raça pura defendidos por Adolf Hitler. Com a proximidade da guerra e a ameaça de intervenção americana num Brasil ainda despovoado e militarmente indefeso, foram proibidas atividades antissemitas e suprimida a eugenia da doutrina integralista, usando para tanto o próprio ANAUÊ, que quer dizer: "Você é meu parente." Isso igualava todos os brasileiros e conquistava simpatias entre os Aliados.

Seus filhos retornaram da escola, a menina de treze anos, Jupira, e o garoto de oito, Peri. Ambos com uniformes verdes e as divisas de suas séries escolares nos ombros.

— Peri — chamou o pai, antes mesmo do garoto largar a pesada pasta com material escolar —, como foi sua prova de tupi-guarani?

— Não sei, pai. As notas só saem semana que vem.

— Você não sabe se foi bem na prova?

— Claro que não. Eu não as corrijo.

Em 1942 o governo integralista adotou o tupi-guarani como língua oficial e desde 1955 nenhum documento podia ser redigido que não na língua nacional.

Hoje todos falam o tupi-guarani, embora entre os mais velhos o português ainda resista nas conversas privadas e informais. Os nomes deveriam ser escolhidos entre nomes indígenas, inclusive aqueles nomes de "índio brasileiro" que os nossos índios nunca tiveram, tais como Ubirajara, Peri, Iracema e outros criados pelos escritores do romantismo em sua fase indianista. Aliás, a literatura desse período era a única da fase pré–1938 que ensinavam na escola, e a atual literatura oscilava entre épicos da guerra de 1939–1947 e romances neoindianistas — uma tentativa de recriar os clássicos do Romantismo. E ficava na tentativa.

— E o que você aprendeu hoje, Peri?

O garoto ficou pensativo e respondeu:

— Nada! Só ficavam fazendo perguntas da televisão.

— Perguntas da televisão? — Ubiratan não entendeu.

— É, pai. Perguntaram para mim a importância de "Rodolfo" Hess para o mundo.

— E o que você respondeu, Peri?

— Eu disse que ele é importante porque é alemão, mas a professora disse que errei e me botou de castigo.

Ubiratan teve vontade de dar uma chinelada no filho, mas preferiu humilhá-lo ao fazer a mesma pergunta para Jupira, que respondeu:

— Rudolph Hess é muito importante porque foi ele quem saltou de paraquedas na Inglaterra e negociou uma paz em separado com os britânicos, encerrando a guerra na frente ocidental, colaborando para a queda do então primeiro-ministro Wiston Churchill e consolidando a conquista da Europa.

Ubiratan sorriu para menina e fez um olhar severo para o filho. A mãe assistia a tudo e se perguntava que castigo daria em seu filho por ser tão displicente, enquanto a filha é tão estudiosa. Nas escolas os alunos estão sendo preparados para a "Semana Hess" e a Segunda Guerra Mundial é o assunto em pauta.

O telefone tocou. Jussara atendeu. Era para Ubiratan.

— Alô!

— Alô! Senhor Ubiratan Silva?

— Eu mesmo. Quem está falando?

— Meu nome é Arariboia Morais. Desculpe-me por ligar a esta hora, mas amanhã o senhor deverá ir ao Palácio Monroe e se apresentar ao secretário de Propaganda.

— Qual o assunto?

— Não sei ao certo, mas tem a ver com a "Semana Hess".

— Entendi. Estarei lá.

Assim que desligou o telefone, Jussara perguntou:

— Você fará parte da comitiva que recepcionará Rudolph Hess?

— Provavelmente.

Jussara, uma bonita morena, ficou ainda mais bonita quando sorriu e disse, como se celebrasse:

— Puxa! Estou tão orgulhosa!

No dia seguinte, Ubiratan estava no Palácio Monroe, conforme ordenado. Numa ampla e luxuosa sala, decorada com sigmas douradas e um grande retrato do fundador Plínio Salgado, estavam três homens: o Chefe da Polícia do Rio de Janeiro, o Secretário de Propaganda e outro que ele soube ser o tal Arariboia Morais. Depois dele entraram na sala dois alemães.

— Senhores — começou o Chefe de Polícia —, estamos aqui reunidos para acertarmos os detalhes finais para a visita do ilustre líder do Reich, Rudolph Hess.

Um dos alemães, um homem enorme aparentando trinta anos, entregou um papel ao Secretário de Propaganda que, após rápida leitura, indagou a Ubiratan:

— Com que autoridade o senhor se opõe à detenção dos judeus?

Ubiratan engoliu seco. Devia escolher as palavras com cuidado, pois era óbvio que os alemães estavam insatisfeitos com ele.

— Apenas neguei-me em assumir responsabilidades que não eram minhas, afinal não faz parte das minhas atribuições decretar o fechamento das sinagogas. Aliás, nada mencionaram sobre detenção de judeus, mas tão somente sobre demolição de sinagogas que porventura estivessem no trajeto.

— Ele tem razão — concordou o Chefe de Polícia —, isso não é da competência do relações públicas do partido. Deixem que eu providencio o fechamento daqueles... antros de ratos.

Ao findar a frase, o Chefe de Polícia piscou para os alemães que sorriam de satisfação.

— Então está decidido — disse o Secretário de Propaganda —, hoje mesmo todos os departamentos da polícia iniciarão a Operação Amizade. Quero todas as sinagogas fechadas e todos os judeus detidos enquanto durar a visita do grande Rudolph Hess. Assim que a Semana Hess passar, nós decidiremos o que deve ser feito. Não se trata de perseguição política, apenas medida de segurança preventiva.

Após considerações de praxe, Ubiratan acabou designado para evitar qualquer comentário do partido acerca da Operação Amizade. Depois serviram café com biscoitos amanteigados, muito elogiados pelos alemães que, soube-se, eram agentes da GESTAPO. O secretário de Propaganda tirou um pedaço de papel do bolso e disse aos alemães, em tom de triunfo:

— Eu criei dois *slogans* para exaltar o Brasil e seus feitos, e gostaria de saber a opinião dos senhores: "Este é um país que vai para frente!" e "Brasil: Ame-o ou deixe-o". O que acharam?

Os alemães sorriram e aplaudiram. Um deles comentou:

— Bravo, *Herr* Secretário! Göebbels não teria feito melhor!

No final da tarde, Ubiratan voltava para casa quando, ao passar pelo botequim de Saul, reparou no pai dele, bebendo e discursando:

— Sabem da última piada, meus compatriotas? — indagou ele aos fregueses. — Nosso governo vai preparar uma festança para saudar aquele canalha do Rudolph Hess! Primeiro ergueram aquela estátua de quatro metros de Hitler em Brasília, depois uma estátua de cinco metros de Himmler em São Paulo. Se continuar a tendência, teremos uma estátua para Hess de seis metros na Cinelândia.

Saul olhou para Ubiratan e disse:

— Ele está bêbado. Meu pai ainda vai arrumar encrenca!

O velho, de nome Moisés, ouviu o comentário e replicou:

— Ninguém mais arruma ideias nesse país. As faculdades de História, Filosofia, Sociologia e Ciência Política foram extintas há quarenta anos! — Ele mostrou quatro dedos com a mão. — Tudo que restou das Ciências Humanas foi uma porcaria chamada Estudos Sociais Integrais.

— Pai! E se alguém aqui fez essa faculdade?

— Bem-feito! Foi enganado pelo Ministério da Educação e é detentor de um diploma que traduz toda mediocridade intelectual brasileira, com direito a trechos de *Mein Kampf* traduzidos para o tupi-guarani!

Ubiratan havia cursado Estudos Sociais Integrais.

Moisés o encarou e indagou:

— Sabe quem venceu a Segunda Guerra Mundial?

— Claro que sei — respondeu Ubiratan —, fomos nós e o Reich.

O velho começou a gargalhar. Gargalhou tanto que quase vomitou, mas conteve-se e explanou:

— Todos cantam a vitória mas ninguém venceu! O tratado de 1947 pôs fim a guerra *formalmente*, mas ela continua nas estepes, no Oriente Médio, no Pacífico, na África, na Amazônia e alhures. Os beligerantes assinaram o tratado porque estavam à beira da exaustão.

— Pai, o senhor está constrangendo os fregueses.

— Cala a boca, Saul! Eles precisam ver que tudo isso é ilusão. Vivemos o pesadelo da guerra sem-fim. Só no ano passado morreram cinco mil brasileiros na fronteira com a Colômbia. Isso é paz?

"Não", pensava Ubiratan, "não é".

Moisés e Saul continuavam a discutir e na calçada em frente um grupo da Juventude Integralista marchava num alinhamento perfeito, sob a supervisão de um homem de meia-idade que gritava "Anauê" sempre que ensaiavam parar.

Amanhã teria um dia cheio. A começar pela visita ao ministro Reale que talvez pudesse ajudá-lo.

O Palácio da Justiça no Castelo estava decorado com as bandeiras do nazismo e do integralismo. Numa ampla sala estava o ministro Reale sentado diante de um retrato de Plínio Salgado. Uma moça loira entrou na sala e avisou:

— Ministro, aquele senhor que solicitou uma audiência hoje pela manhã está aqui. Posso mandá-lo entrar?

— Claro! Que entre!

Ubiratan estava vestindo sua farda de gala do partido e saudou o ministro: "ANAUÊ!"

O ministro ficou aguardando o que ele tinha para dizer.

— Excelência — começou Ubiratan —, recebi ordens baseadas numa certa Operação Amizade, cujos princípios desconheço, mas que está intimamente relacionada à visita de Rudolph Hess. Tal operação consiste no fechamento de sinagogas e na detenção de cidadãos brasileiros de religião judaica até o fim da visita e...

— Mas isso é um absurdo! Eu não fui informado! — Reale esbravejou ao interromper Ubiratan.

— Foi o que pensei. Eu sou o relações públicas do partido aqui no Rio de Janeiro e soube dessas decisões por cidadãos alemães.

Reale, preocupado, levantou-se da cadeira e passou a andar de um lado para o outro. Depois indagou:

— O senhor tem tudo isso por escrito?

— Sim, excelência. Está aqui.

Ubiratan entregou-lhe um envelope com toda história datilografada e assinada por ele. Reale leu e não acreditou:

— Isso é ilegal! Ainda que eles temessem atentados, existem maneiras menos brutais de garantir a segurança de um chefe de Estado em visita ao Brasil, do que encarcerar inocentes. Foi bom você ter me avisado.

— Então o senhor vai apurar o que é essa Operação Amizade?

— Não. Vou mandar suspendê-la, seja lá o que for. Enquanto eu for Ministro da Justiça ninguém será discriminado por credo ou raça.

Ubiratan sorriu, despediu-se do ministro com um alegre ANAUÊ, e saiu dali sentindo a consciência mais leve e a sensação de dever cumprido.

No dia seguinte, véspera da chegada de Hess, Ubiratan chegou cedo ao Palácio do Catete. Mal adentrou seu gabinete, foi interpelado por um agente do DOPS que certamente o esperava:

— Bom dia, senhor. Vim apurar a suspeita de vazamento de informações sigilosas por sua parte.

— Como assim, policial?

— Operação Amizade. Isso lhe diz algo?

— Vá direto ao assunto.

— Descobrimos que o senhor divulgou um projeto secreto do governo.

— Alto lá! Eu não divulguei nada. Apenas informei ao Ministro da Justiça, porque deveria ser de seu conhecimento, visto que não se trata de pessoa estranha ao Estado e que se presume conhecer os pormenores de toda operação sigilosa. Foi com espanto que constatei que ele desconhecia.

— Se ele desconhecia era porque ainda não devia saber. O senhor agiu errado e devo detê-lo a bem da ordem pública.

— Acho que você não deveria fazer isso. O ministro não gostou nem um pouco do que ouviu sobre a tal Operação Amizade.

— O senhor ouviu o noticiário desta manhã?

— Não. Por quê?

— Porque foi noticiado que, infelizmente, durante a madrugada, o Ministro Reale, após reunir-se em caráter extraordinário com membros do Alto Comissariado do Partido Integralista, em reunião convocada por ele próprio, foi vítima de um atentado.

— Atentado?

Ubiratan começou a suar frio.

— Sim. O carro que o conduzia explodiu, matando o ministro e seu motorista. A GESTAPO se ofereceu generosamente para nos ajudar nas investigações, porque suspeitamos da autoria de grupos judeus radicais.

Ubiratan caiu sentado em sua cadeira. Reale morto! Mas que grupo judeu seria este? Desde 1938 que o Brasil não é alvo de atentados terroristas, por que seria em 1980?

— Sinto muito, Senhor Ubiratan Silva, mas devo detê-lo.

Neste instante a porta abriu-se bruscamente e um homem alto, de pele clara, magro e de óculos, irrompeu no gabinete vergando um garboso uniforme de coronel do Exército. Ele deteve-se diante do agente e ordenou com o dedo em riste:

— Queira retirar-se, policial. O Serviço de Inteligência do Exército não encontrou nada que vinculasse o senhor Ubiratan Silva aos acontecimentos recentes. Segundo informações obtidas, ele se limitou a cumprir com procedimentos de rotina, como informar ao Ministro da Justiça acerca de atividades que envolvam o direito de ir e vir de qualquer cidadão.

O agente estava confuso e optou por não enfrentar um coronel da Inteligência Militar. Bradou "ANAUÊ" a plenos pulmões com toda raiva, e se retirou julgando-se vencido.

Ubiratan logo reconheceu o oficial: um amigo desde os tempos de ginásio chamado Aimoré Oliveira. Assim que o agente saiu, ele disse:

— Ficou maluco, Bira? O que você pretendia? Usar o ministro para solapar a autoridade do partido?

— Mas o ministro era do partido.

— Deixe de ser cínico! Você teve ordens de não deixar nenhuma informação vazar e vazou-a na primeira oportunidade com claro intento de impedir a realização de uma operação secreta!

Ele tirou uns papéis amassados de dentro do paletó verde-oliva e jogou-os sobre a mesa. Ubiratan reconheceu como sendo os papéis que ele levou ao Ministro Reale.

— Você está certo, Aimoré. Eu acho um absurdo tal discriminação.

— Por quê? Só porque bebe cachaça no botequim de um judeu?

— Eles são brasileiros!

— São judeus! Todo grupo fechado nunca fará parte de uma nação e eles são um dos grupos mais fechados do mundo. Assim como os ciganos, eles são párias, sempre serão párias e ninguém gosta de párias.

— O que eles fazem é problema deles.

— Errado! O Estado Integralista é um organismo e o povo suas células. Se algumas células se rebelam, logo se transformam num câncer e matam o organismo. Não podemos deixar o organismo morrer, senão todos morreremos.

— E o que fazemos?

Aimoré inclinou-se sobre a mesa e respondeu:

— Matamos as células rebeldes antes que elas nos matem.

Ubiratan achou melhor ficar calado. Aimoré tirou um pequeno envelope de dentro do bolso e entregou-lhe, dizendo:

— Sei que você é um bom integralista, Bira. Em nome da nossa velha amizade, peço-lhe que acate, sem reclamar, essa nova determinação.

Ubiratan abriu o envelope e soube que seria transferido para Amazônia, na fronteira com a Colômbia. O teor da carta era elogioso e do informe de uma promoção, estava ali implícita uma punição.

— Aqui diz que devo partir amanhã pela manhã — comentou Ubiratan. — Não se preocupe, velho amigo, sei que fez isso para salvar a minha vida. Obrigado.

Aimoré manteve o olhar severo. Disse "ANAUÊ" e retirou-se. Ubiratan ficou pensando como diria isso a sua esposa.

Fosse por teimosia ou força do hábito, Ubiratan saiu do Palácio do Catete direto para o botequim do judeu. Constatou que estava vazio.

— Cadê todo mundo? — indagou.

— Hoje ninguém veio — respondeu Saul, com ar triste. — Sabia que meu pai foi preso?

— O velho Moisés? Por quê?

— Os agentes do DOPS disseram que ele poderia saber algo sobre a bomba que matou o Ministro da Justiça. Que absurdo!

— Procurou um advogado?

— Nenhum quis pegar o caso. Disseram temer a opinião pública.

— E advogados judeus?

— Os poucos que havia também foram detidos. O DOPS fica repetindo que são só medidas preventivas de segurança e que tudo voltará ao normal em breve.

Ubiratan olhou para os lados como quem teme ser ouvido, e disse, quase num sussurro:

— Saul, por que você não pega a sua família e sai do Brasil?

— Por quê? O país não é meu também?

— O Brasil pertence ao Partido Integralista e pelo jeito passará a pertencer aos alemães. Você é judeu, deveria emigrar.

— Mudar de país?

— Sim! Vocês judeus vêm fazendo isso há séculos. O que tem demais fazerem isso mais uma vez?

Saul riu, mas um riso triste. Com os olhos rasos d'água ele disse:

— Você tem razão: nós judeus peregrinamos pelo mundo afora desde a Diáspora. Estamos em muitos lugares, mas é como se não tivéssemos lugar algum. Qual é a razão de tudo isso? Será que é porque nos recusamos a perder nossa identidade quando perdemos nossa terra?

— Saul, não foi isso que eu quis dizer.

— Mas foi exatamente o que disse. Minha família veio para o Brasil na época de Dom Pedro II e ainda hoje nos veem como se estivéssemos de passagem enquanto descendentes de italianos que aqui aportaram no início deste século são vistos incontestavelmente como brasileiros natos.

Ubiratan nem pediu a cachaça. Não tinha palavras ou não conseguia encontrá-las. Despediu-se e saiu dali cabisbaixo. Assim que dobrou a esquina foi interpelado por dois homens que se identificaram como agentes do DOPS. De novo? Dessa vez não pareciam hostis.

— Você estava no bar do judeu, não estava?

— E daí?

A pergunta afrontosa de Ubiratan pareceu irritar os agentes. Um deles respondeu:

— Daí que não é aconselhável. Se o fizer será problema seu. Só nos damos ao trabalho de avisar porque respeitamos seu uniforme verde.

Eles disseram "ANAUÊ" e foram embora. Ubiratan foi para casa.

No ginásio, na classe de Jupira, filha de Ubiratan, os alunos estavam fazendo cálculos num silêncio quase doentio, sob os olhos do professor que não dispensava a braçadeira com o sigma. Aqueles cálculos não seriam fáceis nem mesmo para um adulto, mas o lema educacional integralista era cobrar mais e sempre mais.

No quadro negro, liam-se as palavras *Heil Führer* seguidas da tradução "salve o líder". Nunca, desde 1940, que o alemão estivera tanto em moda.

Jupira estava cansada de todo aquele esforço mental e não via a hora de ir embora, mas pela quantidade de deveres de casa ela sabia que não teria tempo para assistir a TV.

De repente a porta abriu e entraram a diretora e dois militares.

Jupira apelidara a diretora — sem ela o saber —, de "pescoçuda", pois magra, a cabeça parecia equilibrar-se sobre o pescoço fino e tinha um ar prepotente, a usar óculos de aros redondos parecendo ainda mais velha. Em vez de pedir a atenção de todos, tossiu alto como se a classe devesse saber por instinto que ela estava ali. A "pescoçuda" chamou por um nome:

— Iara Eisenberg!

Quase imediatamente uma menina loira e sardenta ficou de pé aguardando uma ordem. A "pescoçuda" disse à menina:

— Arrume seus materiais e acompanhe esses dois soldados.

Em silêncio, a menina sardenta arrumou seus muitos materiais e saiu, sendo escoltada pelos dois militares. Jupira, que se sentava perto de uma janela que dava vista para a rua, viu quando sua colega foi colocada numa viatura do SAM juntamente com dois meninos e três meninas.

"Mas o SAM não é para delinquentes?", pensou Jupira.

Ubiratan chegou em casa e foi dar a má notícia à esposa, mas optou pelo sorriso e a simulação da felicidade:

— Boas notícias, meu amor! Iremos todos para Amazônia! Fui promovido e...

— E você está mentindo! ? ela o retrucou, com as mãos na cintura e voz ríspida.

— Ficou maluca, mulher?

— Eu não. Você ficou. Deu até para mentir.

Ele, que realmente omitia a verdade, indagou como se pudesse salvar a mentira:

— Do que você está falando?

— Eu não falei nada! Quem falou foram os agentes do DOPS que estiveram aqui e fizeram perguntas. Disseram que você descumpriu ordens do Estado. Pensa que sou boba? Essa história de promoção é para encobrir a sua punição!

"Droga!" pensou Ubiratan. "Maldito DOPS!"

— Vá você para Amazônia! Eu não vou! Quero o divórcio!

— Pare com isso, Jussara! ? Ele mal acreditava nas palavras que ouvia dela. ? Vou ganhar muito mais na Amazônia.

— E vai gastar onde?

— Na cidade em que ficarmos.

— Escute! Não vou sacrificar a mim e às crianças por sua causa, Bira. Dê-me o divórcio antes que faça outra bobagem. As ex-esposas de funcionários do Partido Integralista têm direito a permanecer com os filhos nos apartamentos funcionais. Pode ter certeza que nós preferimos o Rio.

— Imagino — disse um resignado Ubiratan.

Uma hora depois seus filhos voltaram da escola. Jupira, impaciente, foi até o pai e contou:

— Pai, hoje a diretora, a Pescoçuda...

— Jupira! — a mãe gritou —, já não falei para não pôr apelidos em pessoas mais velhas?

— Desculpe, Mamãe. — A menina voltou o olhar para o pai e continuou a falar: — Minha colega Iara foi retirada da sala por dois soldados e depois eu vi pela janela que ela foi com outros meninos e meninas para uma viatura do SAM. Mas o SAM só leva delinquentes!

— Estranho — Ubiratan disse —, algo mais?

— Disseram que todos os que foram levados pelo SAM eram judeus.

Ubiratan arregalou os olhos, e Jupira prosseguiu, apesar do olhar assustado da mãe:

— Eu gosto da Iara. Ela é legal. Não sei por que a levaram.

— Jupira! — gritou novamente a mãe —, você não deve gostar de judeus. Eles não são seus amiguinhos.

— E por que não, Mamãe?

Jussara, nervosa, pensou numa resposta e finalmente:

— Você já se esqueceu das aulas de catecismo? Não se lembra de quem matou Jesus?

— Lembro sim, Mamãe. Foram os romanos.

— Não, Jupira! Foram os judeus! Os romanos foram pressionados pelos sacerdotes judeus para condenarem Jesus, e, no dia do Jubileu, em vez de escolherem o Cristo para ser libertado, eles preferiram um tal de Barrabás que era um ladrão.

— Mas quem crucificou Jesus não foram os romanos?

— Você é burra e teimosa!

— Não sou não, Mamãe!

— Então pare de me contestar! Foram os judeus que mataram Jesus e agora eles estão sendo castigados por isso. Você não deve ter pena deles porque eles não gostam de nós cristãos.

Jupira achou melhor parar de discutir para não levar uma surra. Ela foi para o quarto ainda mais confusa do que quando chegou, e Peri a tudo ouvia sem nada entender. Ubiratan ironizou:

— Depois sou eu o mentiroso.

— Estou protegendo a nossa família. Você acha que sou cega? As minhas amigas me contaram que os judeus estão se tornando indesejáveis no Brasil porque já se tornaram no Chile e na Argentina. Os agentes do DOPS me falaram de sua amizade com um judeu que vende cachaça para chefes de família. Gente degenerada!

Ubiratan tinha certeza que ela sabia que não-judeus também vendiam cachaça.

— Desisto, Jussara. Você terá o divórcio. Eu devo partir amanhã pela manhã para Amazônia. Você cuida de tudo, fale com um advogado.

E ele foi tomar banho e dormir. Dormiu mal.

A manhã seguinte foi um "adeus". Jussara fez o café e saiu para a caminhada comunitária a fim de evitar olhares com Ubiratan. Seus filhos foram para escola e nem olharam para o pai, talvez na esperança de que não recebendo um "adeus", ele ficasse mais tempo. Ubiratan arrumou as malas e atendeu o telefone. Era a voz de um membro do Partido Integralista lembrando que ele não poderia se atrasar para pegar o voo. Queriam ele fora do Rio antes que Hess chegasse. Ubiratan tomou café em sua casa pela última vez e seguiu para o aeroporto. No caminho, vários cartazes mostravam Rudolph Hess sorrindo num sorriso paternal, enquanto outros cartazes mostravam dois casais: um rapaz integralista moreno de mãos dadas com uma moça loira nazista, e um rapaz loiro nazista de mãos dadas com uma moça integralista morena.

Ubiratan passou antes no Palácio do Catete para limpar a mesa, mas todos evitaram cumprimentá-lo, pois papagaio que dorme com morcego acorda de cabeça para baixo. Somente o novo relações públicas, um subalterno metido a intelectual que sempre conspirou para tomar seu lugar, lhe dirigiu a palavra, mais para testar suas novas prerrogativas do que para demonstrar solidariedade:

— O senhor foi um bom funcionário. Sentirei saudades.

— Obrigado. Também sentirei saudades de você — Ubiratan mentiu com igual falsidade.

— Por falar em saudades, sabia que os judeus foram confinados?

— Ouvi dizer.

Ele não estava nem um pouco interessado em prosseguir com a conversa, ainda mais com esse sujeito.

— Tomara que a Semana Hess dure para sempre!

— Por quê?

Finalmente ele parou de limpar as gavetas e prestou atenção no que o outro tinha a contar.

— Ora! No meu prédio levaram uma família inteira de judeus que moravam na cobertura. Se eles ficarem confinados para sempre ou forem deportados, poderei usar os poderes que tenho agora para pegar aquela cobertura para mim. Tudo dentro da lei, afinal a gente tem que levar vantagem em tudo, certo?

Enojado, Ubiratan saiu sem responder. O novo relações públicas comentou com o seu "puxa-saco":

— Viu só que sujeito esquisito? Tomara que pegue malária!

A caminho do aeroporto, Ubiratan reparou que o botequim de Saul estava fechado. Ele viu militares posicionados em pontos estratégicos, e estudantes com seus elegantes uniformes de marcha prontos para marcharem pela Avenida Rio Branco com impecabilidade militar.

No aeroporto, milhares de pessoas se aglomeravam para verem a chegada de Hess, enquanto telões instalados por toda cidade mostravam o avião nazista a caminho do Rio sendo escoltado por caças alemães e brasileiros. Cada vez que o alto-falante anunciava a proximidade da aeronave, a multidão delirava mais no que num jogo de futebol. Alguns brasileiros mais entusiasmados erguiam o braço direito e tentavam imitar a saudação nazista num claudicante "Rái!".

Antes que Hess chegasse, Ubiratan embarcou. Todavia, a TV de bordo não mostrava outra coisa: o avião nazista pousou no aeroporto Santos Dumont e Hess finalmente pôs os seus pés na Cidade Maravilhosa, acenando sorridente para a multidão delirante em meio a gritos de "Rái Fírrer!" Foi recebido pelas maiores autoridades e passou em revista a tropa impecável, com direito a um buquê de flores protocolarmente oferecido por uma inocente menina que trajava uma versão infantil do uniforme integralista, escolhida a dedo pela sua aparência angelical. Segundo a imprensa, o ex-delfin de Hitler chegava ao Rio para iniciar uma nova era de prosperidade e paz, nem que para isso se fizesse uma nova guerra.

Depois, Hess desfilou em carro aberto pelas principais ruas da cidade, debaixo de uma chuva de confetes e serpentinas lançadas dos prédios e de helicópteros. Quase todas as pessoas nas ruas traziam braçadeiras com o sigma e agitavam bandeirinhas nazistas distribuídas fartamente pelas autoridades.

A aeromoça distribuiu revistas para os passageiros, talvez para oferecer uma alternativa de distração à programação da TV. Ledo engano. Eram revistas que traziam ainda mais informações sobre a visita do *Führer* nazista ao Brasil e a reportagem de capa era sobre os anos da Segunda Guerra Mundial, com uma fotografia em cores de Adolf Hitler e os seguintes dizeres logo abaixo: ELE SALVOU VOCÊ.

Enquanto isso, na TV, brasileiros de todas as cores erguiam o braço direito e saudavam Hess: Rái! Rái! Rái!

Apesar da empolgação da massa, aquilo soava para Ubiratan como tedioso e sonolento.

E ele aproveitou para dormir.

A aeromoça anunciou a chegada na cidade de Rio Branco. Ubiratan olhou pela janela e não viu a cidade, mas observou que aquela ferrovia imensa lá embaixo só poderia ser a Ferrovia Transamazônica, a obra-prima da engenharia nazi-integralista. Ia de São Luiz do Maranhão a Lima, no Peru ocupado. A ferrovia tinha dezenas de ramificações interligando várias cidades e indo até a outros países. Nas Guianas ocupadas havia ramais que iam até Paramaribo e Georgetown. Também havia ramais para a Colômbia e Venezuela, que em tempos de paz eram usados para um próspero comércio.

Ubiratan desembarcou em Rio Branco e dirigiu-se à sede do Partido Integralista. Lá, um índio com expressão nada amistosa, aguardou por um telex que confirmou a sua identidade.

— Veio transferido do Rio de Janeiro? Não deve ter feito boa coisa.

O índio carimbou o passe de Ubiratan e deu-lhe seu destino:

— Você irá para Pliniópolis do Norte. Há muito o que ser feito lá.

Após o ANAUÊ, Ubiratan saiu, passou num hotel onde tomou um banho e embarcou num trem.

Era um trem com vinte vagões, metade de passageiros, que dava para admirar as bonitas paisagens amazônicas. Havia trechos em que os trilhos estavam suspensos com pilares de trinta metros de altura, que davam a impressão de que o trem flutuava sobre a floresta. Havia também pontes em forma de arco sobre rios e paradas nas novas cidades da fronteira brasileira.

A viagem durou um dia e Ubiratan chegou na tal Pliniópolis do Norte. Cidade? Quase.

Nenhuma rua era asfaltada. Realmente seria muito penoso para as crianças se adaptarem a esse lugar. Por sorte, continuariam no mesmo apartamento espaçoso, na mesma escola renomada e longe do mato.

Por outro lado, havia terminais ferroviários, uma pista de pouso e muitos alemães.

Ubiratan foi até o comitê do partido, conheceu sua sala e moraria num anexo. Ligou a TV e só se falava em Hess. Ele foi para um bar.

Um mês depois, a única notícia que Ubiratan recebeu de sua família: a sentença do juiz homologando o acordo de divórcio. Ele só não se acostumou aos alemães. Para Ubiratan a língua alemã era ininteligível e impronunciável, além da arrogância dos oficiais da ss, bem diferente de como agiam nas grandes cidades onde se esforçavam em serem simpáticos.

Sob orientação de técnicos nazistas, centenas de operários erguiam alojamentos numa área afastada da cidade. Parecia um bairro popular, mas tinha aspecto estranho e estava cercado por cercas de arame farpado. Depois instalaram torres e pequenas unidades de produção, em especial de beneficiamento de borracha.

Um dia Ubiratan resolveu usar suas prerrogativas de relações públicas do partido para inspecionar a obra. Um militar veio falar-lhe:

— Sinto muito, senhor. Civis aqui só os autorizados.

— E quem expede as autorizações?

— Qualquer oficial ligado à Operação Amizade.

Ubiratan tremeu ao ouvir. Por causa dessa Operação Amizade pessoas morreram e outras certamente morreriam. Ele fez "ANAUÊ" e saiu.

Em seu gabinete soube que um oficial vindo do Rio de Janeiro o esperava. Foi com surpresa que ele constatou quem era:

— Aimoré? O que você veio fazer aqui?

Dessa vez o coronel estava sorridente. Deu-lhe um caloroso abraço e nem se lembrou do ANAUÊ. Ótimo pretexto para um cafezinho.

— Já sabe que a Operação Amizade está em curso?

Ubiratan quase deixou a xícara com café cair ao ouvir a pergunta de Aimoré. O oficial sorriu e disse:

— Essa é uma coisa da qual todos ouviram falar, mas ninguém sabe o que é. Quer saber?

Ubiratan, espantado, retrucou:

— Mandaram-me para cá porque fui acusado de divulgar essa mesma operação sem ao menos ter conhecimento de tudo, e agora você quer que eu saiba? Por quê?

— O partido precisa ter certeza de que você é confiável.

Um teste! Era comum. Se o examinado não passasse, com certeza seria incluído no próximo expurgo.

Aimoré acendeu um charuto, tirou um calhamaço de dentro de sua pasta e jogou-o sobre a mesa de Ubiratan, dizendo:

— Leia com atenção. Tudo o que está aí norteará a política interna e externa do Brasil daqui para frente.

Aimoré disse "ANAUÊ" e retirou-se. Ubiratan apanhou o calhamaço e começou a ler. O que ele descobriu o deixou boquiaberto.

Operação Amizade. A capa do relatório era a suástica e o sigma. Seu conteúdo era terrível, daí o segredo.

A GESTAPO descobriu que a América, o Império Britânico e a URSS fizeram uma aliança secreta contra o Reich. Este, para sobreviver, precisava do apoio irrestrito do Eixo-Sul e necessitava eliminar os judeus locais para que não houvesse oposição a esta nefasta aliança.

O plano do Reich consistia em armar o Eixo-Sul para este atacar a América com força total, enquanto na Europa eles buscariam reativar o Pacto Ribentrop-Molotov com os soviéticos para, juntos, neutralizarem o Império Britânico e dividirem o Oriente Médio entre si. Com os imensos recursos materiais e humanos do Eixo-Sul a serviço do Reich, a América não teria como enviar tropas para a Europa.

A visita de Hess teve por objetivo selar esse plano.

O mundo teria que decidir-se entre o totalitarismo e a democracia, ou estaria a humanidade condenada a esta indecisão?

Por outro lado, não bastasse a carnificina na Europa, o Reich expandia sua sede de sangue para os trópicos na forma dessa Operação Amizade, e tentava igualar seus pares sul-americanos à sua selvageria. Daqui por diante, em nome da saúde pública, estariam autorizados a eutanásia de idosos senis, esterilização de "raças inferiores", eugenia, casamentos seletivos visando "melhorar a raça", militarização extremada da sociedade, trabalho escravo de prisioneiros, destruição de arquivos anteriores a 1938 e outras barbaridades.

Tudo estava claro: aqueles alojamentos erguidos em solo brasileiro estavam destinados a receber outros brasileiros que, por oportunismo e insanidade, seriam o braço escravo do esforço de guerra, enquanto outros seriam simplesmente mortos por "inutilidade".

Ubiratan viu-se transformado numa peça descartável de uma engrenagem destinada a esmagar a consciência e a reciclar o ódio. Haveria algum meio de fugir disso?

Ubiratan novamente dormiu mal.

Os alojamentos tinham um nome agora: Campo de Concentração de Pliniópolis do Norte. Numa tarde chuvosa chegou o primeiro trem trazendo quatrocentos judeus. Em uma semana metade havia sido "descartada".

Outro trem chegou.

Além da locomotiva, havia três vagões de carga, dois vagões transportando supercanhões Krupp, e um vagão blindado. Ubiratan reparou que quatro adultos haviam desembarcado sob escolta de militares brasileiros e levados a um posto de triagem antes de seguirem para o Campo de Concentração. Reconheceu um deles:

Saul?

Sim. Era Saul!

Ubiratan aproximou-se um pouco mais para fazer-se notar e conseguiu, mas Saul olhou para ele e nada disse.

— Saul! — insistiu.

Logo alguém segurou-o pelo braço. Era Aimoré:

— Isso, idiota! Vá até ele e entregue-se ao DOPS.

Ubiratan ficou parado e Saul logo desviou o olhar.

— Aimoré, o que mais há nesse trem?

— Não sei. Talvez nada além dos canhões.

— Estranho — disse Ubiratan —, um trem desses só para transportar quatro judeus!

Como se fosse uma resposta, um homem desceu de um dos vagões de carga e avisou a Aimoré:

— Coronel, os vagões de carga estão cheios de crianças judias e elas fedem muito!

— Não vão mandá-las para triagem? — Aimoré indagou.

— Ah, não! Fedelhos não produzem nada, só dão prejuízo. Eles seguirão direto para outro campo onde virarão fumaça — respondeu o homem.

— Fumaça? Como assim? — espantou-se Ubiratan.

Como se quisesse interromper a conversa, Aimoré dispensou o homem e conduziu Ubiratan pelo braço, dizendo:

— Há fornos crematórios para onde são levados os judeus depois de executados. Instalamos o primeiro em outra cidade.

— Estão matando crianças?

— Fale baixo! Isso é confidencial!

Dois militares abriram as portas dos vagões de carga, deixando sair um forte mau cheiro. Ubiratan viu que realmente eram crianças que ali estavam. Em seguida, dois civis usando máscaras, retiraram oito cadáveres de crianças que não resistiram às privações durante a viagem. "Dava para fingir que não viu?" pensou. "E se aquelas crianças fossem seus filhos?"

Durante a madrugada, após longo exame de consciência para ter certeza de que não havia influência do álcool, Ubiratan foi até a triagem. Havia poucas pessoas nas ruas. Ele foi até as celas onde estavam Saul e outros três judeus. O carcereiro tentou dissuadi-lo:

— Senhor, não são permitidas visitas!

— E quem disse que quero visitar alguém?

— Mas eu...

— Saia da minha frente! Eu sou um alto funcionário do partido.

O carcereiro deu de ombros. Ubiratan entrou e ficou na cela com Saul e os outros três. Assim que o carcereiro afastou-se, ele disse:

— Saul! Sou eu, Ubiratan.

— Eu sei, Bira. Mas acho que você deve ir embora.

— Você sabe para onde vai?

— Sei. Agora vá! Não tenho nada para falar com você.

— Deixe de ser ignorante! Eu vim ajudá-lo.

— Não quero ajuda! Agora vá!

Ubiratan abriu o casaco e mostrou-lhe um revólver.

— Vou dá-lo a você. Ao menos poderá se defender.

— Deixe de tolice. Vá embora!

— Tolice? Ora, seu arrogante! Quero ajudá-lo! Pegue a arma!

De repente ouviu-se um barulho de porta de ferro abrindo-se. Ubiratan virou-se e viu Aimoré e outros dois oficiais com armas em punho.

— Bonito, Bira! Passando armas para judeus!

Ubiratan ficou mudo de tanto medo. Dessa vez não haveria amizade que fizesse um integralista ferrenho como Aimoré ignorar um ato explícito de subversão.

— O que deu em você agora, Bira? Compaixão interracial?

— Não, Aimoré. Resolvi deixar de ser indiferente. O partido nos dá casa, educação, emprego, *status* só para nos lembrar que podemos perder tudo se não rezarmos pela sua cartilha.

— Daí você aventurou-se nessa missão suicida?

— Pode ser.

Ubiratan sentiu uma mão pousar em seu ombro. Era Saul que, para seu espanto, portava uma pistola.

— Eu sempre soube que você é um bom amigo — disse o judeu.

Surpreso, Ubiratan olhou para Aimoré, que completou:

— Que bom que você acha tudo isso errado. Eu faço parte de um grupo que quer implantar uma democracia no Brasil. Há muitos oficiais e civis patriotas que discordam da ingerência nazista e estão dispostos a derrubar o Partido Integralista, mas precisamos de provas.

— Que provas? Você acha mesmo que se alguma prova fizesse a diferença para o nosso povo, chegaria ao ponto em que chegamos? Nosso povo prefere o pão e o circo — Ubiratan sentenciou.

— Concordo. Nosso povo se vendeu para os integralistas em troca de migalhas e fardas verdes, mas se tivermos provas que denunciem as atrocidades cometidas aqui, acho que até nosso povinho terá que abrir os olhos. A pergunta que faremos: quem será o próximo depois que matarem todos os judeus? Por isso precisamos levar aquele trem apinhado de crianças para a Colômbia, onde grupos brasileiros dissidentes instalaram estações de rádio de ondas curtas e contam com apoio americano.

Ubiratan lembrou-se que ouviu comentários sobre uma tal Rádio Libertadora que era verdadeiro tabu entre os integralistas. Aimoré explicou que tinha fotografias dos campos de concentração e dos fornos crematórios.

— Cairão todas as máscaras do regime — disse o coronel.

— E de que isso tudo adiantará? O regime conta com o apoio do Reich.

— Não é bem assim, Bira. A dissidência é uma realidade e é muito grande o número de brasileiros, argentinos e chilenos que se exilaram na América por discordarem das atrocidades do Eixo-Sul. O falecido Ministro Reale era um dos líderes da dissidência e por isso foi assassinado.

— Eles não vão ceder fácil, Aimoré.

— Mas cairão. Pode ser que demore, mas esse regime só se sustenta pelo terror. Agora vamos! Temos que levar aquele trem para Colômbia!

Eles saíram e foram até o trem. Os dois maquinistas estavam com os dissidentes e assim que eles subiram, deram a partida. Ninguém tentou deter o trem porque Aimoré já havia planejado tudo, simulando um deslocamento noturno. Ubiratan mal podia acreditar:

— Será que chegaremos na Colômbia a salvo?

— Isso só Deus sabe — respondeu Aimoré —, há um desvio adiante que nos colocará a caminho da fronteira. Se nada acontecer até lá.

O trem ganhava velocidade à medida que saia da cidade. Uma hora depois, Aimoré perguntou a um dos oficiais que o acompanhava:

— Já sabe o que há naquele vagão blindado?

— Ainda não, Coronel, mas já vou saber.

Os vagões de carga haviam sofrido modificações, sendo interligados como se fossem de passageiros. Ubiratan percorreu-os e encontrou Saul com os outros judeus no terceiro vagão — o cheiro era insuportável — que cuidavam de algumas crianças que apresentavam ferimentos.

— Veja, Bira — disse Saul —, essa mocinha é do Rio.

Ubiratan reparou na menina loira e sardenta, magra e com olheiras.

— Qual é o seu nome, criança?

A mocinha esboçou um sorriso e respondeu:

— Iara, senhor. Iara Eisenberg.

Ubiratan pensou: "Que mundo pequeno!"

— Não se preocupe, Iara — disse ele —, vou levá-la para casa.

Em seguida surgiu o oficial que disse:

— Vou lá fora ver o que há naquele vagão blindado.

— Ué? Vocês não sabem? — indagou Ubiratan.

— Se soubéssemos eu não ia ver.

Começava a amanhecer. O oficial abriu a porta que dava para os vagões descobertos que carregavam os canhões Krupp. Ubiratan e Saul observavam o oficial saltando para o segundo vagão com os canhões e dali para o vagão blindado. De repente, após rápida olhadela por uma fresta no que parecia ser uma porta, o oficial correu de volta. Ao chegar foi logo interrogado por Ubiratan:

— O que há naquele vagão?

O oficial, ofegante e de olhos arregalados, respondeu:

— Alemães!

Como numa previsão macabra, alguns alemães saíram do vagão blindado atirando. Pegos de surpresa, os brasileiros reagiram, iniciando um tiroteio.

Aimoré sentiu-se aliviado quando o trem passou pelo desvio, pois não mais iria para o campo de extermínio, mas sim para Colômbia. Mal teve tempo para comemorar, pois vieram alertá-lo:

— Coronel! Nazistas! Há muitos deles lá atrás!

Aimoré apanhou uma metralhadora e ordenou aos maquinistas:

— Não parem até cruzarmos a fronteira!

Ele passou pelos vagões onde as crianças estavam deitadas no chão; muitas choravam de pavor. Aimoré, ao sair do terceiro vagão, quase foi atingido por disparos. Os nazistas avançavam apesar de algumas baixas, e se entrincheiravam atrás dos canhões. Os brasileiros resistiam.

Um dos maquinistas aumentou a velocidade, mas após uma curva ele notou algo adiante:

— Essa não! Uma barreira!

Um posto avançado do Exército instalou ali uma cancela, que foi destruída pelo trem em alta velocidade. O trem continuava seguindo rumo à fronteira, mas a essa hora todos já sabiam que alguém estava fugindo.

Os alemães avançavam aos poucos. Um dos judeus que resistia foi alvejado e caiu morto. Aimoré apanhou uma marreta e deu-a para Saul, dizendo a seguir:

— Tente soltar o gancho. Assim que afrouxá-lo, é só bater com força que os vagões se separarão.

Saul bem que tentou, mas não alcançou o gancho. Ubiratan tirou a marreta de sua mão e disse:

— Deixe comigo! Eu sou mais alto e tenho o braço mais comprido.

Ele afrouxou o gancho e começou a marretar.

Dois caças pintados de verde e com o sigma desenhado na cauda sobrevoavam a fronteira:

— Base para líder. Câmbio.

— Líder ouvindo. Câmbio — respondeu um dos pilotos.

— Vá para o quadrante 26. Lá devem destruir um trem que segue rumo à Colômbia. Entendido? Câmbio.

— Entendido. Câmbio.

E os caças manobraram, rumando para o local indicado.

Ubiratan dava marretadas em vão. Os nazistas estavam bem próximos e atirando, mas os brasileiros respondiam fogo.

Aimoré percebeu que já estavam chegando ao destino:

— Daqui a pouco estaremos a salvo. A Colômbia fica do outro lado do túnel.

— Que túnel? — indagou Saul.

— Devemos passar por ele daqui a dez minutos.

— Dez minutos, Coronel? Não temos esse tempo.

Ubiratan deu uma marretada mais forte e o gancho cedeu um pouco. Quando ia se preparar para dar a segunda...

Dois tiros!

Um dos nazistas acertou-lhe dois tiros no peito, mas Ubiratan ainda ergueu o braço e, num último esforço, quebrou o gancho e separou o comboio, ficando os nazistas para trás em menor velocidade. Aimoré e Saul trataram de puxar Ubiratan para dentro do vagão.

De repente veio a escuridão. Ubiratan pensou se isso seria a morte, mas não. Era o túnel. Do outro lado, a liberdade.

Os vagões que ficaram para trás foram perdendo velocidade e pararam exatamente na entrada do túnel. Os nazistas conformaram-se, pois fossem quem fossem, conseguiram escapar e sentiam-se aliviados, porque sabiam que do outro lado do túnel era a Colômbia, território inimigo. Apesar das baixas que tiveram, julgaram-se com sorte.

De repente, um deles avistou dois caças, apanhou um binóculo e constatou que eram caças brasileiros, portanto, amigos. Ele até sorriu.

O piloto líder ao ver os três vagões na entrada do túnel, não teve dúvidas, ordenou:

— Alvo localizado. Destrua-o!

— Alvo na mira. Míssil disparado!

Cada caça disparou um míssil. Tão rápida foi a trajetória que o nazista, sem tirar os olhos do binóculo, exclamou:

— *Oh, nein!*

Com formidável precisão os mísseis atingiram o alvo. Nenhum deles sobreviveu.

— Alvo destruído. Retornando para base. Câmbio!

O trem chegou à Colômbia. Conforme combinado, membros da dissidência brasileira esperavam pelas provas que revelariam a real brutalidade do regime integralista. As crianças foram retiradas dali e levadas para um posto médico improvisado, mas Ubiratan, amparado por Aimoré e Saul, tinha poucas chances.

Resistiu um pouco mais e morreu com um sorriso nos lábios.

Com as provas, houve uma grande revolta com o apoio americano e de brasileiros exilados, e os integralistas caíram.

Sem o apoio do Eixo-Sul, o Reich foi derrotado.

Sem o Reich, haveria uma nova chance para a liberdade.

Anos mais tarde, a carioca Iara Eisenberg deu ao seu primogênito, também nascido no Rio de Janeiro, o nome de Ubiratan.

Gabinete Blindado

André Carneiro

André Carneiro é um dos mais importantes nomes da nossa ficção científica. Representante da Primeira Onda da FC Brasileira, ativo até hoje, nasceu em 1922 na cidade de Atibaia, interior de São Paulo. Poeta da "Geração de 45", lançou o livro de poesia Ângulo e Face, *em 1949. Foi criador e um dos editores do prestigiado jornal literário* Tentativa *(1949 a 1951). Na FC, estreou com o conto "O Começo do Fim", na* Antologia Brasileira de Ficção Científica *(1961). Desde então, publicou livros importantes no gênero como as coletâneas* Diário da Nave Perdida *(1963),* O Homem que Adivinhava *(1966) e* A Máquina de Hyerónimus e Outras Histórias *(1997), além do ensaio pioneiro no país,* Introdução ao Estudo da "Science Fiction" *(1967), e os romances* Piscina Livre *(1980) e* Amorquia *(1991). Carneiro é o autor brasileiro de FC mais publicado no exterior, em países como Estados Unidos, Argentina, França, Suécia e Espanha. Poeta de reconhecido prestígio, recebeu o Prêmio Nestlé de Literatura em 1988 com* Pássaros Florescem. *Seu livro mais recente é a coletânea* Confissões do Inexplicável, *pela Devir, em 2007.*

Militante político durante os anos do regime militar, Carneiro vez por outra revisita episódios do período em forma de crônicas e contos. "Gabinete Blindado" é mais um exemplo, uma história situada em um futuro próximo e indefinido, mas que evoca os "anos de chumbo" vividos pelo Brasil nos anos 60 e 70. Os preparativos de um grupo guerrilheiro para um atentado contra instalações de um Estado opressor é contado por uma das integrantes, em meio a reminiscências pessoais e dúvidas angustiadas sobre os ideais que a movem. Afinal, subjaz a questão da controversa opção pela luta armada durante o regime militar brasileiro, pois, se em princípio os militantes agiam contra um regime ilegítimo, eles defendiam a sua queda não para a restauração da democracia, mas para a implantação de um regime socialista.

PENSAMENTO EM PALAVRAS, VIRA DOCUMENTO.

Escrevo de qualquer jeito... Recordações parecem fugas. São mesmo... Quando começou, disfarçavam, mas ficava a face do silêncio. E o meu nada, só reflexão.

Ela sentada daquele jeito, você passou, bateu na sola do sapato. Na primeira vez, adivinhei tudo.

Gesto esquisito. Ela recolheu a perna, deu um milímetro de sorriso. Você passou, nem olhou para trás. Por quê? Simplesmente havia acontecido antes, era um safado código: eu toco na sola, você recolhe a perna... — como acontece em meu apartamento.

O implícito é o carinho oculto, sem a prova objetiva, a idiota aqui ao lado oferecendo café com largos sorrisos. E aquele comprimido, nós duas na cozinha, ela encheu meio copo de água exatamente. Marcos só pede água pela metade, mas nada pediu... Não era a primeira vez. Não importa, o condenado à morte saltou uma poça de água antes de subir para a forca.

Matei você muitas vezes. Tudo simples. As idas ao rio eram ridículas. Eu odiava cheiro de peixe. Ninguém via aquele pedaço com as tábuas soltas. Um empurrão... Eu fiquei por ali, aquele cheiro... Havia alguém passando ao longe.

Ela vinha meio tarde, o rapaz da farmácia esquecia, eu aplico. Cinco miligramas, metade da seringa. Na veia, ar pode matar. Mas é demasiado evidente. Venenos, separei possibilidades, mas...

Há um pavor quando a prancha tem dez metros de altura. Detesto a cara explodindo na água. Nunca pulei.

Um dia enxerguei Marta como mordomo, calada, na esquina da sala. Um punhal marroquino escondido. Jamais poderia contar. Minha mãe deu gargalhadas quando o mais velho nasceu. Tivemos pena. A velha neurose explodindo àquela hora. Quando ele fez o que fez, tantos anos depois, ela me contou. "Só eu sei, engulo sozinha, sonho estar nua na praça, o povo passando lento, examinando cada pelo."

Éramos intelectuais. Livros em prateleiras tinham sido lidos. A pílula mudara tudo, mulheres fascinadas, a promiscuidade liberta. Nenhuma pílula trazia regulamentos do novo paradigma. Éden mastigado sem nenhuma semente. Éramos eternos. Ninguém atingira os cinquenta, ele trazia o pó na caixa de fósforos. São dez gramas exatas. A gilete bate com um certo ritmo, alguém quebra o prato quente. Eu enrolava a nota meio nova e jogava os cabelos para trás. Ficavam imóveis. Eu me inclinava sobre a mesa, conhecia os filamentos da madeira marrom, o vidro grosso por cima. Sempre havia carreiras prontas. Eu aspirava rápida, de um local vazio. Ninguém notava. Punha dois dedos na asa do nariz, levantava a cabeça, aspirava de novo. Depois ia até eles. Eu sorria.

Todos sorriam. Falavam ao mesmo tempo. Era importante. Eu franzia a testa, ele me segurava o braço, queria concordância; repetira três vezes aquele argumento. Eu tinha medo de ficar grávida. Já acontecera. Tetrahidrocanabinol. Esquecera da camisinha, ou fora a pílula ou... Tive de ficar sentada naquele hospital duvidoso, esperando nem me lembro mais o quê. Eu ajudava a montar alguns filmes na moviola. Projetava sem som. Como não queria ouvir o que diziam, eram parecidos com filme mudo. Só o tráfego na rua acompanhava. Eu respondia sim, é claro, isso mesmo. Me achavam muito culta. Sally cheirava uma carreira, falava quase nada. Jorge estava armado, me pediu. Fui com ela ao banco. Não entrava na fila. Eu parecia a minha avó. Sentada com as agulhas. Sem lembrar do neto desaparecido... Vinha aquele funcionário, pegava o depósito, daí a pouco trazia o recibo. Eu tentava imitar o sorriso dela. Os olhos bem longe. Eu tricotava em casa; meio escondida. Raramente chegava alguém, eu falando de coisa diferente. Medo de comparação. Eu fingia o tempo todo. Acho que alguns percebiam. Sally esquecia de lavar a cabeça. Não sei como tropeçava em algo caído e nem se abaixava. Fazia também com as coisas invisíveis. Eu disfarçava, enchendo cestos de lixo.

Quando ele me puxou de lado e me pediu o favor, mexi a cabeça, eu ultrapassei o muro. Por solidão, desespero.

Fui com Sally até a casa do gerente. Entrei sozinha, óculos escuros, um travesseiro imitando gravidez. Quando o carro derrapou na esquina, ouvi dois estampidos. Nunca me disseram quem atirou e contra quem. Embora tivesse de fazer outras coisas, não mais passar pela frente do banco me deixava aliviada.

Jorge ainda me convidava para sair. Eu ia. A cama era a mesma, os sonhos varridos por baixo do tapete furado. Era pouco, muito pouco. Tenho vergonha de admitir até em igreja, faísca da puberdade.

No estrangeiro eu era uma coisa não dissolvida. Passava nas ruas, nenhuma casa, calçada, gente, poeira... eu não fazia parte.

Nem a língua, nada. Quando tirei o travesseiro da gravidez, senti aquela sensação estranha. Eu não era eu, nada ao redor me ajudaria. Não sou capaz de reproduzir a outra coisa no espelho. Eu deixava escapar o nome dele. Na última vez gritou, chegou a dizer "irresponsável", depois desculpou-se. O nome mudava sempre, eu repetia nos lábios como uma louca do sanatório. Sally pintou de novo os cabelos, nem reconheci. Ela me deu os sapatos que mudam o andar. Horrível, fico cansada em pouco tempo.

Ele nos levou à fazenda, caminhamos a pé na floresta. Eu disse que jamais atiraria. Até Sally me agarrou pelo cotovelo, seu dedo áspero apertava o meu, o som me ensurdecia.

Tive de seguir o homem. Eu era a mais invisível, segundo eles. O argelino me explicava detalhes, repetia, eu afirmava com a cabeça. Os malditos sapatos estavam ferindo minha perna. Dentro do prédio era mais difícil, eu tossia, alguns até queriam me ajudar. De noite todos cheiravam, eu só a madeira vazia. Ninguém percebia. Cantei no coral do colégio. E cheguei a dar aquele curso. Era bom. Depois da correria da greve, a bala de raspão, comecei a sair de mim mesma... e a me olhar. Não foi Jorge nem M quem me arrasou. Foi quando eu tive de arrastar o corpo dela e perceber que estava morta. Nunca mais olhei de frente um espelho, tenho medo. Fico repetindo o nome dele, o nome novo, depois fujo, finjo, não sei mais o que lembro. Aviso de hora em hora pelo celular, antes de quebrar.

De repente, me vejo na frente do computador escrevendo mensagens, todas bobas, cifradas.

Durmo em três casas, nenhuma é a da minha avó. Na casa da fazenda ou na loja abandonada, no beco, já não vou. Corto as unhas, lembro da moça que perguntou por que não tirava as cutículas. Deitava na cama sozinha, de noite, pensando.

O pensamento flutua de graça, em torno...

Os melhores eram tolices. Mas eu pensava, sempre tive um plano. Se conseguisse iria ao doutorado, bolsas. A bala era para mim, ela saltou; caímos juntas, ela ficou imóvel.

Toda a manhã eu andava sozinha por aquela avenida do monólito. Os outros, não sei onde estavam. Havia a gritaria das mães com os filhos desaparecidos, fotos amassadas no peito. Não entendia os gritos. Eu passava depressa, já não era tão invisível. Havia comida, mas emagreci. Meu punho fechado cansava. Eram agudos os gritos. Eu passava pela outra calçada. Tínhamos de voltar, usei de novo o travesseiro da gravidez. A caminhonete pulava na estrada de terra, eu dizia: "*si, si, entiendo*", mas não sei o que me falavam. Tive de dormir sentada, com frio. Jorge me levou para uma casa isolada, bairro pobre. Foi um alívio soltar a barriga de penas. Parecia a capital. Só, eu saía na rua com disfarce. Sem espelho eu sabia: estava horrível. Aquele plano, eu era menina, confiava na minha mãe. Tinha certeza, as coisas aconteciam uma na frente da outra. Eu brincava com os caminhões de madeira do meu irmão. Meu pai gritava, eu era mulher. Sally beijava aquela estudante. Jorge... não. Não sei como... Parece vergonha do Jorge, ou de mim. M diria tudo do Jorge. Escritor diz tudo. Pensamentos leves consigo amarrar um nos outros, fazer uma *tereza*, aquela corda de lençol para fugir da cadeia. Mas pensamento pesado chega e amassa. Fico deitada, acaba plano, acaba *tereza*. Eu puxei forte, parecia que tudo ia continuar...

Ligo a TV nos pastores; falam sem parar. Eles garantem, emprestam a fé que eles têm e depois do milagre... Nunca sei exatamente o milagre. Todos conseguem, é barato. Jorge manda o recado — vamos ao cinema de arte, quase vazio. Carregar os documentos, carrego. Difícil é ouvir Jorge no meu ouvido olhando as cenas. Sou burra, não sou culta como repetem quando precisam. Filme violento e as ordens do Comitê. Entrego no ponto certo, o olhar bem longe, pulando vitrines... Podem refletir minha cara.

Jorge está magro. Eu não falo. Coisas vão acontecer. Tenho empurrado a cutícula com as unhas, as mulheres fazem isso. Jorge tem vindo mais. Raspa o canto do pára-choque na parede da garagem. Vai até o pano encardido da janela, olha por uma fresta depois pega as armas escondidas no assento e coloca atrás do armário. Acho inútil, ele é obsessivo. Também sou. Falo sozinha, disfarço, cantarolo qualquer coisa.

Na frente do açougue tem ladrilho preto, eu não piso. Aqueles sapatos que o argelino me preparou não uso mais. Manco um pouquinho, mas ninguém olha meias de algodão. O argelino tirou as joias, até as falsas. Disse: "Se um colibri pousar na sua cabeça, mate." Todos riem, ele sério. Franco o condenou à morte.

A reunião foi dia e noite sem parar. Estão todos com febre. Jorge inundou a mesa com cartografias do metrô e do grande edifício do governo. Planejou duas linhas explodidas. Caminhamos para o alvo. Temos de ir. Fui repetir a frase, Jorge tapou minha boca. Todos falam "trilha", "túnel" e outras palavras distantes, para não repetir. Deixaram dois rádios. Os subterrâneos explodem. Em todo o norte os incêndios começaram. Amanhã vamos para a segunda linha. Com Jorge. Todas as ruas estão cheias de gafanhotos verdes, com as mochilas e metralhadoras. O grande final é inevitável. O argelino discute com Jorge o apoio pelo caminho. Ouvi: "profundidade cinquenta metros." O vagão com a comida está metade soterrado. Somos ratos abrindo as caixas. Lei marcial total. Mas não vamos lá em cima. O acesso ruiu. Todos trabalham no caminho e no vagão abaixo dos trilhos. Os apoios do túnel ruíram na metade. O argelino cavou um acesso. N foi buscá-lo. Amarrado ao fio de aço. Estava morto. Somos doze, agora. Q conseguiu acesso para a Estação 15, incendiada. Carregava o plástico nas costas. O arranha-céu das vergas caiu sobre os trilhos do Centro Metroviário. Os trilhos da cidade estão sendo explodidos ou arrancados. Somos dez para furar o caminho.

Os dois operários morreram bloqueando o arsenal da Estação 15. Jorge ordena um desvio no caminho. Ele tem o sensor eletrônico.

Vamos para o centro do edifício de duzentos andares. O gabinete blindado está no décimo andar.

Eu me esgueiro na trilha fechada para a superfície. Minha roupa na terra está toda marrom. Meu relógio parou. Não sei se é dia ou noite. Tenho só mais duas pilhas. Minha vida é este foco em minha frente e a fenda entre traves de madeiras, terra e pedras. Tenho fome, já comi o que levava. O bueiro final pouco significa. Só vou levantar a tampa de ferro e olhar. Minhas mãos se ferem na aspereza da tampa. Preciso de uma alavanca. Temo fazer barulho... me descobrirem. Passa muito tempo sem ruído de pneus e motores. Passos humanos por cima da tampa. Talvez um soldado aguarde minha saída. Não consigo mover a tampa. Não sei se é noite ou dia.

Volto lentamente para o útero da terra; P me agarra, ferindo meus braços. Jorge consegue me empurrar até a beira do vagão inclinado. Ouço a palavra "louca" muitas vezes. O rádio avisa que as linhas do metrô estão paralisadas. Bandos de homens e mulheres correm pelas ruas assaltando mercados e lojas. Os pelotões armados atiram, há centenas de mortos nas ruas. Somos em oito avançando no caminho para o... Jorge diz sempre que só faltam alguns metros. Ele já está carregando os explosivos. Deixa no túnel, nos lugares mais largos, dificultando nossa passagem. Fomos todos para o vagão dos mantimentos. Apesar dos suportes para afastar as caixas da umidade, alguma coisa está imprestável. Racionando sobrava pouco. Jorge subiu no trilho torto e gritou: estamos quase no alvo. Ele dissera a palavra proibida. Naquele túmulo nada mais havia para proibir. Todos no túnel, cavando desesperadamente para aniquilar o enorme edifício do governo. Existem multidões no aeroporto. Dois aviões 878 tombaram na cidade. Todos estão fugindo para o campo. Somos quatro. Jorge põe os explosivos ao lado de cada coluna. A comida repartida, vou comer tudo. A água ainda respinga dos canos do edifício. Uma voz estranha no rádio manda abandonar a cidade, não pelo norte, todo incendiado. Jorge me leva longe. Metade dos disparadores, Sally tirou das mãos dele. Ela olhou para mim, só, nos olhos. Eu coloquei os tampões de borracha nos ouvidos. Meu corpo saltou no terremoto. Desmaiei. Depois de um tempo que não sei quanto, consegui olhar. Estava meio enterrada. Havia um foco de luz no alto. Subi, atravessei um labirinto de detritos. Por uma fenda estreita alcancei a cidade enfumaçada, destruída, vazia, ao meu redor. Mancando, braços vermelhos de sangue, me arrastei pelo meio da rua. Nunca mais vi Q, Jorge e Sally.

Trunfo de Campanha

Roberto de Sousa Causo

Roberto de Sousa Causo é um dos mais importantes nomes da FC *brasileira, do início da Segunda Onda até os dias de hoje. Nascido em São Bernardo do Campo, em 1965, cresceu em Sumaré, interior de São Paulo. Graduado em Letras pela Universidade de São Paulo, tem uma trajetória que se confunde com os vários momentos do gênero no Brasil nos últimos trinta anos. Editor de fanzines, ilustrador, organizador de prêmios e eventos, Causo ao longo do tempo vem consolidando sua voz como importante escritor, editor e crítico. Publicou contos em vários países, como Argentina, China, França e Grécia, além de ser correspondente da revista norte-americana sobre* FC&F, Locus. *Seu livro* O Par: Uma Novela Amazônica *(2008), venceu o Projeto Nascente 11, e ele organizou antologias como* Dinossauria Tropicália *(1993),* Os Melhores Contos Brasileiros de Ficção Científica *(2007) e* Os Melhores Contos Brasileiros de Ficção Científica: Fronteiras *(2009). Publicou o ensaio* Ficção Científica, Fantasia e Horror no Brasil: 1875 a 1950, *que recebeu o Prêmio* SBAF *2003 — e publicou o romance* A Corrida do Rinoceronte *(2007), de fantasia contemporânea, e o romance de horror com toques autobiográficos,* Anjo de Dor *(2009).*

Atualmente, Causo desenvolve um ciclo de aventuras espaciais protagonizada por Jonas Peregrino. Em "Trunfo de Campanha", a ação se desenrola na sequência dos acontecimentos da noveleta "Descida no Maelstrom" *(in* Futuro Presente, *2009): depois de executar uma missão militar bem-sucedida e de sobreviver a uma tentativa de assassinato, Peregrino recebe proposta de apoiar um destacado político, representado por uma bela mulher. Sua posição na campanha eleitoral que se aproxima pode ser crucial para a reconfiguração das alianças e estratégias políticas a serem negociadas, depois da desaparição dos tadai, misteriosos alienígenas que travam batalhas com os humanos pelo controle de uma parte da galáxia. No futuro, nossa espécie se expandiu pelo espaço, mas continua politicamente dividida internamente, agora em blocos continentais. Além dos conflitos inerentes a este ciclo de histórias, há reflexões interessantes sobre as peculiaridades do parlamentarismo neste universo, e os possíveis efeitos políticos da sobrerrepresentação de minorias em detrimento de maiorias em um regime democrático. Esta é uma das características de sistemas eleitorais com representação proporcional, que costuma ser aplicada tanto em países com minorias nacionalistas, como naqueles com uma desigualdade econômica regional, como o caso do Brasil.*

I

O PALÁCIO VOADOR SOROYA não descia para ninguém. A construção flutuante havia sido concebida para ser visitada, mantida e até mesmo *reparada* em vôo. Um castelo de metal, vidro e plástico sustido no ar por geradores anti-G capazes de elevar um destroier ou talvez um cruzador de batalha. Seguia integralmente pressurizado àquela altitude, sobrevoando a mais bela cordilheira nevada de Cantares.

Cantares era o mundo-sede do QG da Esquadra Latinoamericana na Esfera. Ter um hotel desse nível instalado no que, meses antes, tinha sido uma zona de guerra era sinal do otimismo com que a humanidade encarava a misteriosa retirada dos alienígenas conhecidos como "tadais". Alienígenas que haviam, durante Terrasséculos, aterrorizado essa região da galáxia — a "Esfera".

Jonas Peregrino era levado ao Palácio Voador em uma luxuosa lancha atmosférica, com o logo dos Hotéis Soroya na fuselagem. O pessoal do Palácio Voador o tinha apanhado no QG da ELAE nesse mesmo dia. O convite para visitar o hotel fora uma completa surpresa — assim como a autorização de aceitá-lo — para Peregrino, que se recuperava de lesões sofridas em uma operação especial no planeta Phlegethon, há alguns meses.

Peregrino voltara de Phlegethon disposto a dar fim à sua carreira militar.

Já passara um tempo desde que fizera o pedido formal de desligamento. Era incomum que o Estado-Maior demorasse tanto. Peregrino sabia que o Almirante-de-Esquadra Túlio Ferreira mexia os pauzinhos para mantê-lo em Cantares pelo tempo que fosse possível. Primeiro, a convalescença obrigatória sob o convênio médico militar. Depois, dar-lhe "chance de refletir sobre a decisão". Túlio não o queria fora da ELAE. E se esperava que Peregrino voltasse atrás ou que algo surgisse — um retorno dos tadais? —, pouco importava. Peregrino estava determinado a voltar para casa.

O Almirante exigia que ele se apresentasse três vezes por semana para ministrar conferências a oficiais de diversas unidades dentro da Esquadra. Não tinha, porém, muitas experiências a comunicar que não fossem classificadas. No resto do tempo, dedicava-se a melhorar a forma física nadando, e também correndo com pesos nas pernas, cintura e nos braços, para compensar a menor gravitação de Cantares. Indo além da fisioterapia para se recuperar das lesões, praticava jiu-jitsu com jovens oficiais e praças da ELAE. Ser o oficial comandante de uma unidade de elite da Esquadra — eufemisticamente chamada de 28º Grupo Armado de Reconhecimento Profundo — tinha lhe roubado o tempo para essas atividades físicas. Também para atividades intelectuais que lhe davam prazer, como ler e estudar o que havia para ser aprendido sobre a Esfera e os povos que a habitavam. Peregrino era leitor onívoro: incluía obras de ficção e livros de poesia na sua leitura. Costumava aceitar as recomendações de Túlio Ferreira, que, apesar da boca suja e dos modos de caserna, detinha vasta erudição científica e xenológica — *e* sensibilidade literária.

Túlio era um enigma que Peregrino havia desistido de resolver. O Almirante, como era chamado, havia ascendido à posição de comando da Esquadra com o afastamento do Almirante Lúcio Pandolfo. Pandolfo era um ciberaumentado que fora acometido da *neurose de interface*, a doença mental que atingia ciborgues como ele: a interface entre o sistema nervoso e os diversos dispositivos cibernéticos desarranjava a psique da pessoa. Começava-se perdendo o sono ou a capacidade de sonhar — como acontecera com Pandolfo, que logo exibiu sintomas de delírio paranóico e crises de pânico, e foi afastado por um comitê médico. Todo o incidente fora mantido em segredo, mas Túlio usara a informação como trunfo para colocar seus superiores em cheque. O Almirante havia manobrado a ELAE e as Forças Armadas Integradas para que elas enfrentassem a sua crise interna de competência. Antes da sua ascensão, ele se mantivera como comportado partícipe em um jogo político em que a Esquadra da Esfera se limitara a ser uma agência de fomento de promoções e colocações políticas. Oficiais juniores recebiam promoções de acordo com padrinhos políticos na Terra ou nos mundos coloniais. Oficiais superiores saíam na outra ponta dessa máquina política com fichas fabricadas que lhes facilitariam carreiras no legislativo ou executivo da diáspora estelar latina.

Enquanto isso, a ELAE fazia o mais detestável corpo mole militar possível — ocupava sem defender, avançava deixando o inimigo escapar, desobedecia tratados e violava a confiança de aliados.

Oficiais generais mancomunavam-se com empreiteiras e transportadoras. Homens e equipamentos eram mantidos em baixo nível de operacionalidade para poupar recursos previstos em orçamento, e para que os donos desse teatro galáctico de marionetes embolsassem a diferença.

Túlio acabara com tudo isso.

Peregrino nunca conseguira fazer uma ideia clara de como o Almirante tinha virado do avesso e em tão pouco tempo esse monstro de incompetência e corrupção. Havia uma genialidade peculiar envolvida nisso, certamente. E coragem moral. Peregrino tinha orgulho de ter tomado parte nesse processo, uma parte importante.

Túlio o trouxera da Esquadra Latinoamericana Colonial especialmente para comandar o 28º GARP, embora ele estivesse longe do perfil até então favorecido pela ELAE. Peregrino não vinha de família com conexões, não terminara entre os primeiros de sua turma, não tinha padrinhos ou partidos políticos acompanhando sua carreira. Sua passagem pela ELAC fora, não obstante, excepcional de maneiras que ele só compreenderia muito mais tarde. Margarida Bonadeo, sua oficial comandante no destroier NLA–91 *Noronha*, estivera sob a influência de Túlio e havia preparado Peregrino secretamente para ser o coringa do Almirante na Esquadra da Esfera.

Tudo, ou quase, funcionara surpreendentemente bem. Túlio havia jogado de igual para igual o xadrez político e vencido a oposição de homens poderosíssimos, como o almirante-estelar Gervásio Henriques da Fonseca, a maior autoridade militar da Latinoamérica. As vitórias militares ordenadas por Túlio e obtidas por Peregrino reviraram as entranhas do monstro político da Diáspora, tornaram a competência militar real na Esfera um ponto determinante das novas linhas de ação. Uma ênfase na competência e na seriedade que ecoou sobre deliberações e determinações legislativas, sindicais e sociais. E com cada vitória, tornava-se mais difícil para Gervásio e os outros desalojar Túlio e reverter a situação da Esfera ao que havia sido antes.

Agora, todos esses avanços pareciam prestes a se evaporar com um segundo *round* de resistência política por parte do *status quo*.

E, mais importante, com a súbita retirada dos tadais.

Os alienígenas de tendências xenocidas simplesmente abandonaram a zona de conflito, após séculos de escaramuças e ataques contra as outras civilizações da Esfera. Sua saída havia representado uma mudança de palco ainda mais radical. Centenas de mundos colonizáveis se abriram para as diversas facções humanas e alienígenas. E povos que antes foram aliados agora se olhavam de soslaio, medindo rivalidades em potencial.

Peregrino, porém, cansado da guerra e da estupidez desses jogos e maquinações, decidira que não seria mais uma peça do tabuleiro.

A Cordilheira Memento Andino tinha 650 quilômetros de extensão, mas apenas um segmento de 300 quilômetros era nevado. O Palácio Voador aninhava-se entre as nuvens, não acima dos picos mais elevados, mas entre eles. Os raios do sol, oblíquo no céu, refletiam-se com um ardor dourado contra as suas superfícies. Àquela altitude os ventos eram fortes e tocavam as nuvens com rapidez. As formas nebulosas esfiapavam-se nos picos montanhosos e suas sombras deslizavam sobre as cúpulas e plataformas, e sobre o grande estojo plastimetálico que suportava a estrutura voadora.

Peregrino inclinou-se para a frente no assento. Foi tomado por uma tensão súbita. O coração batia acelerado contra a parede do seu peito. Seu olhar percorreu a construção flutuante. "Sem armas visíveis", pensou. E então, depois de um segundo de perplexidade, sorriu.

A custo, voltou a recostar-se. Da última vez que tinha visto algo semelhante, fora a base secreta tadai — essa mesma forma de noz-moscada, flutuando em meio a uma tempestade perpétua na atmosfera do planeta joviano Phlegethon. Depois de um duro corpo a corpo com os robôs tadais que tripulavam a estação, Peregrino havia se defrontado com um vasto calabouço cibernético, onde membros de várias espécies inteligentes da Esfera eram torturados com radiação ionizante. Alguns foram resgatados ao final da ação de comando que havia tomado a base tadai. Outros, nos meses que se seguiram, em um custoso resgate envolvendo vários povos alienígenas da Esfera, que vieram buscar seus cidadãos, abduzidos há Terradécadas ou séculos. Nenhuma das vítimas sobreviveu à experiência tadai. Os analistas ainda se debruçavam sobre o seu propósito. Túlio acenava com resultados futuros como mais uma cenoura para manter Peregrino de uniforme. Mas Peregrino suspeitava que ninguém viria com uma resposta definitiva.

Conforme se aproximavam, Peregrino testemunhou a partida de uma outra lancha hipersônica. Ele se perguntou o quanto o caro hotel seria movimentado. Não reconheceu o estilo da construção, mas lhe pareceu definitivamente Zona 2. O hotel tinha sido inaugurado havia apenas duas semanas. Peregrino suspeitava que outras construções semelhantes ao Soroya seriam vistas na Esfera, nos próximos Terrameses e anos.

A lancha que levava Peregrino, o seu único passageiro, atracou em um hangar que foi rapidamente pressurizado. Saindo pela comporta interna, ele e os dois acompanhantes enviados pelo hotel tomaram um curto corredor, que os levou até a grande área de recepção.

Peregrino notou de cara um contra-almirante médico e seu ordenança. E então, idosos que se locomoviam equilibrados em monociclos, acompanhados por enfermeiros-robôs antropomórficos. E casais jovens muito obviamente em encontros românticos, e outros com crianças. Como sempre acontecia, ele se sentiu encantado com as crianças, visão rara nas instalações da ELAE em Cantares e na base solitária que Túlio mandara montar para o 28º no continente antártico do planeta.

O vice-almirante notou-o, arregalou os olhos e pareceu desorientado por um momento. Peregrino usava a Medalha de Honra Estelar na conspícua fita verde e amarela em volta do pescoço. Todos os militares, não importando a patente, eram obrigados a saudar um portador da medalha. Depois de alguma hesitação e um cochicho do ordenança, o vice-almirante aproximou-se e fez a continência.

Peregrino, cuja patente era a de capitão-de-espaço-profundo, retribuiu à saudação do seu superior. Era tudo um tanto embaraçoso. Túlio também o obrigara a envergar a farda de gala completa. O mais embaraçoso, contudo, era o detonador preso à sua cintura.

— Não quero que você vá desacompanhado — Túlio havia dito, ao lhe dar a arma.

— Mas é necessário? Vou ter problemas com a segurança do hotel... Com isso eu poderia pôr o Palácio Voador abaixo.

— O pessoal da Soroya já está informado — Túlio dissera. — Lembre-se das palavras imortais de Carlyle: "Sem ferramentas, o Homem não é nada; com ferramentas, ele é tudo." Você é um soldado, esta é a sua ferramenta. É bom lembrar os outros disso, principalmente essa gente com quem você vai lidar.

E agora os dois acompanhantes enviados pela Soroya o detinham discretamente, para apresentá-lo a uma bela mulher que se destacara da multidão de hóspedes e visitantes. Era poucos centímetros mais baixa que Peregrino — que tinha um metro e oitenta. Vestia-se com um elegante traje acetinado de microfibra. A cor verde-esmeralda combinava com seus cabelos ruivos e com a alvura de sua pele.

A ruiva sorriu para ele e estendeu a mão.

Quando a porta do hangar indicado se abriu, Fátima Feldman reconheceu imediatamente a figura esbelta de Jonas Peregrino. Algo no peito dela se contraiu diante do homem vestido em azul barateia, o conspícuo Detonador M8 preso à cintura, a ainda mais evidente Medalha de Honra brilhando abaixo do colarinho. Conhecia de fotos o rosto forte, de cabelos que seriam crespos se não fossem cortados tão curtos. E com algo de indígena nos olhos apertados e no bronzeado impossível. Um rosto confiante mas com uma distância, um cansaço ou talvez tristeza indefinida nos olhos.

Fátima havia lido todos os relatórios de avaliação e dossiês disponíveis sobre Peregrino, sabia que ele tinha sangue português e índio, talvez até africano. Assim como sabia que ele realizara feitos e presenciara ações incomparáveis. Experiências que haviam deixado a sua marca, para combinar-se com os traços da sua ancestralidade. Não obstante, ainda o rosto jovem de um militar que não teria mais que trinta Terraanos relativos.

Sua continência ao contra-almirante Morales e seu ordenança foi perfeita, em contraste ao acanhado cumprimento do oficial-médico. Fátima estivera conversando com Morales momentos antes, no café da manhã, e conseguira manter a sua missão em segredo, frente à curiosidade dele. Ela estava ali para cooptar, para a sua causa, o maior herói militar da Latinoamérica.

"Antes que alguém mais o faça, ou que ele finalmente seja eliminado", pensou, enquanto se adiantava para cumprimentá-lo com um sorriso, um aperto de mão e dois beijos no rosto.

II

— Eu sou Fátima Feldman, assessora do governador Esteves Mangabeira — ela disse. — Seja bem-vindo, capitão Peregrino.

— Obrigado.

Ele notou que ela tinha olhos azuis e um lábio inferior polpudo. Talvez de idade compatível com a dele, e um pouco acima do peso. Mas nela o sobrepeso significava atributos extras: ricas formas femininas que, soltas dentro da roupa, moviam-se com a certeza sutil de volumes que nunca sentiram a força plena de um gravo. Assim como sua pele nunca sentira a força plena dos raios solares. Peregrino supôs que ela tivesse crescido em um *habitat* espacial.

— A bagagem que veio com você será levada ao seu quarto — ela disse. A voz de Fátima Feldman era suave e aveludada, com algo de sensual combinado a um timbre quase juvenil. — Pensei que poderíamos conversar um pouco, antes do almoço. A direção do hotel reservou um mirante pressurizado para nós. Dele a gente pode ver Dionísio nascer daqui a alguns minutos.

— Seria ótimo.

Ela indicou o caminho, liderando-o com o rebolado ostensivo de quadris que estranhavam até mesmo o .91G de Cantares.

O mirante era uma discreta saliência que se projetava do estojo de plastimetal, como uma sacada coberta por uma cúpula retrátil e de transparência perfeita. Havia um conjunto de bancos estofados de dois lugares a cada lado da porta de entrada. Peregrino e Fátima Feldman sentaram-se em um deles. Ela manteve-se bem próxima, o lado direito do seu corpo tocando o lado esquerdo dele. Diante dos dois havia um carrinho-robô com bebidas. O olhar de Peregrino prontamente localizou a curvatura superior de Dionísio assomando no horizonte irregular da cordilheira.

— Lá está ele — disse.

Cantares era uma das muitas luas do gigante gasoso Dionísio. As luas mais distantes do planeta já apareciam no céu de Cantares, as mais próximas anunciavam o surgimento de Dionísio. Adiantavam-se a ele como contas de um colar muito reto, vindo à frente acima do horizonte e alinhado com o equador do mundo joviano. Distante, Cantares sofria apenas os mais brandos efeitos de maré provocados pelo arrastão gravitacional do planeta gigante.

Peregrino levantou-se e serviu a Fátima Feldman um copo de suco de uvas de Cantares, e outro para si mesmo.

— Eu preciso dizer que é uma honra conhecê-lo pessoalmente, capitão Peregrino — a mulher declarou.

Ele não sabia o que dizer diante disso, então não disse nada. Sentou-se e tomou um gole do suco de uva. Fátima prosseguiu:

— Eu ensino Cultura Militar na Universidade Cruzeiro do Sul das Brasilianas, em Epsilon Crucis na Zona Três. Tenho acompanhado sua carreira, desde a sua brilhante vitória na Batalha da Ciranda Sombria.

— Há um centro de preparação de oficiais da reserva lá, não é isso? — ele perguntou. — E o QG do Sexto Distrito.

— Exatamente — ela disse.

— Eu não me lembro de ter tido aulas de Cultura Militar em Olimpos Mons.

— É claro que não. Quando você ingressou na Academia, a cadeira já havia sido extinta há três Terraanos e substituída pela de Ética Militar.

Havia desprezo na voz dela, e Peregrino também torceu o nariz.

— As poucas aulas de Ética Militar que eu tive só ensinavam que devíamos obedecer aos políticos e a seguir à risca o Regulamento Disciplinar. Na verdade, tive aulas de ética melhores na Escola Preparatória, do que na Academia.

Fátima sorriu.

— O professor Cláudio Brites era o titular da cadeira em Olimpos Mons — ela disse. — Depois da mudança na Academia, ele a levou para a UCSB e foi com ele que eu me formei.

— Sorte do pessoal do CPOR, eu suponho. Mas você se tornou

assessora do governador Mangabeira. Isso significa que a cultura militar é um fator político na Zona Três?

— Certamente. Mais agora, que o governador pretende se candidatar a primeiro ministro da União da Herança Latinoamericana.

Peregrino ficou em silêncio, digerindo a novidade. O que sabia de Juan Esteves Mangabeira é que ele estudara na Academia Militar de Olimpos Mons e servira na ELAC sob o comando do almirante Pandolfo. Dera baixa como contra-almirante da reserva, e em pouco tempo assumiu o elevado cargo de governador do planeta Aconcágua, a sede administrativa da Diáspora na Zona 3. Era um governador regional, na verdade. Muito poderoso. E não seria o primeiro oficial general das Forças Espaciais a se candidatar ao mais elevado cargo político do Parlamento Conjugado Latinoamérica-Diáspora Latina. Quem o ocupasse seria o governante número um de todo o ramo latinoamericano na galáxia.

— A maioria dos políticos não dá tanta atenção à cultura militar quanto deveria — Fátima continuou. — Como lidam na maior parte do tempo com oficiais generais altamente politizados, eles não enxergam as necessidades, tradições e expectativas dos oficiais intermediários e dos praças. Não compreendem o chamado, a vocação e as necessidades da classe. Esteves Mangabeira, por outro lado, tem uma outra visão.

— Interessante.

"Mas difícil de acreditar", ele completou mentalmente, "vindo de alguém que cresceu sob as asas de Pandolfo e de Gervásio".

Fátima sorriu. Talvez tivesse percebido algo da descrença dele. Ela continuou:

— Você também pode enxergar a disciplina da Cultura Militar como uma espécie de letreramento que permite a "leitura" do pensamento e do comportamento dos militares. O que está escrito no modo como você se veste, por exemplo.

— Hum.

— A fita verde e amarela, que segura a sua Medalha de Honra Estelar — ela disse. — Significa que você é brasileiro ou que ingressou nas Forças Armadas no Brasil.

— Na Escola Preparatória — ele admitiu. É claro, ele também havia nascido no Brasil. E é claro, ela já saberia disso.

— A insígnia do vigésimo oitavo GARP com a onça preta em seu ombro, tão mais significativa do que o nome da unidade... E os barretes em seu peito. A Ordem do Defensor, a Cruz de Bravura de Primeira Classe e as outras comendas por bravura... Elas demonstram que a Medalha de Honra, a maior das nossas comendas, não foi um acidente em sua carreira. Anunciam que você foi protagonista de ações destacadas, por muito tempo e repetidas vezes.

"Sua farda e suas botas estão impecavelmente mantidas e apresentadas. O mais interessante, porém, em termos do que você trouxe para este encontro, é a pistola em sua cintura.

"É um detonador M–oito A dois, não é? Um modelo um pouco antigo, com duas vezes o poder de fogo do novo modelo padrão, o oito A três. Duas vezes o necessário para abater, por exemplo, o escudo defensivo de um robô tadai. Ou estou errada?"

— Não.

— E você o trouxe para uma entrevista de fundo político... — ela disse. — Um modelo antigo, que foi claramente usado várias vezes antes e com os ícones de segurança desbotados e descascados. Mais do que todo o resto, essa arma pretende dizer o que você realmente é, por baixo da farda engomada e de todo o reconhecimento institucional dos seus serviços e da sua carreira.

"Um matador."

Peregrino suspirou. Então sorriu e esticou a perna direita, para aliviar o peso do detonador contra a sua coxa. Claramente, por trás dos olhos azuis e da cabeleira ruiva, do busto generoso e da voz sensual, havia um cérebro igualmente bem-dotado e uma percepção aguçada das coisas.

"Bem, se a cultura militar é como uma linguagem que você pode ler", pensou, "este detonador fala com a dicção do Almirante Túlio Ferreira."

A esta altura, Peregrino também havia se dado conta de outra coisa. Um traço de ironia borbulhava sempre na voz sedosa de Fátima Feldman. Dizia que ela não tinha queda por homens de uniforme, e que tudo isso de "cultura militar" era um objeto de interesse acadêmico, e não um fetiche ou fascínio.

— Falando francamente — ele disse —, a sua perspicácia talvez nos poupe muitos rodeios. Algo me diz que você não comprou nada dessa coisa de "herói espacial". Isso é bom. Usar a medalha pendurada no pescoço com a farda de gala é determinação direta do Almirante Túlio. Acho que ele gosta de exibi-la.

— Parece mais que ele gosta de ver *você* exibindo-a — ela o interrompeu. — Por tudo o que sei, você é um dos poucos recipientes dessa comenda, dentro da ELAE, que realmente a mereceu.

— Você sabe mais do que a maioria.

Ela deu de ombros.

— Tenho minhas fontes — disse. — É ponto passivo para muita gente que por muito tempo Gervásio e Pandolfo mascararam a realidade das coisas por aqui. Sei que isso acabou quando da ascensão de Túlio Ferreira. E com a *sua* chegada.

"Também sei dos seus feitos precoces na Esquadra Colonial. Está claro que Túlio não o escolheu por acaso, para ser o braço direito dele nesta zona de conflito. Mas agora você vai para a reserva, daí a razão da nossa conversa aqui hoje."

— Sou todo ouvidos.

Ela voltou a sorrir.

— No almoço seria melhor — disse.

— Como queira.

Peregrino dirigiu o olhar para Dionísio. Em mais alguns minutos a enorme esfera oblonga se despregaria completamente da linha do horizonte e flutuaria diante deles como um olho escarlate que tudo vê. Peregrino podia esperar.

III

Ele desceu depois de desfazer a pequena mala de viagem e tomar um banho. Não se esqueceu de passar uma mensagem a Túlio, conforme o Almirante havia exigido.

A razão de Túlio ter permitido o encontro com a assessora de Esteves Mangabeira ainda não estava clara em sua cabeça. Já o surpreendera que o Almirante tivesse deixado o convite de Fátima Feldman chegar até ele. Após anos escudando Peregrino de todo e qualquer contato político, Túlio agora permitia que ele se encontrasse com uma enviada do poderoso governador estelar. Túlio estava ciente das ambições de Mangabeira? Os dois foram contemporâneos na ELAE... O Almirante endossava Mangabeira, ou desejava que Peregrino fosse até o Palácio Voador e depois voltasse para apresentar um relatório com tudo o que Feldman lhe dissera? Não agradava a Peregrino servir de oficial s2 para Túlio. O Almirante tinha o seu próprio serviço de informações — eficiente e bem espalhado pela galáxia, a propósito — e não precisava de Peregrino para esse tipo de serviço.

Fátima o esperava no *lobby*, sentada em uma poltrona os olhos voltados para um leitor digital. Ela tornou a cumprimentá-lo com o seu sorriso — que, agora, Peregrino percebia expressar aquela leve ironia onipresente — e mais dois beijos no rosto. Seu perfume lhe pareceu mais acentuado, envolvendo-o como um abraço morno e floral.

Foram para o restaurante do hotel. No saguão de entrada, fizeram hora apreciando uma dúzia de concepções artísticas de cidades flutuantes, direto da imaginação de Jonathan Swift, passando pelo traço de Ralph McQuarrie, até chegar aos primeiros *designs* do Palácio Voador Soroya.

A passagem de Peregrino entre as mesas foi saudada com novas continências do contra-almirante e de uma esguia capitã-de-ar-e-espaço, de feições muito andinas. Peregrino e Fátima se instalaram em uma área reservada. Ele afastou a cadeira para ela, e apertou o botão na mesa para fazer surgir o holomenu. "Esteves Mangabeira...", ele remoeu em pensamento. Decidiu que não queria que o político gastasse muito do seu dinheiro com a conta do almoço. Os pratos eram assustadoramente caros, especialmente os de carne-de-cultura e os de carne real, importada sabe Deus de que mundo distante. Ao longo do tempo ele havia adquirido um gosto por legumes e frutas de Cantares, em geral cozidos. Havia algo nos minerais do solo do planeta e na bioquímica das plantas, que lhes davam um sabor único. *Pears royeaux*, em sua variante local, era o favorito. A carta de bebidas exibia vinho francês — quando Cantares provavelmente produzia o melhor destilado das três Zonas de

Expansão. Peregrino pediu um suco de pêssego de Cantares, outra singularidade gastronômica que o planeta produzia, mas não-alcóolico. Notou que Fátima também pediu suco de fruta.

Seria uma batalha, e os dois queriam estar com todos os sentidos alertas?

As bebidas chegaram rapidamente, trazidas por uma moça sorridente, com o uniforme da cozinha do Hotel Soroya. Em instantes ela os deixou novamente a sós.

Peregrino notou agora que Fátima Feldman tinha pescoço comprido, dedos alongados, e o olho direito um pouco maior que o esquerdo. Nada lhe parecia fora do lugar, paradoxalmente, e era curioso como cada encontro com ela parecia revelar novo capítulo dos seus atributos físicos e intelectuais.

Ainda sorrindo, ela lhe disse:

— Você está errado sobre mim.

— Em que sentido, senhora Feldman? Eu mal a conheço e não tenho expectativas...

— Me chame de Fátima — ela ordenou. — Quando você disse que não comprei "nada dessa coisa de herói espacial". Ao contrário, sou muito... *sensível* aos seus feitos militares. Os soldados precisam do exemplo de predecessores heróicos e vitoriosos. O almirante Túlio Ferreira também sabe disso. Ele tem cultivado a sua aura heróica com muita eficácia. Veja o que vocês dois fizeram pela Esquadra da Esfera, no pouco tempo desde a sua chegada.

— Eu não sei dizer o que realizamos realmente de concreto e duradouro.

Desta vez ela riu abertamente. Era engraçado que Peregrino apreciasse o seu riso, nesse contexto.

— Não *sabe*? — ela exclamou. — Vocês forçaram uma meia-volta completa na orientação da Esquadra, mudaram radicalmente um ambiente de carreirismo descontrolado para uma máquina de guerra eficaz e de resultados nunca vistos, a começar da Batalha da Ciranda Sombria e do prestígio militar e diplomático que ela representou para a Latinoamérica. E depois, as primeiras baixas registradas entre os tadais, em todo o tempo de atuação deles na Esfera... *séculos*. Se você se refere ao quadro atual de indefinição estratégica, ele logo seria resolvido por um líder determinado como o governador Esteves Mangabeira.

— Em que sentido, exatamente?

Fátima demorou-se na resposta. Um ponto delicado?

— A retirada dos tadais mudou por completo o cenário local — ela disse —, forçando uma reorientação completa das tensões, alianças e disputas. Esteves Mangabeira sabe que precisamos de um reforço e reformulação completa da ELAE, para que ela possa enfrentar os novos desafios.

— Hum! — Peregrino incentivou.

— Sem os tadais, os novos antagonistas serão os outros blocos político-militares humanos — ela prosseguiu, falando num tom mais baixo. — E as outras espécies espaçocapacitadas atuantes na Esfera.

— Aliados transformados em inimigos?

Ela hesitou por um segundo, mas disse:

— Alianças reconfiguradas para a nova situação de *grand-strategy*.

— Compreendo. E eu teria um papel nisso?...

— Um papel de *destaque* — disse ela. — Nós acreditamos que o seu apoio seria fundamental na eleição de Esteves Mangabeira para a chancelaria da Diáspora...

Foi a vez de Peregrino soltar uma curta gargalhada.

— Desculpe — disse —, mas com que tipo de capital político eu poderia contribuir?

— Você é o maior herói vivo da Latinoamérica — ela respondeu, sem se abalar. — Não o militar mais *condecorado*, mas nós sabemos como antes as comendas foram distribuídas dentro de um esquema mentiroso de apadrinhamento. A sua fama, baseada em feitos *reais*, é extremamente forte na Esfera e nas Zonas Dois e Três. Não tanto na Zona Um, no Sistema Solar, onde as coisas são politicamente mais controladas. Gervásio fez um bom trabalho em manipular a imprensa e fechar para o público a divulgação do seu nome e das suas realizações.

— Eu não sei se isso é ruim — Peregrino disse. — Tenho família na Terra, não gostaria que eles fossem incomodados por esse tipo de publicidade.

Ela assentiu, bebeu um pouco de água, limpou os lábios.

— Não apenas *publicidade* — disse. — Túlio também liberou a divulgação da tentativa de assassinato contra você pelos euro-russos em Phlegethon. A tensão diplomática resultante não foi pequena.

A tentativa de assassinato, realizada pelos militares euro-russos junto aos quais Peregrino estava agregado durante a descida até a base tadai de Phlegethon, fora frustrada por um golpe de sorte e pela pronta ação de Túlio Ferreira. No traje espacial de Peregrino restaram evidências incriminadoras, testemunho de que, de fato, os euro-russos também sabiam que as coisas seriam diferentes depois da Retração Tadai, e o viam como um símbolo importante para as forças latinoamericanas na Esfera. Uma pedra a ser removida, antes que as "alianças fossem reconfiguradas".

— Mas uma tensão que também foi superada... — Peregrino observou, levando o copo de suco aos lábios. "Que objetivo poderia haver em se tentar algo contra a minha família?", perguntou a si mesmo, pela primeira vez.

— Sim, e não sem deixar uma marca de fraqueza institucional das autoridades da Herança Latinoamericana junto ao seu próprio povo — Fátima disse. — Mas a memória desse incidente persiste nos mundos coloniais. Justamente onde estão os principais constituintes de Esteves Mangabeira: nas colônias mais recentes. A popularidade que você tem, Peregrino, é realmente *enorme* nas Zonas Dois e Três. — Ela fez uma pausa de efeito. — Muitos acreditam que a retirada dos tadais foi obra *sua*.

Peregrino quase cuspiu o suco que tinha na boca. Levou um instante para se recompor.

— Deus todo poderoso... — balbuciou. — De onde surgiu esse boato?

— Da soma intuitiva de vários fatores — ela disse. — Os tadais nunca haviam sofrido baixas de pessoal, apenas perdas materiais, até o ataque de superfície que você conduziu durante a Batalha do Vão. E pouco tempo depois eles abandonam o terreno, sem explicações. Eu imagino que seja inevitável que as pessoas liguem as duas coisas, na suposição de que os tadais não suportaram as perdas sofridas e fugiram com o rabo entre as pernas.

— Não há qualquer evidência palpável disso — ele disse.

Ela juntou delicadamente as mãos sob o queixo e deu de ombros.

— Também não há qualquer evidência *contrária* — disse. — De qualquer modo, Esteves Mangabeira quer você do lado dele para enfatizar a importância das Forças Armadas Integradas no futuro da Diáspora. A princípio você estaria no "palanque" dele, por assim dizer, mas com a promessa de se tornar o seu sub-secretário de Defesa, se ele for eleito. Nós acreditamos que a sua participação seria decisiva.

Peregrino balançou a cabeça. E diante do olhar curioso de Fátima, perguntou:

— Isso foi ideia sua ou dele?

— Na verdade, quem recomendou você, e da maneira mais enfática, foi o embaixador Silvano Vieira de Mello.

— Essa é a maior surpresa do dia — ele disse.

— Ele me contou sobre a sua missão de escolta protetora da junta militar de sKrtleal. — Havia um tom diferente em sua voz? Peregrino não soube precisar. — Um outro feito extraordinário.

— E secreto.

— Agora que a situação macroestratégica mudou, todos esses velhos segredos virão à tona. — E talvez novamente percebendo algo nele: — Não há do que se envergonhar, naquela operação.

— Escoltar um grupo de ditadores até um porto seguro. Ditadores que, do contrário, teriam sido depostos por um movimento popular...

— Você não respondia pela política de alianças da Latinoamérica dentro da Esfera — ela disse. — Estava cumprindo ordens diretas da Chancelaria. Até mesmo o Almirante Túlio teve de se curvar a elas. E no fim, o destino dos ditadores foi aquele que você desejava, não foi?

— Mas não o dos homens e mulheres que perdi naquela operação.

Fátima recuou, ficando muito reta contra o encosto da cadeira. Seria possível que ela não havia pensado nisso?

Nesse momento, os pratos chegaram. Novamente vieram duas elegantes moças uniformizadas, e enquanto elas arranjavam os pratos sobre a mesa, Peregrino olhou pela janela. Dionísio não estava visível deste lado do Palácio Voador. Mas várias luas, rascunhadas em linhas pálidas, dançavam no céu profundamente azul acima das montanhas. Uma delas era a lua penal, para onde Peregrino havia mandado algumas pessoas que tinham se enroscado demais nas gavinhas pegajosas e espinhosas da política. Quase três anos haviam se passado, e elas ainda estavam lá. E estariam lá pelas próximas três décadas. Pelo menos.

Ele se voltou para a comida. Fátima também comeu em silêncio por alguns minutos. O prato dela não era tão frugal.

— Você entende o poder que teria no cargo de sub-secretário? — ela perguntou, quase num sussurro.

— Eu não encaro com inconsequência o poder de enviar homens e mulheres para a guerra — ele disse. — Não me excita nem um pouco.

Ela mastigou em silêncio por algum tempo, sem encará-lo.

— O verdadeiro júbilo resulta dos desafios que aceitamos — citou.

— Também não tenho Nietzsche entre minhas leituras favoritas.

— Eu não acredito que um homem como você, com tudo o que realizou, se sentiria intimidado pela macroestratégia — ela disse, elevando a voz, visivelmente contrariada —, pela oportunidade de participar do *grande jogo*. O único no qual os seus talentos realmente seriam postos à prova.

— Kipling — ele disse. — Não. Meus pais têm um modesto negócio na Terra, e é nele que está o meu futuro.

Ela deitou os talheres no prato e arregalou os olhos.

— Ouça — ele pediu, antes que ela pudesse abrir a boca. — Eu admito que o que você chama de "cultura militar" tem sido parte da minha vida há muito tempo e que contribuiu pra formar a minha identidade. Faz parte de mim e eu vou levá-la pra onde for, mas não *delimita* a minha identidade nem me força a seguir um único caminho. Minha resposta ao convite do governador Esteves Mangabeira é *não*.

— *Por quê?* — Fátima perguntou. — Não pode ser simplesmente porque quer *voltar para casa*.

Peregrino sorriu antes de responder:

— A guerra acabou pra mim. Ela sempre foi contra os tadais. O plano de Mangabeira de elevar a tensão entre o Bloco Latino e os outros blocos políticos humanos vai contra o que acredito. A humanidade deveria se unir contra um inimigo em comum, um inimigo que não obedece à proporcionalidade e não hesita em usar de ações xenocidas.

Fátima Feldman ficou ali apenas olhando para ele, e então desviou os olhos. Ela não negou que a "reconfiguração macroestratégica" de Esteves Mangabeira fosse justamente isso: elevar a tensão entre as diversas divisões políticas humanas.

— Os tadais se retiraram e ninguém sabe para onde — disse ela, claramente se esforçando para manter a voz equilibrada. Não havia mais ironia em suas palavras.

— E ninguém sabe *quando* eles voltarão — Peregrino disse.

Obviamente, ela nunca havia pensado nessa possibilidade. Por toda a Esfera e dentro das Zonas de Expansão Humana, aqueles que haviam pensado mantinham-se calados. Havia um padrão histórico nisso — após um grande conflito, raramente os seus protagonistas se sentavam para discutir suas razões, rever seus erros, questionar seus motivos. O desejo de lucrar com as novas posições de poder e com os territórios conquistados era forte demais para que as pessoas simplesmente parassem para refletir sobre o preço que lhes fora cobrado.

Mas e se os tadais voltassem para cobrar ainda mais?

Depois do almoço, sozinho em seu quarto ele leu por uma hora o romance que trouxera consigo — um drama de colonização planetária —, depois exercitou-se por mais uma hora, então usou as instalações sanitárias e tomou outro banho. Durante o tempo todo, Fátima Feldman não deixava o seu pensamento. A voz sedutora por trás da ironia, as curvas onipresentes, o olhar brilhante e azul, as faces cheias e de linhas clássicas... A erudição e o conhecimento. A quase absoluta ignorância.

Ele era apenas um caboclo pantaneiro — por que enviar alguém do calibre dessa mulher, para recrutá-lo para uma campanha política? Vir da Zona 3 até Cantares não era um passeio até a esquina. Dois dias passados ali seriam mais de uma semana de ausência do seu trabalho, fossem aulas ou pesquisas acadêmicas, fosse a consultoria para a campanha de Mangabeira. Significava que eles realmente atribuíam tanta importância a ele, que a afastariam de outras atribuições para vir ter com ele?

A princípio Peregrino ficara intrigado, e então admirado que uma especialista como ela em questões militares assessorasse Mangabeira e viesse procurá-lo. Estava lisonjeado. Mas a impaciência de Fátima durante o almoço havia descortinado os velhos vícios de intriga e dissensão constantes entre as potências políticas humanas. Certamente, vícios partilhados pelo governador Estelar.

Mas Fátima não se dera por derrotada, e o fizera subir com o leitor digital que ela estivera manipulando antes. Ali estava a proposta completa, *bit* por *bit* e com valores escandalosos de "ajuda de custo", caso ele aceitasse o convite. Era mais do que tentador. Era um modo de dizer-lhe que subiria "no palanque" para fazer *exatamente* o que Mangabeira determinasse. Ninguém estaria interessado em sua opinião sobre o que quer que fosse.

Ou estaria errado? Se Mangabeira tinha uma especialista em cultura militar entre seus assessores, levava realmente a sério a posição dos militares. Talvez estivesse aberto a ouvi-lo.

Cansado de ruminações, decidiu descer para se a unir um grupo de hóspedes num *tour* do Palácio Voador. Havia uma visitação das instalações que deveria terminar pouco antes do jantar — "o confronto final", disse a si mesmo, antecipando mais um assalto de Fátima sobre ele.

Vestiu o uniforme, recolocou o pesado M8A2 no coldre, e desceu.

No *lobby*, juntou-se ao grupo como um hóspede qualquer, embora os outros o olhassem com insistência. Tinha o leitor de Fátima e o seu romance debaixo do braço, e refugiava-se no livro quando se sentia embaraçado demais.

Até que uma garota de uns quinze anos se aproximou dele. Miúda, tinha longos cabelos castanhos e era acompanhada por um gato obviamente elevado, com uma cibercoleira. Os adultos do grupo a seguiram com os olhos.

— Você é o capitão Jonas Peregrino, não é? — ela perguntou.

— Sou sim, senhorita.

— Jonas! — disse a coleira do gato.

A garota o surpreendeu então, abraçando-o.

— Obrigada por tudo o que você fez por nós — disse, ainda abraçada a ele.

Peregrino não soube como reagir. A palma da mão direita cobriu o detonador preso à sua cintura enquanto a outra, hesitante, devolveu o abraço da menina. Peregrino sentiu as patas do gato, que tentava imitar a dona, tocando o seu joelho.

Depois que se separaram, Peregrino foi cercado pelo resto do pessoal, apertou muitas mãos e ouviu os cumprimentos e agradecimentos que eles tinham a oferecer. Era a primeira vez que algo assim acontecia. Ele ficou muito sério e solene, como se estivesse diante de todo um grupo de pessoas por quem havia lutado, sem que soubesse.

Observando tudo a certa distância, Fátima Feldman percebeu que Peregrino fora tocado pela manifestação de apreço. Ele evidentemente não estava acostumado a esse tipo de coisa, e Fátima se perguntou se o Almirante Túlio Ferreira não o teria segregado demais do reconhecimento público e político.

Estava preocupada. A negociação não estava indo como ela havia antecipado. Dificuldades sim, mas essa clara e determinada negativa da parte dele significava que ela havia tropeçado em algum ponto. "O almoço, é claro. Foi um desastre. O jeito passivo dele e o menosprezo por tudo aquilo que ele mesmo realizou me deixaram nervosa e eu revelei o que não devia. Também não antecipei que ele tivesse algum tipo de oposição moral aos planos de Mangabeira." Enquanto o observava rodeado de gente a cumprimentá-lo, Fátima se obrigou a analisar o que ele havia dito. Esteves Mangabeira estaria errado, na sua posição de atrito com os outros blocos políticos? Certamente a Aliança Transatlântico-Pacífico, a Euro-Rússia e Ásia Centro-Oceânica — até mesmo a Ecumênica Islâmica! — entendiam o futuro próximo desse mesmo modo, e mesmo que Mangabeira discordasse, teria que reagir exatamente da mesma maneira diante das ações dessas forças políticas. Sem falar das potências alienígenas na Esfera, cuja reação ainda era uma incógnita, mas que não poderiam ser muito diferentes.

E quanto a ela mesma, estaria errada em apoiá-lo? Por tempo demais a Latinoamérica, inferior econômica e tecnologicamente aos blocos maiores, havia se contentado com as menores fatias do bolo crescente da expansão espacial. As vitórias latinoamericanas na Esfera haviam preparado o terreno para que a Diáspora desse um salto em importância e se ombreasse aos maiorais. *Se* o próximo líder fosse alguém com a visão estratégica de Esteves Mangabeira. Sim. Fátima desejava participar desse momento histórico.

E quanto à ideia de Peregrino de que os tadais poderiam voltar? Não. Fátima não poderia juntar esse fator à equação. Era o único elemento capaz de anular todos os planos e projeções. E ninguém cogitaria em deter os planos, à espera de uma nova investida tadai que podia muito bem nunca acontecer.

O avanço humano sobre a Esfera e a consequente competição internacional eram a única realidade possível de ser equacionada. Era tudo o que eles tinham para guiar o que seria o futuro da Latinoamérica e da humanidade.

IV

Fátima descera para o jantar com outra aparência — outra maquiagem, que parecia fazer seus olhos azuis faiscarem, o cabelo arranjado de modo a deixar o pescoço longo exposto, mais jóias e um deslumbrante vestido vermelho. E um perfume certamente mais rico em feromônios.

Com ou sem todo esse *glamour*, ela encarnava a professora e explicava a Peregrino a atual situação eleitoral dentro da Diáspora Latina.

— Como a União da Herança Latinoamericana é uma entidade federativa, cada mundo colonizado escolhe os seus representantes para o Parlamento Conjugado Latinoamérica-Diáspora Latina. Alguns desses mundos possuem colônias muito pequenas e o regime local que adotam é a democracia direta. Outros adotam a democracia representativa, a formação de colegiados e a escolha de administradores ou representantes distritais. Alguns têm comitês renováveis como sua entidade administrativa e deliberativa principal. A Chancelaria e o Parlamento Conjugado facultam essa liberdade toda, vetando apenas qualquer deliberação local secessionista ou contrária aos direitos civis.

Isso tudo era, obviamente, apenas um preâmbulo, e Peregrino aguardou.

— O que eu lhe conto em primeira mão, Peregrino — ela prosseguiu —, é que o Parlamento Conjugado está para julgar, e com certeza *aprovar*, uma lei que reconhece a Esfera oficialmente como a Zona Quatro de Expansão Humana, e que dará prioridade legislativa aos representantes das colônias estabelecidas na Esfera.

Peregrino sabia que os representantes, deputados e senadores, dentro da Diáspora, nunca poderiam obedecer a um critério proporcional em termos populacionais. As maiores populações concentravam-se nas Zonas 1 e 2. Nas colônias que tiveram mais tempo de se ajustarem aos meio ambientes alienígenas, e ao longo das rotas comerciais mais ativas. O transporte interestelar era caro e a hostilidade ambiental das novas frentes coloniais impediam que as pessoas se transferissem de um mundo a outro sem planejamentos demorados e custosos. Por outro lado, cada nova colônia representava uma cabeça de praia instalada em um mundo potencialmente rico em recursos e novidades tecnológicas e culturais. Então era natural que tivessem representação não-proporcional mas relativa a cada nova entidade colonial fundada. A "prioridade legislativa" era uma extensão desse mesmo raciocínio, às vezes chamada, enganosamente, de "peso dois": permitia que coalizões formadas na Zona com prioridade legislativa não precisasse da maioria absoluta ou de dois terços, em votações importantes que dissessem respeito a essa Zona de Expansão. Oficialmente, para reforçar a igualdade de direitos e a unidade sociopolítica da Diáspora, daqueles mundos distantes do governo central. É claro, frequentemente as necessidades coloniais eram mais prementes do que as das unidades federativas mais antigas. Desse modo, suas populações garantiriam que não seriam abandonadas ao Deus-dará ou que suas demandas emergenciais poderiam ser atendidas com presteza. O "peso dois" não era absoluto, mas circunscrito a um sem-número de cláusulas e situações previstas na Constituição.

A medida também se estendia a diversos setores do Executivo — onde era tratada como "medida de atenção especial", e nesse âmbito Peregrino torcia ainda mais o nariz para ela. Quando ele havia patrulhado as Zonas 2 e 3 na Esquadra Colonial, tinha testemunhado o quanto o "peso dois" fortalecia conchavos e acordões entre as colônias e o centro de poder. E tudo fora do princípio da transparência legislativa. Fortalecia-se o poder regional dos indicados pelos principais partidos, em feudos pessoais e partidários. Ao mesmo tempo, a política de brando fratricídio dos blocos políticos da Terra e da Zona 1 difundia-se pelas colônias. O confronto comercial e político era ampliado onde havia justamente mais espaço e latitude demográfica para se buscar modos de organização social mais justos.

Peregrino lembrou-se que um historiador militar havia filosofado sobre a diferença, na guerra, entre "ideal" e "interesse". De como o soldado precisava de uma causa para encarar a morte de frente. A maior causa que a Era da Expansão Galáctica tinha a oferecer era a sobrevivência em um universo hostil. Nele, cada avanço representava uma nova garantia contra a extinção da humanidade e, paradoxalmente, uma nova possibilidade de surgirem outras tecnologias de destruição em massa ou novas chances de se pisar nos calos de uma espécie capaz de reduzir as nossas ambições a cinzas radioativas...

Ambições... Ideais e interesses. Ter uma causa gerava coesão, sem a qual a possibilidade de vitória era menor. Mas na velha Esquadra da Esfera parecia ter havido apenas interesse. Para os oficiais, era tudo uma farsa política, uma chance de fazer avançar interesses pessoais ou de grupos e camarilhas. Enquanto isso, os praças assistiam a tudo com desconfiança e suspeita dirigida aos seus superiores.

Mas as coisas haviam mudado. Por obra e graça de Túlio Ferreira e a sua única causa — ferir os tadais e apoiar os aliados da Latinoamérica na Esfera. E Túlio, incrivelmente, havia realizado os dois objetivos. Seu sucesso o manteria no comando da ELAE por algum tempo, mas agora com a suposta pacificação da Esfera, com a Retirada Tadai — ou *retração*, como Túlio preferia chamar — corriam o risco de testemunhar o restabelecimento do império do interesse.

Notou que Fátima estava calada, olhando-o atentamente. Esperando que ele retornasse do seu devaneio.

— Isso significa que a Zona Três perderá o *status* de prioridade legislativa e de atenção especial? — ele perguntou.

— Isso mesmo — ela disse. — Não do dia para a noite, é claro, mas ao longo de um período de transição.

— A Zona Três tem *mil* anos-luz de raio e de altura. O seu potencial de colonização mal seria arranhado em dez ou doze séculos de exploração intensiva. Não faz sentido transferir prioridades, quando as coisas estão praticamente nos seus estágios iniciais...

— O que a Esfera tem de especial — Fátima disse — é que, comparada às principais áreas da Zona Três, ela tem uma presença de espécies espaçocapacitadas muito maior. As possibilidades de comércio, de *joint-ventures* coloniais e de troca cultural são enormes. Para oferecer uma analogia, boa parte da Zona Três é como se fosse um deserto ou um sertão. Comparativamente, a Esfera oferece uma vizinhança muito mais civilizada e cosmopolita em que se instalar.

— Entendo.

— A transferência da prioridade legislativa e da atenção especial significa que a Latinoamérica reconhece a Esfera como o local de atrito mais grave no futuro — Fátima continuou. — A região mais merecedora de recursos e esforços, e de uma presença militar mais forte. Dentre todos os candidatos, Esteves Mangabeira é o que tem uma noção mais exata e uma postura mais séria quanto a isso.

"O outro aspecto que você talvez desconheça, Jonas, é a dificuldade de se fazer chegar uma mensagem política coerente e unificada a tantas colônias de dimensões, tendências e organizações sociais e políticas diferentes. Em muitos casos, é o desafio de fazer... algo como fazendas, aldeias e vilas se interessarem por assuntos que são, literalmente, de escala cósmica. Uma figura como você, que as pesquisas já demonstraram ser reconhecida em muitos mundos e entre estratos sociais diversificados, seria um trunfo inestimável em uma campanha como esta."

Peregrino assentiu lentamente com a cabeça, e desviou o olhar. Deixou os talheres na mesa e tamborilou com os dedos da mão direita.

— Uma coisa que ouvi muito enquanto estava na Esquadra Colonial — ele disse, mudando de assunto — foi o termo "protetor", como sinônimo de chanceler. O chanceler é visto como o protetor das colônias nas Zonas de Expansão. E me parece que o nosso regime não é verdadeiramente parlamentarista, se um único sujeito possui tanto poder que é preciso legitimá-lo com um cargo eletivo...

— Você tem razão — Fátima admitiu. — O chanceler é chamado de protetor e, mais raramente, de moderador, um termo ainda mais antigo. O fato é que apenas a indicação do partido majoritário não seria suficiente para legitimar tanto poder, como você intuiu. E muitas colônias nem sequer possuem organização partidária digna do nome.

— Outro privilégio das Zonas Um e Dois.

— Exatamente — ela disse. — Daí a necessidade de alguém com poderes executivos e que vá além da política partidária, em defesa das necessidades das colônias. Vivemos na verdade em sistema semipresidencialista. Ao menos no que diz respeito às Zonas Dois e Três.

— Muito bem — Peregrino disse, num tom definitivo, esperando que isso terminasse a conversa.

Mas Fátima apressou-se a dizer:

— Eu estava aqui embaixo, vi quando as pessoas vieram te cumprimentar. Ficou evidente que você não está acostumado a esse tipo de manifestação de reconhecimento. Eu posso lhe garantir, Peregrino, que em dezenas de mundos latinos pelas Zonas Dois e Três, milhões de pessoas esperam a chance de reconhecer a sua importância e tudo o que você fez por nós.

"O que ocorre é que os mesmos colonos que chamam o chanceler de protetor têm uma admiração muito grande por alguém como você, que passou por cima da política partidária e do *status quo* para protegê-los. Eles estão ansiosos para expressar o seu reconhecimento, mas isso precisa ser feito com segurança, você entende. Aquela menina, por mais jovem e inocente que possa parecer, podia muito bem ser uma assassina contratada... Até as unhas do gato dela podiam estar envenenadas."

— Não posso viver em uma redoma de vidro — Peregrino disse. — E o Almirante garantiu que a segurança do Palácio Voador é das mais eficazes, e discretas, que existem. Ele é zeloso.

— Ainda assim — ela insistiu. — O que impede os euro-russos de tentarem novamente? Ou o pessoal da Aliança, ou da Ásia Centro-Oceânica? Você representa um problema para *todos* os blocos políticos. Precisa de aliados fortes para protegê-lo. Esteves Mangabeira também te oferece essa proteção.

— Quando eu estiver de volta à Terra, todos verão que um herói aposentado não representa perigo algum.

Peregrinou olhou pelos janelões da área VIP do restaurante. O Palácio Voador estava em movimento, perseguindo a imagem alta e iluminada de Dionísio a refulgir no céu noturno. O gigante gasoso fazia o seu malabarismo com as formas luminosas dos seus satélites naturais. Peregrino lembrou-se que estava em um deles.

Voltou os olhos para a expressão intrigada de Fátima Feldman. Então apanhou o leitor digital de uma terceira cadeira ao lado, e mostrou-o a ela.

— Você está a par da oferta financeira de Mangabeira. Como a definiria?

— De uma outra forma, *justa*, de reconhecimento pelos seus serviços prestados — ela disse.

— Por que então isto me parece uma etiqueta de preço pendurada no meu nariz?

— O que quer dizer? — ela perguntou.

— Que isto é muito mais do que uma simples "*pro labore*".

— Quer que eu lhe mostre o que *eu* recebo pelos meus serviços? Asseguro que os meus valores estão no mesmo patamar. — Ela disse, então, com um novo traço de riso na voz: — Você tem estado isolado demais aqui, Jonas. Não sabe como essas coisas funcionam. O que ele pretende lhe pagar está dentro da praxe das campanhas políticas deste nível.

Ele devolveu o leitor digital à cadeira. Suspirou, encarou a mulher nos olhos.

— Eu gosto de estar com você, Fátima. Gosto desta troca de argumentos. É estimulante. Mas já tomei minha decisão e não é justo continuar tomando o seu tempo. Por favor, diga ao governador Mangabeira que eu entendo a posição dele, mas que pessoalmente não posso compartilhar dos seus planos.

*

Fátima baixou os olhos para o prato. Ela já havia falado com Esteves Mangabeira nesse dia, logo depois do almoço e por meio de uma cara comunicação encriptada de ansível. Fez a ele um sucinto relatório da reação negativa de Peregrino ao seu convite.

Mangabeira era um homem imponente, mesmo na pequena tela plana do comunicador, mesmo a centenas de anos-luz de distância. Corpulento, preenchia a tela e seu bronzeado acetinado lhe dava uma tridimensionalidade e uma presença dominantes. Ele não ficou nada feliz em saber que Peregrino parecia irredutível.

— Eu preciso repetir o quanto esse rapaz é importante pra nós, Fátima? — Mangabeira dissera, seus olhos escuros fincados nela. — Se ele não sabe o quanto é importante, cabe a *você* deixar isso bem claro a ele. Os euro-russos não tentaram matá-lo por qualquer besteira. Eles sabem como Peregrino é potencialmente crucial para a política pós-tadai. Você mesma viu as pesquisas de opinião de mais de cinquenta dos nossos mundos coloniais das Zonas Dois e Três e entre o pessoal latino na Esfera. Não existe outra figura, política ou artística dentro da Latinoamérica, que desperte o interesse e a admiração que Peregrino desperta. Até entre os outros blocos políticos a fama dele começa a se espalhar! Se Peregrino ficar em Cantares, vai estar sempre inflando o capital político de Túlio Ferreira. Não é à toa que Túlio está arrastando a dispensa do rapaz. O primeiro passo pra afastar Túlio do comando da Esquadra da Esfera é ter Peregrino sob nosso controle. E Túlio *precisa* cair. Gervásio nunca me dará o apoio dele, enquanto Peregrino não estiver conosco. Eu preciso desses dois trunfos para vencer, Fátima: da popularidade e da aura de Peregrino, e da força política do Almirante-Estelar.

— Eu sei disso, senhor — ela havia respondido. — Ainda tenho argumentos a apresentar a ele. Só queria deixar claro que não será uma tarefa fácil.

Esteves Mangabeira, então, havia coçado o queixo, anos-luz de distância, antes de dizer:

— Eu tenho um plano B. Está, inclusive, com você agora mesmo, querida. No seu computador pessoal. Vou lhe dar a senha. Faça com que Peregrino fique sozinho com você, e então mostre o computador a ele e digite a senha. Mas apenas *se* ele de fato recusar a nossa oferta.

E por isso ela agora dizia a Peregrino:

— Não seja tão definitivo, Jonas. Vamos jantar sossegados. Para mim também tem sido uma conversa muito estimulante. Podemos continuá-la no meu quarto. Tenho uma mensagem sigilosa de Esteves Mangabeira para lhe mostrar. Com informações que apenas ele possui. A mensagem pode fazer você mudar de ideia.

V

Os quartos do Palácio Voador Soroya não eram tão espaçosos e luxuosos quanto os de um hotel de nível semelhante, instalado na superfície. Na verdade, o *tour* pelas instalações mostrou que os equipamentos de segurança e os geradores tomavam a maior parte do espaço. Mas Peregrino imaginou que o quarto que Mangabeira pagava a Fátima Feldman devia estar entre os mais arejados e confortáveis. E de fato, tinha duas vezes o tamanho do quarto dele — que, ele sabia, fora reservado pelo pessoal de segurança de Túlio.

Seguir Fátima pelos corredores até chegar ali havia sido um processo penoso para Peregrino. O modo como o corpo dela se movia, o seu rebolado... Lembrava-o de algo mais que ele ansiava, e que só obteria na reserva: um relacionamento firme e profundo. Fátima Feldman, porém, não era mulher para o seu catre.

Ela usou o cartão magnético para abrir a porta do seu quarto e entrou — com um olhar brilhante e um sorriso por cima do ombro. Peregrino a seguiu, três passos atrás. Na entrada, fez o olhar correr pelo recinto. Ele parou na figura de Fátima, em pé com uma mão na cintura, uma perna flexionada, olhando-o meio de lado e lhe oferecendo o conjunto total das suas curvas. O luar de múltiplas luas e o albedo quente de Dionísio entravam pelas amplas janelas para banhá-la num estranho esplendor. Tanta luz refletida, dispensava a iluminação artificial. Não era à toa que os animais de Cantares, por mais noturnos que fossem os seus hábitos, tinham olhos pequenos. Nada de gálagos em Cantares.

— O que foi? — ela disse, com riso na voz. — Você parece que está esperando uma emboscada aqui dentro.

E então pareceu registrar o peso dos olhos dele sobre ela. Peregrino fez um esforço para desviar o olhar, mas fracassou.

Fátima então deu dois passos em direção a ele. Sorria.

— Que homem difícil — disse, com renovada ironia, e entrou no seu abraço.

Fátima, abraçada a ele, sua boca colada à dele, arrastou-o até a cama. Ela se esforçou para se mostrar entusiasmada, mas em um instante, tirando-a de cima dele e deitando-a de costas, Peregrino inverteu a situação. Despiu-a devagar, e olhou-a demoradamente, sem qualquer pressa. Havia ternura em seu olhar — ou mais do que isso: era como se ele se sentisse comovido pelo que via, como se o corpo dela lhe despertasse profundas saudades de algo ou alguém.

Ao entrar em seu quarto e perceber o interesse dele, Fátima havia tentado envolvê-lo, mas foi ele que a envolveu com uma atenção minuciosa e devotada a cada recesso do seu corpo. Fátima inicialmente recebeu isso com certa frustração, mas aos poucos foi se esquecendo da sua tarefa, do que Esteves Mangabeira esperava dela, do que ela imaginava que seria o seu plano B. Havia apenas Peregrino e ela no quarto, sob o luar múltiplo, sob o olhar e o desejo um do outro.

Quando terminaram, ela se sentiu leve e renovada. Ficaram em silêncio por algum tempo, e então Peregrino perguntou sobre o *habitat* em que ela vivia, um de vários chamado de Brasilianas, em órbita de Epsilon Crucis. Parecia genuinamente interessado.

— Nunca estive em Epsilon Crucis, quando servi na Esquadra Colonial. Mas sempre tive curiosidade. Pela ideia de uma nação-arquipélago espacial, e pela raiz romântica de uma ocupação latinoamericana de uma das estrelas do Cruzeiro do Sul.

— Foi um projeto muito caro, você sabe — ela disse. — Epsilon Crucis é uma gigante laranja, e longe da Terra, bem na Zona Três. O sol é brando o bastante, mas o sistema é dominado por gigantes gasosos, nada realmente colonizável. Mas qualquer um que olhar para o Cruzeiro do Sul da Terra vai saber que estamos lá. E é claro, atrás de nós, o Braço de Crux da Via Láctea, e a meio caminho dele, a Esfera. Eu acho muito simbólico. Você não acha?

— Hum...

— É um projeto espacial recente — ela continuou —, e vai demorar alguns Terrasséculos para o investimento ser ressarcido. E eu sou apenas da segunda geração nascida no meu *habitat*.

— Se o principal produto de exportação são mulheres brilhantes como você, logo as Brasilianas vão ser uma potência dentro da Latinoamérica.

Aninhada junto ao peito dele, Fátima sorriu. Ela sentiu que precisava fazer uma última tentativa.

— Nós precisamos de você, Jonas — disse. — Sem você, tudo fica mais difícil. Com você, aumentam as nossas chances de colocar a Latinoamérica em uma nova posição, nunca vista, no cenário político. Muita prosperidade pode advir disso.

— Eu entendo. Mas não posso. — Ele fez uma pausa, antes de dizer: — A guerra é um assunto sério. Também possui um peso diferenciado. Você, por tudo o que leu e ouviu, não faz ideia do que vi, do que fiz em combate... E guerra entre os humanos pode muito bem ser o resultado final dos planos de Mangabeira. Eu não posso, em sã consciência, contribuir pra isso.

"Sei que, quer ele seja eleito ou não, esse é sempre um prognóstico possível. Os processos de recrutamento e mobilização vão continuar, é claro. *Mas sem mim.* Cada um que faça a sua própria escolha, sem a minha cara ou o meu nome num pôster de recrutamento."

O peito de Peregrino subiu e desceu, em um grande suspiro.

— Está ficando tarde — ele disse. — Por mais que eu goste de estar com você, Fátima, e deseje passar a noite com você, o Almirante Túlio programou meu vôo de volta pra hoje às zero horas, pra garantir que eu esteja com ele logo de manhã no QG. Não é melhor me mostrar a tal mensagem de Mangabeira?

Ela se afastou dele e se apoiou em um cotovelo.

— Mas você vai dormir tão pouco! — disse.

— É a vida, na organização que Túlio dirige — ele respondeu, com um sorriso cansado.

Enquanto ela se levantou, ele vestiu a roupa de baixo e a calça do uniforme, e calçou as botas. Vendo-o, ela lamentou em silêncio que não teriam a noite toda para si. E apenas com um segundo pensamento, que havia chegado a última chance de trazerem Jonas Peregrino para a sua causa. A verdade é que o que ele dissera fazia sentido. Ele havia feito a sua escolha. Já não estava mais nas mãos dela.

Apanhou o *laptop* e o levou com ela de volta para a cama. Sentou-se ao lado de Peregrino. Ligou o aparelho, acionou o *holodisplay* e digitou a senha que Esteves Mangabeira lhe havia fornecido.

Acima deles, surgiu o rosto de uma mulher de meia-idade, sorrindo, entretida com algo distante da câmera. A imagem fora claramente gerada como 2D, mas um tratamento digital lhe dava uma ilusão de tridimensionalidade. Seu rosto — enrugado mas com juventude no sorriso — foi então substituído por um homem de idade semelhante. Ele tinha o mesmo bronzeado avermelhado de Peregrino, os mesmos olhos apertados e rosto forte, mas de cabelos grisalhos. O homem desapareceu e em seu lugar surgiu o rosto de uma jovem de cabelos negros e lisos, rosto largo e olhos amendoados, verde-castanhos, linda, de uma beleza que lembrava a de uma índia recém-saída de um riacho, e a de uma princesa egípcia contemplando o futuro do seu império. Seu olhar longínquo também ignorava a câmera, enquanto mirava um ponto invisível de saudade manifesta. O próximo rosto não pertencia à mesma etnia — um homem branco que nunca adquiriria o mesmo bronzeado. Ele sorria como se não tivesse uma única preocupação na vida. O último rosto era o de um bebê, menino ou menina de cabelos bastos e muito escuros. A última imagem, porém, era uma visão digital, totalmente 3D, de uma construção — uma casa, grande, de telhado de cerâmica e de muitos cômodos, cada um deles exposto por efeitos de transparência das paredes.

Quando a projeção terminou, Fátima, que nada havia compreendido e que havia reagido às imagens com um crescente sentimento de desconforto e apreensão, voltou-se para Peregrino.

Ele estava em pé, ao lado da cama, com o detonador na mão direita.

— Quem são essas pessoas, Jonas? — Fátima ouviu-se perguntar.

— Minha família — ele disse. A voz não tinha qualquer vibração, qualquer vida. — Minha mãe, meu pai, minha irmã e seu marido e o meu sobrinho. E a casa onde eles vivem. Esse, é claro, é o recado de Mangabeira.

— Não pode ser... — ela balbuciou, os olhos indo da máquina desligada, ao detonador escuro pesando na mão de Peregrino. E, em voz sumida: — O que você vai fazer?...

— Vai confiscar esse *laptop* imediatamente — ela ouviu.

Fátima se virou na direção de que a voz provinha. No centro do quarto, dois quadrados haviam se acendido, um no piso e outro no teto, de modo que uma coluna de luz se formava. Havia uma holofigura formada ali. Fátima levou algum tempo para dar à sua forma bizarra um nome: *Saci-Pererê.*

A imagem, inspirada no folclore antigo do Brasil, era a de um garoto muito negro, com apenas uma perna, a cabeça desproporcional e um cachimbo preso na boca sorridente. No alto da cabeça havia um capuz vermelho e preso a ele um *button* amarelo, enorme, onde Fátima leu:

O Saci-Pererê tirou o cachimbo da boca, soltou uma baforada que saiu como uma pesada nuvem holográfica, chuvosa e refulgindo com relâmpagos, e disse:

— Guarde o canhão, rapaz. O meu pessoal já está chegando para colocar a senhorita Feldman sob custódia.

Peregrino demorou alguns instantes para obedecer à ordem. A holoimagem falava com a voz e o senso de humor de Túlio Ferreira. O Almirante havia tirado a deixa do Saci-Pererê de uma senha secreta que Peregrino usara em Phlegethon.

Soube então que Túlio tomaria conta de tudo. Mas apesar dessa certeza, não lhe saíam da mente as imagens de sua família, tão obviamente obtidas de maneira clandestina. A "mensagem" de

Esteves Mangabeira era clara e brutal — seus homens vigiavam a família de Peregrino. Conheciam todos os cômodos e os recursos da casa grande do hotel-fazenda. Podiam entrar e sair quando quisessem, fazer o que quisessem. Neste momento mesmo, em que Peregrino tinha a posse do *laptop*, a holomensagem estaria se desfazendo velozmente em *bits*, e, com a entrada em cena do sardônico avatar do Almirante, seus homens poderiam estar deixando seu esconderijo para avançar contra a sua família. Tudo dependeria de que sensores de ambiente havia no computador pessoal. O punho de Peregrino crispou-se no revestimento plástico do *laptop*. Seu outro punho moveu-se para cima, carregando o detonador com ele.

Túlio havia assumido, mas ele sentia que precisava fazer alguma coisa. Proteger sua família... O detonador subiu até se alinhar com o rosto de Fátima Feldman.

Ela arregalou os olhos e cobriu-se com os braços.

Peregrino baixou a arma.

Sua família estava a mais de mil anos-luz de distância.

— Eu não sabia disso — Fátima balbuciou. — Eu juro... eu nunca...

— Eu acredito — ele disse. — Mas você vai ter que enfrentar algumas horas com os interrogadores de Túlio, no QG. Vista-se.

VI

Peregrino só sentiu o peso do cansaço e do sono quando se viu na sala do Almirante no Quartel-General na Torre 2, fincada no solo rochoso do deserto equatorial de Cantares.

Túlio sentava-se diante dele, atrás da mesa.

— A sua família está bem, Peregrino. Eu nunca lhe disse, pra não te preocupar, mas depois do atentado euro-russo contra você, tenho mantido uma equipe vigiando a sua gente, vinte e quatro Terrahoras por Terradia. Alguns dos hóspedes que se registram no hotel-fazenda são na verdade meus agentes. Há algum tempo que eles têm reportado pessoas estranhas nas proximidades. A turma de Esteves Mangabeira não é, digamos, discreta.

"Ao mesmo tempo, você estava sendo acompanhado o tempo todo em Soroya pelo meu pessoal do serviço reservado, e pelo compquântico da *Gloriosa*. Ele assumiu todos os sistemas de vigilância do Palácio Voador, e nós tínhamos um grampo com você o tempo todo."

— Instalado no M-oito? — Peregrino perguntou.

— Isso mesmo, rapaz esperto. E, é claro, o quarto da ruiva foi todo arranjado pra nada do acontecesse ali ficasse fora dos olhos do compquântico. Graças a Deus esse é um computador que sabe somar dois mais dois, é capaz de fazer inferências, como concluir que aquelas holoprojeções significavam que Esteves Mangabeira tinha a sua família sob vigilância.

"E não se preocupe, que toda a parte divertida que aconteceu naquele quarto vai ficar guardada apenas na memória dele, o nosso eunuco quântico. Não foi à toa que fiz com que ele te acompanhasse, e não uma das equipes do S-dois. E como eu soube que chegaria a isso? Imaginando que não foi à toa que Mangabeira enviou uma mulher desse calibre pra te fazer uma oferta de trabalho."

— Eu temi que houvesse algum alerta embutido no *laptop*, com um *link* para o ansível do Palácio Voador...

— E *havia* — Túlio disse. — Mas pra isso ele teria de ter um emissor embutido. O equipamento do quarto o descobriu e rompeu o *link* com o ansível. Ao mesmo tempo, o compquântico usou o mesmo recurso pra anular o comando autodestruição do holograma. Está intacto. Uma evidência que vamos usar, sem dó, contra o governador Estelar.

"O compquântico me tirou de uma reunião com a adida militar tupuganamê e o seu calado marido. Corri para a sala operacional contígua, ouvi as conclusões do comp, e apertei o botão de pânico. Os homens de Mangabeira lá no Matogrosso já estão sob nossa custódia. Ainda não sabemos se eles realmente iam agir contra a sua família, mas essa informação não tardará. Se a Senhorita Feldman colaborar, e se o pessoal que capturamos na Terra abrir o bico, será o fim dos planos de política galáctica de Mangabeira."

— Eu gostaria que fosse o fim da *liberdade* dele.

— Isso eu não posso garantir, rapaz. Essa gente é escorregadia... — Túlio fez uma pausa. — O mais importante é que a sua família está em segurança. Se eu conheço bem os Peregrinos, devem estar rosnando e reclamando de se verem longe do seu negócio, mas vamos mantê-los afastados até termos arrumado a bagunça que Mangabeira armou. Uma semana ou duas...

Peregrino subitamente inclinou-se para a frente.

— Eu tenho que agradecer ao senhor por protegê-los, almirante.

Os olhos castanhos de Túlio percorreram o rosto de Peregrino por um instante, e o Almirante assentiu com a cabeça.

— Agora você sabe que seus inimigos são muitos e poderosos, e que estão dispostos a qualquer coisa. Você entende que não estará seguro longe da proteção que eu posso lhe dar. E que não poderei estender minha proteção à sua família por muito tempo depois que você se desligar.

Peregrino apenas assentiu com a cabeça. Túlio disse:

— Bem. Vou deixá-lo descansar. Use o meu catre no anexo. A sua decisão final sobre ir ou não pra reserva fica pra depois.

Horas depois, quando Peregrino acordou, vestiu-se e foi para a sala do Almirante, encontrou-o estudando relatórios secretos, sentado à sua mesa.

— Oh, nossa bela adormecida acordou — foi o cumprimento de Túlio.

— O senhor tem ordens pra mim, Almirante?

— Tenho. Sente-se aí e aguarde o café da manhã que mandei preparar pra você.

Peregrino assim o fez, e comeu quieto o fausto desjejum, enquanto Túlio trabalhava. Quando ele terminou, o Almirante levantou-se e disse:

— Vou sair pra dar uma volta. Você fique aqui e atenda qualquer chamado que chegar.

— O seu ordenança não está, almirante?... — Peregrino perguntou, mas Túlio já estava a caminho da porta, e não lhe deu ouvidos.

Poucos minutos depois, o equipamento de holoconferência da sala acendeu-se sozinho. Peregrino levantou-se para atender.

A imagem tridimensional de Fátima Feldman surgiu diante dele, no meio do cômodo.

Ela não usava as roupas finas nem o elegante sapato de salto alto. Apenas *leggins* e uma camiseta clara de mangas compridas, tênis nos pés. Peregrino, contra a sua vontade, reconheceu que ela parecia mais *honesta*, talvez mais ela mesma, vestida assim.

— O Almirante Túlio atendeu à minha solicitação de falar com você, antes da minha partida — ela disse. — Já estou em órbita, esperando o transporte interestelar. Voltarei para Epsilon Crucis em uma fragata da ELAE. Pedi que a minha conversa com você fosse feita pessoalmente, mas o Almirante não permitiu.

— O que você quer?

Ela fez um gesto de mãos abertas.

— Pedir desculpas? Dizer que eu realmente não conhecia as intenções de Esteves Mangabeira? Que... — ela hesitou. — Que eu gostaria que as coisas entre você e eu não tivessem terminado daquele modo.

Peregrino não disse nada. Fátima Feldman voltou a falar:

— Contei a Túlio tudo o que sei sobre Mangabeira. Todos os planos dele, inclusive o plano de conseguir o apoio de Gervásio da Fonseca, para a campanha, em troca da promessa de enfraquecer o comando de Túlio. Ele me contou como o Almirante Túlio e o Almirante-Estelar Gervásio são arqui-inimigos desde a sua chegada à Esfera, Jonas, quando Túlio mostrou as suas verdadeiras intenções para o comando da Esquadra. Desde então, cada nova situação vivida pela ELAE, cada operação bem-sucedida realizada por você e pelo vigésimo-oitavo GARP, tem sido uma disputa momento a momento, lance a lance, pela sobrevivência política dos dois almirantes. E no fim das contas, Gervásio não deve ter atualmente metade do poder político que possuíra, antes da grande virada de Túlio. Não na Esfera, com certeza. Mas ele ainda domina o tabuleiro nas Zonas Um e Dois, as mais poderosas, e é desse poder que Esteves Mangabeira precisa. Você seria o trunfo que Mangabeira necessitava tanto para a campanha dele junto às colônias, quanto para conquistar o apoio de Gervásio. Porque sem você por perto, a posição de Túlio seria enfraquecida...

"Agora está tudo perdido para Mangabeira. Eu realmente espero que Túlio o envolva em um escândalo que vá tirá-lo da corrida pela chancelaria. O Almirante me fez gravar um vídeo contando tudo e reconhecendo que a mensagem três-D colocada no meu *laptop* era uma ameaça clara à sua família, uma chantagem da pior espécie. É impossível dizer se isso vai levar a um *impeachment*, mas as chances são de que o comitê de ética do partido desista de manter a candidatura dele."

— E quanto a você? — Peregrino perguntou.

Fátima deu de ombros.

— Vou voltar a Epsilon Crucis e retomar minha atividade acadêmica — disse. — Tenho certeza de que Esteves Mangabeira não pode me alcançar lá. Túlio prometeu que vai acionar seus contatos na Esquadra Colonial para que a guarnição das Brasilianas mantenha um olho em mim.

— Se Túlio prometeu, ele vai cumprir.

— Bem, Túlio tem o que precisa para atingir Mangabeira e Gervásio. Logo eles se esquecerão de mim. E eu voltarei para casa tendo aprendido minha lição. Você estava certo, Jonas, não sei se em todas as suas posições, mas com certeza em rejeitar a oferta. Em enxergar o que eu me recusei a ver. Esteves Mangabeira não é o homem certo. Vai me perdoar?

Peregrino sorriu.

— Não se mata o mensageiro — disse. — E eu acredito que você realmente não sabia do conteúdo da mensagem que estava entregando.

Ela também sorriu.

— Nós tivemos o nosso momento, não tivemos? — perguntou. — Disso eu não vou me esquecer. E espero que você guarde essa memória de mim. Com carinho.

Ele apenas assentiu com a cabeça.

— Me diga só mais uma coisa, Jonas — ela insistiu. — Eu nunca tive qualquer chance de te convencer, não é verdade? Por quê? Eu não acredito que você havia antecipado o teor da nossa conversa, quando chegou ao Palácio Voador. Foi alguma coisa *comigo*?

— Não. Você apenas veio me pedir a única coisa que eu nunca poderia dar. — Ele estendeu a mão para o controle da comunicação holográfica. — Mas admito que o lugar de onde você veio me fez ficar com um pé atrás. De onde eu venho, e de lá se enxerga o

Cruzeiro do Sul perfeitamente no céu, Epsilon Crucis é chamada de "a *Intrometida*".

Os ombros de Fátima Feldman balançaram, em uma risada muda.

Peregrino disse, antes de desligar a conexão:

— Nós dois ficaremos bem, Fátima. Faça uma boa viagem de volta pra casa.

Diário do Cerco de Nova York

Daniel Fresnot

Dono de um estilo seguro no domínio da linguagem e uma prosa fluente e agradável, Daniel Fresnot é um dos grandes talentos da FC *brasileira, desde meados dos anos 1980. Nascido na França em 1948, veio para o Brasil dez anos depois, junto com os pais e o irmão, o cineasta Alain Fresnot. Estudou na Universidade de São Paulo nos anos 1960, e por causa da ditadura militar, foi um dos raros franceses exilados na França, depois de uma passagem pela New York University. Em seu país natal, realizou a pós-graduação e doutorou-se na Sorbonne-Nouvelle, Universidade de Paris* III. "O Pensamento Político de Erico Verissimo", *sua dissertação de mestrado, foi publicada no Brasil em 1976. Apesar de ser um escritor com profundas preocupações políticas e sociais — fundou a Casa Taiguara, a primeira a acolher crianças de rua em São Paulo —, não as aborda de um ponto de vista teórico ou engajado, mas com uma perspectiva sensível e humanista, do homem comum em meio aos efeitos de grandes transformações sociais e políticas.*

Tais características estão presentes de forma recorrente em cenários políticos dramáticos, como a reconstrução do Brasil depois de uma guerra nuclear, no ótimo romance A Terceira Expedição *(1987) e na coletânea* Sete Histórias da História *(1990) e na mais tematicamente diversificada* O Cerco de Nova York e Outras Histórias *(1984), de onde extraímos esta noveleta.*

"Diário do Cerco de Nova York" é uma história de guerra futura, embora preserve a condição tecnológica do período em que foi escrita, o que confere um caráter a mais de estranhamento para o leitor. Numa época indefinida, um escritor francês de passagem por Nova York, em meio à escrita de um romance e à paixão por uma americana, dá testemunho através de um diário dos efeitos dramáticos da ascensão de um prefeito populista que se torna popular demais, contrariando o governo federal e levando os Estados Unidos a uma nova guerra civil. Em suas várias manifestações, a emergência do populismo pode ser encontrada num cenário de crise econômica através do surgimento de uma liderança política que se estabelece por fora de instituições políticas frágeis e contestadas, e adota um discurso radical, de apelo ao povo, de tom nacionalista e contra as elites. Embora os EUA *tenham instituições sólidas, tal líder populista surge e manifesta outro temor caro à história norte-americana: a possibilidade da secessão. Como observado, o narrador de Fresnot compõe este cenário, mas o mostra do ponto de vista de pessoas comuns, que tentam sobreviver em meio ao caos instalado.*

*

Os trágicos eventos que ensanguentaram a grande nação norte-americana ainda estão presentes em todas as memórias. Um ano após o fim dos combates queremos, com a publicação deste testemunho, e acima de qualquer paixão partidária, prestar homenagem ao martírio de Nova York.

Que os inefáveis horrores da guerra moderna ensinem aos povos e aos seus dirigentes o gosto da paz reencontrada.

Quinta-Feira — 3 de Agosto

É EM AGOSTO QUE COMEÇAM AS GUERRAS. O CÃO AGARRA no pescoço a criança. Quando cheguei mal suspeitava da intensidade das paixões em Nova York. Pela primeira vez vi o aeroporto Kennedy pichado: "Fillick Para Ditador." "Fillick é Jesus." "Confie em Fillick." Até os agentes da imigração ostentavam um crachá verde com o nome de Fillick. Na autopista, hoje de manhã, um enorme painel verde e branco com letras de mais de dois metros: "John Fillick Welcomes You."

John Bannes Fillick é o prefeito de Nova York. Alto, esguio, quarenta anos, é um homem bonitão. Os cabelos sempre bem penteados, em menos de um ano conquistou Nova York como nenhum outro político até então. Talvez político não seja a palavra que se adapte a Fillick. O seu carisma é mais de um pastor, de um irmão mais velho. Lembro que na sua campanha eleitoral, os slogans "Queremos Fillick", foi um redemoinho pela cidade. Ele acusava o governo federal de estar estrangulando Nova York pelos impostos, sem nenhuma retribuição. Na noite da eleição, a televisão já apontava Fillick como o virtual próximo presidente dos Estados Unidos, e o maior rival do presidente Boover, que o tratou de "Savonarola de chinelos".

Assim como nada impediu a eleição de Fillick, nada deteve a sua campanha contra o poder central. No Greenwich Village, bairro jovem, estudantil e artista de Nova York, ao lado dos "Fillick eu te amo" constavam injúrias ao Governo Federal e até à mãe do presidente Boover. O garçom do restaurante onde costumo descer me afirmou que Boover é "bicha". Um cliente ao lado assegurou que os politiqueiros de Washington seriam brevemente varridos do país. Cheguei a uma cidade eletrizada.

Sexta-Feira — 4 de Agosto

Já revi meus amigos John e Michele. A conversa, obviamente, girou em torno do fenômeno Fillick. John me disse ter encontrado pessoalmente o prefeito na Universidade. "Se você o visse não poderia deixar de admirá-lo." Se até John, universitário comedido, pegou a filliquite, o que será dos outros? Na verdade vou de surpresa em surpresa. Acima das duas torres do centro mundial do comércio, as mais altas de Nova York, flutuam bandeiras brancas e verdes com o nome de Fillick. Ainda não encontrei ninguém que não fosse ostensivamente fã de Fillick. Nova York enlouqueceu.

É a quinta vez que venho à capital do mundo. Sou francês e gosto de viajar. Mas desta vez é para ficar um ano ou mais. O fascínio de Nova York me decidiu a escrever um livro. Ainda não sei o tema, a não ser que terá Manhattan como cenário. Na boa tradição dos escritores estou procurando um quarto de pensão para instalar a máquina de escrever e meus pertences. Em outubro darei uns seminários na faculdade, contrato de dois semestres. Já não tenho dúvidas de que os estudantes também são filliquianos roxos, pela visita ao campus. Já devo estar me acostumando, pois a propaganda para Fillick virou rotina. O que reparo são os ânimos acirrados. Alguma coisa está para acontecer e a cidade vive irrequieta.

Domingo — 6 de Agosto

Muito sol, calor abafante e um clima de tensão perpétuo. Ontem correu o boato de que o governo federal cortaria a luz e a água em represália aos constantes ataques de Fillick. Um secretário da Prefeitura precisou desmentir, informando que Nova York é autossuficiente e "não depende de ninguém". O chauvinismo dos nova-iorquinos está sendo entretido ao máximo, dentro da campanha do prefeito.

Comprei um periquito em Washington Square. Ele diz "vai que dá", "vai que dá", sem cessar, e algumas outras frases. Felizmente, ele não fala "Fillick". Chamei o periquito de Jack e precisei dar gorjeta no hotel, pois eles não aceitam outros animais a não ser os clientes, como disse amavelmente o porteiro. Jack e eu já somos bons amigos.

Segunda-Feira — 7 de Agosto

Foi um dia proveitoso. Achei uma pensão em Grove Street, no coração do Village. Achei também um possível tema para o meu livro. A história do embaixador de um país africano que se apaixona por uma americana branca. Quero tratar das relações entre pessoas de raças distintas, dos medos e preconceitos. Já estive na África Negra e sei como é sentir-se branco no meio de negros ou negro num país de brancos. Não é fácil todo dia. O meu casal no final se desmancha em Nova York, pois a mulher não assume o suficiente a sua relação, justamente por medo e preconceitos enraizados e semi-inconscientes. O embaixador volta sozinho para o seu país, mas a mulher arrepende-se no final e pega o avião para encontrá-lo. Pode ser um bom tema e o Jack já está falando: "Vai que dá."

Fillick continua conclamando seus correligionários a lutar contra o "complô do governo federal". Este também multiplica seus ataques a Fillick, tratado de "fanático que não vai acabar com a União". O rádio só dá destaque a essa briga e é praticamente impossível obter informações de outros países. Por sorte tenho um rádio potente e posso captar emissoras estrangeiras. Senão, jamais ficaria sabendo do resultado das eleições legislativas na França: vitória da oposição.

Quarta-feira — 9 de agosto

Ontem mudei. De meu quarto vejo um bom pedaço de rua, as escadas de incêndio dos prédios e um cantinho da praça Washington Square. Fico ouvindo música e o "vai que dá" do Jack. Ainda não comecei o livro, mas já vou preparando as aulas. Também passeio muito pela cidade. Foi com alegria que revi Broadway e o Times Square. Só quem já esteve em Nova York pode sentir a excitação e o charme da cidade. Meus antepassados poderiam ter emigrado para a América e hoje eu seria um nova-iorquino, penso às vezes. Provavelmente apoiando Fillick, penso em seguida, e isto quebra o encanto.

Telefonei para Paris. Nos correios e telégrafos muita espera. O governo federal está prejudicando as ligações provenientes de Nova York, explicou a telefonista. Na agenda da 14ª rua muita agitação pró-Fillick. Imaginei que a Comuna de Paris em 1871 devia ser algo assim, a capital contra a nação. Os nova-iorquinos se sentem incompreendidos e perseguidos pelo resto do país.

Quinta-Feira — 10 de Agosto

Foi anunciado um importante discurso do presidente Boover para amanhã e também um discurso de Fillick no sábado. Não se fala em outra coisa. Vi John, Michele e também um primo meu do Brooklyn chamado Simão. Simão herdou uma empresa metalúrgica do pai. Na fábrica todos andam com crachás apoiando Fillick. "Boover que se foda", escreveu alguém nos banheiros da firma. Nada escapa ao filliquismo.

No Brooklyn reina o mesmo rebuliço. "Todos com Fillick" é a frase que mais volta. A mulher de Simão está assustada com a situação e fez provisões de açúcar, óleo, etc. ... "A gente nunca sabe o que vai acontecer", diz ela. Até as filhas de dez, doze anos se apaixonaram pela briga "Fillick x Boover" e, naturalmente, torcem pelo Fillick como todos na escola.

Sexta-Feira — 11 de Agosto

Afinal comecei o meu livro. Estou satisfeito com as primeiras páginas. Também assisti ao discurso de Boover na televisão da dona da pensão. Ele acusou Fillick de separatismo e anunciou que vai propor ao Congresso um plano de intervenção em Nova York. Jack falou "vai que dá", o que deixou a dona da pensão furiosa. Ela até perguntou se eu trabalhava para o governo federal. Foi difícil acalmá-la.

Sábado — 12 de Agosto

A cidade parou para ouvir o discurso do prefeito. Ele começou acusando o presidente de desrespeitar as leis e a vontade do povo. Como de costume acusou o governo federal de asfixiar a cidade e conclamou todos os habitantes de Nova York a resistirem firmemente aos abusos do palhaço Boover. Ele deixou claro que defenderia a vontade do povo de Nova York e que, se Boover provocasse hostilidades, encontraria a maior oposição. Usou de muita ironia contra Boover que não tem poderes "nem na casa dele". O charme e a determinação de Fillick são inegáveis e não pude deixar de ficar fascinado pelo personagem. Por que alguns homens têm o poder de conduzir os outros? "Boover foi eleito por mais um ano e eu, por três", disse Fillick. O discurso de Boover me pareceu bem fraco comparado ao de Fillick.

Segunda-Feira — 14 de Agosto

Dizem que a cidade de Nova York está estocando alimentos e água para resistir às pressões do governo federal. Conta-se que membros da policia e da guarda nacional estão de prontidão no Bronx, em Queens e nos bairros periféricos. Provavelmente é parte do plano de Fillick mostrar a maior resolução face aos ataques do presidente.

Quando dou bolachas a Jack ele diz "vai que dá" até se empanturrar. Todo dia vou até o supermercado comprar os seus biscoitos prediletos. Hoje visitei o Guggenheim Museum e o Museum of Modern Art. Não posso deixar de pensar na riqueza dos museus de Paris e da Europa, e os americanos me parecem novos ricos. Talvez seja mais o agenciamento dos museus do que o seu acervo. Também passei por Canal Street, ao sul do Village, e vi lojas de coisas velhas. Numa destas lojas estava um velho computador à venda. Só os Estados Unidos têm computadores antiquados à venda como ferro-velho.

Encontrei John e Michele. Estão revoltados com a proposta de intervenção do governo federal em Nova York. "Boover está acabado", diz John. Se conhecessem a história do Brasil saberiam que São Paulo não conseguiu resistir ao resto do país em 1932. Mas preferi não discutir.

Terça-Feira — 15 de Agosto

A situação está preta. Boover pediu ao Congresso a destituição de Fillick. Pela lei não é óbvio que o Congresso tenha tal poder. Está chegando o momento decisivo. Se o Congresso impugnar Fillick não sei qual vai ser a reação de Nova York, mas haverá distúrbios.

Sexta-Feira — 18 de Agosto

Em três dias muitos eventos ocorreram. Quando os nova-iorquinos souberam da tentativa de impeachment de Fillick, foi uma mobilização geral, num clima de euforia. Muitos cidadãos correram às lojas de armas para armar-se. Foram formadas milícias populares. A polícia e diversas forças paramilitares juntaram-se ao povo. Na minha rua e em Washington Square estão em permanência homens armados. A cidade parece que só esperava o sinal para sublevar-se. Até Jack, o periquito, está excitado e só grita "vai que dá". Debaixo da minha janela passam sem cessar grupos armados gritando: "Estamos com Fillick." Os revoltosos usam uma braçadeira verde.

Em Bronx, Queens, Staten Island, Brooklyn, a mobilização é geral. Até Simão, com quem falei por telefone, foi incorporado num grupo de defesa do seu bairro. Estou assistindo a eventos históricos. O clima me lembra maio de 68 na França. Nos limites da cidade foram levantadas barricadas em vista de um eventual inimigo. Jack continua falando "vai que dá" e eu não encontro mais sossego para escrever.

A Bolsa de Wall Street fechou devido à efervescência, mas os bancos e serviços públicos continuam funcionando. À porta dos bancos costumam ficar piquetes de homens armados para evitar qualquer tentativa de pilhagem. Em frente ao meu supermercado um grupo de mulheres de meia-idade angariava fundos para a liberdade de Nova York. Dei alguma coisa para não parecer suspeito ou partidário de Boover.

Haverá aulas este semestre? O chefe do departamento me informou que elas seriam provavelmente atrasadas "devido aos eventos". O campus transformou-se numa praça de guerra.

Quarta-Feira — 23 de Agosto

"É tão fácil falar mal dos outros que é um esforço não fazê-lo." Foi uma amiga de Michele que disse isso, a respeito da campanha anti-Boover. É a primeira pessoa de cabeça fria que encontro desde que cheguei. Seu nome é Linda. É uma mulher alta de 1,74 m e saudável como só os americanos sabem ser. Convidei Linda a jantarmos juntos e, para a minha alegria, ela aceitou.

Quinta-Feira — 24 de Agosto

A conversa com Linda foi muito agradável. Fomos a um restaurante gay do Village e abri uma garrafa de vinho francês. Linda é filha de WASP, a aristocracia protestante de Nova Inglaterra. Seus pais moram em Boston. Ela estudou na Inglaterra, onde a comida é miserável, e resolveu trabalhar como estilista em Nova York. Rimos muito e evitamos falar de John Fillick. Com a desculpa de apresentar-lhe Jack levei Linda até o meu quarto. Na hora de beijá-la Jack gritou "vai que dá" o que causou certa confusão. Fizemos amor sob o olhar intrigado do periquito. Depois conversamos bastante e fizemos amor de novo. Após os trinta passei a pensar que a felicidade é um estado passageiro que as nossas mentes fazem tudo para evitar. Deve ser a peste de nossas fantasias. A felicidade, como a maturidade, só é alcançada depois de vencer muita defesa. Linda me deixou filosófico. Passamos a noite juntos. De manhã Linda trouxe o café com leite, na melhor tradição hollywoodiana. Em seguida, foi trabalhar com a promessa de revermo-nos à noite. O mais gostoso é verificar que podemos ser amados.

Sexta-Feira — 25 de Agosto

Dia 28 o Congresso vai pronunciar-se sobre a destituição do prefeito de Nova York. Só Deus sabe o que acontecerá se ela for decidida. Fillick montou um verdadeiro exército dentro da cidade, dois milhões de pessoas estão armadas e organizadas. Fillick tem muitos trunfos para resistir à intervenção federal. Talvez o Congresso leve esta situação em conta e haja mediação, mas a grande maioria dos congressistas é favorável a Boover. A Bolsa reabriu parcialmente e as ações estão em baixa, enquanto o ouro sobe vertiginosamente. O meu primo Simão havia previsto o fato e comprado ouro. Ele me convidou para jantar em sua casa e fomos com Linda. No caminho, grupos armados pediram documentos e colaram um "Estamos com Fillick" no carro de Linda. O túnel que leva ao Brooklyn é todo patrulhado e a efervescência continua.

Domingo — 27 de Agosto

Estou menos preocupado com o meu livro do que em passear, sair com Linda e acompanhar os acontecimentos. Dizem que há tropas federais de prontidão em volta da cidade. A tensão deu ontem mais um passo com escaramuças entre filliquianos e membros da Guarda Nacional em Staten Island. Felizmente não houve mortos. Fillick deu um comício gigante em Central Park. Calcula-se que mais de um milhão de pessoas foi ouvi-lo. Os gritos de "Fillick", "Fillick", da multidão, ouviam-se até a quinquagésima rua.

Terça-Feira — 29 de Agosto

É o conflito. O Congresso aprovou por maioria absoluta a destituição de Fillick e nomeou o senador William Bearnes como interventor. O presidente Boover é autorizado a utilizar as tropas federais para garantir a posse do senador. Linda acha que o país está ficando louco e voltando aos tempos da guerra civil. O que fará Boover agora?

Quarta-Feira — 30 de Agosto

Boover não hesitou em provocar hostilidades. Uma guarnição federal tentou tomar conta de Bronx e Queens de surpresa e o sangue correu. Agora será difícil dar marcha à ré porque o prestígio do presidente está em jogo. Os nova-iorquinos fazem chistes sobre a tentativa falhada do governo e estão confiantes em sua força. Correm várias versões sobre os acontecimentos. A guarnição federal haveria se rendido após ser cercada, e com ela teriam sido presos dois membros do Congresso. Outros dizem que parte da guarnição recusou abrir fogo sobre os cidadãos. Em todo caso foi reforçada a prontidão na cidade, e os edifícios públicos transformaram-se em fortalezas.

A BBC informou que o dólar está caindo em todas as praças estrangeiras. O primeiro-ministro do Canadá ofereceu seus serviços de mediação, e propôs-se a vir até Nova York. Por outro lado, vi o palácio das Nações Unidas cercado por partidários de Fillick. Os diplomatas andam assustados e alguns já deixaram a cidade.

Quinta-Feira — 31 de Agosto

É a guerra. Tropas federais atacaram o aeroporto Kennedy e já é impossível sair de Manhattan sem autorizações especiais da Prefeitura. Todas as pontes estão vigiadas e tomadas por homens de Fillick. Vi até canhões instalados na ponte de Brooklyn. Falei por telefone com Simão, mas ele não tem informações sobre os combates do aeroporto. Subi até o topo do edifício do comércio e vi fumaças brancas e negras na direção do aeroporto. Quando o vento muda de direção ele traz um ruído abafado de trovoada, provavelmente de bombardeios.

As tropas federais ocuparam New Jersey em frente a Manhattan, o que obriga Fillick a manter tropas em todo o redor da ilha. Até agora nenhum soldado tentou penetrar pelas pontes. As bandeiras verdes e brancas foram hasteadas nas pontes e na maioria dos edifícios.

Sexta-Feira — 1.° de Setembro

Pela primeira vez houve cortes de luz elétrica. Os combates parecem confusos e limitados ao aeroporto. Ontem Fillick fez mais um discurso que eu não ouvi e as manchetes dos jornais afirmam que as tropas federais, apesar de atacarem de surpresa, não conseguiram tomar o aeroporto. O *New York Times* explica que os federais estão sendo enganados por Boover, mas logo perceberão a justiça da causa de Nova York.

Não houve pânico em Nova York, nem corrida aos supermercados. Comprei uma boa reserva de bolachas para Jack e cigarros para mim.

Sábado — 2 de Setembro

Foi um sábado quieto, apesar da fumaça que vem da região do aeroporto. Fui até Central Park com Linda e curtimos o sol. É impossível saber direito o que está acontecendo, pois as notícias são contraditórias. A BBC falou na possibilidade de um cessar-fogo, enquanto a rádio francesa dizia que os combates se intensificaram. Nova York mudou de feição. As pessoas estão mais sérias e disciplinadas, como se pressentissem que a luta pode ser longa. O comércio fechou totalmente pelo fim de semana e a Prefeitura distribui um litro de leite por mãe de família. A Quinta Avenida está sombria apesar dos dísticos verdes em todos os prédios. Só circulam carros com partidários armados de Fillick.

Domingo — 3 de Setembro

Continua uma relativa quietude. Andei a pé com Linda até Madison Avenue já que não se encontram mais táxis nem postos de gasolina. A gasolina só é distribuída mediante um vale da Prefeitura. Os combates parecem continuar a leste de Manhattan. "Eles querem nos intimidar, mas não vão conseguir", disse a dona da pensão.

Segunda-Feira — 4 de Setembro

O aeroporto foi tomado pelo governo federal, informou o meu rádio. Simão quer mandar a mulher e as filhas para Manhattan pois os combates se aproximam do seu bairro. Não sei como a família de Simão vai cruzar as pontes. Subi de novo na torre do comércio, mas nada pude observar a não ser fumaça e tropas federais ostensivas em New Jersey. Nova York praticamente sem carros é um espetáculo insólito. Manhattan parece parada sob o sol.

Minha mãe telefonou de Paris até a pensão e tentei lhe explicar que não havia perigo.

Terça-Feira — 5 de Setembro

Mais cortes elétricos. As tropas federais devem ter tido baixas pesadas no aeroporto e nos bairros periféricos pois não avançam mais. Dizem que Boover falou pessoalmente com Fillick, mas nada adiantou. Linda levantou a possibilidade de eles bombardearem Nova York. Não acredito que o presidente chegue a tal extremo. Dificilmente a opinião pública aceitaria. Afinal de contas Nova York é parte dos Estados Unidos, que eu saiba.

Quinta-Feira — 7 de Setembro

Já terminou este mês de agosto de mau augúrio. Talvez setembro traga a paz. É difícil acreditar que os nova-iorquinos ou o governo dos Estados Unidos aceitem a destruição da cidade. Será preciso algum arranjo, só um cego não percebe. Por enquanto a situação não se modificou, cada um entrincheirado em suas posições.

De manhã não havia água nas torneiras. Ainda bem que possuo barbeador a pilha. De tarde a água voltou, mas há uma campanha muito grande para que se poupe água. Um banho por semana diz a campanha e a dona da pensão não me deixa tomar mais. Como não sou patriota, tomo banho também na casa de Linda.

Hoje os bancos ficaram abertos devido ao pagamento dos salários de agosto. Quem tem cartão de crédito pode continuar utilizando as máquinas automáticas. Ainda bem que a Universidade me pagou um semestre adiantado. Os estrangeiros têm o direito de deixar a cidade e o consulado da França já me aconselhou a partir. Mas eu quero acompanhar os eventos e sentiria como uma traição abandonar Linda e a cidade de Nova York.

Sexta-Feira — 8 de Setembro

As Nações Unidas decidiram deixar provisoriamente a cidade e instalar-se em Genebra. Fillick pede a demissão de Boover "que fez correr o sangue americano" e eleições extraordinárias. Duvido que ele seja ouvido.

Terça-Feira — 12 de Setembro

Desta vez voltaram os combates. O governo federal atacou simultaneamente em todos os bairros, inclusive Manhattan pelas pontes de New Jersey. Não puderam penetrar em Manhattan mas parece que avançaram de madrugada ao norte e a leste da cidade. Os bombardeios estão sérios e deve haver muitos incêndios no Brooklyn. Da minha torre do comércio vi navios de guerra ao largo da baía. Dizem que os navios bombardearam o Brooklyn. A dona da pensão instalou beliches no porão para os inquilinos.

Quarta-Feira — 13 de Setembro

Os combates em grande escala continuam. É difícil saber quem está levando vantagem. Até agora Manhattan foi poupada, mas o resto da cidade é bombardeado. Não consegui perceber de onde provém as bombas. Com boas relações, Simão pôde mandar a família para Manhattan, no Lower East Side.

Num ato de heroísmo universitário, John engajou-se nas forças de Fillick. Tomara que nada lhe aconteça.

Quinta-Feira — 14 de Setembro

A luta continuou até a noite. Muitos feridos chegam a Manhattan pelas pontes do lado leste. Fui doar sangue no hospital; poderia contar aos amigos que dei meu sangue para Nova York se a situação não fosse tão séria. Os marines tomaram a Ilha do Governador e Ellis Island e estão a um palmo de Manhattan. Gostaria de ter assistido ao desembarque da torre do comércio, mas não tive essa oportunidade.

Estou me inspirando em Linda para o personagem da mulher branca que ama o embaixador. A excitação da luta me permitiu escrever bastante ontem, à luz de velas e com um cobertor tampando a janela. Até Jack ficou sem dormir.

Sábado — 16 de Setembro

Fillick mandou derrubar totalmente as pontes que dão para New Jersey a fim de evitar surpresas deste lado e enviar mais homens aos bairros do Leste. Os marines se retiraram da ilha do Governador, talvez por acharem aquela posição muito arriscada. A guerra continua com a mesma intensidade, de dia e de noite. Estamos há dias sem luz, sem gás e praticamente sem água. A coisa está ficando muito mais seria do que imaginava. As tropas federais avançam muito lentamente, pois os nova-iorquinos defendem-se casa por casa e rua por rua. Os incêndios continuam e continuam chegando os feridos. Não sei como isto vai acabar.

Fiquei amigo do zelador da torre do comércio e ele me deixa subir a qualquer hora. "Belo panorama, hein?", diz ele todo dia. Levei Linda lá para cima e assistimos as explosões. Vi barricadas no Brooklyn pela luneta, mas não vi tropas federais. Provavelmente ainda estão muito longe. Em compensação do lado oeste vê-se nitidamente tropas e baterias instaladas.

Já não dá para telefonar para fora. Minha mãe deve estar preocupadíssima.

Segunda-Feira — 18 de Setembro

Hoje ouvi uma baita explosão. Parece que um reservatório de petróleo incendiou-se. Corri para a torre do comércio, mas havia outro zelador e não me deixaram subir. Vi até uma inscrição que me deixou preocupado: "Tome cuidado com os espiões federais." Só faltaria alastrar-se a espionite, tão comum nas guerras.

Na noite passada Jack estava muito irrequieto. A cada explosão ele gritava "vai que dá". Dei bolachas e água, mas não adiantou. Mais uma noite que passamos em claro.

Terça-Feira — 19 de Setembro

De manhã tocaram as sirenas. Descemos rapidamente para o porão, mas não aconteceu nada e depois de meia hora voltamos a subir.

Quarta-Feira — 20 de Setembro

Há um velhinho italiano hóspede da pensão. Ele lutou na Segunda Guerra Mundial e foi preso pelos ingleses. Conversamos muito sobre a guerra, as dificuldades cotidianas, etc. "Isto vai acabar muito mal", disse o velhinho, "estamos numa ratoeira". Tentei reconfortá-lo dizendo que em Manhattan estávamos protegidos.

Linda faz aniversário amanhã e ainda não consegui encontrar um presente. "Eu bem que lhe ofereceria um livro", dizia meu pai, "mas você já terá um..." Disco também é pouco original. Amanhã vou até Soho ver se compro um quadro. Muitos artigos, como flores, já não se encontram mais na cidade.

Quinta-Feira — 21 de Setembro

Tomei champagne com Linda e brindamos à paz. Ofereci-lhe um bibelô modern-art de cristal. Por sorte voltou o meu porteiro da torre do comércio e pudemos tornar a subir até o observatório. As tropas de New Jersey estão muito quietas, talvez nos reservem uma má surpresa...

Sexta-Feira — 22 de Setembro

Os nova-iorquinos estão resignados com a situação e já não há mais o entusiasmo dos primeiros dias de mobilização. Fillick diz que "arrancaremos o couro de Boover", mas fica difícil acreditar. Os comboios de feridos que diariamente cruzam as pontes são um espetáculo cruel e desanimador. No entanto as tropas federais avançam pouco e muito dificilmente. Os bombardeios de morteiro causam ruínas e não facilitam a progressão. Franco-atiradores ficam emboscados até nos prédios incendiados. Se as tropas federais não conseguirem passar, talvez o bom senso prevaleça e haja negociações.

Domingo — 24 de Setembro

O que previ está ocorrendo. Boover propôs um cessar-fogo e conversações que "preservem a identidade de Nova York". Fillick aceitou e as duas comissões devem encontrar-se em local não divulgado. Pode ser o fim do pesadelo e Linda está radiante.

Segunda-Feira — 25 de Setembro

A luz elétrica voltou ao Village, o que foi saudado com muita alegria, mas pouco depois desapareceu. A Prefeitura conseguiu remessas de sangue para os hospitais, mas não recebeu mantimentos. As comissões continuam discutindo e nada sabemos dos resultados.

Fiquei sem pilhas para o rádio e ainda não encontrei novas, de modo que estou sem informações. Linda pediu a seus amigos, mas ninguém tem ou, se tem, não quer dar. Temos que fazer fila para conseguir água e eu daria muito dinheiro por um banho quente. *My kingdom for a bath.*

Quarta-Feira — 27 de Setembro

As conversas de paz continuam em sigilo. John voltou do Brooklyn e nos contou as barbaridades da luta. As tropas federais usam obuses com napalm que deixam queimaduras terríveis. Pelo que diz John eles ocuparam pelo menos um terço do Brooklyn e totalmente Staten Island. Foram detidos no Bronx, em boa parte do Queens e na ponta norte da East Side River. John não acredita no sucesso das negociações.

Quinta-Feira — 28 de Setembro

Fillick visitou as primeiras linhas e cumprimentou os combatentes. "Nossa causa é justa", afirmou ele. Esta declaração não me parece um bom presságio. Um funcionário do consulado da França veio ver-me para convencer-me a deixar a cidade. Mais uma vez recusei. Talvez seja a curiosidade que me mantém em Nova York. Entreguei-lhe uma carta para a minha mãe e... o meu testamento, caso me acontecesse alguma coisa. Acho que foi um gesto mais literário do que refletido. Encontrei pilhas para o meu rádio. Um jornaleiro me vendeu o jogo por 25 dólares, um absurdo. Alias o mercado negro floresce. O maço de cigarros já está 10 dólares. Linda comprou um quilo de açúcar por 20 dólares. Dizem que vendem até passes para fora da cidade por 10 mil dólares.

Sexta-Feira — 29 de Setembro

O cessar-fogo se mantém, mas não parece haver grandes avanços nas negociações. Hoje um navio de guerra foi até a estátua da Liberdade e foi vaiado por populares que estavam no Extremo-Sul da cidade. Fillick continua com muito apoio apesar do cansaço geral. Vi a família de Simão e estão todos bem.

Sábado — 30 de Setembro

O frio está chegando. Hoje o termômetro foi para 9 graus centígrados. Jack já sofre com o frio e mudou de repertorio. Só diz: "Não dá mais", "não dá mais". Encontrei açúcar em pedaços que ele adora. Também comprei um queijo Roquefort que reparti com Linda.

Domingo — 1.° de Outubro

A guerra voltou com redobrado furor. Aviões de caça sobrevoaram Manhattan mas não atacaram. Em compensação, a luta está ferrenha nos bairros. John voltou para a frente e os feridos recomeçaram a cruzar as pontes. Fui doar sangue como em todas as semanas.

Segunda-Feira — 2 de Outubro

As tropas federais estão avançando e o meu livro não. O embaixador africano já está transando com a americana, mas minha inspiração esgotou-se. Há períodos assim, quando é preciso dar tempo ao tempo. Vamos ter um inverno precoce, pois a temperatura se mantém baixa. Os caças voltaram a sobrevoar a ilha. Quando aparecem, tocam as sirenas e todo mundo desce aos porões ou ao metrô. Dizem que o Bronx e o Brooklyn estão totalmente destruídos e há risco de epidemia.

Linda esta ficando assustada e pensa em comprar um passe para fora da cidade no mercado negro. "Queria estar em Boston com meus pais", disse ela pela primeira vez. Como ela não tem os dez mil dólares, prometi emprestar-lhe cinco mil. Com este desfalque o meu orçamento vai perigar, mas ela não sabe. Alguns cidadãos cruzaram o rio até New Jersey em pequenos botes, mas agora os filliquianos atiram em quem atravessar.

Terça-Feira — 3 de Outubro

A situação está cada vez mais preta para Fillick nos bairros periféricos. É obvio que os combates se aproximam de Manhattan. Subi a torre e vi pela luneta tanques federais. Os caças voltaram e tive que descer com a maior rapidez.

Quarta-Feira — 4 de Outubro

A torre do comércio ficou sem luz elétrica e sem elevadores. Tentei subir a pé mas desisti no vigésimo andar. Preciso arrumar outro observatório. A dona da pensão vive xingando o desgraçado do Boover e o velhinho italiano já perguntou se eu conhecia um meio para sair de Manhattan.

Sexta-Feira — 6 de Outubro

Linda ainda não conseguiu um guia para fora da cidade. A mulher de Simão já não deixa as filhas saírem de casa. Estamos sem noticias de John, o que nos deixa preocupados. Tentei reconfortar Michele, mas as minhas palavras soavam ocas.

A Prefeitura acaba de racionar os alimentos em Manhattan. É preciso obter tickets para o pão, a carne quando há, etc. O mais curioso é que continua havendo fãs da corrida a pé, que toda manhã dão voltas em torno de Washington Square, de calção e camiseta.

Domingo — 8 de Outubro

Pela primeira vez os caças atacaram as pontes do Leste e conseguiram atingir a ponte de Queens. Já há homens trabalhando para consertá-la. Instalaram uma metralhadora possante na torre do comércio e estive conversando com os serventes. "Vamos derrubar estes filhos da puta", falou o chefe do grupo, de uns cinquenta anos. "Fui sargento no Vietnã e sei utilizar 'Vickie'." Vickie é o nome da metralhadora.

Segunda-Feira — 9 de Outubro

Os caças voltaram quando eu estava na torre. "Vamos Vickie", "Vamos Vickie", berrava o ex-sargento, mas não conseguiu atingir nenhum caça. A velocidade deles é tremenda e seriam precisos foguetes. É preciso dizer que o panorama era grandioso. Incêndios e fumaças do lado leste. Os jatos descendo sobre as pontes e soltando suas bombas. Um céu muito claro e explosões por todo lado. Deveria ter trazido a minha maquina fotográfica. Vi a ponte do Brooklyn estremecer, mas manteve-se de pé. Os combates aproximaram-se muito, e neste ritmo em alguns dias atingem as pontes.

Linda foi roubada. Encontrou um pseudoguia que pediu dois mil dólares adiantados e não voltou. Ela está muito abatida. Voltei a escrever, o que me anima pois é um refúgio. Jack parece gostar do barulho da máquina de escrever, mas odeia as explosões. Fazendo fila para os tickets vi uma mulher chorando baixo, o seu marido não voltou do Brooklyn. Não há nada para dizer num caso desses.

Quinta-Feira — 12 de Outubro

Os filliquianos estão abandonando os bairros do Leste pelas pontes ainda de pé. Vi filas de homens cansados e sonâmbulos entrarem em Manhattan. Os caças não voltaram em dois dias; a que regras obedece a guerra? Não pude deixar de pensar nas fotografias da guerra civil na Espanha, com os republicanos retirando-se, de punho levantado. John também voltou e não está ferido. "As munições são racionadas", explicou. "Atacamos os tanques com coquetéis Molotov." Não o teria julgado capaz disso.

Sábado — 14 de Outubro

Linda se resignou em não sair da ilha. No seu apartamento ela abriga uma família judia do Bronx.

Encontrei um bom esconderijo no caso de os combates se alastrarem por Manhattan. Junto ao porão da pensão há um pequeno depósito. No depósito vi uma porta baixa. Abri e descobri um recanto, provavelmente uma antiga caixa d'água pois o lugar é muito úmido. Só espero que não haja ratos. Há na caixa d'água, à direita, um conduto estreito e escuro que preciso examinar.

Partidários de Fillick com as suas armas e com muitos feridos continuam entrando em Manhattan como num último refúgio. Se os federais chegarem ao rio, as últimas pontes serão destruídas e a ilha ficará totalmente cercada. É o rumo provável dos acontecimentos. Pelo rádio soube que Boover pediu a rendição de Nova York.

Segunda-Feira — 16 de Outubro

Terminou a retirada e as pontes explodiram. Os federais já cercam toda a ilha. Talvez agora Fillick se renda, mas Linda não acredita. Estão todos fanatizados. Dizem que inundaram os túneis que saem de Harlem. Ao norte estão concentradas as maiores defesas, pois o rio é muito estreito.

Quarta-Feira — 18 de Outubro

Pela primeira vez em minha vida estou passando frio e fome. Comi até bolachas do Jack. A mulher do Simão me convida para jantar de vez em quando e então é uma festa. Mas não quero abusar, pois ela tem três filhas menores. Fui visitar novamente o Museu de Arte Moderna. Os quadros estão sendo protegidos com sacos de areia ou retirados. Falei com o diretor do comitê de defesa do Museu. "Felizmente Guernica não está mais conosco", me disse ele. Pensei na ironia de Guernica ser bombardeado em Manhattan. O Museu está lúgubre e virou praça de guerra ou quartel. Vi a desmontagem de um Monet para que a tela fosse enrolada. "Já há 50 milhões de dólares no porão", disse o diretor.

Sexta-Feira — 20 de Outubro

O frio está de rachar. Felizmente durmo com Linda e nos aquecemos mutuamente. Jack vive repetindo: "Não dá mais, não dá mais." Simão foi ferido na mão direita e está em tratamento no hospital. Fui visitá-lo e percebi os horrores desta guerra. Os corredores do hospital estão repletos de feridos. As salas estão lotadas. Ao lado de Simão um homem foi atingido nos olhos. Vi queimaduras, mutilações e fiquei mal o dia todo.

Domingo — 22 de Outubro

As tropas de Boover continuam sem atacar. Talvez apostem na rendição pela fome e pelo frio. Pela primeira vez nevou. Os caças voltaram a sobrevoar a ilha em baixa altitude e desta vez soltaram panfletos chamando a rendição da cidade. Os partidários de Fillick fizeram fogueira dos panfletos debaixo do Arco do Triunfo de Washington Square.

Comprei um salsichão de um restaurante italiano. Custou 180 dólares depois de muito pechinchar. Já comemos metade do salsichão na pensão, com vinho Chianti legítimo. Até Jack participou da bonança. Convidamos o velhinho italiano que ficou muito feliz e agradecido. Mostrei a Linda o meu esconderijo do porão. Bem apertados cabemos os dois.

Segunda-Feira — 23 de Outubro

Apesar do frio continuo subindo na torre do comércio. Manhattan parece um navio abandonado com as pontes caídas. A bandeira verde está de pé no Empire State Building. A destruição é grande nos bairros do Leste. Vickie continua armada mas de pouco adianta. Tomamos um café horrível com os serventes da metralhadora. "Por que Boover não ataca?" perguntou um jovem servente. "Ele tem medo", retrucou o sargento. "Quer nos pegar pela fome."

Passamos a noite no porão, pois as sirenas tocaram e a dona da pensão não deixou ninguém subir. Devemos respeitar as ordens, é o seu lema favorito. Estive relendo Galileu, de Brecht. Acho que ainda está por ser escrita uma boa história das ciências, da Física em particular. Seria uma ótima contribuição, até para os cientistas. Nossa cabeça é como coração de mãe, sempre cabem mais uns miúdos.

Quinta-Feira — 26 de Outubro

Décimo dia de cerco total. Quanto tempo pode aguentar Manhattan? Já se veem crianças esmolando nas ruas, e alguns bandos tentaram arrombar uma loja. Foram violentamente impedidos por tropas de Fillick. A distribuição de alimentos foi diminuída mais uma vez. O leite fresco desapareceu totalmente há semanas, e estou tomando chá toda manhã. Os aviões voltaram e soltaram mais panfletos.

Sábado — 28 de Outubro

Esta noite começou o bombardeio. A partir das posições de New Jersey e em todo o redor da ilha, os federais abriram fogo. Os filliquianos responderam e o ruído era intolerável. No porão, Jack começou a berrar e foi preciso deixá-lo no quarto. De manhã fui ver os estragos. O Village foi pouco atingido, mas o Harlem e os cais sofreram muito. Há guindastes derrubados e áreas interditadas. As mulheres de braçadeira verde distribuem alimentos aos soldados. Os bombeiros estão lutando contra um imenso incêndio no Harlem.

Domingo — 29 de Outubro

O bombardeio cessou, e os tiroteios também. Aviões sobrevoaram a ilha, provavelmente para reconhecer os efeitos do bombardeio. Não entendo a estratégia dos federais, parecem hesitar num ataque a Manhattan. A dona da pensão já está desconfiada das minhas idas ao porão para inspecionar o esconderijo. Enfiei-me no conduto com uma lanterna, e voltei sujo de pó. O conduto está cheio de baratas e não sei aonde vai dar pois não ousei ir muito longe. Ele é inclinado, mais seco do que a caixa e desce levemente. Talvez termine em algum esgoto.

Terça-Feira — 31 de Outubro

Décimo quinto dia de cerco, de frio e de fome. Há gente acampada em edifícios públicos e até no Central Park, pois vários prédios foram destruídos ou perigam ruir. A rua de Linda foi poupada e o Village também.

Quinta-Feira — 2 de Novembro

Esta noite os federais atacaram por três lados. Depois de um intenso bombardeio jogaram lanchas de desembarque contra a ilha. De madrugada os combates eram violentos, principalmente do lado de New Jersey. Os aviões voltaram e também helicópteros armados com foguetes. Apesar dos esforços os marines não conseguiram formar uma cabeça-de-ponte. Ao meio-dia desistiram do ataque e foi uma explosão de alegria em Manhattan. Os filliquianos atiravam para cima apesar da pouca munição. Os populares abrigavam-se nas ruas e foram improvisados bailes.

Às nove horas eu já estava na torre do comércio. Vi as lanchas tentando desembarcar e sendo repelidas pelos homens de Fillick. Os federais tiveram muitas baixas e até agora há corpos flutuando no rio. Ao meio-dia, quando ficou clara a derrota federal, foguetes e tiros dispararam de toda a ilha, das ruas, dos cais e das janelas dos edifícios.

Sexta-Feira — 3 de Novembro

Os federais atacaram mais uma vez e mais uma vez não tiveram êxito. Em compensação intensificaram os bombardeios e atingiram o Empire State Building. O famoso prédio tem um rombo do lado da Quinta Avenida pelo qual King Kong passaria folgado. O prédio foi todo evacuado. Há numerosos incêndios na ponta norte da ilha.

Domingo — 5 de Novembro

Os bombardeios não param. Praticamente não saímos do porão da pensão. Para passar o tempo, jogamos cartas, damas e xadrez. A fome, o frio e o tédio são os maiores inimigos.

Terça-Feira — 7 de Novembro

É dia frio e peguei uma gripe forte. Os bombardeios continuam. Como uma coisa amada e odiada ao mesmo tempo vejo Nova York ser destruída. Fico com raiva da minha impotência e da imbecilidade humana. Simão teve alta do hospital e anda com a mão enfaixada. Ele está em casa pois não pode atirar. Ele me ofereceu um pouco de comida e aspirinas contra a gripe. Linda me deu um agasalho que ela costurou. Estou sendo bem tratado até pela dona da pensão.

Quarta-Feira — 8 de Novembro

Um frio de rachar e a gripe não melhorou. Estou com febre e dores no corpo inteiro. Não saio mais do porão. A dona da pensão alimentou Jack a meu pedido.

Sexta-Feira — 10 de Novembro

Os federais tentaram um terceiro ataque. Conseguiram desembarcar alguns homens mas precisaram retirar-se devido ao contra-ataque. Os homens voltaram às lanchas com muitas perdas. Quanto tempo vai durar esta luta imbecil e cruenta?

Sábado — 11 de Novembro

Graças a Deus sarei da gripe. Paguei um extra à dona da pensão e ela deixou Linda ficar comigo no porão. Está ficando muito perigoso ir da pensão até o apartamento devido aos bombardeios. Muitos filliquianos andam pelos corredores do metrô para ir de um lado a outro da cidade. Hoje a ilha foi sobrevoada por aviões de um tipo desconhecido. Não eram caças nem bombardeiros.

Domingo — 12 de Novembro

Fillick enviou uma comissão com propostas de paz. Com bandeiras brancas a comissão cruzou o rio, mas duas horas depois voltou sem nada ter conseguido. Mais uma desilusão. Às vezes penso que poderia estar em Paris, num bom restaurante, ao invés de ficar trancafiado no porão debaixo dos bombardeios. Mas afinal foi decisão minha, não foi?

Segunda-Feira — 13 de Novembro

O governo federal instalou alto-falantes possantes em volta da ilha e conclama os nova-iorquinos a se renderem. Ameaçam intensificar os ataques. Prefiro o barulho dos alto-falantes ao das bombas. A minha personagem americana separou-se do embaixador.

Terça-Feira — 14 de Novembro

Michele está de novo sem notícias de John há dias. Linda a reconfortou explicando que ele não foi hospitalizado, pois a teriam avisado. Os bombardeios prosseguem e uma casa de Grove Street, a cinquenta metros da nossa, foi atingida em cheio. O parque de Washington Square está cheio de destroços mas isso não impede alguns fanáticos da corrida de darem as suas voltas matinais. Voltou a neve, o que felizmente dificulta que os incêndios se propaguem.

Quinta-Feira — 16 de Novembro

Reina uma calmaria estranha do lado federal. Interromperam os bombardeios, e aqueles aviões esquisitos voltaram, sem soltar um só tiro.

Sexta-Feira — 17 de Novembro

Tive um pesadelo terrível. Boover utilizava armas químicas e bacteriológicas contra Manhattan e eu morria de peste com Linda. Não contei meu sonho a Linda para não preocupá-la, mas não pude deixar de pensar no que fazer num caso como esse. Provavelmente nada.

Sábado — 18 de Novembro

Estamos sem comida, com exceção de um pão preto horroroso que a Prefeitura distribui. John deu notícias e está bem.

Segunda-Feira — 20 de Novembro

Às dez horas vimos um clarão e uma explosão pavorosa ao norte de Harlem. O filho da puta do Boover soltou uma bomba de nêutrons. No mesmo instante os marines atacaram por New Jersey, com capas e máscaras de gás protegendo das radiações. Trancamos as janelas do porão na esperança de que as radiações nos poupem. Lembro de um artigo que li no *Time* a respeito da bomba de nêutrons. Incêndio e morte instantânea num raio de 1 a 2 quilômetros. Radiações mortais, mas preservação dos equipamentos num raio de até 4 quilômetros. A morte por radiação em certas áreas pode vir depois de algumas semanas.

Terça-Feira — 21 de Novembro

Os marines fincaram pé na ilha. Estou a toda hora me sondando para saber se as radiantes chegaram até aqui. A comida do nosso porão acabou e estamos isolados. Ninguém ousa sair com medo da radiação. Linda está muito magra. O seu estado me preocupa.

Quarta-Feira — 22 de Novembro

Estamos sem notícias do exterior. Alguém propôs que se comesse Jack. Falei que o periquito tem uma carne indigesta, mas não sei se acreditaram. Ninguém tem coragem de sair do porão. À noite ouvimos ruídos de combates e mais explosões.

Sexta-Feira — 24 de Novembro

Bateram à porta do porão. Peguei Linda, botei o meu passaporte, mil dólares e o meu manuscrito debaixo da camisa e fomos até o esconderijo. A porta do porão foi arrombada e entraram soldados com máscaras de gás e metralhadoras. Eles obrigaram os ocupantes do porão a subir na pensão. Fiquei quieto com Linda sem mesmo respirar. Eles não perceberam a caixa d'água e saíram do porão deixando a porta arrombada. Passamos a noite toda no esconderijo. Foi a pior noite da minha vida. Não podíamos fazer barulho e tentávamos matar as baratas. De manhã a fome apertou demais e saímos do esconderijo.

Sábado — 25 de Novembro

Não havia mais ninguém na pensão, nem mesmo Jack. Achei bolachas e cigarros, o que foi uma festa. De tarde passaram na rua soldados federais com capas de borracha e mascaras de gás, mas não nos viram. Como sair desta enrascada?

Domingo — 26 de Novembro

Não se ouve mais o barulho dos combates. Linda está muito assustada e só falamos baixinho. Em breve precisaremos sair da pensão, pois as bolachas terminaram.

Por incrível que pareça e apesar da fome, voltei a trabalhar no meu manuscrito. A americana pega o avião para encontrar o embaixador em seu país. Enquanto eu escrevia Linda observava como se dissesse: "Este não tem jeito."

Segunda-Feira — 27 de Novembro

Os soldados voltaram e foram até o esconderijo enquanto estávamos no meu quarto. Resolvemos sair de mãos para cima: felizmente eles não atiraram. Levaram-nos até um escritório na Thompson Street onde um tenente, sem máscara de gás, nos interrogou. Mostrei o meu passaporte e menti, dizendo que eu havia casado com Linda e que portanto ela tinha direito à cidadania francesa, que só não recebeu devido à guerra. O tenente me olhou desconfiado, mas não disse nada. Fomos levados até uma barraca-enfermaria, onde fizeram testes para ver se tínhamos sofrido as radiações. Eles não nos informaram do resultado, mas acho que estávamos O.K. Finalmente nos deram comida de verdade, num refeitório com outros prisioneiros. De noite o tenente me chamou de novo para dizer que estava aguardando ordens a meu respeito e "a respeito de sua mulher".

Terça-Feira — 28 de Novembro

Com a comida Linda voltou a sorrir. Continuamos presos e sem saber o que os federais irão decidir. Dizem que ainda há filliquianos irredutíveis como franco-atiradores.

Quinta-Feira — 30 de Novembro

O tenente me convocou e me disse que em breve eu seria libertado, mas não falou de Linda. Cheguei a propor-lhe os mil dólares se pudesse sair com minha esposa. Ele disse que a decisão não dependeria dele, mas que faria o máximo para atender-me. Desci preocupado, mas não contei nada a Linda. Todo dia passam novos prisioneiros pela Thompson Street e pela barraca de descontaminação.

Sexta-Feira — 1.° de Dezembro

Um funcionário francês veio visitar-me. Eu lhe disse que não sairia sem minha esposa. Ele registrou a queixa, verificou se eu estava sendo bem tratado e foi embora. Linda está feliz e diz que o pesadelo terminou.

Sábado — 2 de Dezembro

O funcionário voltou com mais um homem, conversou com o tenente e nos informou da libertação. Ele perguntou se tínhamos algum desejo. Eu falei que queria subir na torre do comércio, mas não foi permitido. Fomos levados de carro até a embaixada da França em Washington. Enquanto o carro saía de Manhattan e pegava uma balsa eu via a imensidão dos estragos. Nova York é um cenário destruído. Em New Jersey a vida seguia normalmente. Pela primeira vez vimos luzes e comércio funcionando. Pegamos a autopista e Linda adormeceu no carro.

O embaixador da França me recebeu pessoalmente, entregou duas passagens para Paris e uma carta da minha mãe escrita em outubro. "O senhor tem aí experiências para um belo romance", disse muito satisfeito. "O romance não seria tão belo", respondi.

Paris — Segunda-Feira — 1° de Janeiro

Passamos as festas na casa de minha mãe. Também vieram os pais de Linda, especialmente de Boston. Correu muito champagne. Aos poucos eu tive notícias de Nova York. John morreu, provavelmente com a explosão da bomba, pois estava na ponta norte da ilha. O prefeito Fillick foi morto combatendo. Simão e sua família escaparam das radiações e dos combates. O velhinho italiano foi solto e voltou à Sicília. Michele foi atingida e está morrendo de leucemia. A dona da pensão já voltou à sua pensão e Manhattan está sendo aos poucos reconstruída. Não soube nunca mais de Jack. Às vezes ouço ele dizendo: "Vai que dá, vai que dá..."

Saara Gardens

Ataíde Tartari

Dono de um estilo despojado e coloquial, Ataíde Tartari é advogado e empresário. Nasceu em São Paulo em 1963 e publicou contos em várias antologias do gênero, como Outras Copas, Outros Mundos *(1998),* Estranhos Contatos *(1998),* Phantatisca Brasiliana *(2000),* Como Era Gostosa a Minha Alienígena! *(2002) e, mais recentemente, em* Futuro Presente *(2009) e* Contos Imediatos *(2009). Atuou de 1999 a 2001 como cronista do* Jornal da Tarde, *de São Paulo, e publicou em antologias* mainstream *como* Chico Buarque do Brasil *(2004) e* Contos Cruéis *(2006). Investiu em dois romances publicados nos Estados Unidos,* Amazon *(2001) e* Tropical Shade *(2003), e tem no conto "Folha Imperial" (2000) uma primeira contribuição à temática de ficção científica política, ao imaginar como o Brasil estaria se a Monarquia tivesse sido mantida até nossos dias.*

Em "Saara Gardens" o autor envereda por outro caminho, o da especulação sobre um futuro próximo em que as principais causas ambientais foram contempladas numa agenda política que se tornou global. Os povos da Terra têm uma estrutura unida de poder e governo, aparentemente federativa, e uma poderosa empreiteira arquiteta um plano para tornar inelegível uma candidata preservacionista que contraria os seus interesses econômicos. Como o leitor deverá notar, há referências bem humoradas, porém incisivas, sobre instituições e personagens envolvidos num certo jeitinho *de fazer política que, ao que parece, resistirá ainda por muito tempo.*

A MAIOR OBRA DE ENGENHARIA da história da humanidade não podia correr o risco de ser cancelada por causa de um único ser humano: era assim que raciocinava um ser humano que se considerava único, o senhor Camaro Korrea.

O advogado Argos sabia bem disso, já que fora contratado pela empreiteira Camaro K para este serviço de, digamos, "contenção de riscos". O projeto de engenharia já tinha sido aprovado em praticamente todas as comissões do gigantesco organismo burocrático que era a União Global, mas ainda aguardava a votação derradeira, no plenário do Congresso Global em Istambul. O risco, temido pelo senhor Camaro K, residia no fato de que esta votação se daria durante o próximo mandato presidencial. E tudo indicava que a presidente da UG seria a preservacionista militante Miranda Ribeira.

Pelo sistema rotativo em vigor na UG, a cadeira presidencial deveria ser ocupada nos próximos dois anos por um representante da América do Sul. Embora a brasileira Miranda fosse a favorita no congresso que faria a eleição, o favorito do senhor Camaro K era o colombiano Alonzo Urano. E era no escritório do deputado global Urano que Argos tentava traduzir os planos de seu cliente.

— Então — dizia Urano —, o velho Camaro está preocupado com a saúde da Miranda? Ela tem aquele aspecto frágil, de doente, mas é jovem!

— Não foi exatamente por isso que eu mencionei a saúde da deputada — retrucou Argos. — Eu só tentava responder à sua dúvida sobre o nosso plano de contenção de riscos.

Urano deu de ombros.

— Eu já disse ao Camaro que a aprovação do projeto é certa como dois mais dois são quatro. A Miranda pode espernear o quanto quiser, mas em uma geração o deserto do Saara será o jardim subtropical do Saara. A ironia é que, mesmo com esses probleminhas de anemia que ela tem, ela provavelmente ainda vai poder aproveitar esse jardim maravilhoso. Nem eu nem o Camaro vamos viver pra ver esse projeto concluído.

Argos não tinha tanta confiança quanto Urano na aprovação; ele já testemunhara muitas viradas de última hora conduzidas por líderes carismáticos como Miranda.

— Mas parece que o movimento está crescendo, deputado.

— Que movimento? Contra a irrigação do Saara?

— O movimento preservacionista em geral.

— É, de certo modo, sim. Depois da tremenda influência que eles tiveram no século passado, nada mais natural que tivessem se recolhido. Sua missão no planeta estava cumprida, digamos assim. O movimento foi vítima do próprio sucesso. Mas agora, graças a essa nova causa pró-deserto, o movimento como um todo se reergue. Só que é meio como uma religião: não há muita racionalidade no que eles agora estão pregando.

— O congresso também pode ser irracional às vezes...

Urano riu.

— Às vezes?

Argos também riu.

— Bem...

— De qualquer modo, eu continuo confiante na aprovação. Agora, se você e o Camaro querem reduzir os riscos... — disse Urano, erguendo as mãos. — A propósito, eu lhe interrompi quando você explicava este seu plano...

— Para sua própria segurança, deputado, é melhor o senhor não saber dos detalhes. Meu trabalho é conter riscos, não criá-los. Na verdade, o que eu vim lhe dizer é que o senhor deve ficar confiante na sua eleição e se preparar para isso.

— Depende — Urano sorriu. — Se eu morrer de curiosidade, não vou ser eleito pra nada.

Sorrindo de volta, Argos disse apenas:

— Fique tranquilo: ninguém vai morrer.

— Nem ficar doente?

— Talvez *melhorar* a saúde.

— Não vejo como...

— Há uma lei — um tanto discriminatória, na minha opinião —, que Istambul aprovou ano passado, que pode ser aplicada neste caso.

Urano pensou por alguns segundos, antes de dizer:

— Acho que sei de que lei você está falando. É uma emenda, na verdade. E eu votei contra.

— E Miranda votou a favor — disse Argos, enquanto exibia um sorriso malicioso.

Durante o voo entre Istambul e São Paulo, o jatinho hipersônico da Camaro K sobrevoou uma boa extensão do Saara. Olhando para baixo, Argos teve dificuldade em imaginar todo aquele areal transformado em um continente verdejante. Mas se os cientistas e engenheiros diziam ser possível, quem era ele para duvidar?

O projeto previa a construção de várias usinas de dessalinização e bombeamento da água do mar ao longo do Atlântico, Mediterrâneo e Mar Vermelho. Essas gigantescas usinas abasteceriam uma rede de canais — muitos deles navegáveis — que cobriria toda a extensão do atual deserto. A Camaro K planejava participar não só da construção dos canais e das usinas, mas principalmente do que viria depois, dos empreendimentos imobiliários, dos negócios com terras, terrenos e novas edificações.

Claro que esta nova fronteira a ser plenamente ocupada pela humanidade já era objeto de especulação imobiliária. Todos queriam ter um pedaço do novo território, de preferência a preço de... deserto. O senhor Camaro K, Argos sabia, já vinha há anos comprando terras no Saara. Terras que, com a *não*-eleição de Miranda, sofreriam uma valorização astronômica.

No escritório de advocacia de Argos, alguns funcionários faziam o papel de detetives. Um deles, Ruan, era muito bom nisso. Argos tinha pedido que ele investigasse os funcionários do hospital paulistano onde Miranda costumava se internar para tratar sua anemia crônica. O relatório que ele produzira afirmava que uma das enfermeiras seria receptiva à proposta. Com a aprovação de Argos, Ruan marcou um encontro com essa enfermeira em uma padaria próxima ao hospital.

Ruan viu quando Syana, a enfermeira, terminou seu turno e entrou na padaria. Ela pegou uma mesa longe da janela, como Ruan instruíra.

Ele então se aproximou da mesa.

— Syana?

— Ruan? — ela respondeu, parecendo assustada.

— Como eu disse pelo telefone — ele falou, enquanto puxava uma cadeira —, a gente tem uma proposta que eu acho que vai lhe interessar.

— "A gente", quem? Essa parte eu não entendi direito.

— Um grupo de amigos da Miranda — disse Ruan. — Desculpe, mas eu não posso revelar mais do que isso. Acho que você também gosta dela, não?

— É, gosto. Nunca falei muito com ela no hospital, mas ela me pareceu ser bem simpática.

— Sem dúvida.

— Mas o que exatamente vocês querem que eu faça? Não é nada ilegal, é?

— Pra dizer a verdade, é ilegal sim. É por isso que a gente quer te recompensar bem. Pelo risco que você vai correr.

Ela suspirou, depois deu de ombros.

— Isso eu entendo, mas o resto não faz muito sentido.

— Quando eu te explicar vai fazer sentido. — Ruan tirou um estojo de sua mala e colocou em cima da mesa. — Acho que você sabe o que é isto, não?

Era um estojo da *Memowide*, com seu símbolo MW impresso.

— Nossa! — ela exclamou. — Isso é muito bom! Se eu tivesse grana, ia aplicar isso em mim mesma.

O principal motivo da escolha da enfermeira Syana era o fato de ela estar muito endividada. Ruan estava certo — e seu chefe Argos concordava — que pessoas endividadas faziam até o impensável por uma salvação financeira. Então ele abriu sua mala e tirou o *chip* com o crédito no valor que eles tinham combinado, seiscentos mil glomus (de GLOMU, *global monetary unit*, a moeda da UG).

— Aqui está — ele disse, escorregando o *chip* por cima da mesa. — Agora você pode pagar seu próprio *Memowide*.

— Tenho tanta coisa em que pensar antes... — ela murmurou, enquanto colocava o chip e o estojo em sua bolsa.

— Então, pra você entender melhor, o que ocorre é o seguinte: nós vamos presenteá-la com essa expansão de memória — o que, aliás, vai ser muito útil a ela no cargo de presidente —, mas muitos de seus seguidores não podem saber disso. Alguns preservacionistas são radicais e acham que o corpo humano também deve ser preservado, sem nenhum destes implantes e auxílios biônicos que temos hoje.

Ruan estava certo que Argos tinha *Memowide*, embora ele não confirmasse. Ele nunca vira Argos fazer uma consulta; seu chefe tinha qualquer informação na ponta da língua. E muitos diziam que essa confiança na própria memória era tanta que os usuários do *Memowide* acabavam sendo autoconfiantes em tudo o mais. Era como uma droga para o ego.

— Então ela concorda com isso?... — Syana questionou.

— Sim, mas ela não pode dizer que sim, entendeu?

— Então ela não sabe que eu vou injetar esse *Memowide* nela?

Com um sorriso malicioso, Ruan respondeu:

— Ela não *pode* saber, entendeu? Ninguém pode saber.

Depois de pensar por alguns instantes, Syana disse:

— Pode deixar. Eu não vou injetar diretamente nela, vou injetar no sangue que ela vai receber. Ninguém vai perceber nada. Ela sempre toma uma ou duas bolsas de sangue quando se interna no hospital.

Argos entrou na sala e cumprimentou o senhor Camaro, sentando-se a seu lado no sofá. Eles estavam sozinhos no escritório da presidência da Camaro K. O monitor foi ligado e a narradora do noticiário começou a ler a principal notícia do dia:

Numa reviravolta surpreendente, a brasileira Miranda Ribeira foi considerada "insuficientemente humana" e desqualificada como postulante à presidência da União Global. Em seu lugar, foi eleito outro representante da América do Sul, o colombiano Alonzo Urano.

De acordo com uma regra relativamente recente da União Global, todos os postulantes a seus cargos executivos, de comissários a ministros e presidente, devem se submeter ao Teste de Kurzweil. Este teste determina o "grau de humanidade" de uma pessoa, de modo que qualquer portador de auxílio artificial que vise a melhora de seu desempenho físico ou mental, é denunciado. No caso da postulante, foi detectada a existência de uma expansão de memória ainda em fase de implementação.

Miranda afirma que isso é um golpe, que nunca percebeu nada diferente em sua capacidade de memorização, e que vai exigir que outro teste seja feito. Mas segundo especialistas, ela pode ter injetado os nanorrobôs da Memowide *há cerca de um mês, pois eles demoram entre um e três meses para implantar todas as novas conexões cerebrais necessárias à expansão da memória. E, segundo os juristas que consultamos, mesmo que o implante tenha sido feito contra a sua vontade, a regra é clara: quem não for "suficientemente humano" não pode exercer o cargo de presidente.*

Enquanto o noticiário continuava, Camaro pegou um folheto publicitário que estava a seu lado e o entregou nas mãos de Argos, dizendo:

— Você está de parabéns, meu caro.

Argos agradeceu e abriu o folheto. Era sobre um empreendimento imobiliário que ainda não existia, o *Saara Gardens*. Mostrava, como era comum neste tipo de propaganda, ilustrações de um local paradisíaco. Em meio ao folheto, Argos encontrou dois certificados de propriedade. Estavam em nome de seus dois filhos; eles tinham um hectare cada, no local onde a Camaro K ergueria, agora sem obstáculos, a comunidade *Saara Gardens*.

Era de Aquário

Miguel Carqueija

Miguel Carqueija é um dos mais veteranos e ativos nomes da FC *brasileira. Bancário nascido no Rio de Janeiro em 1948, foi uma das figuras mais prolixas nas páginas dos fanzines brasileiros dos anos 1980 até os anos 2000, ou seja, da Segunda Onda. Dono de um estilo próprio, que ora envereda pela aventura, ora por histórias mais especulativas — como esta —, tem na defesa de ideais cristãos uma de suas principais marcas, seja para narrativas de* FC hard*, seja em criações ambientadas no universo do escritor norte-americano H. P. Lovecraft. Esta versatilidade, apoiada em sólidos valores humanistas, está retratada em livros publicados de forma amadora ou profissional; entre eles, o romance* Farei Meu Destino *(2008).*

"Era de Aquário" apareceu originalmente no fanzine Somnium*, do Clube de Leitores de Ficção Científica, em fins dos anos 80. Sinaliza como poderia estar o Brasil na entrada do século* XXI*. Sua visão é aterrorizante, pois o país está conflagrado por distúrbios urbanos diários, em que é comum o assassinato de figuras políticas. Talvez esteja implícita uma crítica a comportamentos condenáveis de políticos, como os escândalos de corrupção — com grande evidência nos mandatos do governo Sarney (1985–1990) e no de Collor de Mello (1990–1992). Por outro lado, Carqueija vislumbra uma sociedade que perdeu o freio de seus valores, já que age de forma intolerante e violenta contra representantes que, não podemos esquecer, foram colocados nos postos de poder pelos mesmos que os assassinam. O conto é curto, mas trabalha de forma pungente tanto a ironia do país do futuro, como a contradição de uma sociedade que atenta contra si própria.*

(O excerto do diário de um guarda-costas)

A operação "saída de casa" começou cedo naquele dia. O Senador Valdo tinha uma conferência marcada numa universidade, e não podia dispensar o pagamento que lhe fora prometido. Assim, logo às seis da manhã eu já tratava de ligar os radares, as teleobjetivas e os cachorros mecânicos, que se puseram a vasculhar as alamedas de proteção da propriedade. O senador ocupava-se com seu traje, que usava com aprumo, enquanto eu tomava o cálice do meu calmante. Maurício surgiu em meu posto para dizer que três assassinos profissionais estavam ocultos na Alameda Nordeste, falando entre si com aparelhos especiais em suas bocas e orelhas, o que nos impedia de escutar a conversa. A alameda certamente não era segura para três tipos a pé, mas nunca se sabe que plano essa gente tem. Assistindo ao noticiário televisivo da manhã, eu soube que somente três deputados e um governador haviam sido assassinados na véspera. Quando o locutor ia dar maiores detalhes, ouviu-se uma explosão e a estação saiu do ar. "Provavelmente", pensei, "puseram uma bomba por lá".

Lúcia surgiu para dizer que estava pronta e que o senador estava impaciente. Coloquei meu gorro-capacete afivelando-o cuidadosamente, diante do pomo de Adão. Ergui-me penosamente, sentia-me tresnoitado, e desliguei a televisão.

— Você já sabe que não vamos pela Nordeste?

— Não sei. Eu disse ao senador que é melhor pegar os três.

— Ele não gosta disso. Diz que se pegarmos os primeiros, logo enviarão outros piores.

— Se ele gosta de dormir rodeado de gente que quer matá-lo...

É claro que não perdi meu tempo a discutir questões filosóficas. Dei a Maurício algumas instruções para vigiar os intrusos, e fui até o salão, onde estava o senador com sua maleta. Ele tem o trejeito de remexer os bigodes, coisa problemática com o capacete, que só deixa livres os olhos, o nariz e os lábios. Olhou-me com a resignação típica de um homem que convive com certos tipos apenas por necessidade.

— Então, Cid? Tudo pronto?

— Sem dúvida, Senador. Não se preocupe com os três gajos que localizamos, deve ser alguma missão suicida, mas não piscarão um olho sem que nós saibamos.

— Eu estou cansado de tudo isso, Cid. Na minha idade, viver tomando precauções para não ser assassinado é exasperante.

— O senhor é um patriota, Senador — respondi idiotamente. Sabia que isso não o consolaria, mas meu verbo é deficiente.

Apertei o comutador e a parede deslizou, revelando a entrada do túnel. Lúcia chegou e entramos os três no cilindromóvel, fechando em seguida todas as entradas. Eu ia bem ao lado do senador e Lúcia vigiava a retaguarda, onde estavam os periscópios e as viseiras. Havia lugar para mais guardas, porém o senador era rebelde às precauções completas. Alegava pretender conservar sua sanidade mental. No fundo, eu também preferia assim; um bando ruidoso acabaria com meus nervos já em pandarecos.

O cilindromóvel começou a deslizar nos trilhos, enquanto eu me comunicava com Lopes, através do aparelho de rádio. O senador escolheu a Alameda Sul.

Chegamos sem incidentes às barreiras da Tijuca e os sinalizadores deram-nos passagem livre prioritária. Quando sobrevoamos a Rua Conde de Bonfim, Lúcia localizou um besouro que se destacava de uma nuvem de helicarros e aerônibus, e vinha nitidamente em nossa perseguição.

Isso só acontecia porque o Senador Valdo não usava escolta. Resmunguei aborrecido. As instruções que eu tinha não eram muito animadoras, já se vê: se alguém disparasse uma bala na direção da cabeça do senador e eu pudesse salvá-lo pondo a minha na frente, deveria fazê-lo.

Lúcia alertou todos os mecanismos de defesa, pura rotina aliás: um carro só, que poderia fazer?

Perguntas idiotas merecem respostas cretinas. Missões suicidas são comuns, mas raramente incluem nisso os veículos: gente se arranja facilmente, mas um bom carro equipado para homicídio...

O fato é que o besouro aumentou subitamente a velocidade. Julguei ser a fuga aos carros da polícia, que já vinham, o único motivo. Que nada! De repente lá vinha aquilo em cima de nós: nenhuma cobertura de ondas poderia impedir o choque com tamanha massa. Felizmente o Eurípides — como chamamos o cérebro eletrônico do cilindromóvel — estava bem lubrificado: manobrou com destreza, escapando ao perigo uma, duas, três, quatro vezes. Então o carro atacante perdeu o fôlego e afastou-se, ainda perseguido pela polícia. Procurei a garrafa térmica de café, pois os sacolejões não foram brincadeira.

Chegamos enfim à Avenida Otávio Ribeiro da Cunha, à Nova Universidade. O reitor em pessoa lá estava, acompanhado de três moças, creio que para não dar impressão muito má. Ele ignorou solenemente a mim e a Lúcia:

— Seja bem-vindo, Senador. Fez uma boa viagem?

O senador foi bastante hipócrita para responder que havia feito uma excelente viagem.

— Vamos então, senador, e fique tranquilo: aqui as medidas de segurança são excelentes.

Eu gostaria de acreditar nisso, mas o cabineiro do elevador que nos conduziu ao abrigo subterrâneo tinha um braço na tipoia...

O reitor conduziu-nos então à cantina e ofereceu-nos um café com bolinhos. Tiramos nossos analisadores e, após constatar a ausência de veneno, servimo-nos com prazer. O senador parecia um pouquinho menos desanimado que de costume.

— Haverá cerca de mil estudantes, mais ou menos — disse o reitor.

— Espero que alguns, ao menos, me olhem com simpatia.

— Ora, Senador Lafayette, o senhor não é uma figura impopular.

Era verdade. Em Brasília ele só havia sido alvejado umas cinco ou seis vezes, desde a última reeleição. No Rio, onde há mais gente e portanto mais inimigos, Valdo só ficava pouco tempo; mesmo assim, nem sempre a sua casa era espreitada. Portanto ele não chegava a ser impopular, como o Senador Monteiro, por exemplo. Esse mantinha um verdadeiro batalhão na sua fortaleza em Brasília e andava acompanhado por dois sósias. Em último caso, havia sempre a possibilidade de matarem o homem errado.

Quando chegou a hora da conferência encaminhamo-nos para o salão, ocupando a cabine blindada no meio do palco. O número de policiais presentes, homens, mulheres e robôs, não era grande: uns trezentos, se tanto. Afinal, a universidade gozava de boa reputação. Não nos atrasamos muito. Somente uns cento e cinquenta alunos, mais ou menos, apedrejaram o palco e atiraram tomates e ovos podres, que não nos podiam atingir. Depois de uns trinta minutos de pancadaria, todos os perturbadores foram retirados e o senador pôde dar início à sua palestra:

— Caros universitários, estudantes desta ilustre casa, que tanta glória tem dado ao Brasil.

“Neste momento, considerando os desafios do futuro, as conquistas do presente, as glórias do passado, não posso deixar de me entusiasmar, por tudo o quanto nas lides diversas da atividade humana, se oferece para nossa reflexão, neste século de tantos avanços e conhecimentos, em que nós vivemos.

“Não somos saudosistas. Enfrentamos dificuldades que os emulam, mas sabemos que a humanidade caminha lenta, mas seguramente, para a resolução de todos os problemas. Basta fazer uma comparação: recuemos mil anos e fixemos nosso olhar nos tempos sombrios, tétricos, obscurantistas da Idade Média, a época mais terrível da História. Sabemos nós que a selvageria e a crueldade, naqueles tempos, felizmente já tão afastados de nós, andavam à solta...

“Mas o que importa agora realmente, para todos nós, é saber que a nossa grande nação, voltada para o futuro, tudo espera do porvir, já que o Brasil, por uma indeclinável predestinação que todos nós sentimos em nosso âmago, é verdadeiramente o país do futuro... o grandioso futuro de paz, de prosperidade e de liderança no concerto das nações, esse futuro maravilhoso que já nos aguarda só um pouco à nossa frente...”

A Evolução dos Homens sem Pernas

Fernando Bonassi

Fernando Bonassi, paulistano nascido na Moóca em 1964, é um dos mais importantes escritores brasileiros surgidos na década de 90. Escrever para ele é uma multifunção associdada não só à literatura, mas a roteiros de cinema e peças de teatro, todas com uma qualidade equivalente. Muito ativo, na ficção é autor de dramas urbanos contemporâneos, como os romances Um Céu de Estrelas *(1991) e* Subúrbio *(1994), além de histórias infanto-juvenis como* Passaporte *(2001) e* Declaração Universal do Moleque Invocado *(2008). Escreveu roteiros de filmes como* Os Matadores *(1995, dirigido por Beto Brant),* Carandiru *(2004, dirigido por Hector Babenco),* Cazuza, o Tempo Não Para *(2004, dirigido por Sandra Werneck) e* Lula, o Filho do Brasil *(2009, dirigido por Fábio Barreto). Na dramaturgia, assinou montagens como* Apocalipse 1,11 *(em colaboração com o Teatro da Vertigem, 2000) e* O Incrível Menino na Fotografia *(texto e direção, 2007). Tem prêmios como roteirista e dramaturgo, além de textos em antologias na França, EUA e Alemanha. Na TV, foi roteirista dos seriados infantis* Mundo da Lua *(1991–1992) e* Castelo Rá-Tim-Bum *(1994–1997), ambos da TV Cultura, e do policial* Força Tarefa *da Rede Globo de Televisão (2009-2010).*

Apesar de não ser um autor vinculado à FC, Bonassi já contribuiu para o gênero em termos de especulação política, com a novela distópica Diário da Guerra de São Paulo, *de 2007: um adolescente tenta sobreviver em meio a uma grande metrópole brasileira imersa num caos depois de uma guerra que a invibializou. Uma visão perturbadora de uma cidade e um estilo de vida que entrou em colapso. O mesmo tom está numa história publicada originalmente numa antologia francesa em 2009, "A Evolução dos Homens Sem Pernas". Embora a atmosfera não seja de caos estabelecido, mas de uma escalada, descreve um mundo impulsionado pela busca crescente e permanente por consumo e conforto, e de meios de transporte cada vez mais sofisticados; chegado o limite de um avanço tecnológico, o homem não mais se reconhece no próximo, num processo que provoca a mutação da própria espécie. O texto chama a atenção também por diferir dos outros do livro, escrito num tom abertamente satírico e irônico, que chega a nos provocar sorrisos nervosos quando nos identificamos com situações paradoxais e absurdas de nossa sociedade, no limite, semelhante à distopia imaginada nesta história.*

São Paulo possui a segunda maior frota de helicópteros do mundo, perdendo apenas para Nova York: veículo moderno é um dos símbolos do chamado círculo superior da economia e torna a metrópole mais veloz.

Jornal da UNICAMP *— dezembro de 2003.*

TAIS HOMENS NASCIAM ESPIRRADOS como as pedras de um vulcão. Durante parte importante de suas vidas ignorantes permaneciam colados junto ao chão, rolando, chorando e esperneando, vítimas inocentes da gravidade do momento. Nascer é sempre um tormento para aqueles que sobrevivem a ele, ainda que muitos desses homens disso se esquecessem em seguida. Sentiam-se pressionados para baixo e assim ficaram por muito tempo... Esses homens tinham tudo para se tornarem plantas, mas por algum pequeno incidente pontual, longos desvios repetidos ou simples acaso genético se transformaram num reino biológico complexo.

Eram homens cabisbaixos por natureza que, no entanto, esticavam cada vez mais as ideias enquanto cada vez mais fincavam os pés na terra.

Quando ergueram as cabeças o suficiente para ver o que havia, viram o pouco, ou insuficiente que eram ali parados...

Complicados esses bípedes eretos! Tinham criado raízes e agora queriam se mover?

Não é para entender... Já eram — como ainda são — contraditórios os seus desejos... Desejavam muito. Demais, talvez.

Deve ter começado de uma forma imperceptível, coisas de milímetro por milímetro que sonegavam de si mesmos. A leseira que diziam ter não pode ser a única responsável pelo descaso que nutriram ao longo desse tempo pelo solo em que cresceram...

Cresceram muito. Espalharam-se para todos os lados. Começaram a cobrir os poros e a cercar os espaços, de forma que os seus locais consagrados se tornaram obscuros para conter as suas necessidades materiais, sensuais e espirituais.

Precisavam conquistar mais dos tais espaços para sentirem menos o tempo que perdiam. O tempo que corria lhes agitava o raciocínio, a ereção, o coração e eles sentiam que deviam se mexer e planejar para possuir.

Logo entenderam que, carregando o próprio corpo, jamais percorreriam as distâncias que imaginavam poder ter. Imaginavam possuir tão longe que um membro e duas patas lhes pareceram pouco para as tarefas. Tinham sede também. Bebiam convulsivamente ora para esquecer o que eram, ora para lembrar o que não eram. Embriagados de excitação caíram prostrados; de joelhos olharam incrédulos para a própria imagem nos espelhos d'água e só encontraram o reflexo atribulado de suas limitações inconscientes. As tarefas que se impuseram pareciam todas urgentes e grandiosas para eles que se achavam, no fundo, pequenos e vulneráveis demais dentre todos os animais...

Raciocinando sem parar para gozar com o pensamento, perceberam que os animais eram maiores e mais rápidos do que eles, porém tão tolos e ingênuos quanto as suas crianças... Então trataram de reuni-los, entretê-los e domá-los. Foi para possuí-los como meio de sustento e de transporte.

Para atingir os seus objetivos eram capazes de açoitar e esporear esses bichos gigantescos, que urravam desembestados como ratos mata adentro, desbravando, corroendo e consumindo as selvas onde passavam.

— Destruímos para construir — argumentavam em contraditórios infinitos.

Mal paravam para conversar e se entender e já estavam partindo divididos. Passavam por cima de tudo o que houvesse, fosse água, fosse mato, fosse gente. E contra seus argumentos contundentes não havia um ser vivo e consciente que se levantasse. Não gostavam de levantar a carga que tinham e trabalhar com a clareza de que dispunham. Sempre preferiram deitar, penetrar e usufruir o que houvesse, drenando, contaminando e esterilizando tudo ao seu redor. Não suportavam o fardo, nem o cheiro que exalavam.

Precisavam partir, avançar, fugir...

Seus animais de estimação serviam pouco tempo, já que morriam estafados de tanto andarem ferrados e fodidos por baixo deles. Mal enterravam as fezes e carcaças de uns para montar em cima de outros e seguir adiante, conhecendo, ou fodendo o que pudessem. Fodiam uns aos outros como a si mesmos desde aquela época, deixando as suas próprias crias, dejetos e sobras apodrecidas para trás, em exposição, lançando no ar o desafio de parar para chorar a sua condição...

Parar e lamentar não combinava com esses homens entrevados em si mesmos. Suas divindades exigiam calamidades constantes, movimento permanente, expansão intensiva!

Na vertigem orgiástica de velocidade que queriam, pressentiram que se desintegrariam num instante. Mas, assim mesmo, ao invés de aceitarem e/ou negociarem com as condições de seu espaço/tempo, preferiram reagir a ambos, confundindo-os...

Pesquisaram e experimentaram para entender os custos e os benefícios que a sua evolução tinha. Inventaram algumas formas de automação para a exploração do seu deslocamento. Manipularam as variações climáticas, os relevos definidos, os elementos químicos e os sindicatos de metalúrgicos para, a todo o vapor, plantarem caminhos de ferro e deslizarem. Fizeram caminhos de ferro para que eles próprios não saíssem dos trilhos, dizem; e também para que pudessem dar marcha à ré em caso de se acovardarem ou simplesmente porque lhes pareceu fácil de escravizar os que abriam picadas, raspavam as serras e fundiam o ferro para as bombas e outros trens deles.

Constrangeram operários como abelhas castradas, alimentaram essas locomotivas assassinas com as cascas e as entranhas das rochas. Escavaram, peneiraram e transportaram montanhas de minérios até às barbas dos profetas, ungiram sultões e magnatas socialistas mas ainda assim eram lentas e pouco democráticas as suas façanhas tecnológicas... Também queriam mais depressa um modo particular de comandar a sua orientação e viam naquela invenção certa promiscuidade entre pessoas que pagariam pelo que consideravam "uma vantagem" de serem, estarem e viajarem sozinhas. Consideravam-se e coletivizavam-se muito mal todas elas porque se acreditavam muito especiais e diferentes entre si, sentindo-se possuidores desse "direito divino" de ir e vir e, claro, temiam o poder de um Deus a lhes dirigir os destinos concentrado no maquinista, um reles homem arrivista e limitado como eles.

Empreendedores jogadores competiram ferozmente para produzir veículos exclusivos, que andavam em todas as direções que indicassem. Venceram todos os que apostaram nos poderes e na potência dos cavalos mecânicos, concebendo diversos modelos e preços de carroças motorizadas prontamente adquiridas em prestações no crediário popular. O dinheiro andava e se comunicava facilmente, ao contrário deles todos. Indignados com o que esperavam para ultrapassar a própria geografia, rasgaram as florestas com ruas, os planaltos com avenidas e as planícies com estradas que se amoldavam às mais variadas paisagens. Mesmo que as paisagens se desdobrassem numa mesma cópia de si própria, cada um ainda queria seguir pelo lado que considerava "o" seu...

Havia o lado de dentro... O lado de fora... Ou de cima... Ou de baixo... E, bem, acontece que os lados se comprimiam enquanto se bifurcavam os interesses que partiam deste ou daquele ponto. Partiam para se apartar da convivência. Diminuíam a partilha de experiências pessoais. Adicionavam mais e mais impossibilidades de escolha, ainda que as opções continuassem as mesmas: "crescer e se multiplicar"...

Suas chances se resumiam a domar ou ter o impulso de se arremessar mais à frente do que os outros semelhantes.

Partindo ofegantes, aos safanões, assustados e meio tontos com os motores à explosão que fabricavam, desafiaram as regras da prudência, as leis da ciência física e as opiniões objetivas do marxismo, batendo-se em colisões e discussões nos cruzamentos, para ver quem chegava primeiro — ou melhor — que os outros, querendo todos estar no mesmo lugar ao mesmo tempo...

Impossível mesmo!

E mesmo assim, esses homens deram tantas trombadas naqueles entroncamentos desencontrados que quase acabaram desaparecendo! Só não se extinguiram por completo destroçados nos acostamentos porque as suas ambulâncias, enfermeiras e doutores usaram drogas sintéticas, reguladoras do apetite e ganharam muitas horas extras das associações religiosas de caridade para manterem-se acordados, atentos e em rodízio ininterrupto a fim de "protegê-los e servi-los".

"Cada vida salva é um problema a menos", pensavam os médicos alucinados e mercenários sem fronteiras, mas não era exatamente isso o que se verificava nos limites estritos da realidade. Uma vida podia ser mais trabalhosa, tediosa ou dispendiosa do que a morte, e muitos morriam por causa disso (especialmente porque a pressa e a competência tinham níveis e encargos estabelecidos em contrato pelos convênios hospitalares).

Em meio aos desfechos espetaculares e violentos dos congestionamentos, já se registravam nos berçários os múltiplos nascimentos esquisitos, os tais "desvios ósseos e vácuos cartilaginosos" nos membros locomotores inferiores das crianças que aqueles homens faziam... Mas eles estavam ampliando os mercados automobilísticos, as UTIS dos hospitais psiquiátricos e estatisticamente falando, nada daquilo que surgia de estranho nas maternidades lhes parecia significativo para quantidade insaciável de desenvolvimento que demandavam os de sua espécie.

Estavam siderados de gasolina, devotados aos comandos dos câmbios de seus carros e de novo voltados para a terra como viciados, para sugá-la de canudinho. Só o petróleo mais puro, caro e refinado (tipo *light*) daria aos seus veículos automotores o pagamento e o desempenho necessários por transportar aqueles homens acossados, aferrados aos volantes que giravam e giravam e giravam...

Andavam em círculos aqueles homens... Já estavam encolhendo nos assentos dos seus carros, ficando tão pequenos que mal enxergavam além do vidro da frente! Não percebiam um palmo diante dos narizes achatados. A terra incandescente estava fritando sob os solados dos seus calçados e eles achavam que era uma trágica falha geológica!

As pavimentadoras vomitadoras de asfalto dos utopistas construtores de autopistas também não davam conta dos rumos que se criavam e dos muros que se erguiam em cascata. Logo todos os destinos ficaram restritos aos bloqueios dos derivados de petróleo e às estradas empilhadas durante toda a semana. Aqueles que fizeram aquilo ser como era agora, queriam agora voar por cima do problema... E faltava força.

— Como, "força"?

— Como, "voar"?

Alguns anotaram como arquivistas. Em seguida os capitalistas otimistas reforçaram os orçamentos inflacionados, levantaram brindes, compraram terrenos para aeroportos e investiram em protótipos principescos!

Eram lindos mesmo! Obras voadoras expressivas da mais alta envergadura de homens aventureiros! Em pouco tempo os empreiteiros aeronáuticos estavam pagando muito bem aos loucos alados que se lançassem de pontes e penhascos para caírem mortos ou mais sabidos sobre as possíveis conquistas de uma força aérea...

Aparentemente a força aérea foi forjada antes dos aviões, com a intenção de procriá-los como zangões, numa colméia, ou comédia suicida. É bom lembrar a esses engraçadinhos que o avião até pode ser considerado um resultado aproximado do devaneio de alguns aventureiros visionários, mas foi a cegueira hereditária das guerras sucessivas que lhe propiciou a eficiência e a propulsão necessárias para que se elevasse às alturas que almejaram seus empresários (os melhores aviões foram patrocinados pelos piores militares, visando uma solução de logística bélica e só melhoraram para o verão dos turistas civis quando as bombas puderam ser retiradas das fuselagens, aumentando a capacidade de carga para malas e clientes).

Esses homens que voavam para lá e para cá, ficavam horas encerrados em cabines pressurizadas, com fornecimento balanceado de oxigênio, em poltronas ergométricas operadas à distância por aeromoças devidamente treinadas em escolas de propaganda de moda e etiquetas famosas, que serviam alta costura, baixa cultura, perfumes importados e comidas desidratadas aos pacientes... Isto é, aos passageiros...

Ali, os sobreviventes sobrevoavam e suspiravam por milhares de quilômetros quadrados, inibindo o tato, o olfato, o contato, a respiração e os intestinos; a síntese de cálcio para os ossos, de ácidos para os músculos e demais proteínas dos tecidos conjuntivos, prejudicando sua sustentação, nutrição, proteção e atenção. Estavam tão entretidos com a ilusão dos filmes artísticos que exibiam nessas viagens lisérgicas que não se detinham para se observar o volume incontrolável de seu delírio ou tirar quaisquer conclusões estéticas sobre a pequenez que aparentavam pelos corredores climatizados.

Era evidente até mesmo para os que se tropeçavam, mas evidentemente só enxergavam os obstáculos que queriam ver...

Haviam até mesmo criado instrumentos que os guiavam em meio ao caos dos elementos, que eram todos seus. Voavam para todo canto, empurrando a brisa, expulsando os pássaros, provocando um tráfego nublado e diversos buracos na atmosfera.

A pouca lucidez que atravessava a névoa de detritos era imprópria para o consumo humano! E por incríveis que parecessem esses seres, ainda tinham medo de cair, decair ou de morrer, simplesmente... E por receio mortal de um câncer que aparecesse de repente em suas peles sensíveis à luz, tomavam banhos de sol em *shopping centers* eletrificados, erguidos em torres de plástico descartável. Assim, para que pudessem acessá-las e parasitá-las sempre que tivessem a volúpia do consumo e da grandeza, tinham que poder pousar em qualquer lugar...

Predadores preguiçosos como eram, devem ter se imaginado cavalgando as asas metálicas de insetos coleópteros!

Bem, o helicóptero não é um inseto, mas foi concebido como um gafanhoto de aço para ser transformado numa praga voadora entre esses homens. Compraram e venderam tantas unidades personalizadas que eles próprios se vulgarizaram como símbolos de *status*. Começaram a usá-los cotidianamente, para ir à fisioterapia (precisavam fazer aulas de alongamento), aos restaurantes *fast-food* (as cozinhas haviam sido abolidas nas habitações) e também para o trabalho (os sindicatos apascentados passaram a exigir um bom emprego fixo, ao invés de férias e salários variáveis). Esses homens extáticos eram colhidos nas coberturas dos edifícios blindados e deixados nos telhados das indústrias e de seus escritórios inteligentes (muitas vidas se perderam burramente neste processo, pois os pilotos, formados às pressas, não entendiam a linguagem dos computadores e, sem saber digitar o código certo nos monitores, não atingiam seus alvos nos altos dos edifícios, despencando dos helipontos, para o deleite dos telejornais que registravam os cadáveres fumegantes nos intervalos comerciais).

Os folgados mais aflitos e inconstantes varejavam para longe cada vez mais rápido, afastando-se cada vez com mais nojo daquilo para onde deveriam voltar na segunda- feira seguinte. Trancafiados permanentemente para empreender e progredir, acostumaram-se ao desgosto de repetirem o mesmíssimo gosto todos os dias, indefinidamente. Voaram e pousaram a torto e a direito para, segundo diziam, "ordenar e prosperar". Gastaram todos os gases que puderam reciclar. Gostaram tanto de voar que recomeçaram a se desorganizar em pleno ar, repetindo e reiterando os desastres insolúveis de sua mais antiga configuração, quando usavam apenas os pés para caminhar...

Nunca mais viram a feiúra que a cidade adquiria. Nem a beleza que se escondia nos escombros que abandonavam.

Pulavam, passavam, esqueciam...

Acontece que aquelas partes de seus corpos que não utilizavam nesses saltos gigantescos haviam se atrofiado por gerações sucessivas de homens viajados e contidos em cápsulas, de tal modo que as suas crias deixaram de constituir pernas, para se acostumarem a ser carregadas pelas máquinas desde a mais tenra infância. Já nasciam embaladas em assentos ejetáveis numerados, os coitados!

Não se viam assim, é claro...

"Pernas, para que as quero?", pensavam prontamente as últimas gerações!

Os primeiros desses seres subdesenvolvidos ainda se sentiam alijados e exigiam novas condições para o seu inconveniente. Quase fizeram uma revolução para se facilitarem os acesos aos palácios, congressos e repartições públicas, onde recitavam as suas mazelas para um público cada vez mais identificado com os seus dilemas e dificuldades morais. Logo em seguida as legislações especiais para os incapacitados tornaram-se obsoletas, já que eram os providos de membros a única exceção à nova regra. Os anormais assumiram totalmente os controles reprodutivos sociais e os normais finalmente tornaram-se a minoria que sempre foram.

Finalmente a arquitetura e a engenharia deram a sua contribuição e os apartamentos foram cortados em sua altura desnecessária. Os prédios propriamente ditos dobraram de tamanho, com as fundações soterradas em remotos estacionamentos de sucata. Arranharam os céus com antenas de navegação até fazê-los sangrar uma chuva magnética, que desorientava seus instrumentos. O que era vertical passou a ser considerado horizontal e o conceito mesmo de horizonte não fazia mais sentido, já que estava oculto pelas edificações, aeronaves e poluentes.

A indústria da cirurgia plástica e do vestuário foram as primeiras a se rebelar e a se adaptar às subsequentes diretrizes econômicas; o negócio decadente dos calçados foi considerado ofensivo aos recentes padrões de bons costumes, desaparecendo sem chamar atenção.

Os mais instruídos, vaidosos ou ressentidos dentre eles, ainda que encurtando a olhos vistos, teorizaram largamente sobre o "fenômeno" e fenomenologicamente validaram a impressão de que a sua evolução lógica era aquela mer... Isto é, aquilo mesmo.

— Menos é mais — apregoavam nos jornais os influentes escreventes de livrinhos de autoajuda impressos aos milhões. Depois, de um modo ainda mais abrangente e por efeito de meditação transmitida ao vivo por cadeias de televisão, foi a própria ideia de liberdade e a imagem que faziam de si mesmos que desfocaram e diminuíram progressivamente dentro de suas mentes. Tornaram-se tão minúsculos e embaçados que os seus músculos mal lhes seguravam os olhos abertos e os dentes presos às gengivas... Tornaram-se crentes também, em tudo que pudesse iludir a sua vida irreal. Isso sempre se reduzindo e se compactando até o final...

Então acabaram compactuando com as menores intenções e sensações, comprometendo suas imaginações com o futuro incerto; se conformaram nessa fauna de quase anões, essa meia-espécie de meio-homens que aí estão com as meias vantagens e meias desvantagens reguladas à sua mais moderna proporção.

A Pedra que Canta

Henrique Flory

Henrique Flory surgiu no cenário da FC *brasileira em 1988, ao vencer um concurso de contos promovido pela* Folha de S. Paulo, *com o conto "Sozinho". Um ano depois, publicava o seu primeiro livro, a coletânea de contos de* FC Só Sei que Não Vou por aí!, *sendo o primeiro autor brasileiro publicado na nova coleção de livros de* FC *do legendário editor Gumercindo Rocha Dorea desde o fim da década de 60. Por esta coleção ainda publicaria mais dois livros: sua segunda coletânea de contos* A Pedra que Canta e Outras Histórias *(1991), e a novela* Cristoferus *(1992), vencedora do Prêmio Nova para "Melhor Livro Nacional" de 1992. Em edição do autor publicou sua obra mais ambiciosa, o romance de* FC *hard* Projeto Evolução, *em 1990.*

Subitamente, contudo, Flory interrompeu sua meteórica ascensão na FC *nacional e passou a se dedicar a várias outras atividades profissionais. Graduado em matemática e com mestrado em comércio eletrônico pela* ESPM–ITA *e* FGV, *de São Paulo, atuou como diretor da Universidade Paulista (*UNIP*), fundou uma editora e tem sido consultor e palestrante de planejamento de carreira e empregabilidade, publicando o livro* Emprego Não Cai do Céu, *em 2005.*

Com planos de voltar a escrever FC, *Flory apresenta neste livro uma nova versão de "A Pedra que Canta". É uma história de guerra futura que envolve uma nova configuração de poder mundial em 2018, com a emergência da China. Embora em nossa realidade brasileiros e argentinos estejam próximos politicamente como nunca antes, mesmo com recorrentes rusgas comerciais, a histórica rivalidade ainda persiste, e neste cenário especulativo ficcional ela vive o seu momento mais dramático, com a invasão platina ao Sul e Sudeste brasileiros. Neste contexto, a única chance de reverter uma derrota é o uso de um menino doente e portador de um implante especial, que, se acionado, pode favorecer o Brasil para "fazer a pedra cantar", isto é, tornar realidade o receio dos argentinos nos anos 70, quando a usina binacional de Itaipú foi construída por Brasil e Paraguai no contexto beligerante dos regimes autoritários da época.*

A SENSAÇÃO PERCORREU TODO MEU CORPO como se fosse uma imensa descarga elétrica ligando-me novamente. Os japoneses haviam terminado a operação. Mal sabia eu que naquele instante me tornava um *cracker*, e que meu destino estava selado. Sem que eu suspeitasse, haviam decidido que eu seria o carrasco de vinte milhões de seres humanos.

A propósito, meu nome é Gabriel. O anjo da anunciação. Acho que foi uma ironia inconsciente do meu pai, me dar esse nome. Ele devia me imaginar brincando, correndo, jogando bola, basquete, vôlei... sendo o terror da meninada, como o próprio Gabriel voando de um canto para outro, anunciando a vida. Ele não sabia que eu nasceria doente.

Osteogênese Imperfeita tipo I. Ou doença de Lobstein, prefiro este nome. Se fosse do tipo II eu não estaria aqui: ela é 100% letal. O feto nasce com todos os ossos quebrados pelas contrações uterinas e todos os órgãos e membros despregados, soltos. "Felizmente" a do tipo I é mais branda. Eu só tive que passar minha infância aguentando mais de cem fraturas, estou começando a ficar surdo já aos dezoito anos e, pior, o branco dos meus olhos não é branco. É azulado. Às vezes sinto-me um marciano.

Devido a isso, minha infância foi bastante diferente da dos outros garotos. Nunca joguei bola, nem basquete, nem quase nada. Pratiquei natação, uma ou outra brincadeira mais leve, jogos de mesa. Eu era o "menino de vidro", sempre tomando cuidado para não me quebrar, sempre preocupado com movimentos mais bruscos e, claro, sempre sonhando em ter um auxiliar de controle ortopédico implantado em meu cérebro.

Assim, entende-se como toda a minha família exultou quando o governo brasileiro finalmente permitiu minha viagem ao Japão para realizar a operação de implante. Cheguei em Tóquio e fui recebido por uma grande comitiva, médicos e enfermeiras receptivos e atenciosos. Realmente, Primeiro Mundo. No hospital tive todas as regalias, deitei no melhor leito e fui operado com um cuidado bem acima do normal. Só não me contaram que o governo brasileiro, com ajuda europeia contra a "agressão platina", havia subornado a empresa japonesa. E que eu estava me tornando a peça-chave da guerra entre Brasil e Argentina.

O General Da Costa olhou para o homem à sua frente e se sentiu confiante. Era um rapaz alto, forte, com olhar penetrante e castelhano impecável. Queixo incisivo e aparência determinada, quase parecendo obstinação. Atirador de elite, com um auxiliar de mira implantado que nunca apresentara nem o mínimo defeito. Treinado na selva, na caatinga e no pantanal mato-grossense, tendo combatido em Passo Fundo, Londrina, Araçatuba e finalmente, em 2019, Ilha Solteira, era ele o homem.

— Tenente Lúcio Flávio, você mais do que ninguém sabe da importância da sua missão. Se bem-sucedida, todo o potencial bélico brasileiro descerá com você reconquistando os territórios invadidos. O nosso novo aliado nos dará suporte para isso. Você se sente realmente pronto?

— Senhor, pode ter certeza que desta vez a pedra vai realmente cantar. Não haverá mais erros.

Da Costa virou a cabeça e fitou o estrategista, que em silêncio apresentava apenas um fino sorriso nos lábios.

— Tenente, você não se esqueceu que nosso *cracker* é uma criança que neste momento está sobrevoando o Atlântico sem a mínima ideia do que lhe espera? — perguntou o general.

— Tenho plena consciência disso, senhor, e fui treinado para saber exatamente o que fazer quando o momento certo chegar.

— Qual o procedimento para captura? — o estrategista manifestou-se, com visível dificuldade.

— O *cracker* não pode ser capturado, senhor — respondeu Lúcio Flávio, calmo. — Meu detonador embutido cuidará desta última eventualidade.

Depois disso o general se convenceu.

— Você está liberado, tenente. Não se esqueça que todo o país depende de você agora. Boa sorte.

— Obrigado, senhor. Não haverá falhas — o tenente respondeu, saindo em seguida.

Da Costa virou-se lentamente até seus olhos encontrarem os do outro, e então comentou:

— *Too proud.*

— *He knows he's the best* — respondeu secamente o estrategista.

*

Quando não encontrei meus pais no aeroporto de Cumbica e vi aquele armário humano vindo em minha direção, entendi que haveria problemas. As pessoas muito fortes tendem a achar que o "garoto de vidro" aqui só serve para ser ridicularizado. Mas, naquele caso, estava enganado (não no que dizia respeito aos problemas, é claro).

— Por favor, você é o Gabriel? Prazer, meu nome é Lúcio Flávio. Seus pais foram convocados e estão agora em Bauru trabalhando para o Serviço de Informações. Por isso eu tive que vir buscá-lo.

Ele me mostrou suas credenciais e uma carta dos meus pais. Tenente Lúcio Flávio. Exército. Meu Deus, a guerra os pegara. Estavam perto da fronteira argentina, transmitindo informações para a resistência do Oeste paulista. Logo agora, que tinham decidido fugir para a Europa assim que eu chegasse; eles queriam ficar, mas o ambiente todo tinha ficado muito perigoso para mim. Levantei os olhos e fitei o tenente, sem conseguir fixar o pensamento no que quer que fosse.

— Calma, garoto, as coisas não são assim ruins. Eles estão bem. Pode fechar a boca, eu explico tudo. Mas antes vamos sair daqui.

Então me lembrei que Cumbica estava militarizado e nós não podíamos ficar ali parados. Mesmo porque um aeroporto sempre é um atrativo para os mísseis argentinos. Lá estava eu, voltando à realidade da guerra. Saímos.

Lúcio Flávio dirigia uma Mercedes SL 2015 muito parecida com a do meu pai, não fosse a lataria toda reforçada, os vidros à prova de bala e a profusão de instrumentos adicionais no painel; era óbvio que fora instalado um *autodrive*, mas Lúcio deixara-o desligado. Paramos em um dos últimos bares remanescentes da Consolação, próximo da cratera da Paulista.

— É o carro do seu pai, sim — disse o tenente, enquanto apontava para o carro e dispensava o garçom, antes mesmo que eu dissesse uma só palavra. — Foi confiscado, já que ele estava indo para Bauru.

Isso me encheu de tristeza, pois meu pai e eu adorávamos aquele carro mais do que qualquer coisa. Sabia que a guerra fazia daquelas, mas mesmo assim não aguentei.

— Mas... por quê? Por que tudo isso assim, de repente?

— Gabriel, estamos perdendo a guerra — disse Lúcio Flávio, com o rosto mais fechado que já tinha visto em toda a minha vida —, e não podemos deixar os argentinos avançarem ainda mais. Bauru está quase caindo e se cair nós perderemos todo o estado, pois eles controlarão o vale do Rio Tietê. Só temos uma chance.

— Então... meus pais... — balbuciei, desesperado, quase chorando. — Eles foram jogados no forno!

— Eu tenho uma irmã, que está perdida em Buenos Aires, Gabriel, e ninguém diz nada sobre seu paradeiro. É a guerra, é assim.

— Mas...

— Só temos uma chance agora, Gabriel — ele disse de novo, fixando seus olhos bem dentro de mim.

— Qual? Qual chance?

— Você, Gabriel. *Você* é a nossa única chance. Ou melhor, esta coisinha que está dentro de você. Dentro da sua cabecinha.

— Como... como assim?

— Você só poderá saber se aceitar ir comigo a Bauru. Não posso lhe revelar nada aqui.

Ele sabia que eu iria. Por tudo. Por curiosidade, por medo, por raiva. E porque meus pais estavam lá.

— De carro?

— Não, vamos de avião — respondeu ele, parecendo aliviado. — Aquela Mercedes foi designada para o General Da Costa.

— Então ele aceitou? — perguntou o Brigadeiro Pinto, assim que todos se sentaram.

— Já estão a caminho — Da Costa respondeu. — Chegarão em aproximadamente três dias.

— E como foi o avião?

— Lúcio percebeu a sabotagem; o *cracker* avisou-o. Agora estão no trem para Bauru.

— Ótimo — comentou Pinto. — Portanto o *cracker* funciona. E o suporte?

— Meus homens estão prontos para a ofensiva — respondeu Da Costa.

— Assim como o que sobrou da Aeronáutica brasileira... — o brigadeiro emendou.

Os militares esperaram o estrategista britânico se manifestar.

— Um terço das tropas europeias está pronta e a menos de doze horas de Buenos Aires. E metade da nossa produção fotoelétrica equatorial continuará sendo vendida ao Brasil, como já é feito hoje. A energia hidrelétrica não fará falta.

— Senhores, está tudo pronto — disse o Brigadeiro Pinto.

— Só falta a pedra cantar — concluiu Da Costa.

Aconteceu quando estávamos quase subindo no monomotor que nos levaria à Bauru. Meu cérebro começou a apitar e uma estranha sensação, algo entre angústia e medo, forçou-me a olhar as asas do teco-teco. Senti uma necessidade irreprimível e, mesmo sem saber por quê, arrastei três dedos por toda a estrutura inferior da asa esquerda. Então apareceu a linha.

Uma linha vermelha, transversal, que partia do ponto de apoio do suporte da asa e dava a volta em toda a estrutura. Uma linha brilhante, de tão vermelha.

— O que você esta fazendo? — perguntou Lúcio Flávio, enquanto eu passava o dedo indicador pela linha e esta ficava cada vez mais brilhante.

— Esta asa está comprometida. O avião vai cair — consegui dizer por fim.

— Como você sabe?

— A linha vermelha. Você não vê?

Lúcio olhou-me, sério, mas logo depois sorriu, remexeu meus cabelos e falou:

— Não, guri, não vejo. Mas acredito em você. Vamos embora.

Esse havia sido meu primeiro contato com o *cracker*. Mas eu não sabia e decidi não comentar nada com o Lúcio.

Fomos com a Mercedes até a estação ferroviária da Luz e de lá pegamos o trem de suprimento militar para Bauru. Lúcio arranjou colchões e correias para me proteger dos solavancos. Eu já estava quase dormindo quando ele me perguntou algo.

— Desculpe, não ouvi.

Ele esperou até que eu recolocasse o aparelho e então repetiu:

— Você sabe o que aconteceu hoje?

— Imagino que seja o presente que vocês me deram.

— Sim, veja só.

E em um piscar de olhos aproximou-se, segurou meu braço (do punho até perto do cotovelo) com sua mão enorme e começou a fazer alavanca usando o polegar. Senti a dor chegando.

E vi aquele vermelho de novo. Bem no meio do antebraço, onde a fratura se daria. Ele apertou mais e o vermelho ficou mais brilhante. Então largou.

— Viu?

— Vi — respondi somente. — Mas o que é isso?

Lúcio sorriu.

— Tecnologia de Primeiro Mundo. Não me pergunte como, ele calcula qual vai ser o ponto de ruptura de qualquer estrutura usando os dados disponíveis. Seu dom paranormal afeta suas sensações, e gera as informações que você repassa direta e inconscientemente para a CPU do *microchip*. Ele também tem todos os artefatos militares do planeta na memória, e sei lá mais o quê.

— Isso...

— Esse é o *cracker*. Um *microchip* implantado no cérebro, tecnologia proibida aos latinos subdesenvolvidos.

— E o implante que eu deveria ter?

— É um arremedo simplificado deste. Calcula só as tensões dentro do seu corpo e te ajuda a não quebrar os ossinhos. Esse aí faz isso e muito mais.

— Mas o que eu vou fazer com isso?

Lúcio sorriu, enigmático. Eu já começava a temer aquele sorriso.

— Vai fazer a pedra cantar, guri.

Ele se recusou a dizer qualquer outra coisa até chegarmos em Bauru.

*

Ao abrir a porta do seu gabinete naquele dia, Da Costa já sabia o que iria acontecer. Sabia que a Argentina seria derrotada, invadida por tropas internacionais. Sabia que a ONU exigiria isto quando a guerra realmente esquentasse.

Parecia que fora ontem quando Kim Uan foi eleito presidente paraguaio, em 2013, trazendo consigo colossais investimentos chineses, realizando o milagre paraguaio, transformando aquela pocilga num tigre asiático deslocado. Um tigre que mordia todo o chaco boliviano.

Ou mesmo as quedas de Chavez e Morales e a tomada de poder por Perez, na Argentina, com o rápido advento do perismo. A tese da superioridade argentina da América Latina e o pacto andino. O crescimento explosivo, industrial e bélico, na nação platina. O esfriamento do crescimento brasileiro e o terrível Tratado de La Plata, em 2010, quando Argentina e Paraguai decidiram dividir Brasil e Bolívia; a Venezuela em cacos. A corrida armamentista.

Ninguém quis acreditar quando a China passou a jorrar bilhões no Paraguai e na Argentina, em investimentos, negócios, e armas. Muitas armas. Ninguém entendia por que desistir de um parceiro comercial como o Brasil e se concentrar em anões como os vizinhos falidos. Ninguém sonhava que a China havia decidido tomar o Brasil, não pela guerra direta, mas usando um subterfúgio. Uma nova forma de controle, inspirada na dominação econômica ocidental (a ação dos Estados Unidos no Iraque foi uma boa escola), mas com um "toque" tipicamente chinês.

A China sempre negou veementemente esta acusação. Mesmo hoje, retiram-se da sala na simples menção de tais assuntos. "A China ama a paz, e não corrobora ou apoia qualquer ação beligerante por parte de seus parceiros. Mas são nações soberanas, e a China respeita a soberania nacional" — foi tudo o que os diplomatas mundiais conseguiram, até hoje. E os Estados Unidos, com medo de perder o parceiro comercial, ficaram em silêncio enquanto a América Latina voltava no tempo. Apenas a Inglaterra apoiou o Brasil, para proteger suas Falklands dos argentinos.

Como não se podia mais evitar, a guerra em 2018; a traição paraguaia e a tomada de Itaipu; Lula não pôde nem tomar posse. O avanço argentino pelo Oeste do Rio Grande do Sul. A tomada de Guarapuava, centro estratégico do Paraná. Depois a queda de Londrina, Marília, Ilha Solteira e Dourados, já no Mato Grosso do Sul. A quase capitulação brasileira.

A manifestação da Europa Unida, através da antiga Inglaterra, liderando o velho continente e forçando-o a uma posição clara; o discretíssimo apoio dos Estados Unidos ao Brasil, cheio de dedos, nunca se afastando da cuidadosa neutralidade oficial. Por fim, como apenas Da Costa e uns poucos sabiam, dentro de poucas horas, a entrada oficial da Europa na guerra. E a queda de Perez.

Mas antes havia a operação para espoletar tudo. O *cracker* já estava posicionado. Fora difícil, quase apanhados no Paraguai, mas o *cracker* estava posicionado. Em menos de trinta horas Buenos Aires estaria destruída, afogada em três metros d'água.

Em menos de uma hora Itaipu teria caído, todinha. E a pedra estaria cantando novamente.

A visão que tive de Bauru assustou-me. A Avenida das Nações estava totalmente destruída, esburacada, com algumas construções ainda em chamas (o ataque fora recente). A Bela Vista, agradável bairro residencial da última vez que tinha estado aqui, transformara-se em escombros abandonados. E o estádio do Noroeste se transformara no QG das Forças Armadas.

Encontrei meu pai em frente à antena retransmissora da extinta Rede Globo. Ele e mamãe estavam me esperando.

— Gabinho, que saudades — Mamãe não conseguiu se conter, abraçando-me com toda força.

— Filho, você está bem mesmo? Nada de errado? — perguntou meu pai.

— Não estou entendendo nada do que acontece, Pai — respondi com sinceridade. — Mas pelo menos consegui chegar até aqui.

Queria ficar lá com eles, para sempre. Esquecer tudo aquilo, esquecer a linha vermelha. Mas meu pai segurou minha cabeça com as mãos, ternamente, e ergueu meu rosto até que meus olhos se encontrassem com os dele.

— Gabriel, o governo teve que implantar em você um aparelho especial e você é a nossa única chance de vencer a guerra. Se for, nós estaremos aqui te esperando, filho, mas você é que sabe, a escolha é tua.

O Tenente Lúcio Flávio tinha se aproximado em silêncio e eu não o sentira chegando. Olhei para ele e vi que esperava, cabeça baixa e meditativa. Procurei mamãe e notei seus olhos vermelhos, injetados.

Vi então que todos esperavam aquilo de mim. Lúcio, mamãe, meu pai... e eu mesmo. Percebi que nunca tinha feito nada de que pudesse me orgulhar. Essa era a minha chance e eu tinha que decidir se a jogava fora ou não.

Decidi-me.

— Lúcio, vamos embora logo.

Tinha entendido que essa era a minha chance de me tornar realmente importante para alguém. Eu mesmo.

— Vocês vão de caminhão até Buritama, que é o último porto na bacia do Tietê que ainda está sob o nosso controle — dizia o militar junto de Lúcio Flavio. — Lá estará o minissubmarino e a cápsula especial para o garoto. De lá vão até Itapura, já em território argentino, reabastecem e seguem até Porto Primavera, onde a resistência os espera com um outro caminhão. Descem de caminhão até Paranhos, na fronteira com o Paraguai; atravessam a fronteira e chegam até Itaipu pelo Paraguai, onde está localizado o abrigo especialmente construído para vocês. O abrigo permite visualização de toda a barragem.

— Sim, senhor, entendido — Lúcio respondeu.

— Vocês saem daqui agora e entram na água à meia-noite, atravessando a fronteira às duas da manhã, aproximadamente. Cuidado com as minas e com a correnteza: agora em março a água está no seu nível máximo.

— Sim, senhor. Nenhuma modificação no plano original, então, senhor?

— Não, nenhuma modificação. Boa sorte, tenente.

— Obrigado, senhor — respondeu Lúcio, lacônico.

Então saímos. Chegamos em Buritama ainda antes de escurecer. Então eu vi o submarino.

— Nós vamos andar nessa coisinha? — perguntei, apreensivo.

— Vamos — Lúcio Flávio respondeu, sorrindo. — Este é o meio mais seguro de atravessar a fronteira argentina, garoto. E você não vai perceber nada.

— Nada? Por quê?

— Tá vendo aquela cápsula ali? Você vai entrar e eu vou te amarrar, anestesiar e trancar. Nada vai te quebrar os ossinhos lá dentro.

— Ei, não, eu não quero...

— Você não tem escolha, garoto — cortou Lúcio Flávio, inflexível.

É terrível quando você sente que não tem a menor participação na peça (ou melhor, tem, mas precisa esperar aquele minúsculo momento quando os holofotes te iluminam). Foi assim que eu me senti quando Lúcio aplicou a seringa. Depois não senti mais nada.

Se eu tivesse morrido, teria sido sem ao menos saber como nem quando. Fiquei totalmente apagado até que aquela mesma sensação de uma descarga elétrica ligou-me novamente. Mais alguns segundos de adaptação e então, ao abrir os olhos, topei com o sorriso de Lúcio me esperando.

— E aí, guri, teve bons sonhos?

— O... onde estamos? — balbuciei, ainda fraco e com tonturas.

— Acabamos de sair de Paranhos e vamos cruzar a fronteira com o Paraguai. Prepare-se que você vai ter que se fingir de doente.

Enquanto falava, Lúcio tomou-me em seus braços e me levantou. Deitou-me em um outro canto do caminhão e empurrou a cápsula para fora.

— Ela é muito estranha, causaria suspeitas. Mas aqui também está confortável, não?

Só então notei que Lúcio estava de branco e que o lugar no qual eu estava deitado era uma cama. Estávamos em um caminhão-ambulância.

— Muito bom — exclamei. — Tratamento de Primeiro Mundo...

— Psiu! — cortou ele. — Quieto agora, moleque, que estamos chegando à fronteira. Nem um pio em português!

Senti quando o carro parou na guarita da fronteira paraguaia e ouvi alguma coisa do que o motorista falava. Infelizmente não entendi nada, pois nunca tive paciência para as enrolações de língua do castelhano, principalmente o paraguaio. Deve ter dado algum problema, pois a porta de trás se abriu e um rapazinho, que podia tanto ser chinês ou índio, entrou todo mandão.

Descobri nesse momento mais uma qualidade do Lúcio Flávio: ele começou a discutir em castelhano, hiper-rápido, apontando várias vazes para mim e para meus braços e pernas, por fim apertando minhas bochechas para mostrar meus dentes (que devido à doença de Lobstein, eram pequenos e meio azulados). O paraguaio fez uma cara de nojo e começou a se afastar.

Então se virou e comentou, rapidamente:

— Ele é tão feio que parece brasileiro.

Caí infantilmente em um truque tão estúpido. Não que eu tenha dito alguma coisa, mas meus olhos me traíram. O paraguaio percebeu tudo. Lúcio também. Sem que eu percebesse como nem de onde veio, surgiu em suas mãos uma 9 milímetros das Forças Armadas argentinas. O tiro arrebentou a caixa craniana do paraguaio.

Ninguém precisou dizer nada para o motorista, que assim que ouviu o tiro arrancou à toda, levando a barreira paraguaia no peito. Lúcio pulou até a porta por onde o paraguaio entrara e deu mais três tiros, e então já estávamos dentro do "tigre latino".

Lúcio continuou agarrado à porta por uns cinco minutos, e quando ameaçava voltar para dentro retesou-se e soltou uma praga.

— Que foi? — perguntei, nem tão assustado. Eu confiava em Lúcio.

— Um helicóptero. Agora foi tudo à merda!

Lúcio ainda deu mais uns tiros mas logo voltou para dentro, apressado.

— Não adianta. Eu nunca vou derrubá-los. Garoto, nós vamos pular e sair pela mata.

Aí sim fiquei desesperado. Na velocidade em que estávamos eu não precisava nem do computador para saber o que aconteceria.

— Não posso. Eu morreria na queda, Lúcio. Vejo pontos vermelhos em todos meus ossos.

Era assim que eu me via, pontos e linhas vermelhas brilhantes por todo o meu corpo. Aquela corrida estava me machucando. Mas me pareceu que Lúcio não escutara o que eu tinha dito. Seus olhos brilharam e ele me agarrou com força.

— Aqui, garoto, veja bem isso aí. — Ele me levou até os fundos do caminhão e escancarou a porta, mostrando-me o helicóptero bem atrás de nós. — Onde está o ponto vermelho? Ele precisa explodir!

Olhei para o helicóptero e me concentrei. Não via ponto vermelho em lugar nenhum, só em mim mesmo. Lúcio me apertou o braço e eu fiquei com vontade de chorar ante a minha impotência.

Nesse momento o caminhão passou por um buraco maior e eu, quando voltei ao piso, senti meu fêmur se quebrando. E, por coincidência, no exato instante em que eu despencava reconheci qual helicóptero era aquele. Um Perez II modelo 2015. Que possuía um reservatório extra de combustível relativamente exposto.

Já no chão, olhei de novo o mosquito argentino e vi o ponto vermelho. Lá estava ele, seguindo o helicóptero aonde quer que ele fosse.

— Lúcio, o tanque extra de combustível. Logo acima do flutuador!

Ele me agarrou nos braços, apertou-os contra meu corpo e me ergueu até a altura de sua própria cabeça.

— Coordenadas, garoto. Eu preciso das coordenadas!

A senha estourou na minha mente, ligando a última conexão entre o computador e meu cérebro.

Descobri nesse instante que o computador de um *cracker* pode, depois de descoberto um ponto vermelho, calcular as distâncias exatas daquele ponto em relação a qualquer referencial. E o computador de um atirador de elite pode, a partir das distâncias dadas, coordenar o corpo do atirador para uma precisão milimétrica.

Tudo isso eu entendi em menos de um segundo, que era o tempo que tínhamos.

— Referencial: a extremidade superior do flutuador. X: 2.3 cm Y: 1.1 cm Z: −5.2 cm.

Lúcio levantou o braço e apertou o gatilho. Um só tiro. Um só tiro e o helicóptero explodiu.

— Obrigado, garoto — grunhiu ele, por fim.

O resto da viagem foi tranquilo, sem sobressaltos.

— Não posso andar, Lúcio.

Apesar de extremamente bem imobilizada pelo tenente, minha coxa latejava e me impedia de fixar a perna no chão. Estávamos a menos de cinco quilômetros da barragem de Itaipu, mas para mim não havia saída. Eu não conseguiria chegar lá.

— Não tem problema — respondeu ele, secamente, começando a rasgar várias tiras dos lençóis do caminhão-ambulância e armando-as de um jeito todo emaranhado. — Você vai nas minhas costas.

O motorista aproximou-se e sorriu de leve para Lúcio, enquanto apertava-lhe as mãos e dizia:

— Adeus, Chico.

— Adeus, Perez — Lúcio respondeu, correspondendo ao sorriso.

Em seguida o homem entrou no caminhão e arrancou, deixando-nos sozinhos. Lúcio aproximou-se e mostrou o que tinha confeccionado.

Parecia uma imensa fralda, ou aquelas mochilas onde as mulheres índias carregam suas crianças: só que Lúcio iria me carregar nas costas. Ele abaixou-se, fez eu entrar naquilo e então levantou-se como se não houvesse peso nenhum atrás dele. Começou a caminhar em um ritmo que eu chamaria de, no mínimo, trote.

— Como se chamava o motorista, Lúcio? — perguntei, pois achava que eu só podia ter entendido mal.

— Perez — respondeu ele, satisfazendo minha dúvida. — Os agentes sempre se chamam Perez, garoto. E agora fique quieto que eu preciso achar o caminho.

Entendi então que, de novo, eu era só uma carga.

*

Na caminhada, Lúcio conseguiu me surpreender mais uma vez: foram mais de cinco horas, quase sem alteração de ritmo, sem paradas para o que quer que fosse. Eu fiquei com fome, frio, arranhei-me todo em gravetinhos, mas não falei nada; já entendia como Lúcio Flávio funcionava.

E, a verdade seja dita, eu estava fascinado com aquilo. Em minha vida nunca pudera nem ao menos entrar em um bosque mais fechado, mas nesse momento eu via árvores, bichos (Lúcio matou uma cobra com uma facada!), riachos, pedras a serem escaladas — tudo isso em território inimigo. Graças a Lúcio o "garoto de vidro" participava de uma aventura que meus colegas nem sonhariam.

A primeira visão que tive da barragem foi estarrecedora. Eu já tinha todos os números, mas eles eram apenas abstrações que não me davam a imagem que eu via nesse instante. Treze milhões de Kw, lago artificial três vezes maior do que a Baía de Guanabara, a terceira maior hidrelétrica do mundo ainda em funcionamento, tudo isso só significou alguma coisa realmente quando eu a vi com os meus próprios olhos. Era gigantesca.

Lúcio achou nosso abrigo depois de quase uma hora procurando. Quando finalmente entramos, Lúcio se abaixou e eu saí da "fralda" às suas costas. Ele imediatamente começou a cavar um canto do abrigo e, em uns cinco minutos, achou as caixas.

A primeira era um aparelho de rádio. Ele levou apenas um ou dois minutos para ligá-lo, transmitir um monte de informações que me pareceram completamente incompreensíveis, e desligá-lo. Só quando se preparava para abrir a segunda caixa, é que comentou algo:

— Da Costa já está avisado, garoto, agora é a sua vez. Vamos desativar mais uma hidrelétrica, bem ecoxiita.

Não perguntei o porquê do comentário, pois ele certamente viria com mais uma resposta daquelas; claro que Da Costa não era nenhum ecoxiita desativando hidrelétricas pelo bem dos ecossistemas regionais. Apenas observei o que Lúcio tirava da segunda caixa. Dois canos de mais ou menos um metro cada um, que foram encaixados formando um só grande conduto e, finalmente, um míssil que Lúcio manuseou com todo o carinho.

— Garoto, esse Hawk IV é o bichinho mais lindo que eu já vi em toda minha vida. Foi feito especialmente para nós — comentou, acariciando o míssil com a palma da mão. — Já reconheceu o que é isto?

O *cracker* me passou as informações. Entendi o que significava o míssil que Lúcio carregava.

Aproximei-me da janela e vi a barragem. Fiquei olhando-a por vários minutos, sem conseguir me afastar, enquanto o *cracker* me passava os dados sobre Itaipu.

Foi só ali, só nesse exato instante, que eu entendi o que iria acontecer. Como na questão do tamanho da barragem, a destruição da Itaipu era, até o momento, apenas uma abstração. Mas nesse instante eu visualizei o que iria acontecer.

— Garoto, já na construção o Brasil instalou bombas em toda a estrutura de Itaipu para esta eventualidade. O *cracker* sabe disso. Ele tem a localização das bombas. Eu só quero as coordenadas do ponto em que meu Hawk, explodindo, detonará Itaipu.

— L... Lúcio, você sabe o que vai acontecer?

Então, pela segunda vez, Lúcio me chamou pelo nome.

— Gabriel, o Brasil vai vencer a guerra. A Argentina será expulsa dos territórios invadidos.

— Lúcio, milhões vão morrer.

— Sim. Nunca tantos civis vão ter morrido de uma vez só. Mais do que qualquer bomba atômica. Você e eu estamos conscientes disso. Mas é o nosso dever, Gabriel.

— Buenos Aires vai ser totalmente destruída...

— Assim como Posadas, Santa Fé e Rosário. E outras, várias outras.

— Lúcio, não posso. Eu não posso fazer isso.

O tenente agarrou minha cabeça e levantou-a de modo que eu tivesse que olhar a barragem.

— Ali, garoto, você vê o ponto vermelho? Sabe o que isto significa?

Eu via o ponto vermelho. Era um ponto móvel, provocado pela ressonância da estrutura. Era bem vermelho, bem claro. Eu não sabia o que fazer.

— Meu Deus... — gemi baixinho.

Lúcio pareceu desesperar-se. E então gritou, áspero:

— Garoto, você pensa que a escolha é só matar argentinos? E se você não me der o ponto vermelho? Qual é a alternativa? Imagina quantos brasileiros já não morreram? Quantos não estão morrendo agora, devido ao expansionismo argentino? Não fomos nós que começamos a guerra! Pense nos seus pais! Pense na minha mãe que morreu no bombardeio de Londrina! Pense na minha irmã, que foi capturada e está sendo torturada e violentada, todos os dias, lá em Buenos Aires!

Ele gritou tudo isso bem perto da minha orelha, enquanto eu ficava de cabeça baixa e olhos fechados, bem fechados. Mas Lúcio estava certo. Ação ou omissão, ambas seriam assassinas. Decidi-me.

Levantei a cabeça e disse:

— Referencial: a ponta esquerda da primeira guarita ao Sul. x:...

A barragem já tinha caído e a água já passara por nós. Todo o ataque coordenado das Forças Armadas brasileira e europeia estava começando. Em vinte e tantas horas Buenos Aires não existiria mais. Levantei os olhos até os de Lúcio, e perguntei:

— E a sua irmã, Lúcio? Ela vai morrer, não?

Lúcio olhou para mim e me brindou com aquele sorriso de sempre.

— Irmã? Que irmã, garoto?

Dedicado a Kláudio Coffani e Luiz Marcello. Pessoas fantásticas, inteligências extraordinárias, amigos para a vida.

O Dia Antes da Revolução

Ursula K. Le Guin

Ursula K. Le Guin é uma das mais importantes escritoras de ficção científica e fantasia surgidas na década de 1960. Possui vários prêmios Hugo e Nebula, os mais relevantes no cenário da FC *americana, e o National Book Award em 1972, um dos mais prestigiados prêmios literários dos Estados Unidos. Seus dois principais livros, os romances* A Mão Esquerda da Escuridão *(1968) e* Os Despossuídos *(1974), foram publicados no Brasil e estabeleceram a sua alta reputação. Ambos ambientados no futuro distante, o primeiro aborda de forma pioneira na* FC *uma perspectiva feminista para discutir a ambiguidade dos gêneros e seus papéis sociais e sexuais. Já o segundo discute os contrastes éticos de duas sociedades, uma anarquista e a outra uma típica sociedade capitalista ocidental.*

Publicada em 2009 pela Devir com o conto "Os que se Afastam de Omelas" — Prêmio Hugo 1974 — em Rumo à Fantasia, *Le Guin é uma referência em termos de expressão feminina na* FC&F*. Sua fama também se deve à alta qualidade de sua prosa e sua abordagem política de pendor esquerdista, com tendências entre o socialismo e o anarquismo. "O Dia Antes da Revolução" é um bom exemplo destas perspectivas, numa história premiada com os prêmios Nebula e Locus 1974. Aborda um acontecimento particular ocorrido várias gerações antes do contexto político do romance* Os Despossuídos. *Depois de uma vida inteira dedicada à causa anarquista, a líder Laia Odo revive momentos íntimos às vésperas do grande momento revolucionário do planeta Urrás, em que províncias de diferentes países estão prestes a declarar suas independências para adotar o regime anarquista teorizado por Laia Odo. No romance, os seguidores de Odo, os "odonistas", migraram em massa para a lua de Anarres, deixando para trás a sociedade capitalista de Urrás. Ou até que um brilhante físico precise retornar ao velho mundo, para continuar suas pesquisas: "A verdadeira viagem é o retorno", disse Odo, já que nenhuma utopia é realmente final.*

A voz soava alta e oca como caminhões de cerveja vazios em uma rua de pedra, e as pessoas que vieram à reunião aglomeravam-se umas contra as outras feito pedras de calçada, a grande voz trovejando sobre elas. Taviri estava em algum lugar do outro lado do salão. Ela tinha que chegar até ele. Abriu caminho se esgueirando e empurrando as pessoas de roupas escuras. Não ouvia as palavras, nem via os rostos, apenas o trovejar, e os corpos apertados um atrás do outro. Não conseguia ver Taviri, de tão baixa que era. Uma barriga e um peito largos, vestidos de preto, postaram-se diante dela, bloqueando sua passagem. Ela tinha que chegar até Taviri. Suando, cutucou ferozmente com o punho. Era como bater em pedras, ele não se mexeu nem um pouco, mas seus pulmões enormes deixaram escapar logo acima da cabeça dela um ruído prodigioso, um berro. Ela se encolheu. Então compreendeu que o berro não se dirigira a ela. Outros também gritavam. O orador havia dito algo, alguma coisa bacana sobre impostos ou sombras. Excitada, ela se uniu à gritaria — "Sim! Sim!" — e foi empurrando, agora saindo com facilidade para o grande espaço aberto do Campo de Instrução Regimental em Parheo. Acima, o céu noturno estendia-se profundo e sem cor, e por toda a volta balançava o mato alto de pontas secas, brancas e muito floradas. Ela nunca aprendera como se chamava. As flores assentiam, mais altas que sua cabeça, balançando com o vento que sempre soprava pelos campos ao anoitecer. Correu entre elas, e elas se vergaram, flexíveis, para os lados e de volta, eretas e oscilantes, silenciosas. Taviri estava em pé em meio ao mato alto, com o seu terno bom, o cinza escuro que o fazia se parecer com um professor ou um ator de teatro, de elegância severa. Ele não parecia feliz, mas ria, e dizia algo a ela. O som de sua voz a fez chorar, e ela se estendeu para tomar a mão dele, mas não ficou só nisso. Não conseguia evitar.

— Oh, Taviri — disse —, é logo ali!

O cheiro esquisito e doce do mato branco pesava, conforme ela se movia. Havia espinhos, ramos seguravam seus pés, havia inclinações e ravinas. Ela temia cair... Deteve-se.

O sol, o brilho forte do amanhecer, direto em seus olhos, implacável. Ela havia se esquecido de fechar as persianas, noite passada. Voltou as costas para o sol, mas ficar do lado direito não era confortável. Não adiantava. Dia. Suspirou duas vezes, sentou-se, colocou as pernas na beirada da cama, e ficou encolhida na camisola, olhando para os pés.

Os dedos, comprimidos por uma vida inteira de sapatos baratos, eram quase quadrados onde se tocavam, inchados com calos em cima; as unhas eram descoloridas e disformes. Por entre os ossos nodosos do tornozelo, corriam rugas finas e secas. O plano curto e pequeno à base dos dedos mantivera a sua delicadeza, mas a pele tinha a cor da lama, e veias salientes cruzavam o peito do pé. Repulsivo. Triste, deprimente. Desprezível. Deplorável. Tentou todas as palavras, e todas cabiam, como pequenos chapéus horríveis. Horrível: sim, essa também. Olhar para si mesma e se achar horrível, que ocupação! Mas então, quando ainda não era horrível, tinha se sentado para se olhar dessa maneira? Não muito! Um corpo adequado não é um objeto, não é uma ferramenta, não é uma posse a ser admirada, é apenas você — você mesma. Só quando não era mais apenas você, mas algo seu, uma coisa possuída, é que você se preocupa com ele... Está em boa forma? Vai bastar? Vai durar?

— Quem se importa? — Laia disse ferozmente, e levantou-se.

Levantar subitamente a deixou tonta. Teve que esticar a mão para a cabeceira da cama, pois temia cair. Diante disso, pensou na tentativa de tocar Taviri, no sonho.

O que ele havia dito? Não conseguia se lembrar. Não estava certa de sequer ter tocado a sua mão. Franziu o cenho, tentando forçar a lembrança. Tinha passado tanto tempo desde a última vez que ela havia sonhado com Taviri; e agora nem conseguia lembrar o que ele tinha dito!

Perdido, perdido... Ela ficou ali, curvada na sua camisola, cenho franzido, uma das mãos na cabeceira da cama. Quanto tempo, desde a última vez que tinha pensado nele — sem contar, ter sonhado com ele —, ou até mesmo pensado nele como "Taviri"? Quanto tempo, sem dizer o seu nome?

"Asieo disse. Quando Asieo e eu fomos presos no Norte. Antes que eu conhecesse Asieo. A teoria de reciprocidade de Asieo." Ah, sim, ela falava a respeito dele, falava demais sobre ele, sem dúvida, divagava, arrastava-o para dentro das conversas. Mas como "Asieo", o sobrenome, o homem público. O homem privado estava perdido, totalmente perdido. Restavam tão poucos dos que o tinham conhecido. Eles todos costumavam estar presos. Ria-se a respeito disso, naqueles dias, tantos amigos em tantas prisões. Mas nem lá eles estavam, nestes dias. Estavam nos cemitérios das prisões. Ou em valas comuns.

— Oh, oh, meu amor — Laia disse em voz alta, e se afundou na cama outra vez, porque não conseguia ficar em pé sob a lembrança daquelas primeiras semanas no Forte, na cela, aquelas primeiras semanas de nove anos no Forte em Drio, na cela, aquelas primeiras semanas depois que eles lhe contaram que Asieo tinha sido morto lutando na Praça do Capitólio e que fora enterrado com os Mil e Quatrocentos em valetas de irrigação atrás do Portal Oring. Na cela.

Suas mãos caíram na velha posição em seu colo, a esquerda fechada e trancada com força pela direita, o polegar direito se mexendo para frente e para trás num lento apertar e esfregar do indicador direito. Horas, dias, noites. Ela havia pensado neles todos, em cada um, cada um dos mil e quatrocentos, como eles estavam caídos, como a cal penetrou na carne deles, como os ossos se tocavam na escuridão ardente. Quem o tocou? Como estavam agora os ossos finos de suas mãos? Horas, anos.

— Taviri, eu nunca te esqueci! — ela sussurrou, e a estupidez disso a trouxe de volta à luz matutina e à cama desarrumada.

É claro que ela não o tinha esquecido. Essas coisas não precisavam de afirmação, entre marido e mulher. Ali estavam os seus pés velhos e feios no chão outra vez, como antes. Ela não tinha chegado a lugar algum, tinha feito um círculo. Levantou-se com um gemido de esforço e desaprovação, e foi buscar no armário o seu penhoar.

A gente jovem andava pelos salões da Casa numa apropriada falta de modéstia, mas ela era velha demais para isso. Não queria estragar o café da manhã de algum rapaz, aparecendo assim. Além do mais, eles tinham crescido com o princípio de liberdade de vestimenta, de sexo e de tudo o mais, e ela não. Tudo o que ela tinha feito fora inventar essa liberdade. Não era a mesma coisa.

Como falar de Asieo como "meu marido". Eles faziam careta. A palavra que ela devia ter usado como uma boa odonista era, é claro, "parceiro". Mas por que diabos ela tinha que ser uma boa odonista?

Foi arrastando os pés até o banheiro. Mairo estava lá, molhando o cabelo num lavatório. Laia olhou com admiração para o longo, liso e molhado novelo. Ela agora saía da Casa tão raramente que não sabia quando tinha sido a última vez que vira um couro cabeludo respeitavelmente raspado,[1] mas ainda assim a visão de uma cabeça cheia de cabelo lhe dava prazer, e um prazer vigoroso. Quantas vezes não tinham zombado dela — *Cabeluda, Cabeluda* —, e jovens brutamontes ou a polícia puxado os seus cabelos, ou um soldado sorridente raspado tudo até a raiz em cada nova prisão? E então ter o cabelo crescendo tudo de novo, da pelugem até encrespar, até encaracolar, até virar uma juba... Nos velhos dias. Pelo amor de Deus, será que ela não conseguia pensar em nada hoje além dos velhos tempos?

Vestida, a cama feita, ela desceu até o espaço comunitário. Era um bom café da manhã, mas ela não tinha recuperado o seu apetite desde o maldito derrame. Bebeu duas xícaras de chá de ervas, mas não conseguiu terminar o pedaço de fruta que tinha apanhado. Como ela tinha desejado comer fruta na infância, a ponto de roubar; e no Forte... Ah, pelo amor de Deus, chega! Ela sorriu e respondeu às saudações e inquirições amigáveis dos outros que ali tomavam o café, e de Aevi, que servia no caixa, nessa manhã. Foi ele quem a tentou com o pêssego:

— Olha isto aqui, que eu guardei para você.

E como ela poderia recusar? De qualquer modo, sempre tinha adorado fruta, e nunca conseguira o bastante. Uma vez, quando tinha seis ou sete anos, tinha roubado uma do carrinho de um vendedor na Rua do Rio. Mas agora era difícil comer, quando todo mundo falava tão excitadamente. Havia notícias de Thu, notícias reais. A princípio ela estava inclinada a desconsiderá-las, cansada como estava de entusiasmos, mas depois de ter lido o artigo no jornal, e de ler nas suas entrelinhas, pensou profunda mas friamente e com um estranho tipo de certeza: "Ora, é isso; chegou o momento. E em Thu, não aqui. Thu vai cair, antes que este país caia; a Revolução vai prevalecer lá. Como se isso importasse! Não haverá mais nações." E todavia, de algum modo importava, fazia com que se sentisse fria e triste — invejosa, de fato. De todas as infinitas idiotices. Ela não se juntou muito à conversa, e logo se levantou para voltar ao seu quarto, sentindo-se com pena de si mesma. Não conseguia partilhar a excitação dos outros. Ela estava fora, realmente fora. "Não é fácil",

[1] A moda entre os habitantes não-odonistas do planeta Urrás. [N do T]

disse a si mesma, subindo as escadas laboriosamente, "aceitar estar fora de tudo, quando antes você esteve dentro, no centro de tudo, por cinquenta anos. Ah, pelo amor de Deus. Choramingando!"

Subiu as escadas, com a pena de si mesma seguindo atrás, entrando em seu quarto. Era um bom quarto, e era bom estar sozinha. Um grande alívio. Mesmo que não fosse estritamente correto. Alguns dos garotos do último andar moravam cinco em um quarto não maior do que este. Havia sempre mais gente querendo viver na Casa Odonista do que podiam ser bem acomodados. Ela tinha este quarto enorme só para ela porque era uma velha que tinha tido um derrame. E talvez por ser Odo. Se não fosse Odo, mas simplesmente uma velha com derrame, teria recebido o quarto? Muito provavelmente. Afinal, quem diabos ia querer dividir um quarto com uma velha babona? Mas era difícil ter certeza. Favoritismo, elitismo, idolatria do líder, eles se infiltram e afloram em todo lugar. Mas ela nunca tivera a esperança de vê-los erradicados no seu tempo de vida, em uma geração; apenas o Tempo opera as grandes mudanças. No ínterim, este era um quarto bom, grande e ensolarado, apropriado para uma velha babona que tinha começado uma revolução mundial.

O secretário dela chegaria em uma hora para ajudá-la a despachar o trabalho do dia. Ela arrastou os pés até a escrivaninha, um móvel bonito e grande, presente do Sindicato de Marceneiros de Nio porque alguém a tinha ouvido observar certa vez que a única peça de mobília que ela jamais desejou foi uma escrivaninha com gavetas e espaço suficiente em cima... Inferno, o tampo estava praticamente coberto de papéis com anotações presas a eles com clipes, a maior parte na letra pequena e clara de Noi: "Urgente." — "Para as Províncias do Norte." — "Consultar c/ R. T.?"

A letra dela mesma nunca mais fora a mesma, depois da morte de Asieo. Era estranho, quando ela pensava a respeito. Afinal, em cinco anos depois da morte dele ela havia escrito *A Analogia* inteira. E também havia aquelas cartas, que o guarda alto de olhos cinzentos e aguados — qual era o nome dele? tanto faz — havia contrabandeado para fora do Forte, por dois anos. *As Cartas da Prisão* era como as chamavam agora, e havia uma dúzia de edições diferentes. Tudo aquilo, as cartas que as pessoas ficavam dizendo a ela que eram tão cheias de "força espiritual" — o que significava provavelmente que ela estivera mentindo a si mesma até ficar roxa, tentando manter o espírito elevado —, e *A Analogia*, que certamente era a obra intelectual mais sólida que ela já tinha feito, tudo isso tinha sido escrito no Forte em Drio, na cela, depois da morte de Asieo. Era preciso fazer alguma coisa, e no Forte eles deixavam você ter papel e caneta... Mas tudo tinha sido escrito na apressada mão que ela nunca sentira ser dela, não dela mesma como os floreios redondos e negros do manuscrito de *Sociedade sem Governo*, de quarenta e cinco anos de idade. Taviri havia levado não apenas o desejo do seu corpo e do seu coração para a cova com ele, mas até mesmo a sua boa e clara letra manuscrita.

Mas ele havia deixado para ela a revolução.

"Que coragem a sua, a de prosseguir, trabalhar, escrever na prisão, depois de tamanha derrota do Movimento, depois da morte do seu parceiro", é o que as pessoas costumavam dizer. Malditos idiotas. O que mais havia para fazer? Bravura, coragem... o que era a coragem? Ela nunca tinha entendido. Não temer, diziam alguns. Temer e todavia ir em frente, diziam outros. Mas o que se podia fazer além de ir em frente? Será que realmente havia escolha?

Morrer era meramente ir em outra direção.

Se você queria voltar para casa precisava continuar indo em frente, era isso o que ela quis dizer quando escreveu: "A verdadeira viagem é o retorno." Mas nunca tinha sido mais do que uma intuição, e ela estava mais longe agora do que nunca, de racionalizá-la. Curvou-se, tão subitamente, que gemeu um pouco com o ranger de seus ossos, e começou a fuçar na gaveta de baixo da escrivaninha. Sua mão chegou a uma pasta amolecida pelo tempo, e a puxou para fora, reconhecendo-a pelo toque antes que a visão confirmasse: o manuscrito de *Organização Sindical na Transição Revolucionária*. Ele havia impresso o título na pasta e escrito o seu nome abaixo: "Taviri Odo Asieo, IX 741." Era de uma escrita à mão elegante, cada letra bem formada, clara e fluída. Mas ele tinha preferido usar um impressor vocal. O manuscrito todo estava em impressor vocal, e de alta qualidade, hesitações ajustadas e idiossincrasias de fala normalizadas. Você não conseguiria ver onde ele havia pronunciado o "o" fundo em sua garganta, como eles faziam no Litoral Norte. Não havia nada dele ali, além de sua mente. Ela não tinha nada dele exceto o seu nome escrito na pasta. Não tinha guardado as suas cartas, era uma coisa sentimental guardar cartas. Além disso, ela nunca guardava nada. Não conseguia pensar em nada que tivesse guardado por mais do que uns poucos anos, exceto por este corpo caindo aos pedaços, e estava presa a ele...

Dualizava outra vez. "Pessoa" e "corpo". Idade e doença transformavam você em dualista, em escapista; a mente insistia: *isso não sou eu, não*. Mas era. Talvez os místicos pudessem separar a mente do corpo, ela sempre os tinha invejado nisso, desejosa mas sem esperança de os emular. Escapar nunca tinha sido o seu jogo. Ela buscava a liberdade aqui e agora, para corpo e alma.

Primeiro autopiedade, depois auto-elogio, e ali ainda estava ela, pelo amor de Deus, segurando o nome de Asieo na mão, por quê? Não conhecia o nome dele, sem precisar olhar? O que estava errado com ela? Levou a pasta até os lábios e beijou com firmeza o nome escrito à mão, recolocou a pasta nos fundos da gaveta de baixo, trancou a gaveta, e se endireitou na cadeira. Sua mão direita formigava. Ela a coçou, e então a balançou no ar com despeito. A mão também nunca havia se recuperado totalmente do derrame. Nem a sua perna direita, ou o olho direito, ou o canto direito de sua boca. Eram moles, ineptos, e formigavam. Faziam-na se sentir como um robô em curto circuito.

E o tempo passava, Noi chegaria logo, o que ela tinha feito desde o café da manhã?

Levantou-se tão apressadamente, que se desequilibrou e precisou agarrar as costas de uma cadeira para não cair. Foi até o banheiro, até o grande espelho que havia lá. O seu coque cinzento estava solto e inclinado, ela não o tinha arrumado direito antes do café da manhã. Lutou com ele por um tempo. Era difícil manter os braços no ar. Amai entrou correndo para mijar, parou e disse:

— Deixa eu fazer isso! — E fez um nó firme e bem-feito rapidamente, com seus dedos redondos, fortes e bonitos, sorrindo em silêncio.

Amai tinha vinte anos, menos de um terço da idade de Laia. Os dois pais dela tinham sido membros do Movimento, um morto na insurreição de '60, o outro ainda recrutava pessoas nas Províncias do Sul. Amai tinha crescido nas Casas Odonistas, nascida para a Revolução, uma verdadeira filha da anarquia. E uma criança tão tranquila e livre e bonita, a ponto de causar lágrimas com pensamento de que era para isso que tinham trabalhado, era isso o que tinham pretendido, ali estava ela, viva, o bondoso e adorável futuro.

O olho direito de Laia Osaieo Odo verteu várias lágrimas, enquanto ela ficava ali, entre os lavatórios e as latrinas, tendo o seu cabelo arrumado pela filha que ela nunca tivera; mas o seu olho esquerdo, aquele que era forte, não chorava, nem sabia o que o olho direito fazia.

Ela agradeceu a Amai e se apressou a voltar ao seu quarto. Tinha notado, no espelho, uma mancha no colarinho. Suco de pêssego, provavelmente. Maldita babona velha. Não queria que Noi entrasse e encontrasse com baba no colarinho.

Enquanto vestia a camisa limpa, pensou: "E o que faz Noi ser tão importante?"

Ela fechou os botões chineses com a mão esquerda, lentamente.

Noi tinha trinta e poucos anos, um sujeito magro e musculoso com voz suave e olhos escuros e alertas. Era isso o que fazia Noi ser tão importante. Simples assim. O bom e velho sexo. Ela nunca tinha se sentido atraída por homens belos ou gordos, nem pelos sujeitos altos de grandes bíceps, nunca, nem quando tinha quatorze anos e se apaixonava por qualquer um que passasse perto. Moreno, frugal e fogoso, essa era a receita. Taviri, é claro. Esse moço não chegava aos pés de Taviri em inteligência, ou aparência, mais aí estava: ela não queria que ele a visse com baba no colarinho e com o cabelo se desfazendo.

Seu cabelo fino e cinzento.

Noi entrou, fazendo uma breve pausa junto à porta — meu Deus, ela nem tinha fechado a porta enquanto trocava de camisa! Ela olhou para ele e viu a si mesma. A velha.

Você podia escovar o cabelo e trocar a camisa, ou podia vestir a camisa da semana passada ou usar as tranças de ontem, ou pôr uma manta de ouro e empoar a sua cabeça raspada com pó de diamante. Nada disso faria a menor diferença. A mulher velha pareceria um pouco menos, ou um pouco mais, grotesca.

A pessoa se mantém arrumada por mera decência, mera sanidade, e por respeito às outras pessoas.

E finalmente até isso passa e a pessoa segue babando desavergonhadamente.

— Bom dia — disse o jovem, na sua voz suave.

— Olá, Noi.

Não, por Deus, *não* era por mera decência. A decência que se danasse. Porque o homem que ela tinha amado, e a quem a sua idade não teria feito diferença — porque ele estava morto ela devia fingir que não tinha sexo? Devia suprimir a verdade, como uma maldita autoritária e puritana? Mesmo há seis meses atrás, antes do derrame, ela tinha feito homens olharem para ela, e gostarem de olhar para ela; e agora, embora não conseguisse mais dar prazer, por Deus ela ainda podia se dar prazer.

Quando tinha seis anos de idade, e Gadeo, um amigo do Papai, costumava vir conversar sobre política após o jantar, ela colocava o colar dourado que a Mama havia encontrado num monte de lixo e trazido para ela. Era tão curto que ficava sempre escondido debaixo da gola, onde ninguém conseguia ver. Ela gostava assim. Sabia que o estava usando. Sentava-se no degrau da entrada e os ouvia conversar, e sabia que tinha se arrumado para Gadeo. Ele era moreno, com dentes brancos que faiscavam. Às vezes ele a chamava de "Laia bonita".

— Aqui está a minha Laia bonita!

Sessenta e seis anos atrás.

— O quê? Não estou bem da cabeça. Tive uma noite horrível.

Era verdade. Tinha dormido ainda menos do que o normal.

— Eu perguntei se você viu os jornais agora de manhã.

Ela assentiu.

— Contente com Soinehe?

Soinehe era a província de Thu que havia declarado a sua secessão do Estado Thuviano, na noite passada.

Ele estava contente com o ocorrido. Seus dentes brancos faiscaram em seu rosto moreno e alerta. Laia bonita.

— Sim. E apreensiva.

— Eu sei. Mas é para valer, desta vez. É o começo do fim do Governo de Thu. Eles nem tentaram ordenar que as tropas entrassem em Soinehe, sabia? Isso seria apenas uma provocação para que os soldados se rebelassem mais cedo, e eles sabem disso.

Concordou com ele. Ela mesma tinha sentido essa certeza. Mas não podia partilhar a alegria dele. Depois de uma vida inteira passada apenas com esperança, perde-se o gosto pela vitória. Um senso verdadeiro de triunfo deve ser precedido pelo desespero verdadeiro. Ela havia desaprendido a se desesperar, há muito tempo atrás. Não havia mais triunfos. A pessoa seguia em frente.

— Devemos preparar aquelas cartas hoje?

— Tudo bem. Quais cartas?

— Ao povo do Norte — ele disse, sem impaciência.

— Do Norte?

— Parheo, Oaidum.

Ela nascera em Parheo, a cidade suja no rio sujo. Não tinha vindo à capital até que tivesse vinte e dois anos e estivesse pronta para trazer a Revolução. Embora naqueles dias, antes que ela e outros tivessem planejado tudo, fosse uma revolução muito verde e pueril. Greves por salários melhores, representação para as mulheres. Votos e salários... Poder e Dinheiro, pelo amor de Deus! Bem, aprende-se um pouco, afinal, em cinquenta anos.

Mas então é preciso esquecer tudo.

— Comece com Oaidum — ela disse, sentando-se na poltrona. Noi já estava na escrivaninha, pronto para trabalhar. Ele leu excertos das cartas que ela iria responder. Tentou prestar atenção, e conseguiu o suficiente para ditar uma carta inteira e começar uma outra. — Lembre-se que neste estágio a sua irmandade é vulnerável à ameaça do... Não, ao perigo... ao...

Ela ficou tateando até que Noi sugerisse:

— Ao perigo da idolatria do líder?

— Certo. E que nada é corrompido mais rapidamente pela ganância de poder do que o altruísmo. Não. E que nada corrompe o altruísmo... não. Ah, pelo amor de Deus você sabe o que eu estou tentando dizer, Noi, escreva você. Eles também sabem, é só o mesmo material antigo. Por que eles não lêem o meu livro!

— O contato — Noi disse gentilmente, sorrindo, citando um dos temas centrais odonistas.

— Está bem, mas eu estou cansada de ser tocada. Se você escrever a carta eu a assino, mas não vou me importar com isso nesta manhã. — Ele olhava para ela com alguma pergunta ou preocupação. Ela disse, irritada: — Tem outra coisa que eu preciso fazer!

Quando Noi saiu, ela se sentou à escrivaninha e mexeu os papéis de um lado a outro, fingindo que fazia alguma coisa, porque se espantara, e se assustara, com as palavras que havia dito. Ela nunca tivera uma outra coisa a fazer. Era esse o seu trabalho: o trabalho de sua vida. As turnês de palestras, as reuniões e as ruas estavam fora do seu alcance agora, mas ela ainda podia escrever, e esse era o trabalho dela. E de qualquer modo, se ela tivesse algo mais a fazer, Noi teria sabido; ele é quem cuidava da sua agenda, e a lembrava diplomaticamente das coisas, como a visita dos estudantes estrangeiros, durante a tarde.

Ah, inferno. Ela gostava dos jovens, e sempre havia algo a aprender dos estrangeiros, mas estava cansada de caras novas, e cansada de ser vista. Aprendia com eles, mas eles não aprendiam com ela; tinham aprendido há muito tempo tudo o que ela tinha para ensinar, pelos seus livros, pelo Movimento. Eles vinham apenas para olhar, como se ela fosse a Grande Torre em Rodarred, ou o Cânion do Tulaevea. Um fenômeno, um monumento. Estavam espantados, adorando-a. Ela rosnava para eles: "Pensem os seus próprios pensamentos!" — "Isso não é anarquismo, é mero obscurantismo." — "Vocês não acham que liberdade e disciplina são incompatíveis, acham?" — Eles aceitavam a sua bronca docilmente como crianças, agradecidos, como se ela fosse algum tipo de Mãe de Todos, o ídolo do Grande Útero Protetor. Ela! Ela que havia trabalhado nos estaleiros de Seissero, e que havia amaldiçoado o Premiê Inoilte na cara dele e na frente de uma multidão de sete mil, dizendo-lhe que ele teria cortado as próprias bolas e mandado revesti-las de bronze e vendê-las como *souvenirs*, se achasse que tiraria algum lucro disso — ela que havia berrado, xingado e chutado policiais, e cuspido em padres e mijado em público na grande placa de latão na Praça do Capitólio que dizia AQUI FOI FUNDADO O ESTADO-NAÇÃO SOBERANO DE A-IO ETC., ETC. psssssssss naquilo tudo! E agora ela era a avó de todo mundo, a senhora querida, o velho e adorável monumento, venham venerar o útero. "O fogo está apagado, rapazes, é seguro chegar bem perto."

— Não, eu não vou — Laia disse em voz alta. — Não vou. — Ela não tinha pruridos em falar consigo mesma, porque sempre tinha falado sozinha. "A audiência invisível de Laia", Taviri costumava dizer, quando ela passeava no quarto, murmurando. — Vocês não precisam vir, porque não vou estar aqui — disse agora à sua audiência invisível. Tinha que sair. Ir para as ruas.

Era falta de consideração desapontar os estudantes estrangeiros. Errático, tipicamente senil. Era anti-odonista. Pssssss nisso tudo. Qual era a vantagem de trabalhar pela liberdade a sua vida toda e terminar sem liberdade nenhuma? Ela ia sair para uma caminhada.

"*O que era um anarquista? Alguém que, ao escolher, aceita a responsabilidade da escolha.*"

No caminho descendo as escadas, ela decidiu, com uma careta, ficar e ver os estudantes estrangeiros. Depois ela sairia.

Eram estudantes muito jovens, muito ansiosos; criaturas encantadoras, cabeludas, de olhos arregalados vindas do Hemisfério Ocidental, de Benbili e do Reino de Mand, as garotas vestindo calças brancas, os rapazes com um *kilt* longo de aparência belicosa e arcaica. Eles falaram das suas esperanças:

— Nós em Mand estamos tão longe da Revolução, que talvez estejamos muito perto dela — disse uma das garotas, esperançosa e sorridente. — Os Círculos da Vida! — e exibiu os encontros extremos, o círculo de dedos delgados e morenos.

Amai e Aevi lhes serviram vinho branco e pão preto, a hospitalidade da Casa. Mas os visitantes, sem quererem se impor, levantaram-se todos para sair mal completou-se meia hora.

— Não, não, não — Laia disse —, fiquem aqui, conversem com Aevi e Amai. É só que eu fico meio travada sentada, sabe, eu preciso me movimentar. Foi tão bom me reunir com vocês, vocês voltarão para me ver logo, meus pequenos irmãos e irmãs?

O coração dela estava com eles, assim como o deles estava com ela, e ela trocou beijos com todos, rindo, deliciada com as bochechas escuras, com os olhos afetuosos, os cabelos cheirosos, antes de sair. Estava realmente um pouco cansada, mas subir e tirar um cochilo seria uma derrota. Ela tinha desejado sair, ela iria sair. Não tinha ficado sozinha ao ar livre desde... quando? Desde o inverno! De antes do derrame. Não era de admirar que estivesse ficando mórbida. Estivera cumprindo uma sentença regular de prisão. O ar livre, as ruas, era lá que ela vivia.

Saiu silenciosamente pela porta lateral da Casa, e pela horta da frente até a rua. A estreita faixa de terra batida e ácida havia sido muito bem tratada e produzia uma bela colheita de feijão e *ceea*, mas o olhar de Laia para o plantio não era bem informado. É claro que era evidente que as comunidades anarquistas, até mesmo no momento de transição, deviam trabalhar rumo à auto-suficiência ideal, mas como isso seria realizado em termos concretos de plantas e terra não era assunto dela. Para isso havia agricultores e agrônomos. O trabalho dela era estar nas ruas, as ruas barulhentas e fedorentas de pedra, onde ela havia crescido e vivido a sua vida toda, exceto pelos quinze anos na prisão.

Olhou afetuosamente para cima, para a fachada da Casa. Que ela tivesse sido construída para ser um banco dava uma satisfação peculiar aos seus atuais ocupantes. Eles guardavam os sacos de farinha no cofre à prova de bombas, e envelheciam a cidra em jarros nas caixas de depósito. Nas ricas colunas voltadas para a rua, ainda liam-se as palavras: "ASSOCIAÇÃO BANCÁRIA NACIONAL DE INVESTIDORES E CORRETORES DE GRÃOS."

O Movimento não tinha muita aptidão para dar nomes. Não tinha bandeira. *Slogans* iam e vinham conforme a necessidade. Havia sempre o Círculo da Vida para riscar em paredes ou pavimentos em que as autoridades não deixariam de vê-lo. Mas quanto a nomes, eles eram indiferentes, aceitando e ignorando a forma como eram chamados, temendo serem comprometidos ou caracterizados, sem medo de serem absurdos. Então esta que era a mais conhecida e a segunda das Casas cooperativas não tinha outro nome além de Banco.

Fazia frente a uma rua larga e tranquila, mas apenas a uma quadra mais longe começava o Temeba, um mercado aberto, antes famoso como um centro de psicogênica e teratogênica de mercado negro, agora reduzido a verduras, roupas de segunda mão e espetáculos miseráveis de rua. Sua vitalidade canalha se fora, deixando apenas alcoólatras semiparalíticos, viciados, aleijados, marreteiros, e prostitutas de quinta categoria, lojas de penhores, salões de jogos de azar, cartomantes, escultores corporais e hotéis baratos. Laia se voltou para o Temeba assim como a água desce a inclinação.

Ela nunca havia temido ou desprezado a cidade. Era o seu país. Não haveria cortiços como este, se a Revolução prevalecesse. Mas haveria miséria. Sempre haveria miséria, desperdício, crueldade. Ela nunca fingira estar mudando a condição humana, ser a Mama que afasta a tragédia das crianças, para que elas não se magoassem. Longe disso. Enquanto as pessoas fossem livres para escolher, se escolhessem beber moscatel e viver nos esgotos, era assunto deles. Contanto que isso não fosse o assunto dos Negócios, a fonte de lucro e os meios de poder para outras pessoas. Ela já havia sentido isso antes de saber qualquer coisa, antes de escrever seu primeiro panfleto, antes de deixar Parheo, antes mesmo de saber o que "capital" significava, antes que tivesse se distanciado muito da Rua do Rio onde ela jogava bola-de-pano com joelhos sujos no pavimento com as outras crianças de seis anos, ela tinha sabido: que ela, e as outras crianças, e os pais dela, e os pais deles, e os bêbados e prostitutas e toda a Rua do Rio, estavam na base de algo — eram o alicerce, a realidade, a fonte. "Mas você arrastaria a civilização na lama?", gritou a gente decente e chocada, mais tarde, e ela havia tentado por anos explicar-lhes que se tudo o que você tinha era lama, então se você era Deus você a transformaria em seres humanos, e se fosse humano tentaria transformá-la em casas onde seres humanos poderiam viver. Mas ninguém que pensasse ser melhor do que lama poderia entender. Agora, como a água que desce a inclinação, da lama para a lama, Laia arrastava os pés pela rua imunda e barulhenta, e toda a horrorosa fraqueza da sua velhice se sentiu em casa. As prostitutas sonolentas, seus penteados duros de laquê dilapidados e tortos, a mulher caolha apregoando cansada as suas verduras, a mendiga retardada espantando moscas, eram essas as suas concidadãs. Pareciam-se com ela, eram todas tristes, repulsivas, mesquinhas, dignas de pena e de desgosto. Eram suas irmãs, o seu povo.

Ela não se sentia muito bem. Muito tempo tinha se passado desde que ela havia caminhado tanto, quatro ou cinco quarteirões sozinha, no barulho e no empurra-empurra e no calor agudo do verão nas ruas. Queria chegar ao Parque Koly, o triângulo desgrenhado de grama no final da Temeba, e se sentar ali por um tempo com os outros velhos e velhas que sempre ficavam ali, para ver como era se sentar e se comportar como velha. Mas era longe demais. Se não voltasse agora, podia ter um episódio de tontura, e ela tinha medo de cair, de cair e ter que ficar caída lá e olhar para cima para as pessoas que vinham olhar a velha tendo um ataque. Deu meia-volta e começou a voltar para casa, com uma careta de esforço e de desprezo por si mesma. Sentia o seu rosto muito vermelho, e uma sensação de vertigem em seus ouvidos. Ficou um pouco forte demais, e ela realmente teve medo de que iria tombar. Viu um degrau à sombra na marquise de um prédio e foi até ele, desceu cautelosamente, sentou-se e suspirou.

Perto havia um vendedor de frutas, silencioso atrás das suas mercadorias empoeiradas e empalidecidas. As pessoas passavam por ali. Ninguém comprava nada dele. Ninguém olhava para ela. Odo, quem era Odo? Revolucionária famosa, autora de *Comunidade*, *A Analogia*, etc., etc. Ela, quem era ela? Uma velha de cabelos grisalhos e rosto vermelho sentada num degrau sujo em um cortiço, resmungando para si mesma.

Mesmo? Essa era ela? Certamente era o que todos os passantes viam. Mas seria ela, ela mesma, algo além de uma famosa revolucionária, etc., seria? Não. Não seria. Mas quem ela era, então?

Aquela que amava Taviri.

Sim. Era verdade. Mas não o suficiente. Isso era passado, ele estava morto há tanto tempo.

— Quem sou eu? — Laia murmurou para a sua audiência invisível, e eles sabiam a resposta e a contaram a ela com uma só voz.

Ela era a menininha com casca de ferida nos joelhos, sentada em um degrau contemplando a nebulosidade dourada e suja da Rua do Rio no calor do fim do verão, a garota de seis anos, de dezesseis anos, feroz, enfurecida e oprimida por sonhos, intocada, intocável. Essa era ela. De fato, tinha sido uma incansável trabalhadora e pensadora, mas um coágulo havia afastado essa mulher dela. De fato, tinha sido a amante, cruzando a nado a própria vida, mas Taviri, ao morrer, havia afastado aquela mulher dele. Nada mais restava, realmente, além dos alicerces. Tinha chegado ao lar; nunca tinha deixado o lar. "A verdadeira viagem é o retorno." Poeira e lama e um degrau nos cortiços. E além, na extremidade da rua, o campo cheio de mato alto soprando ao vento conforme a noite chegava.

— Laia! O que está fazendo aqui? Você está bem?

Uma das pessoas da Casa, é claro. Uma mulher boa, um tanto fanática e sempre falante. Laia não conseguia lembrar o nome dela, embora a conhecesse há anos. Deixou-se ser levada para casa, com a mulher falando por todo o caminho. No grande e frio salão comunitário (que antes fora ocupado por caixas que contavam dinheiro por trás de bancadas polidas, supervisionados por guardas armados), Laia sentou-se em uma cadeira. Ainda não se sentia capaz de encarar as escadarias, embora tivesse apreciado a chance de ficar sozinha. A mulher continuava falando, e outras pessoas excitadas chegaram. Parecia que uma demonstração estava sendo planejada. Os eventos em Thu progrediam tão rápido que o clima ali havia pegado fogo, e alguma coisa devia ser feita. No dia depois de amanhã, não, amanhã, haveria uma passeata, das grandes, da Cidade Velha até a Praça do Capitólio, o antigo trajeto.

— Outro Levante de Nove Meses — disse um jovem, aceso e risonho, olhando para Laia.

Ele ainda não tinha nascido na época do Levante de Nove Meses; era tudo história para ele. Agora ele queria fazer história. O recinto estava lotado. Uma assembleia seria feita ali no dia seguinte, às oito da manhã.

— Você precisa discursar, Laia.

— Amanhã? Oh, eu não vou estar aqui amanhã — ela disse, bruscamente.

A pessoa que havia falado com ela sorriu, uma outra riu. Amai dirigiu-lhe um olhar intrigado. Eles continuaram falando e gritando. A Revolução. O que diabos a tinha feito dizer aquilo? Que coisa para se dizer na véspera da Revolução, mesmo que fosse verdade.

Esperou o tempo que foi preciso, conseguiu se levantar e, apesar de toda a sua falta de jeito, também escapou sem ser notada por toda essa gente ocupada com o seu planejamento e entusiasmo. Chegou até o saguão, até as escadas, e começou a subir um degrau por vez.

— A greve geral — uma voz, duas vozes, dez vozes diziam no recinto abaixo, atrás dela.

— A greve geral — Laia murmurou, descansando por um momento no fim de um lance.

Lá em cima, lá adiante, no seu quarto, o que a esperava? O seu derrame em particular. Isso era até que meio engraçado. Ela começou a subir o segundo lance de escadas, um degrau por vez, uma perna por vez, como uma criança pequena. Tinha vertigens mas não tinha mais medo de cair. Seguindo em frente, bem ali, as flores secas e brancas assentiam e sussurravam no campo aberto do anoitecer. Setenta e dois anos e ela nunca tivera tempo de aprender como elas se chamavam.

Tradução de R. S. Causo

O Grande Rio

Flávio Medeiros Jr.

Flávio Medeiros Jr. é um dos novos talentos da FC *brasileira surgidos nos anos 2000 na chamada Terceira Onda do gênero, caracterizada por atividades e projetos centrados nas comunidades e* blogs *na internet e a publicação de livros em pequenas editoras. Mineiro de Belo Horizonte, nascido em 1964, atua como oftalmologista e segue uma certa tradição de médicos que se tornam escritores. Medeiros publicou o elogiado romance de* FC Quintessência *(2004), contos em antologias como, por exemplo,* Steampunk: Histórias de Um Passado Extraordinário *(2009) e* Vaporpunk (2010), *e o romance* Casas de Vampiro *(2010), que, segundo o autor, é ficção científica.*

"O Grande Rio" é uma vibrante narrativa de viagem no tempo a partir de uma premissa de história alternativa: o que teria acontecido se o presidente dos Estados Unidos John F. Kennedy, tivesse sobrevivido ao atentado que o vitimou em 22 de novembro de 1963 em Dallas, num dos eventos políticos mais chocantes do século XX.

A resposta é que em decorrência de sua sobrevivência o mundo mergulhou numa Terceira Guerra Mundial. Num futuro distante, com o que restou da humanidade ainda em conflito, descobre-se uma maneira de voltar no tempo e, desta forma, um agente é enviado para tentar cumprir de forma bem sucedida o atentado.

Para além do tema fascinante e do ritmo ativo dos acontecimentos chama a atenção o minucioso trabalho de pesquisa histórica, ao colocar o enviado do futuro em contato com eventos e personagens de nossa realidade que teriam conspirado para o assassinato do presidente norte-americano.

O INTERIOR ESCURO E SILENCIOSO *do automóvel é uma pequena ilha, contrastando com os sons e as luzes da cidade à minha volta. Vejo pelo espelho retrovisor quando um grupo passa diante da entrada do beco onde estacionei, o trompetista à frente entoando os conhecidos acordes de "Sweet Georgia Brown"; uma alegre versão* cajun *do flautista de Hamelin, seguido por um pequeno e barulhento bando, como ratos humanos dançantes. Quando me certifico de que continuo anônimo nas sombras abro a pequena caixa negra em meu colo, e puxo de sua lateral os dois fones ligados a fios delgados, que introduzo em meus pavilhões auditivos. Aperto um botão e a pequena tela retangular é tomada por chuviscos azulados. Olho novamente pelo retrovisor, e depois para a saída do beco alguns metros adiante, certificando-me de não estar sendo observado. Seria difícil convencer alguém de que aquela parafernália "futurista" poderia fazer parte dos acessórios de um Chevrolet Bel-Air 1959.*

Mais tranquilo, aciono um segundo botão. A imagem, fornecida pela microcâmera que instalei no abajur localizado no box privativo do bar à minha esquerda, está perfeita, apesar da pouca luminosidade. Consulto o relógio de pulso, e no exato momento em que o ponteiro maior marca a hora esperada, vejo quando o pequeno grupo se aproxima e toma seus lugares em torno da discreta mesa nos fundos do bar. A lente da câmera, descontada uma leve aberração horizontal na imagem, focaliza com perfeição cada um deles.

Bem ao centro da poltrona em forma de "u", em postura aristocrática como a caricatura de um rei, vejo o homem alto e magro, trajando como de costume um terno claro e sóbrio que combina perfeitamente com a cabeleira grisalha. Não consigo evitar um esgar de desaprovação. Jamais gostei desse sujeito. À sua direita, como o Sancho Pança de tão repulsiva versão de Dom Quixote, um homem pequenino serve de contraponto para a figura aristocrática: tem traços rudes, a cabeça volumosa acentuada por uma ridícula peruca ruiva. Balanço a cabeça contrariado. Não me engano: sei o quanto esse pequeno duende pode ser perigoso. Mais um homem, sentado ao lado do "duende ruivo", fecha o heterogêneo grupo: gordo, grisalho, as bochechas vincadas, trajando seu indefectível terno marrom e seu chapéu panamá. Como na maioria das vezes em que o vi, com cara de poucos amigos. E posso testemunhar que eram poucos, de fato.

Primeira Tentativa

O Arauto retira um lenço do bolso e enxuga o suor da testa. O barulho de uma composição ferroviária que passa ruidosamente nos trilhos à sua esquerda não chegam a distrair sua atenção. Ele olha para cima por um instante, como o filho ressentido de um pai severo, mas sem chegar a encarar diretamente o sol de francos raios, cuja força incidindo sobre o alto de sua cabeça já começa a incomodar. O Arauto maldiz a si mesmo numa praga silenciosa. Ele havia pensado com muito critério em cada um dos itens que levaria no espaço limitado de sua mochila. Por que não se lembrara de trazer um boné?

A posição da bola de fogo, bem alta no céu, indicava a proximidade do meio do dia. Na verdade, conferiu o Arauto no relógio de pulso, já passavam quinze minutos dessa hora. Suspirou, excitado. Não faltava muito. Ergueu a cabeça por sobre a mureta por trás da qual estava deitado. Contemplou pela milésima vez o amplo triângulo verde lá embaixo, o ápice terminando no elevado que continha as linhas férreas à esquerda, a base formada pela rua onde se iniciava a linha dos prédios à direita, ocupados por órgãos do poder municipal. Ele mesmo estava aninhado no topo do prédio dos correios, cujo movimento nesse horário diminuíra sensivelmente; em primeiro lugar, pela hora do almoço. Em segundo lugar, porque grande parte dos usuários e funcionários se deslocava para o meio da praça lá embaixo. Ninguém queria perder a passagem da caravana.

O Arauto percorreu com um olhar cuidadoso a linha cinzenta que cruzava o triângulo verde pelo meio, da base ao ápice. Era em torno dela que se concentrava a maioria das pessoas que começavam a lotar a praça. Se ele tivesse êxito, esses poucos metros de asfalto estavam prestes a se tornar um dos trechos mais famosos da história. Do alto onde estava não havia obstáculos, sua visão da rua era perfeita. A visibilidade não poderia ser melhor nesse dia ensolarado. A distância era considerável, mas ele tinha certeza de que a mira telescópica daria conta do recado. Ele treinara com o rifle durante muitos dias no Ponto de Partida, em distâncias até maiores que essa.

O Arauto conferiu cada detalhe da arma pela milésima vez. Tudo que precisava agora era manter a calma, e ter um pouquinho mais de paciência. Olhou para a esquina entre os prédios da Antiga Corte e da Corte Criminal, por onde seu alvo surgiria a qualquer momento.

Demorou mais dez minutos, que pareceram uma eternidade. De repente, as pessoas na esquina começaram a gritar, assoviar e balançar lenços e chapéus. Duas motocicletas pilotadas por policiais saíram lentamente das sombras, e logo depois o capô do Lincoln Continental negro brilhou ao sol. O Arauto elevou lentamente o cano da arma e olhou pela objetiva da mira telescópica. E foi então que tudo deu errado.

Em vez de seguir em linha reta pela Main Street, como era esperado, a comitiva fez uma curva de noventa graus para a direita, entrando na Houston. Os dois carros negros e os batedores de motocicletas se deslocavam devagar, mas em breve estariam ocultos por uma frondosa árvore na esquina da Houston com a Elm, poucos metros adiante. O Arauto baixou a arma e levantou o pescoço, atônito. Aquela distância ainda não permitia um disparo seguro. Mesmo que a comitiva voltasse a virar à esquerda na Elm, a distância ainda seria inesperadamente maior. Agora várias pessoas que aguardavam nos dois lados da pista da Main Street que cortava ao meio a Dealey Plaza, e que também haviam sido pegas de surpresa, subiam correndo pelo gramado em direção à Elm para se aproximarem do cortejo.

No alto do edifício o Arauto ficou em pé, sem saber o que fazer. Foi quando avistou, na calçada da Commerce Street logo abaixo, quatro homens de terno acompanhados por dois policiais, que olhavam exatamente em sua direção. Um deles apontou para o ponto em que sua silhueta acabava de se destacar contra o sol, e o grupo correu em direção ao prédio. Ao mesmo tempo, atrás de si, o Arauto ouviu quando algo se chocou violentamente contra a porta no alto da escadaria que dava para o telhado, e que ele tivera o cuidado de bloquear. Ouviu gritos e uma nova pancada, ainda mais forte.

Compreendeu que caíra numa cilada. A comitiva tivera seu trajeto alterado próximo de onde já sabiam que ele estaria escondido; a polícia e o FBI se encontravam de tocaia no prédio, apenas esperando para descobrir sua localização exata e cercá-lo no último instante.

Outra pancada na porta, que começou a ceder. O Arauto viu uma mão se infiltrar entre a folha da porta e seu batente, tentando empurrá-la. Era hora de acionar seu plano de contingência. Fixou o arpéu na borda da amurada e jogou a corda pela face externa do edifício. Dando uma última olhada em direção à Dealey Plaza, viu quando a comitiva chegou à esquina da Elm e lentamente iniciou uma curva fechada para a esquerda. Agora os dois carros estavam encobertos pelas árvores.

Dependurou o rifle no ombro, fixou o gancho do cinto na corda, e se empurrou pela parede abaixo, no momento em que a porta do terraço cedia de vez. Ele apoiou os pés no parapeito das janelas uma, duas, três vezes, e entrou como um bólido pela janela do terceiro andar. Uma secretária que datilografava algo gritou, assustada. Ele a ignorou e disparou em direção à porta lateral, que conduzia a uma sala repleta de arquivos. O Arauto era cuidadoso com seus estudos, e conhecia bem a planta do lugar. Cruzou a sala vazia e atingiu outra porta, que deveria dar no corredor que levava à escada de incêndio... Mas ela estava trancada!

O Arauto proferiu uma praga em voz alta. O idiota que havia trancado essa rota de fuga no caso de incêndio no prédio acabava de condená-lo a ser preso como um rato na arapuca da polícia. Vozes masculinas irromperam na sala da secretária, e a voz da moça soou histérica. O Arauto empunhou a coronha do rifle para quebrar a fechadura da porta trancada, mas nesse instante ouviu vozes do lado oposto. Estava cercado. Só lhe restava uma saída, que significava simplesmente o fracasso da missão. Significava o desperdício de recursos valiosos em termos de energia, de estudo e de sacrifícios. Significava uma volta à estaca zero, e ele não sabia quando — e se — teria outra oportunidade. A única catástrofe pior que essa seria ser apanhado. O Arauto ativou o mecanismo oculto no cinto e desapareceu em um vórtice de energia tremulante, no exato momento em que dois agentes de terno adentravam a sala dos arquivos com armas em punho. Lá fora, na Dealey Plaza sob o sol de novembro, o presidente John Fitzgerald Kennedy acenava para a população de Dallas enquanto sua comitiva descia vagarosamente pela Elm Street, sem desconfiar do quão perto ele havia passado da morte.

Ponto de Partida

Havia três pessoas na sala subterrânea. Duas delas encaravam o Arauto com olhar de dúvida. O Coordenador quebrou o silêncio:

— Bem, já havíamos previsto que isso poderia acontecer.

— É verdade — assentiu a Analista, com um suspiro. — Do nosso ponto de vista, não ocorreu nenhuma mudança nos fatos históricos. Continuam como nos lembramos. Mas do ponto de vista do Arauto, que foi o desencadeador da mudança, os fatos diferem daqueles de que ele se lembra antes da missão, ainda que a diferença não seja tão profunda como gostaríamos.

— Aconteceu exatamente como eu lhes disse — o Arauto repetiu, em tom cansado, apontando para o mapa que brilhava na tela, exibindo ruas de alguma cidade em cinza claro. Uma linha vermelha que acompanhava algumas das ruas tinha a forma da barbatana dorsal de um tubarão.

— Com efeito, não há explicação para uma guinada tão brusca no trajeto da comitiva — disse o Coordenador, pensativo. — O estranho é que eu me lembro desse exato trajeto "quebrado" desde que estudei esses documentos pela primeira vez, e sempre me perguntei o motivo. Não há registros da época que expliquem por que a comitiva se desviou da Main Street na Dealey Plaza para passar pela Elm, poucos metros adiante.

O Arauto deu uma risada nervosa.

— Minhas memórias são diferentes. Lembro-me desse mapa com uma linha vermelha perfeitamente reta no centro. A ideia de usar o telhado do edifício dos correios para a emboscada foi exatamente sua.

— Não há dúvidas de que o relato do Arauto sobre os acontecimentos de 1963 explicam a mudança da linha do tempo desde então — interveio a Analista. — O que mais interessa, entretanto, é que a missão falhou. A alteração nos fatos históricos foi mínima.

Como se para reforçar o comentário, uma saraivada de tiros, abafada pelo invólucro de concreto da sala, fez-se ouvir em algum lugar acima, na superfície. Logo depois uma explosão, que fez um filete de poeira cair do teto sobre a mesa.

— Talvez a teoria esteja correta. — O tom do Coordenador era pensativo. — Talvez o tempo seja mesmo como um grande e caudaloso rio. Intervenções tentando alterar o passado conseguem desviar momentaneamente certo volume de água de seu rumo original, mas o enorme volume total da correnteza acaba por si só corrigindo o trajeto, e o rio prossegue inexorável em seu leito primário, ignorando solenemente nossa pretensão de desviá-lo.

— A não ser — a Analista interrompeu, elevando a voz — que consigamos desviar a correnteza em algum ponto chave da História. Construir um dique em algum desfiladeiro, ou algum outro ponto onde a correnteza se estreita, poderia resultar em um desvio maciço da direção do rio.

— Bem, a experiência acaba de mostrar que isso pode não ser viável.

— Discordo. Na verdade, o Arauto fracassou em sua missão. Após longos estudos concluímos que a morte de John Kennedy seria o elo mais vulnerável da cadeia de eventos capaz de mudar a História como a conhecemos. Só que ele não conseguiu...

— Precisamente! Ele não conseguiu matar o homem. E por que não? O que deu errado? Já parou para pensar nisso? Talvez mudar o que já aconteceu simplesmente não seja fácil assim.

— Bobagem. O futuro está sendo moldado todo o tempo, a cada segundo, de acordo com as opções que tomamos! O tempo é fluido, e não vejo razão para que passado seja tão dramaticamente diferente de futuro!

— É verdade. — O Coordenador suspirou, demonstrando evidentes sinais de desânimo. — Tudo se resume a opções. Por exemplo, consumimos grande parte das reservas energéticas da Comunidade nesta experiência. E lembrem-se de que o ataque que sofremos há dois meses destruiu completamente o principal depósito em que mantínhamos nossas pilhas de energia. Se o inverno deste ano for rigoroso, teremos sérios problemas. E tudo para que o trajeto dessa maldita comitiva mudasse de uma reta para um ziguezague. Nada mais que isso. Talvez a melhor opção agora, já que é disso que estamos tratando, seja abandonarmos toda essa loucura...

— Não! — Era a primeira vez que o Arauto intervinha na discussão, e os outros dois o fitaram surpresos. — Eu estive lá, e agora tenho uma noção realista do terreno, bem melhor que ao estudar esses arquivos antigos de mapas e relatos digitais. Não penso que seja inútil repetir a tentativa, agora a partir de um ponto diferente, mais próximo do trajeto do comboio.

— Suponha que o trajeto mude de novo...

— Não temos como saber. A História não registra o que deu errado, como foi que me descobriram. Talvez alguém tenha me visto no prédio, já que era um dia normal de trabalho.

— Tenho uma ideia — a Analista falou, com ar pensativo. — Talvez ajude se procurarmos agitar as águas passadas do rio o menos possível até o instante-chave.

— A que você se refere?

— A tentar minimizar o distúrbio no tempo. Veja que esse pequeno incidente que causamos já começa a gerar paradoxos temporais, como as diferenças nas memórias que nós e o Arauto temos dos fatos. A transferência de matéria entre épocas implica, obviamente, em transferência de energia.

— Já pensamos nisso antes, quando racionamos ao máximo o conteúdo da mochila de equipamento do Arauto. Quanto menos matéria deslocarmos...

— Menos energia gastaremos; e, supomos também, menor o risco de gerarmos distúrbios indesejáveis ou excessivos no fluxo temporal. Pois vamos reduzir esse risco ainda mais.

— O que está sugerindo?

— Sem mochila dessa vez. O Arauto será transportado com as roupas do corpo, e o que puder levar nos bolsos.

— Isso cria um problema — lembrou o agente. — Preciso de uma arma.

— Imagine que você tivesse sido apanhado no terraço pelos agentes federais. Como explicar aquela arma, avançada dezenas de anos em relação à tecnologia disponível em 1963? A posse dessa tecnologia naquela época poderia gerar paradoxos catastróficos! Por outro lado conseguimos reunir, garimpando pelos arquivos históricos, um montante razoável de dinheiro antigo, quero dizer, dinheiro corrente dos anos sessenta. E isso cabe perfeitamente em seus bolsos...

— Você está sugerindo que eu *compre* um rifle em 1963? — surpreendeu-se o Arauto.

— O que não será difícil se o reinserirmos no período certo, com os contatos adequados.

— Reduzir o elemento anacrônico pode ser uma possibilidade interessante — o Coordenador concordou, para surpresa do Arauto. — Vai ser mais trabalhoso e arriscado, mas penso que você esteja perfeitamente treinado para o desafio.

— Vocês sabem que podem contar comigo — o Arauto respondeu prontamente, tentando não deixar transparecer na voz o temor que preenchia seu coração ante a perspectiva. Mas outra explosão lá fora, um pouco mais distante, renovou sua convicção de que era o melhor a fazer.

— Vamos lhe apresentar a alguns personagens "históricos", e você estará de fato pronto para a missão — a Analista disse, sorrindo confiante e batendo de leve em seu ombro.

Dentro da sala, o silêncio. Em algum lugar na superfície, um grito agudo de dor e nova saraivada de tiros.

Segunda Tentativa

Em março de 1962, o Arauto foi admitido como técnico em artes gráficas na empresa Jaggars-Chiles-Stovall, sediada em Dallas. Usava o nome de Alek James Ridell, e seus empregadores ficaram realmente impressionados com sua habilidade e conhecimentos na área da fotografia. Cinco meses depois, o brilhante e empreendedor funcionário apresentou um projeto que possibilitaria um aumento considerável na capacidade de produção da empresa, e solicitou a contratação de um ajudante. Naquele mesmo mês, com sua aprovação, foi admitido um rapaz franzino e calado, mas que Ridell considerava, em uma avaliação preliminar, bastante promissor para o que tinha em mente. Chamava-se Lee Harvey Oswald.

O dossiê montado pela Analista era bem preciso. Oswald fazia parte de um obscuro grupo que supostamente haveria conspirado contra Kennedy após o fracasso do episódio da Baía dos Porcos, quando um grupo de exilados cubanos, com apoio dos militares americanos e da CIA, tentou lançar uma contra-revolução e derrubar Fidel Castro em Cuba. Originalmente, Oswald teria participado de reuniões da Frente Revolucionária Democrática Cubana, organização que mais tarde seria subordinada ao Conselho Revolucionário Cubano, ou CRC. Foi justamente o CRC, comandado pelo exilado Miró Cardona, que atuou em conjunto com a CIA no episódio da Baía dos Porcos. Com o retumbante fracasso da missão, Cardona acusou a CIA de atuar à revelia dos exilados, sem uma efetiva coordenação de ações, gerando um rompimento rancoroso entre as duas partes. Um ano e meio depois, quando espiões estadunidenses descobriram a presença de mísseis soviéticos em Cuba, a crise voltou a recrudescer entre os dois países. Kennedy declarou um bloqueio naval e ameaçou Castro abertamente. Mas o presidente russo Nikita Krushev colocou água fria no caldo em ebulição, comprometendo-se a retirar os mísseis. Kennedy aceitou o compromisso assumido, e em resposta prometeu não voltar a invadir Cuba. Essa foi a gota d'água que despertou a revolta dos já melindrados exilados cubanos nos Estados Unidos, assim como — convenientemente - dos grupos que tinham interesses econômicos em uma Cuba livre da ditadura de Castro. Foi quando se formou o tal grupo conspirador do qual participava Oswald. Além dele, eram notórios membros William Guy Banister, agente do FBI e detetive particular, companheiro de Oswald no Front Revolucionário e o homem que o teria convidado para o grupo; David Ferrie, piloto civil e ativista anti-Castro, amigo de Banister e que também tinha ligações anteriores com Oswald; Clay Shaw, ex-militar e grande comerciante em Nova Orleans, com interesses econômicos em uma Cuba livre do comunismo. Todos eles eram homens experientes e desconfiados, e uma abordagem direta por parte do Arauto foi considerada muito arriscada pelo Coordenador. O elo fraco da cadeia parecia ser Lee Oswald: desatento, incompetente, irritadiço e grosseiro no trato social, como o Arauto pôde confirmar em sua convivência com o rapaz na empresa. Entretanto, uma vez que Oswald atuava sob sua supervisão direta, conseguiu acobertar sua notória inaptidão até que conseguisse atingir seu objetivo. Pôde também, munindo-se de extremas paciência e tolerância, estabelecer a duras penas um relacionamento social com sua vítima. Numa deliberada demonstração de confiança, orientou Oswald a abrir uma caixa postal nos correios que só poderia ser utilizada por Ridell e por ele mesmo, visando controlar melhor o fluxo de material fotográfico e de impressão adquiridos regularmente pela Jaggars-Chiles-Stovall.

A vida forjada de Alek Ridell já durava um ano quando ele conseguiu arrastar seu pupilo para um bar após o expediente, alegando a necessidade de discutir aspectos relacionados aos projetos da empresa. Demorou-se discutindo tais frivolidades apenas o tempo suficiente para que o teor alcoólico no sangue de Oswald alcançasse o nível necessário para começar a derrubar suas defesas e restrições.Uma boa oportunidade para mudar os rumos da conversa surgiu quando o aparelho de TV do *pub* exibiu uma matéria sobre as repercussões de um tumulto racial com duas vítimas fatais, ocorrido na Universidade do Mississipi poucos meses antes. Foi entrevistado o General Edwin Walker, notória personalidade de extrema-direita que teria sido preso e responsabilizado pelo incidente. Um grande júri federal se recusara a indiciá-lo, e Walker agora se vangloriava de estar sendo beneficiado pelo cumprimento iniludível da generosa e infalível justiça americana.

— Maldito fascista dos infernos... — Oswald rosnou, por trás da face enrubescida

— É inacreditável como a justiça neste país pode ser tão cega — emendou Alek Ridell, agarrando-se à oportunidade com unhas e dentes

— Uma cegueira conveniente, é o que me parece. O que de fato ocorre é que as pessoas que detêm o poder neste país não têm os culhões para fazer o que é necessário, isso eu lhe garanto

— Isso não é de se surpreender; afinal, o exemplo vem de cima Um sinal de alerta pareceu acender-se nas profundezas da mente entorpecida de Oswald. Ele silenciou, e lançou a Ridell um olhar penetrante. Mas este não se intimidou, e prosseguiu em tom desinteressado:

— Veja o caso do presidente Kennedy, por exemplo: a ameaça comunista cresce como um câncer ali mesmo, em nosso quintal, e o que ele faz? "Acordos de cavalheiros" com o bastardo Krushev! Veja a falta que faz um texano de verdade comandando as coisas na Casa Branca...

Abandonando totalmente suas reservas, Oswald gargalhou e propôs um brinde ao companheiro, diante do inspirado comentário. A conversa poderia ter mudado de rumo ali, mas Ridell não pretendia largar o osso tão facilmente.

— O que você faria?

— Como?...

— Digo, se tivesse em suas mãos... não "o poder", mas simplesmente algum meio eficaz para dar uma lição nesses covardes hipócritas. Até onde seria capaz de ir?

Virando outra caneca de cerveja, Oswald deu um sorriso torto e apontou um dedo balouçante para Ridell, em sinal de divertida censura.

— Não me tente, meu caro, não me tente. Você poderia se surpreender...

Era hora de atacar diretamente. Ridell, o Arauto, inclinou-se para frente e, muito sério, sussurrou:

— Pois eu lhe digo o que eu faria: seria capaz de meter uma bala bem no meio dos olhos do tal Kennedy.

Oswald estacou, como se todo o álcool houvesse instantaneamente evaporado de seu sangue. Mas em seguida relaxou, sorriu e retrucou:

— Conversa fiada! Admito que seu objetivo é nobre, mas essa cartada seria muito arriscada. Matar um verme fascista como esse Walker seria coisa de criança, mas assassinar um presidente dos Estados Unidos...

O Arauto fez uma pausa silenciosa. Escolhia cuidadosamente as palavras que diria a seguir; delas dependeria o sucesso ou o fracasso de um ano de investimento de sua vida nessa missão. Finalmente, ele disse:

— Pois eu lhe proponho uma aposta...

A fisionomia de Oswald foi mudando, de zombeteira para sóbria, na medida em que se dava conta de que Ridell falava sério.

— Sou todo ouvidos.

Ridell olhou furtivamente ao redor, e constatando que não estavam sendo observados, sussurrou:

— Acontece que acabo de comprar uma arma pelo correio. Trata-se de um antigo objeto de desejo: um rifle Carcano, uma beleza de fabricação italiana, que já sobreviveu na ativa a duas guerras mundiais e outras escaramuças, e que continua sendo fabricado ainda hoje. O que proponho é o seguinte: eu entrego meu precioso tesouro em suas mãos durante seis meses. A condição é que, nesse período de tempo, você o utilize para dar cabo de Walker, seu general fascista.

Oswald riu, mas dessa vez a risada parecia nervosa e forçada.

— Certo, e além do óbvio fato de tornar o mundo melhor sem a presença desse verme, o que ganho eu em contrapartida?

— Caso você cumpra sua parte, deverá me entregar o rifle. Por empréstimo, pois a partir desse momento ele será somente seu. Quanto a mim, eu me comprometo a usar sua arma para acertar uma bala bem entre os olhos do Presidente dos Estados Unidos.

A reação de Oswald foi inesperada. Seu rosto voltou a assumir uma tonalidade vermelha, e ele apontou o dedo ameaçador diante do rosto do Arauto:

— Você não deveria brincar com esse tipo de coisa, Ridell! Não comigo! Você não sabe quem eu sou nem do que sou capaz!

Sem se intimidar, Ridell devolveu no mesmo tom:

— Pois estou pagando para ver, Oswald! E não estou brincando. Você falava sobre homens que não têm os culhões para fazer o que é necessário. Pois bem, estou assumindo esse desafio, para sabermos que tipo de homem é você!

Por um instante, a confusão tomou conta da fisionomia do pequeno homem. Seus olhos se moviam rapidamente em várias direções, embora o que ele realmente enxergava estivesse bem escondido nas profundezas de sua mente. Ocasionalmente olhava para Ridell, como se o estivesse avaliando. Não se passara ainda um minuto inteiro no relógio, quando o sorriso voltou aos lábios de Oswald. Dessa vez um sorriso feroz, e ele apertou a mão estendida de Ridell enquanto dizia:

— E, obviamente, saberemos também que tipo de homem *é você*.

O restante da conversa, no breve tempo que ainda durou aquela reunião, foi ocupado com assuntos triviais. Era evidente, entretanto, uma tensão constante que ressoava como pano de fundo. Ao final do encontro Ridell deixou Oswald em casa, e partiu em direção a seu apartamento alugado.

O Arauto sorria. Não podia ter sido melhor. De fato ele já havia adquirido o rifle, mas não imaginava que conseguiria prosseguir com o plano tão rapidamente. Restava saber se Oswald seria capaz de fazer sua parte. Ele acreditava que sim. Seu passado como ativista anti-Castro e sua passagem, ainda jovem, pelo Marine Corps, davam conta de sua capacidade para usar uma arma, e de sua disposição para usá-la em nome de uma causa.

Nos dois dias seguintes o relacionamento entre Oswald e Ridell no trabalho permaneceu inalterado. Isso deixou o Arauto satisfeito, pois atestava a capacidade do rapaz de permanecer frio e calculista depois de haver firmado aquele pacto absolutamente bizarro.

No final de semana, Ridell encontrou-se com Oswald na porta de casa, e entregou-lhe o rifle conforme o prometido. Não houve muita conversa, apenas uma troca feroz de olhares e um vigoroso aperto de mão. Restava ao Arauto sentar-se às margens do grande rio e contemplar, em calma expectativa, a passagem da correnteza do tempo.

No mês de março de 1963, Alek Ridell havia dado a Lee Oswald o prazo de seis meses para cumprir sua parte no pacto sinistro. Por isso foi com surpresa que, assistindo o noticiário do dia 10 de abril, apenas um mês depois da aposta, Ridell soube do atentado contra a vida do Major General da reserva Edwin Walker, baleado através da janela de sua sala de jantar. Walker apenas escapou com vida porque a bala ricocheteou na armação da janela, mas foi ferido no antebraço. Ninguém foi preso, e a polícia de Dallas ainda não tinha suspeitos.

No dia seguinte, no trabalho, Lee Oswald comportava-se da mesma forma reservada, taciturna e alheia de sempre. Essa frieza surpreendeu o próprio Ridell, que em dado momento, analisando algumas cópias entregues por Oswald, comentou em tom despreocupado:

— Muito bom, Lee. Vejo que você não perde tempo...

O outro apenas exibiu seu sorriso mais cínico e respondeu:

— Espero que sirva de exemplo, Alek. Temo que talvez o trabalho não tenha sido digno das expectativas do cliente, mas...

— Não se preocupe com isso — devolveu Ridell. — Acredito que esteja bom o suficiente para ser considerado satisfatório. Considere sua parte cumprida.

— Bem, nesse caso conte comigo para aprontar o material para a próxima etapa.

— Guarde a matéria-prima com você por enquanto, Lee. Quando precisar dela, eu me comunicarei imediatamente.

*

O Arauto contava agora com tudo que precisava para dar seguimento ao plano: a arma do crime e um bode expiatório. A polícia não deixaria de comprovar a semelhança entre a bala que atingira Walker e aquela que em breve tiraria a vida de John Kennedy. Uma denúncia anônima ligaria os dois crimes, caso fosse necessário. O rifle permaneceria em poder de Oswald por tempo suficiente para que ele o enchesse com suas impressões digitais, que o Arauto tomaria o cuidado de preservar, após comprovar por si mesmo sua existência.

Em virtude da convivência diária, sentia algum remorso por incriminar dessa maneira um inocente. Mas procurava se justificar, usando os argumentos de que a História mostrava que aquele homenzinho detestável estivera mesmo envolvido numa conspiração contra a vida de Kennedy, e que tal fato só não se concretizara em virtude das mudanças inesperadas no rumo dos acontecimentos. Além do mais o Arauto sabia que, com mo sacrifício de Oswald, estaria contribuindo para salvar milhares de pessoas, a maioria das quais gente de muito melhor qualidade do que aquele que seria sacrificado.

No mês seguinte, um fato inesperado trouxe complicações. Oswald desentendeu-se com os chefes da empresa, e foi demitido por incompetência. Dessa vez Ridell não conseguiu acobertá-lo, e em sua despedida ouviu a insinuação do ex-funcionário:

— Estou indo embora, mas ainda existe algo que nos une. Espero ter notícias suas logo.

— Com certeza terá, Oswald. Entenda que não me sinto capaz de me desvencilhar de alguns problemas com sua rapidez e desenvoltura, mas se me conceder um tempo, tenho certeza de que até o final deste ano terá boas notícias minhas.

— Tenho todo o tempo do mundo, Alek. Até breve.

Ridell observou enquanto o homenzinho se afastava, e olhou para a folhinha da parede com um suspiro. Tinha aproximadamente seis meses para sua “data fatal”, tempo o bastante para se assegurar de que, desta vez, nada daria errado.

*

O sol forte, o céu de um azul profundo, naquela manhã de novembro. O Arauto olhou ao redor, observando as pessoas que lentamente ocupavam a Dealey Plaza, e entrou no prédio de tijolos vermelhos. Subiu sem problemas até o sexto andar do Texas School Book Depository, onde trabalhava Lee Oswald. Não havia local mais seguro nem oportuno para a entrega da arma. A sala onde marcaram o encontro, um depósito repleto de caixas, ficava na esquina do prédio. Logo abaixo via-se a curva aguda que marcava o encontro entre as ruas Houston e Elm. De acordo com o novo trajeto da comitiva, determinado após a tentativa anterior do viajante temporal, o carro de Kennedy passaria bem debaixo de sua janela. O coração do Arauto acelerou. Desta vez tudo parecia conspirar a favor, não havia como dar errado. Ele olhou pela janela em direção ao telhado do prédio dos correios, do lado oposto da praça. Por um instante julgou divisar o vulto de uma cabeça movendo-se por trás da mureta baixa, e sorriu. Como bonus extra de uma manhã perfeita, sabia que a polícia de Dallas e o FBI estariam convergindo em direção àquele ponto distante, dando-lhe maior tranquilidade para agir.

A porta do depósito abriu-se com um suave estalo, e Oswald entrou sorrateiramente, carregando um volume comprido envolto em papel marrom. Sem esboçar intenção de tocar na arma, o Arauto pediu:

— Deixe-me ver essa belezinha...

Esperou até que Oswald, com um sorriso nos lábios, rasgasse o papel e lhe estendesse o rifle. Agora o Arauto tinha a certeza de contar com as impressões digitais do rapaz na arma do crime. Pegou a arma com suas luvas escuras e sorriu para o comparsa.

— Vai ficar para assistir o espetáculo?

Oswald contraiu o rosto, numa expressão irônica de dúvida.

— Hum, acho que não. Hoje a festa é sua. Estarei lá embaixo, na cafeteria, esperando pelo desfecho. Espero que tenha melhor sorte do que eu...

"Eu também", pensou o Arauto, fazendo um gesto de concordância com a mão. Observou enquanto Oswald deixava a sala, fechando a porta atrás de si, e voltou-se para a janela em busca do melhor ângulo de tiro. A melhor estratégia seria esperar que a comitiva passasse pelo prédio até o primeiro terço da Elm, quando teria uma visão livre do presidente por trás. Não poderia atingi-lo entre os olhos, como prometera a Oswald, mas um tiro na nuca com o Carcano surtiria o mesmo resultado.

O Arauto empilhou duas caixas de papelão diante da janela. Poderia assim apoiar o pé sobre elas, e o cotovelo que sustentava o rifle no próprio joelho. Assim não precisava apoiar a arma no batente da janela, evitando que o cano do rifle fosse visto do lado de fora. Tratou de ajustar a mira, e não experimentou qualquer incômodo. A distância de tiro havia sido consideravelmente encurtada, o que era uma vantagem a mais. Tudo parecia estar perfeito. O coração do Arauto acelerou, pois o pensamento de que desta vez nada poderia dar errado o encheu de expectativa.

Um coro de vozes entusiasmadas na rua fez com que ele se voltasse naquela direção. As duas primeiras motocicletas da comitiva acabavam de apontar na esquina da Main Street com a Houston, realizando a esperada curva em noventa graus para a esquerda.

O Arauto conferiu a trava da arma e a munição. Tudo estava em perfeita ordem. Apoiou o pé direito sobre as caixas e esperou.

Passados três ou quatro minutos, o capô escuro do Lincoln Continental conversível brilhou ao sol diante de seus olhos, transitando em baixíssima velocidade pela Elm Street. Dos dois lados da rua, diversas pessoas acenavam para o presidente e a primeira-dama, que correspondiam alegremente. Do alto de uma mureta, um homem filmava o cortejo.

O Arauto decidiu não esperar mais. Há anos esperava por esse momento. Apoiou com força o cotovelo direito sobre o joelho e elevou o cano da pesada arma, olhando através da mira telescópica. Tinha uma visão livre da nuca de John Kennedy. O Arauto apertou o gatilho.

Simultaneamente aconteceu algo desastroso. Não suportando o peso do corpo e do rifle, a caixa de papelão sob seu pé direito cedeu. No instante em que a bala deixava a arma com um estampido, o cano se inclinava violentamente para baixo. O tiro se perdeu, não atingindo ninguém que estivesse à vista.

O Arauto esbarrou na caixa de munição que deixara ao lado, e os pentes extras caíram no piso. Ele vociferou uma praga, e recarregou para um segundo disparo. A munição que estava dentro da arma teria que dar conta do recado. A descarga de adrenalina fazia o suor descer em corredeiras pelo rosto. Suas mãos tremiam. Mil coisas passavam por sua mente em questão de segundos. A intolerável ideia do fracasso; a teoria do grande rio; a reação da Equipe caso ele falhasse de novo...

O Arauto chutou as caixas para longe e apontou o rifle, dessa vez apoiando-o de qualquer maneira no batente da janela. Mirou, segurou a respiração... e atirou.

No carro presidencial, o governador do Texas John Connely, que seguia no banco à frente de Kennedy, sofreu um espasmo. O presidente parou de acenar e olhou em volta, atônito.

— Não, por tudo que é sagrado, não...

Era o que rosnava o Arauto fora de si, carregando a arma pela terceira vez. Lá embaixo, a primeira-dama bateu nas costas do motorista e disse alguma coisa; o homem olhou para trás surpreso, mas em seguida voltou-se para frente e acelerou o carro.

O Arauto tentou desesperadamente acompanhar o movimento, e deu o terceiro tiro. O projétil ricocheteou numa árvore e atingiu de raspão um homem que, junto à pista asfaltada, acompanhava tudo paralisado. Ele levou a mão ao rosto e cambaleou.

O que houve a seguir foi uma cena de pânico generalizado. A comitiva presidencial acelerou e desapareceu sob as árvores no final da Elm, mergulhando nas sombras do elevado que sustentava as linhas ferroviárias. Pessoas corriam e gritavam sem nenhuma orientação.

Em volta do edifício de tijolos vermelhos, alguém apontava na direção da janela de onde o Arauto, desolado, contemplava seu estrondoso fracasso. Furioso, largou o rifle e olhou na direção do prédio dos correios, onde ninguém mais estava visível sobre o telhado. Ele já ouvia vozes exaltadas no corredor do lado de fora da sala, quando acionou o mecanismo no cinto, e desapareceu no vórtice de energia tremulante.

PONTO DE PARTIDA

Passaram-se segundos de tenso silêncio depois que o Arauto pronunciou a última palavra de seu detalhado relatório. Subitamente o Coordenador se levantou, atirando para trás a cadeira, e avançou com dentes e punhos cerrados em direção ao agente. A Analista conseguiu interpor seu pequeno corpo entre os dois, enquanto o surpreso Arauto recuava assustado.

— A culpa foi sua! — O Coordenador vociferava. — Nós gastamos a maior parte da nossa energia para enviá-lo ao passado, e você deflagrou a Terceira Guerra Mundial!

— Do que é que você está falando? — rebateu o atônito Arauto.

— Está tudo registrado na História. — O Coordenador apontou para a tela acesa. — O Governador Connely foi baleado pelas costas, o que obviamente foi atribuído a uma tentativa de matar Kennedy! As agências de inteligência interpretaram o atentado como um revide dos simpatizantes de Fidel Castro à tentativa de invasão da Baía dos Porcos. O acordo firmado com Krushev foi rompido em um duríssimo discurso de John Kennedy, e o avanço das forças americanas contra Cuba deflagrou o primeiro ataque com armas atômicas, com perdas incomensuráveis dos dois lados, com repercussões em todos os países do mundo. Desde então vivemos neste mundo de penúria e violência, de nações desfeitas, de tribos bárbaras travestidas de comandos paramilitares atacando castelos fortificados que chamamos de Comunidades. Tudo porque você não foi capaz de acertar um único tiro no Presidente dos Estados Unidos!

— Não foi o que aconteceu! Quero dizer, os detalhes mudaram, mas no plano geral a situação do mundo continua a mesma que motivou minha primeira incursão no fluxo temporal.

— Pense um pouco, Coordenador! — A Analista intrometeu-se, ainda de pé entre os dois. — Se não fosse como ele acaba de dizer, que motivo teria nos levado a passar por cima de todas as restrições e temores elaborados no plano teórico, e usar pela primeira vez a tecnologia de viagem no tempo? Mais uma vez se confirma a metáfora do grande rio: conseguimos promover um desvio em parte da correnteza, mas no plano macroscópico o rio conseguiu permanecer no curso original.

Finalmente o Coordenador relaxou os músculos contraídos, e sentou-se com um suspiro desanimado.

— Neste caso, tudo está perdido. Não podemos mais arriscar reservas energéticas. Temos que admitir que fomos derrotados pelo grande rio.

Permaneceram os três sentados, sob o peso da derrota. O Arauto comprimia os lábios e balançava a cabeça negativamente. Olhou para a Analista na esperança de ouvir uma objeção, mas em seu rosto também só conseguiu enxergar o desânimo. Em voz baixa, objetou:

— Não posso aceitar isso. Desculpem-me, mas eu estive lá. Sei que estamos muito perto!

Foi a vez da Analista suspirar. Olhou suavemente para o Arauto.

— Suponha por um minuto que tivéssemos recursos de sobra para uma nova tentativa. Temos que nos render às especulações dos teóricos. Já existem duas versões suas ao mesmo tempo na Dealey Plaza, em novembro de 1963. Não podemos nos arriscar a enviá-lo novamente àquele momento no tempo. Imagine a hipótese de termos um terceiro Arauto no local. Imagine o risco exponencialmente aumentado de paradoxos. Caso uma versão sua se encontre com outra...

— O que poderia acontecer? — o Arauto protestou. — Quem é que sabe na realidade?

— Exatamente, ninguém sabe. O que aconteceria? Absolutamente nada? A Dealey seria transformada em um buraco negro, aniquilando John Kennedy e o planeta inteiro? A questão é: estamos dispostos a arriscar?

Retornaram ao silêncio, cada um mergulhado nos próprios pensamentos. O Arauto não conseguia se conformar.

— Poderíamos tentar intervir em outro momento histórico; talvez anos antes, na Batalha de Guadalcanal, quando Kennedy foi ferido em combate...

— Você sabe que esse momento em Dallas foi escolhido após cuidadosos estudos, como o mais apropriado historicamente para conseguirmos o desvio que buscamos no *continuum* — disse o Coordenador, mais calmo. — Se ainda assim o fluxo temporal resiste, imagine o quanto diminuiriam nossas chances se desviarmos nossos esforços para outro momento qualquer...

— Talvez haja uma alternativa. Talvez eu não tenha necessariamente que estar presente na Dealey Plaza para fazer isso dar certo. Como os dados históricos que temos e minha familiaridade adquirida com os personagens desse jogo...

— Não se esqueça de nossas baixas reservas energéticas.

O agente voltou a afundar na cadeira, finalmente vencido pelos argumentos. Tinha que aceitar o fato de que falhara miseravelmente. Sem que ninguém esperasse, veio da Analista a centelha de esperança:

— Talvez tenhamos cacife para mais uma cartada. Lembro-me de que há dois anos a Comunidade Tetha sofreu um sério revés no conflito com um comando inimigo, e teve que recorrer a nós para repor suas reservas de energia para o inverno. Sei que os dois últimos anos foram bem mais tranquilos naquela região, e a dívida jamais foi cobrada. Se conseguíssemos que os Administradores solicitassem essa reposição das pilhas cedidas, e direcionassem o material para nosso projeto...

Os olhos do Coordenador brilharam por um instante, e ele voltou a erguer a cabeça.

— Tenho alguns bons contatos políticos na Administração da Comunidade. Talvez, se falar com as pessoas certas...

— Mais uma chance — soou a voz emocionada do Arauto. — É tudo que lhes peço: mais uma chance, e tudo será diferente.

Terceira Tentativa

Em junho de 1960, sob o disfarce do exilado cubano Aldo Rioja, o Arauto começou a frequentar as reuniões abertas da Frente Revolucionária Democrática, ou FRD, na Cidade do México. O momento era bem propício para a infiltração. A organização contava com apenas um mês de existência, e procurava a todo custo ganhar força reunindo em suas fileiras o maior número possível de exilados cubanos anti-Castro. Muitos desses homens haviam sido obrigados a fugir de Cuba com a roupa do corpo, alijados até mesmo de seus documentos pessoais, daí que a falta de uma identificação segura não era problema para ingressar na FRD.

Rioja demonstrou ser um ativista inteligente e cheio de iniciativa, contribuindo decisivamente para o fortalecimento da entidade. Tomando todo cuidado para permanecer sempre nos bastidores, foi o maior incentivador para que o exilado Sergio Arcacha Smith montasse o escritório da FRD em Nova Orleans. Defendia que uma proximidade geográfica maior com os aliados estadunidenses seria fundamental para a articulação de esforços conjuntos contra a ditadura castrista.

Criada a sede da Frente Revolucionária Democrática Cubana em território estadunidense, Aldo Rioja finalmente confidenciou a seu líder, Arcacha Smith, ser um agente infiltrado da CIA. Orientou-o no planejamento para atrair exilados cubanos para o movimento rebelde, e estrategicamente afastou-se das atividades do grupo, permanecendo nas sombras como consultor do líder. Tudo que Rioja não queria era correr o risco de se encontrar cara a cara com Lee Harvey Oswald nas reuniões da Frente, de forma que este não pudesse reconhecer aquele "cubano", em tempos futuros, como seu superior hierárquico na empresa em Dallas, Alek Ridell.

No início de 1961, Rioja comunicou a Arcacha Smith que em breve ele seria contatado por um grupo especial da CIA, que a partir daquele momento coordenaria os esforços para uma ação conjunta contra o governo de Castro. Quanto a ele, Rioja, estava sendo designado para uma nova missão na América Latina, e desapareceria por um tempo.

Não demorou muito para que surgisse o Conselho Revolucionário Cubano, formado sob assistência da CIA, que arregimentaria sob seu comando o grupo da Frente Revolucionária. Estava formada a base para a mal-sucedida invasão da Baía dos Porcos.

O Arauto permaneceu escondido e vigilante durante algum tempo, acompanhando o desenrolar dos fatos pelos quais ele, tendo estudado os relatórios minuciosos da Analista, já esperava. A sede da FRD ficava na Camp Street, no mesmo edifício onde certo Guy Banister, ex-agente do FBI e atualmente detetive particular, mantinha seu escritório. Banister era um irritadiço militante da extrema-direita, e sua aproximação de Acarcha Smith e da FRD foi praticamente inevitável. O Arauto percebeu que aquela ligação se tornara sólida quando ambos, Smith e Banister, mudaram juntos o endereço de seus escritórios para o edifício na esquina da Camp Street com a Lafayette Street, no início de 1962.

Cumprindo o seu plano, entrou em ação algumas semanas depois dessa mudança. O evento-chave para sua reentrada em cena ocorreu depois que Arcacha Smith aparentemente caiu em desgraça e foi expulso do FRD, acusado de desvio de recursos. Seu substituto na instituição mudou o endereço do escritório para a própria casa, longe de Lafayette Street, dando mais tranquilidade ao Arauto para transitar pelo edifício na próxima fase do plano. Ele sabia que Lee Oswald tinha estreitas ligações com a FRD, e não pretendia se deparar com ele por ali casualmente.

Em agosto de 1962, Arcacha Smith fez uma misteriosa viagem ao México, e dias depois Aldo Rioja surgiu às portas do escritório de Guy Banister. O homem de testa alta e olhos penetrantes, com cara de poucos amigos, não moveu um músculo da face quando ele se apresentou e sorriu.

— Eu deveria saber quem diabos é "Aldo Rioja"?

— Bem, creio que já tenha ouvido falar de mim, através de nosso amigo em comum, Arcacha Smith...

— Oh. — Banister se permitiu arquear brevemente as sobrancelhas, e ainda hesitante fez sinal para que Rioja se sentasse. — E que notícias me traz do bom e velho Smith?

— Talvez o senhor ainda não saiba, mas ele teve que fazer uma viagem inesperada.

O Arauto estudou cuidadosamente a face de pedra diante de si. Sabia que estava sendo testado a cada frase. Deu de ombros e disse:

— Negócios pessoais, suponho.

— Pessoais, certamente. Pelo sotaque e pelo nome, suponho que o senhor também seja cubano.

O Arauto fez um gesto amplo em torno de si.

— Mais um perdido neste grande país, enquanto Cuba enfrenta momentos tão difíceis...

O silêncio entre os dois era quase sólido, e o Arauto percebeu que não conseguiria romper a barreira com facilidade. Banister, habilmente, não abria mão de sua confortável posição de quem estava quieto cuidando de seus negócios e fora procurado por um desconhecido suspeito. Esperava que Rioja continuasse falando, por isso o Arauto se inclinou para frente, após uma breve olhada ao redor, e disse em voz baixa:

— Smith o considera um homem de total confiança, senhor Banister, e é por isso que estou aqui. Conhecendo-o bem, o senhor deve ter achado sua súbita expulsão da FRD algo desprovido de propósito...

— Todos temos inimigos políticos, senhor Rioja, assim como, todos temos telhado de vidro. Não estou familiarizado com os detalhes da expulsão de Smith, nem posso afirmar se foi justificada ou não, apenas posso dizer que, no que se refere a mim, ele sempre agiu com absoluta lealdade.

— Ah, certamente. Seus instintos de investigador não traem seu juízo. A bem da verdade devo apenas dizer que há movimentos importantes sendo orquestrados a nível internacional, e estes exigiram que Smith fosse convenientemente afastado de seu papel intimamente ligado à Frente Revolucionária aqui nos Estados Unidos. Sua atual visita ao México obedeceu à necessidade de que ele fosse inteirado de suas novas atribuições. O senhor sabe que a FRD nasceu no México, não?

— Hum. — Um tênue brilho nos olhos de Banister denunciava que ele havia sido finalmente fisgado. No entanto, ele retornou em seguida à sua postura defensiva e indagou:

— E o que exatamente isso tem a ver comigo, senhor Rioja?

O Arauto suspirou e ajeitou-se na cadeira, como costumava fazer antes de jogar uma isca. Continuou em tom intimista:

— O que talvez Smith não lhe tenha dito a meu respeito é que sou um agente de ligação entre a FRD e a CIA. Com a necessidade do remanejamento de Smith, meu grupo dentro da agência indicou-me para contatá-lo. Dentre os contatos feitos pela FRD em solo americano, o seu perfil nos parece ser um dos mais promissores para a participação em projetos de interesse mútuo. Seus conhecimentos como ex-policial e ex-FBI, e suas francas e veementes opiniões a respeito das forças desintegradoras atuantes neste país, podem ser valiosos para a concretização de objetivos que, penso eu, trariam também muita satisfação ao senhor.

Os segundos após essa fala pareceram uma eternidade para o Arauto. Ele sabia que Banister iria conferir cada informação que ele dera a respeito de sua identidade assim que ele deixasse o edifício, mas quanto a isso estava tranqüilo. O currículo que vinha construindo desde que retornara a 1960, no México, era inteiramente verdadeiro, e se prestava exatamente a esse fim. Até mesmo os documentos pessoais e o dinheiro, preparados meticulosamente pela Analista a partir de antigas amostras em seus mínimos detalhes, eram à prova de qualquer exame mais detalhado. Mas Banister, que segundo os relatórios havia sido um dos líderes de um complô sem maiores consequências contra o governo Kennedy, acusando-o de vender-se aos interesses soviéticos, tinha papel fundamental no novo plano do Arauto. Ele *tinha* que morder a isca.

— Penso que isso pode ser verdade, senhor Rioja — Banister disse, finalmente. — Sei que dentro de todos os setores do governo há pessoas insatisfeitas com os rumos que as coisas vêm tomando devido à infiltração de ideias comunistas. A CIA não é exceção, já tive mais de uma prova disso. Entretanto, considero preocupante a desarticulação dessas forças, que me pareciam tão afinadas, após o fracasso na Baía dos Porcos e a atitude decepcionante e covarde de nosso presidente, se me permite dizer, diante das bravatas e promessas hipócritas dos russos. Estou realmente curioso para ouvir o que o senhor propõe...

O Arauto sorriu, e dessa vez seu sorriso tinha um fundo de sinceridade. O caminho que buscava finalmente se abria.

— De fato, a relação entre CIA e FRD se encontra bastante desgastada por causa dos fracassos recentes. Por isso fui encarregado de formar um grupo inteiramente novo, e conto com o senhor para me ajudar a recrutar os melhores elementos entre aqueles que já têm colaborado com a nossa causa, com o objetivo de lançarmos um golpe, digamos... realmente contundente contra as pretensões comunistas nos Estados Unidos. Pretendemos dar a Krushev e Castro, de uma só vez, um recado que eles não serão capazes de ignorar.

O Arauto se surpreendeu com a risada de Banister, lenta e profunda. O detetive sorriu, um sorriso duro, como se tivesse que abrir caminho à força entre as vincadas faces de pedra.

— E que recado tão contundente seria esse, senhor Rioja? Por acaso estão planejando matar o presidente?

O Arauto deixou que se prolongasse o momento de expectativa seguinte à provocação de Banister, e percebeu que isso teve a eloquência que esperava. Quando falou, sua fisionomia era séria e a voz fria:

— Eu não falaria algo assim em voz tão alta, senhor Banister. Se um desejo manifesto assim se tornar realidade... Bem, isso pode atrair perguntas indesejáveis.

Banister concordou lentamente com um gesto de cabeça. O Arauto percebia que as coisas iam correndo perfeitamente bem. Mas não esperava a pergunta que veio a seguir:

— Certamente Matt Derringer está ciente do seu plano, não?

O Arauto sentiu músculos se retesando por todo o corpo. Matt Derringer? Não se recordava de ter visto esse nome em nenhum dos relatórios da Analista. Também nunca o ouvira em nenhuma de suas incursões anteriores à década de 1960. Quem diabos poderia ser Matt Derringer? Por outro lado, seria perigoso declarar sua ignorância. Mesmo que fosse apenas uma cilada preparada por Banister, a resposta errada poderia desmascará-lo em um piscar de olhos. Como um bom "agente da CIA", decidiu ser evasivo:

— Nomes muitas vezes são dispensáveis no nosso negócio. O senhor deve contar comigo como seu único agente de ligação, pelo menos por enquanto.

— Perdoe minha desconfiança, senhor Rioja, mas é a reação normal de um cachorro velho de rua, quando alguém sacode um filé suculento diante de seu focinho. Pode considerar como as manias de um velho, mas isso faz parte daqueles "cacoetes de ex-policial e ex–FBI" que o senhor mesmo elogiou no início desta conversa. Nos meus tempos de FBI, o agente Derringer atuava como agente de ligação em diferentes movimentos conspiratórios, tanto entre as agências governamentais como entre grupos independentes. Sei que ainda ocupa essa posição, pois recentemente esteve na coordenação do grupo que concretizou a conexão entre a CIA e o Conselho Revolucionário Cubano. Sei também que Derringer é esperto o suficiente para permanecer sempre nas sombras, mantendo seu nome longe das conversas e atividades que não sejam absolutamente seguras. Curiosamente, agimos em conjunto uma vez ou outra enquanto estive no FBI, e ainda tenho seu telefone em algum lugar por aqui. Se alguém pode conferir legitimidade ao seu discurso, senhor Rioja, esse alguém é Matt Derringer. E penso que seu projeto seja importante o suficiente para que esse homem tenha necessariamente que estar a par do mesmo, não concorda?

O Arauto sentiu seu sangue ir gelando mais e mais a cada palavra proferida por Banister. Ao final, apenas consentiu com um movimento de cabeça, pois não via outra alternativa diante da lógica que reconhecia no discurso do detetive. Viu quando o homem corpulento abriu uma gaveta na escrivaninha, retirou uma pequena agenda de telefones, e deixou a gaveta aberta. O Arauto era capaz de apostar que havia uma arma ali, bem ao alcance da mão de seu interlocutor. Sem se descuidar dele por um minuto que fosse, Banister folheou a agenda sobre a mesa e parou na página que buscava. Com a mão esquerda discou um número no telefone preto a seu lado. A mão direita permaneceu sobre a mesa, perto da gaveta aberta.

O Arauto sentia a garganta ressecando, e o suor empapando a camisa em suas costas. Resistiu bravamente a um impulso para olhar em direção à porta do escritório, como que calculando suas possibilidades de escapar. Para um homem experiente como Banister, esse ato falho seria praticamente uma admissão de culpa na farsa que estava orquestrando. Pela primeira vez, em anos de planos meticulosos, sentiu-se indefeso. Tudo devido a um nome que, por competência de seu esperto dono, permanecera ausente dos livros de História.

— Alô? — Banister disse, ainda encarando Rioja. — Matt Derringer, por favor?

Segundos se passaram, enquanto uma secretária em algum gabinete desconhecido da CIA abordava seu chefe. Finalmente, o sorriso de Banister denunciou a chegada da voz que esperava ouvir.

— Matt? Guy Banister.

Pausa.

— Sim, já faz um bom tempo. Você sabe, não ter mais uma bolada do governo em sua conta ao final de cada mês ajuda a massagear suas pernas. A iniciativa privada ajuda a prevenir as doenças circulatórias.

Risos pesados e lentos de Banister. Depois ele escutou um pouco, e riu de novo.

— Matt, na verdade o motivo dessa ligação é o seguinte: fui procurado por um rapaz que pode ser um conhecido seu: Aldo Rioja. Um antigo companheiro de pescaria, talvez...

A metáfora era óbvia. O Arauto esperou inerte, enquanto Banister ouvia atentamente. O fim estava chegando de forma inexorável.

— Hum. Entendo. Sim. Transmitirei seus cumprimentos a ele. Vamos ver se o rapaz é mesmo capaz de nos levar para pegar umas trutas bem suculentas, como prometeu. Um abraço, Matt.

O Arauto não cabia em si de tanta surpresa. Ficou imóvel, ainda mais prostrado do que antes, sem acreditar no que tinha ouvido. Parecia um sonho quando, em vez de dar-lhe um tiro, Banister fechou lentamente a gaveta e sorriu.

— Muito bem, senhor Rioja. Viu como foi simples? Agora sim, parece que estamos acertados. Quando quer marcar nossa primeira reunião?

— Deverei estar fora de Nova Orleans por uma semana. Volto a procurá-lo por ocasião do meu retorno. Talvez então o senhor já possa nos apresentar alguns nomes adequados ao que estamos propondo...

— Pessoas não ligadas a agências governamentais, como o FBI e a CIA, obviamente. — O tom irônico ficava estranho na voz de Banister.

— Obviamente, nada comprometedor. Que sejam meramente patriotas, digamos assim.

Despediram-se e combinaram a reunião para a semana seguinte. Na verdade o Arauto só pensava em sair rapidamente dali. Precisava retroceder, tentar descobrir algo a respeito do novo personagem, certificar-se de que tudo não passava da contra-ofensiva de um Banister ainda desconfiado. Sua mente girava, e ele não podia acreditar, muito menos compreender, as razões pelas quais ainda estava vivo.

O Arauto nunca lamentara tanto a falta de equipamento de sua própria época como auxílio na missão. Passou os dias seguintes vigiando cuidadosamente os passos de Banister, e tentando encontrar pistas sobre o tal agente Derringer. Nem seus contatos na FRD, ou os agentes da CIA que os mesmos discretamente procuraram sondar, puderam esclarecer o mistério. Nos registros da CIA constava um agente Matthew Derringer, mas tudo que se sabia é que se tratava de um burocrata da agência, afastado das missões de campo fazia muitos anos. Ninguém conhecia qualquer ligação entre Derringer e os cubanos. Caso a história de Banister se confirmasse, seria um motivo de muita preocupação. Chamar a atenção desse homem poderia ser perigoso, pois tudo indicava que ele era bom no que fazia.

Mesmo sem nada conseguir, o Arauto também nada percebeu de estranho no comportamento de Banister durante a semana. Fez uma ou outra visita que ele já esperava, pelo conhecimento que tinha dos personagens envolvidos no suposto grupo conspirador do relatório da Analista. O detetive parecia estar sendo sincero.

Por isso, um aparentemente despreocupado Aldo Rioja o procurou na semana seguinte, e demonstrou surpresa e interesse pelos nomes recrutados por Banister. Os nomes-chave eram apenas dois, na verdade: David Ferrie, o baixote irritadiço que Rioja já havia visto em ação em campos de treinamento da FRD, e Clay Shaw, o grande comerciante que tinha ligações fortes com o meio da prostituição e da pederastia no submundo de Nova Orleans, e que não podia ver a hora de se livrar da ditadura de Castro para estender seus famintos dedos capitalistas sobre a ilha cubana. Banister via em Ferrie um agente "disposto a tudo contra o comunismo", e em Shaw o suporte financeiro ideal para a operação.

Rioja aprovou os nomes propostos, e nomeou Banister seu homem de ligação com o grupo conspirador. Ferrie ficou encarregado de treinar um grupo paramilitar entre os cubanos da FRD para uma suposta "nova invasão em Cuba", e uma de suas atribuições seria sacar dali os melhores atiradores. Shaw, obviamente, começou a levantar fundos para a operação.

Era o mês de julho de 1963, quando Rioja pediu que Banister marcasse uma reunião com os cabeças do bando para explicar detalhes de seu plano. Encontraram-se no Lafayette Street, bar que pertencia a um amigo de Banister, que tinha no fundo do salão alguns boxes discretos e reservados para pequenas reuniões. Ele se atrasou propositalmente, permitindo assim que se aguçasse a curiosidade do trio para o que tinha a propor.

O Arauto voltou a sentir, no momento em que se aproximava do bar, aquela euforia que despontava quando ele alcançava o momento decisivo de uma missão que vinha correndo bem. Tinha sido meticuloso ao máximo; a Equipe sentiria orgulho dele. Acatando a preocupação de seus associados, tinha elaborado esse longo e meticuloso plano, com anos de duração, tudo para tentar driblar a resistência da correnteza do tempo.

Com um suspiro final à porta de entrada, caminhou resoluto para dentro do bar e sentou-se ao lado de Clay Shaw, de frente para Ferrie e Banister.

— Boa noite, senhores. É um prazer estar finalmente diante deste seleto grupo, a respeito do qual tenho ouvido muitos elogios da parte de nosso amigo em comum, o senhor Banister.

— Dê um desconto nos elogios, senhor Rioja — Shaw disse, lançando um sorriso afetado para Banister. — Já deve ter percebido como Guy é um encanto de pessoa.

A fisionomia carrancuda de Banister não se alterou, e Ferrie deu uma risada quase histérica.

— Não se preocupe, senhor Shaw. Creio que posso avaliar na justa medida o quanto este grupo tem sido merecedor de participar de um momento tão importante para a História e o futuro deste país.

A fala de Rioja funcionou como um chamado decisivo à curiosidade que vinha roendo aquelas mentes por dentro, cada uma movida por seus interesses pessoais. Ferrie e Shaw trocaram olhares de cumplicidade. Banister bebericou seu copo de cerveja, sem tirar os olhos do pretenso cubano. Sentindo que tinha o melhor da atenção de todos, Rioja prosseguiu:

— Nosso "objetivo", e permitam-me usar esse termo para me referir de maneira discreta ao homem que todos sabem quem é, estará em Dallas dentro de alguns meses. Meus contatos já confirmaram sua agenda. Penso que será o momento mais oportuno para colocarmos nosso plano em ação.

— Por que Dallas? — interrompeu Banister, em tom neutro. Rioja fitou-o atentamente, mas não conseguiu desvendar os pensamentos que iam por trás da indagação.

— Porque nosso homem já se preocupa com a reeleição, e sua popularidade está caindo vertiginosamente no Texas. Ele se prepara para uma série de viagens pelo estado em um futuro próximo. Sabemos que chegará a Dallas pela manhã, e desfilará em carro aberto até o hotel pelas ruas da cidade. O carro conversível permitirá uma excelente visibilidade do alvo. Além do mais, temos contatos na cidade que estarão prontos para afastar a maior parte dos agentes da polícia e do serviço secreto do local planejado para a ação no momento adequado.

Banister fez um gesto silencioso com a cabeça que significava compreensão e concordância. Rioja prosseguiu, fitando cada um dos presentes:

— Analisando o percurso da comitiva, o local mais adequado para a ação será a Dealey Plaza. Antes que o senhor Banister me pergunte, esclareço que isso se deve ao fato de ser o maior espaço aberto em todo o percurso, com excelente visibilidade para nossos atiradores em diferentes pontos...

— O senhor disse "nossos atiradores"? — foi a vez de Ferrie interromper — De quantos homens estamos falando?

— Considerando nossa análise dos perfis que o senhor enviou a partir dos grupos treinados pela FRD, senhor Ferrie, penso em utilizar dois atiradores. Os melhores, na verdade. Um deles ficará entrincheirado mais adiante na trajetória do comboio, de modo a atingir o "objetivo" pela frente, e o segundo em um posto mais elevado e atrás do alvo, de modo que, no momento da ação, o "objetivo" seja pego em um fogo cruzado e não tenha chances de escapar. Será como atirar em um pato dentro de uma banheira.

Shaw deu uma pequena risada em voz alta, e Ferrie sorriu satisfeito com a metáfora. Rioja prosseguiu:

— O atirador dianteiro estará localizado em uma das pérgulas da praça, numa elevação próxima à Elm Street, camuflado por árvores e por uma cerca de madeira; o atirador do ponto mais elevado e posterior, em um dos andares do depósito de livros na esquina da

Elm com a Houston. A ação será deflagrada quando o "objetivo" se encontrar entre esses dois pontos.

— Espere aí um momento... — Era Ferrie quem interrompia de novo, os olhinhos brilhando de percepção. — Depósito de livros? Esse endereço não pode ser coincidência, senhor Rioja. Já que falou em utilizar os melhores atiradores... não posso crer que está pensando em fazer com que um deles seja Lee Harvey Oswald!

Shaw franziu a testa e olhou repetidamente de Ferrie para Rioja. Os olhos de Banister simplesmente pulavam de um para outro por trás do copo de cerveja, sem alterar sua expressão.

— O senhor lembrou muito bem: o depósito de livros é o local de trabalho de Lee Oswald, o nome por trás de um dos prontuários que nosso grupo andou estudando com certo interesse e preocupação. Veja bem, senhor Ferrie: encerrada a ação, necessitaremos de um nome para desviar as atenções dos investigadores. Nada melhor do que atribuir o crime a um indivíduo reconhecidamente fanático e potencialmente violento.

— O senhor quer usar Oswald como bode expiatório — concluiu Banister, resumindo a ideia em tom lacônico. Rioja continuou olhando atentamente para Ferrie.

— Que o ato seja considerado a ação isolada de um louco. Espero que não tenha nenhuma objeção ao nome de Oswald para esse papel. Sei que vocês dois têm um passado em comum...

Ferrie fez um gesto de reprovação a essa ideia.

— Não se preocupe quanto a isso! Fui eu quem aproximou Oswald ao nosso grupo de simpatizantes do movimento anticastrista, por encontrar nele afinidades de pensamento, mas confesso que há momentos em que aquele rapaz me assusta, além de não ter um temperamento fácil de lidar. Apenas fiquei curioso sobre a escolha de seu nome...

— Na verdade, nosso grupo tem se preocupado com algumas atitudes de Oswald, considerando que, em caso de uma investigação, ele poderia acabar sendo ligado à FRD e colocar em perigo nossa operação mais importante, o que não seria desejável no momento. O atentado cometido por ele há poucos meses contra o general Edwin Walker foi a gota d'água...

Essa revelação fez crescer um murmúrio de surpresa em torno de Rioja. Dessa vez até mesmo Banister arregalou os olhos, e foi ele quem comentou:

— O senhor está dizendo que foi Oswald quem atirou contra Walker?

— Uma informação disponível para poucos, mas uma revelação que se faz necessária neste momento, para que os senhores compreendam como Oswald está se tornando imprevisível, o que em nosso ramo de negócios é sinônimo de "perigoso". Um dos objetivos que cumpriremos programando a ação para a Dealey Plaza é exatamente contarmos como nosso bode expiatório, como bem definiu o senhor Banister, no local da operação, sem que tenhamos de lhe dar mais informações do que o necessário, caso ele se sinta inclinado a dar com a língua nos dentes.

— Ainda sim ele pode ser perigoso, caso seja preso. Ele conhece todos nós, e também nossas ideias...

— Não se preocupem. Todas essas contingências já estão previstas, e prontas para serem resolvidas para a sua e a nossa tranqüilidade. Agora eu gostaria de conhecer suas impressões, senhores. Caso ninguém tenha objeções, estamos prontos para iniciar os preparativos.

— Só me resta propor um brinde ao sucesso da operação — disse Shaw, com um entusiasmo mal contido, levantando seu copo. Ferrie o acompanhou no gesto. Apenas Banister permaneceu imóvel, fitando Rioja. Ele torceu os lábios para baixo como um buldogue, e falou lentamente:

— Antes de participar de qualquer brinde, há algo que eu gostaria de ver bem esclarecido, senhor Rioja. Qual seria o interesse de seu grupo dentro da agência em bancar essa operação?

Uma luz amarela acendeu na mente do Arauto. Ele sabia que Banister era astuto, e a intervenção não podia ser coisa boa. Estreitou os olhos e encarou seu oponente.

— Eu pensava que isso já estava claro entre nós, senhor Banister. Assim como o senhor, não nos sentimos nada satisfeitos vendo nossos rapazes arriscando suas vidas em operações em território hostil, enquanto nosso próprio presidente se esmera em fazer concessões, acordos de cavalheiros e conchavos com nossos inimigos confessos.

— Bem, aí é que está o mais estranho — Banister retrucou, erguendo de leve a parte anterior do chapéu e coçando a testa. — Lembra-se daquele nosso amigo em comum? Aquele para quem telefonei de meu escritório, na sua presença?

O Arauto crispou os dedos, tenso. Matt Derringer, o homem misterioso. Ele novamente! Banister deu por encerrada sua breve pausa dramática e prosseguiu:

— Parece que minha ligação naquele dia o deixou apreensivo, apesar de ter endossado suas palavras e confirmado sua identidade. Devo confessar, a propósito, que se não fosse esse aval, não estaríamos tendo esta conversa, e garanto que isso seria com um enorme prejuízo para sua pessoa. Mas como eu dizia, nosso amigo parece ter ficado preocupado, pois hoje pela manhã recebi uma ligação dele. Não entrou em detalhes sobre o quanto está envolvido, ou sequer informado a respeito das ações do seu grupo, mas julgou por bem me passar uma informação importante, a fim de evitar equívocos que poderiam acabar sendo desastrosos...

O Arauto observou enquanto Banister tomava mais um gole de sua cerveja, e também que a mão direita do homem estava escondida sob a mesa. Compreendeu que teria de agir com muita calma e astúcia, pois se encontrava sob a mira da arma do detetive. Banister pousou o copo vazio na mesa e continuou:

— A informação, cuja primeira parte já sabíamos pela própria imprensa, é que o presidente está sofrendo enormes pressões no campo político. Suas declarações de que pretende retirar nossas tropas do Vietnã têm soado muito impopulares junto a certos setores da indústria nacional. Seus aliados políticos temem pelo futuro, recordando que Kennedy foi eleito com uma ínfima vantagem na contagem dos votos, e sabendo que tais decisões polêmicas podem ter certo apelo popular, mas podem funcionar como um tiro pela culatra, ao contrariarem grupos econômicos poderosos neste país.

— E *como* podem! — Shaw resmungou, com um meio sorriso. Banister prosseguiu:

— Mas essa é a parte que todo mundo já sabia. A novidade que eu soube esta manhã, senhor Rioja, é que, ao contrário do que parecia até então, o presidente resolveu ceder!

Banister olhou para todos os presentes esperando manifestações de surpresa, mas só viu incompreensão nas fisionomias. Decidiu esclarecer:

— Melhor dizendo, a CIA nos revela que existe um plano que será em breve executado, quando um agente solitário em Havana deverá assassinar Fidel Castro.

Agora sim, Ferrie e Shaw saltaram nas cadeiras com exclamações de surpresa.

— Mas Banister, se ele deu sua palavra a Krushev, isso poderia ser interpretado como um ato de guerra...

— Desde que o tal agente seja apanhado, Ferrie. A ideia, que parece um espelho distorcido do plano do senhor Rioja, é atribuir o assassinato a um grupo de exilados cubanos ligados à FRD. Na verdade, a demissão de Arcacha Smith foi realmente uma cortina de fumaça, como o senhor Rioja já me havia informado. Smith foi ao México acertar detalhes do apoio que a FRD dos Estados Unidos deverá dar, através da mobilização popular e pressão política neste país, já que após a eliminação de Castro a facção mexicana da Frente enviará suas tropas para tomar o governo em Cuba.

— Mas isso... são grandes notícias!

— Com certeza, senhor Shaw! Que nos levam a concluir, creio eu, que não existe mais motivo para que a CIA pretenda assassinar o presidente Kennedy. O mais estranho, a meu ver, é que nosso amigo Rioja não tenha sido informado desse plano, que embora secreto no mais alto nível, diz respeito precisamente a sua esfera de ação.

Todos os olhares, agora desconfiados, voltaram-se para Rioja.

— Bem, admito que seja uma revelação perturbadora, sem sombra de dúvida. Creio que o melhor a fazer seja adiar toda esta operação, até que eu consiga apurar junto a minha equipe o que...

— Eu diria que o melhor a fazer seria mantê-lo sob custódia, senhor Rioja — disse Banister, agora exibindo sua pistola abertamente sobre a mesa — até que tenhamos certeza de com quem estamos lidando e...

O Arauto sabia que não poderia perder mais um segundo sequer. Banister ainda confiava estar dominando a situação graças ao elemento surpresa, e se lhe fosse permitido terminar sua fala não haveria mais tempo para escapar. O Arauto jogou o resto de sua bebida no rosto do detetive à sua frente com um movimento certeiro, e imediatamente saltou de lado. Banister proferiu uma praga e atirou duas vezes às cegas. Mas o Arauto já havia se abrigado por trás da mesa mais próxima, e sacando sua própria arma disparou um tiro certeiro no peito do adversário. Banister tombou de lado com um gemido, enquanto Shaw e Ferrie se refugiavam sob a mesa. O Arauto podia ouvir o choramingo desse último, embora pudesse jurar, pelo que havia lido sobre o homem, que ele estivesse armado.

A voz abafada de Shaw começou a gritar por socorro, e o barulho dos tiros fez com que os poucos fregueses do bar corressem aterrorizados para a rua. Logo a polícia chegaria. O Arauto saltou para cima de uma mesa e, com um pontapé, escancarou a janela que dava para o beco nos fundos do bar. Num instante havia desaparecido nas sombras.

Vários quarteirões à frente, sentindo-se seguro e sem fôlego, parou para descansar. Ainda arfante, proferiu uma maldição em voz baixa. Desta vez seu plano tinha sido simplesmente perfeito! Ele havia dedicado anos inteiros de sua vida para arquitetá-lo nos menores detalhes, e para envolver em sua teia as pessoas certas para a sua execução. Acreditava que havia descoberto a maneira de superar a força da correnteza do grande rio. Em primeiro lugar, não precisaria estar presente na Dealey Plaza uma terceira vez; essa era uma grande vantagem de estar, a partir dos bastidores, coordenando um grupo que executaria a missão para ele. Além disso, a teoria do Arauto era que, não sendo ele o agente direto da mudança cronal, conseguiria driblar a inexorabilidade das águas já passadas do grande rio. Não seria ele o homem a apertar o gatilho contra Kennedy; para isso, estava sugestionando e treinando pessoas que eram parte integrante daquele período de tempo! Ele apenas estava determinando o curso da ação, mas a execução seria responsabilidade dos nativos da década de 1960, que enveredariam por esse caminho da mesma maneira que uma pessoa opta por um dos lados ao chegar a uma encruzilhada. Para tais agentes, a morte de Kennedy ainda estava situada no futuro, portanto devia ser perfeitamente possível que eles executassem o ato, sem que isso significasse alterar o curso do tempo. Então surgira o elemento desconhecido, o único que ele não havia estudado a fundo: Matt Derringer! O tal agente da CIA conhecia de fato o plano original para matar Fidel Castro, que poderia ter funcionado, se não fosse um detalhe: o agente assassino havia sido capturado pela polícia cubana após matar o ditador, e confessara todo o plano sob tortura. A CIA foi incriminada, e Krushev, ao mesmo tempo em que exigia explicações a Kennedy, enviou a marinha de guerra russa em direção a Cuba. As escaramuças começaram em alto mar, entre os russos e os americanos que os interceptaram, e as trocas de acusações acabaram decaindo para o uso de armas nucleares. A Terceira Guerra Mundial foi uma tragédia que quase destruiu o mundo, fazendo a humanidade regredir a um paradoxal estado de organização tribal com uso de alta tecnologia. Essa situação já vinha se arrastando por anos, e era a única que o Arauto conhecia desde que nascera, antes de começar suas incursões pelo tempo para esta época de maior inocência e prosperidade. Mais uma vez ele tivera a oportunidade de tentar desviar o curso da História eliminando John F. Kennedy, o presidente que não soubera resistir às pressões e jogara o mundo no caos atômico. Mais uma vez ele havia falhado.

O Arauto sabia que dificilmente teria uma nova oportunidade, quando retornasse de mãos vazias. Talvez a situação caótica em que sempre encontrava o mundo cada vez que retornava a sua época de origem fosse por si só um aviso que só os tolos e os desesperados não estavam sendo capazes de ver: não era possível modificar o passado. A humanidade definhava rumo à extinção por sua própria culpa, estava condenada a pagar o preço por isso. O maior obstáculo que o Arauto encontraria, porém, não seria a eloquência dessa dura realidade; seria a falta de energia disponível para sequer cogitar uma nova incursão no fluxo temporal. Vencido, ele baixou a mão para o controle em seu cinto, mas estacou no último segundo.

Talvez ainda houvesse uma forma. Ele não sabia se funcionaria, mas não tinha mais nada a perder. Talvez a vida, é verdade, mas nesse caso esperava que ao menos a morte fosse indolor. Entretanto, se ainda houvesse uma chance, por menor que fosse, de garantir mais uma viagem para concluir sua missão, estava disposto a correr o risco. O Arauto sorriu da própria teimosia. Abanando a cabeça, modificou os dados registrados no circuito que o levaria de volta em segurança. Só então apertou o botão de retorno. A espiral de luz que o engoliu foi a mesma das outras vezes, mas seu destino foi outro.

Ponto de Partida

O Coordenador lançou um olhar apreensivo para a Analista, enquanto enxugava o suor da testa com um lenço encardido. O frio que crescia na boca de seu estômago respondia à sensação de que havia algo errado. Os dois seguiram a rotina de sempre: assistiram o vórtex cronal sugar o Arauto para o vazio na plataforma de saída, e sem dizer nada tomaram seus lugares no carrinho movido a energia elétrica. O veículo seguira o mesmo caminho pré-programado ao longo do corredor subterrâneo até a sala de recepção. Os dois se postaram diante da plataforma circular de metal escovado e lançaram um olhar distraído para o cronômetro na parede. A rotina era uma diferença de dez minutos entre a partida e a volta do agente ao "tempo zero", e isso obviamente independia de quanto tempo o Arauto houvesse permanecido ausente no passado, fosse um dia ou vários anos. A Analista costumava observar, fascinada, as diferenças físicas que se operavam nele, naqueles aparentemente insignificantes dez minutos de ausência. Os cabelos, por exemplo, mostravam-se cada vez mais grisalhos. A relatividade era algo assustador.

Estando tudo em ordem após a chegada do Arauto, o grupo se dirigia à sala de reuniões anexa para deliberar sobre os resultados da missão. Essa rotina se repetira em todas as vezes anteriores.

O Coordenador voltou a olhar furtivamente para o cronômetro, que marcava agora vinte minutos. Era o dobro do tempo padrão. Entretanto, a plataforma circular permanecia silenciosa e vazia. Ele não se atrevia a formular hipóteses em voz alta, mesmo porque não lhe ocorria alguma que fizesse sentido, a não ser a morte do Arauto, de forma que o mecanismo de retorno jamais teria sido acionado. Pelo olhar da Analista, sabia que sua mente era assombrada pelos mesmos temores. Em torno da sala, os três técnicos que apenas observavam e zelavam pelo funcionamento da aparelhagem começavam a se entreolhar e dar de ombros.

Todos se voltaram simultaneamente para a porta quando um vulto arfante se destacou sob o batente.

— Desculpem-me pelo atraso — o Arauto disse, com um sorriso amarelo. — Não consegui encontrar um carro elétrico disponível.

Dentro da sala de reuniões, o Coordenador e a Analista não se atreviam a piscar. Na verdade, mal respiravam. O Arauto ergueu os olhos do tampo da mesa e iniciou a parte mais intrigante do relato:

— Eu falhei por muito pouco. O tal Matt Derringer surgiu do nada como um curinga, um elemento imprevisto que teve papel decisivo nos eventos, esfriando os ânimos do grupo subversivo no momento mais crítico. É imperdoável que esse nome não conste em nenhum dos dossiês estudados...

— O homem trabalhou bem no sentido de permanecer nas sombras, como você mesmo disse — desculpou-se a Analista, dando de ombros. — Vou retornar às pesquisas, mas duvido que encontre algo de relevante relacionando esse nome à CIA.

— Não me restava nada a não ser voltar — prosseguiu o Arauto. — Mas eu sabia que, diante de nossas limitações de recursos, não teria outra oportunidade para resolver esse pequeno detalhe chamado "Matt Derringer". Foi então que me lembrei do ataque que sofremos há dois meses...

— Como? — O Coordenador adiantou-se, parecendo subitamente despertar de um sonho.

— Você sabe, o ataque sofrido pela Comunidade, que destruiu nosso principal depósito de pilhas energéticas. Percebi que, se eu conseguisse alterar ligeiramente meu destino cronal e retornasse dois meses antes do esperado, talvez fosse capaz de salvar algumas pilhas...

— Você o quê? — O Coordenador se levantou, estarrecido. — Você se arriscou a forçar a parábola cronal aumentando o ângulo de retorno? Você entende que poderia ter...

— Morrido? Ou me perdido e me desintegrado no fluxo do tempo? Sim, estou ciente das teorias, mas percebi que o principal risco era meu, e optei por corrê-lo. E querem saber? Funcionou! Retornei sessenta e quatro dias antes do "tempo zero".

— Espere um pouco — interrompeu a Analista —, isso quer dizer que na maior parte do tempo, nos últimos dois meses, nossa realidade contou com a presença de duas versões suas?...

— Exatamente, mas não se preocupe — respondeu o Arauto, fazendo um gesto tranqüilizador. — Eu me lembrei de suas advertências sobre os possíveis riscos de um encontro meu comigo mesmo. Escolhi o momento do retorno para um dia em que eu estava em patrulha, longe da Comunidade. Após minha volta, permaneci todo o tempo escondido, só saindo à noite para retirar, usando um transportador de carga, as pilhas energéticas do depósito. Consegui salvar três pilhas grandes, que escondi em um dos setores subterrâneos que se encontram interditados, graças aos desabamentos ocasionados pelas explosões dos últimos tempos. Quando o depósito foi destruído, essas pilhas escaparam. Então só tive que esperar até o dia de hoje, quando eu deveria estar retornando de minha terceira incursão ao passado, e vim me encontrar com vocês.

O Arauto deu um largo sorriso, como se acabasse de explicar o segredo de um perturbador truque de mágica. O Coordenador e a Analista se entreolharam, assustados. Depois o primeiro falou:

— A razão me diz que eu deveria colocá-lo a ferros pelo que fez. Mas não posso ignorar que você aqui está, são e salvo, trazendo a notícia de ter resgatado parte de nossas reservas energéticas do ataque.

— Com duas pilhas poderemos realizar mais uma incursão ao passado, e ainda resta uma para ser adicionada às reservas que...

— Espere aí um momento — interrompeu o Coordenador. — Você sabe que a decisão para mais uma tentativa depende de deliberações superiores. Não podemos simplesmente...

— Desta vez tenho que concordar com ele — a Analista argumentou, apontando para o Arauto de maneira descontraída. — Para todos os efeitos, essas três pilhas não fazem parte do nosso atual inventário. Deveriam ter sido destruídas dois meses atrás. Se existem, devemos esse fato à iniciativa do nosso amigo, portanto creio que ele tenha o direito de dispor delas para a finalidade que motivou seus atos, com o risco de sua própria vida. A meu ver, uma pilha energética a mais já será um bônus que alegrará ao extremo as autoridades administrativas.

O Coordenador pensou por alguns instantes, e finalmente deu de ombros.

— Talvez você tenha razão. Se acreditam na chance de que uma última tentativa resolva nosso problema, não vou me opor. Mas que seja a última, antes que essa história de paradoxos temporais me deixe maluco.

— O fato de eu ter sido capaz de salvar as pilhas é um sinal promissor — o Arauto disse, entusiasmado. — Parece que o passado, afinal, pode ser modificado! Sem minhas ações não teríamos os recursos para essa nova viagem, portanto mudamos nosso destino.

— Ou talvez não — rebateu a Analista, com um sorriso amargo. — Observe que, apesar dessa pequena mudança nos fatos passados, nossa realidade continua a mesma. A Guerra ocorreu, e a humanidade ainda luta contra sua extinção iminente. No macroscópico, nada efetivamente mudou. Isso também pode ser um sinal de que a História não pode ser modificada, independentemente de quantas vezes que nós tentemos.

— Temos uma nova tentativa pela frente, e sinto que pode ser a decisiva. Se me permitirem, como dispomos de duas pilhas cheias, na próxima vez precisarei levar comigo algum equipamento.

— Se está pensando em armamentos...

— Não, nada disso. Preciso apenas de equipamento portátil de espionagem, para monitorar os efeitos do que pretendo fazer, me certificando dos resultados positivos. Agora, se concordarem, precisamos estudar um pouco mais e descobrir o rastro histórico do tal Derringer...

QUARTA TENTATIVA

Ilhado no interior escuro e silencioso do automóvel, recordo como um filme em ritmo acelerado cada momento importante dos últimos longos anos desde que retornei, para esta derradeira tentativa.

Quando cheguei em 1940, em meu disfarce de jovem advogado do Missouri com ambições políticas, encontrei a campanha do senador do "meu estado", Harry Truman, seriamente ameaçada pelo fracasso. Analistas políticos respeitados previam que ele não conseguiria ser reeleito para um novo mandato. Não foi difícil me aproximar do comitê de Truman, e com algumas ideias "luminosas", como se tivesse o dom da clarividência no campo da política, consegui virar o jogo a favor do candidato. Truman foi reeleito, e tendo meus méritos reconhecidos, fui paulatinamente tornando-me peça valiosa em seu mais próximo grupo de colaboradores. Ainda que polêmico, com meu discreto auxílio nos bastidores o chamado "Comitê Truman" ganhou o respeito de Washington. O caminho do senador para a vice-presidência na campanha de Franklin Roosevelt em 1944 foi algo natural, para quem tinha minha visão privilegiada dos fatos. Há que se considerar que o próprio Truman não desejava o cargo, mas isso seria essencial para o sucesso de meu plano a longo prazo. Minha habilidade na manipulação das forças políticas, já exaustivamente exercitada em minha "vida anterior" de exilado cubano, não deixou ao homem outra alternativa. Talvez ele tivesse resistido com maior tenacidade se soubesse, como eu bem sabia, o que viria a seguir: com três meses de mandato Roosevelt sucumbiu a um acidente vascular cerebral maciço, e o apavorado Truman se viu, da noite para o dia, investido no cargo de presidente dos Estados Unidos! O desamparo do pobre homem permitiu que eu, considerado um dos "cérebros" da equipe, fizesse parte de seu círculo mais próximo de eminências pardas por trás do trono. Foi muito duro para mim permanecer passivo, quando outros desses colaboradores o convenceram a permitir o uso da bomba atômica contra os japoneses em 1945. Eu revivia, em minhas memórias, os horrores da Guerra Mundial. Entretanto, repetia insistentemente para mim mesmo que, como eu bem sabia, a humanidade se recuperaria bem daquela guerra, a Segunda. Infelizmente não aprenderia a lição, e em alguns anos mergulharia na Terceira Guerra, esta sim de consequências funestas. Era essa que eu queria evitar, ainda que isso significasse a perda, naquele primeiro momento, de milhares de vidas no Japão.

Com o fim da guerra, o principal órgão de inteligência do governo, o Escritório de Serviços Estratégicos, foi desfeito. Sua falha monumental ao não prever o ataque japonês a Pearl Harbor não foi perdoada. Deixei que a insatisfação sepultasse toda aquela já desgastada estrutura, e me empenhei em lutar por algo inteiramente novo em termos de inteligência. Foi graças a esse empenho que Truman, em 1947, assinou o Ato de Segurança Nacional, que criou a CIA. Recusei terminantemente o cargo de diretor da agência, que me daria uma exposição pública absolutamente indesejável, mas permaneci desde o princípio envolvido no 3 de seu Diretório de Inteligência. Dessa posição confortável eu tinha franco acesso, entre outras coisas, aos relatórios do Serviço Secreto. E não tive que esperar muito até que chegasse a minhas mãos *a lista de novos agentes recrutados que incluía o nome de Matthew Derringer, brilhante professor de Ciência Política da Universidade do Texas. O jovem agente foi encarregado de vigiar indivíduos ligados a grupos comunistas em ação na universidade, e logo demonstrou uma capacidade espantosa, inclusive para manter sua nova função oculta aos olhos de seus amigos e familiares.*

Acompanhei a carreira do agente Derringer de forma discreta, até que, como eu esperava, ele fosse designado para os quadros do Diretório de Inteligência. Foi ali que me tornei seu amigo. Nos próximos dez longos anos, eu e Matt Derringer cultivamos um relacionamento íntimo e sólido de amizade.

No início da década de sessenta, ele chefiava um importante grupo de ligação da agência com o FBI. *Fui seu mentor em vários assuntos, e o encarreguei pessoalmente de coordenar as ações da cia em conjunto com o Conselho Revolucionário Cubano nos planos de invasão da Baía dos Porcos. Depois do fracasso, graças à inabilidade de alguns agentes no entrosamento com os desconfiados e orgulhosos exilados cubanos, fui um dos que o preservaram da furiosa troca de acusações. Nossa amizade se aprofundou ainda mais, e fui escolhido como padrinho de seu primeiro filho.*

Compareci a seu escritório em certo dia de agosto de 1962, e lhe apresentei um novo relatório de dados colhidos pelo Serviço Secreto. Aparentemente, haveria grupos subversivos ligados aos comunistas conspirando contra a vida do Presidente Kennedy. Eu suspeitava do envolvimento de agentes da própria CIA *na conspiração. Um deles em especial, chamado Aldo Rioja, poderia estar diretamente envolvido. Ele atuava como agente infiltrado do Serviço Secreto junto à Frente Revolucionária Cubana, e poderia estar formando conexões entre a* FRD *e outros indivíduos adeptos de ideologias extremistas, alguns ligados ao* FBI. *Como eu sabia que Derringer, em seus tempos de agente, já atuara infiltrado como simpatizante desses grupos, talvez conseguisse apurar alguma informação mais concreta. Pedi a ele expressamente que, caso o nome de Rioja viesse à baila, ele se reportasse diretamente a mim antes de tomar qualquer atitude.*

Passaram-se apenas cinco dias até que meu amigo Derringer entrasse em minha sala com ar extremamente preocupado.

— Você estava certo — disse-me ele, franzindo o cenho. — Acabo de receber uma ligação de Guy Banister, ex-agente do FBI *que trabalha como detetive particular em Nova Orleans. Ele queria confirmação da identidade de um de nossos agentes, chamado Aldo Rioja. Banister tem uma séria inclinação para a extrema-direita, e tem manifestado publicamente sua insatisfação com*

a política de Kennedy em relação a Cuba. Ao que tudo indica, o agente Rioja está mesmo tentando arregimentá-lo em algum plano contra Kennedy.

— O que você lhe disse?

— Nada, por enquanto — disse ele, com um suspiro. — Exatamente como você me pediu, apenas confirmei a identidade do agente. Mas penso que a situação é séria. Talvez seja o caso de agirmos rapidamente, antes que...

— Calma, Matt — respondi, com um gesto apaziguador. — Você sabe dos verdadeiros planos do Presidente, não sabe?

— Esse é o problema. Eu e você estamos entre os pouquíssimos privilegiados que sabem que Kennedy pretende ceder às pressões da indústria armamentista, dando a eles um parque de diversões em Cuba como compensação pela sua futura decisão de retirar as tropas do Vietnã. Os demais grupos econômicos, que brigam pelo direito de retornar aos negócios na ilha após o fim da ditadura de Castro, já ameaçam semanalmente com um boicote à reeleição. O Vice-Presidente Johnson já demonstrou claramente seu apoio a esses grupos, e reflexo disso é a queda da popularidade de Kennedy no Texas.

— Exatamente. Em breve o atirador retirará Castro do jogo, e toda essa fogueira se apagará...

— Meu medo é que não tenhamos tempo. Para ser sincero, não quero passar novamente pelo que passei após o fiasco da Baía dos Porcos. Acho que deveríamos acabar com essa conspiração o mais rapidamente possível, por questão de segurança! Um simples vazamento da informação sobre os planos de Kennedy contra Castro...

— Isso não pode acontecer em nenhuma hipótese, Matt! — falei, em tom duro. — Isso é informação ultra-secreta, você sabe muito bem! Só peço que tenha paciência, pois sei o que estou fazendo.

Eu realmente esperava que isso tivesse sido suficiente; que minha pressão como superior e amigo de Derringer o demovesse da ideia de alertar Banister sobre os planos do assassinato de Fidel Castro. Mas minhas esperanças ruíram dolorosamente na noite anterior à reunião marcada pelos conspiradores no bar Chat Noir. Derringer convidou-me para um drink *após o trabalho. No caminho para o bar escolhido, parou o carro em uma rua deserta e, encarando-me de frente, disse:*

— Tenho que lhe pedir desculpas, mas mal consegui dormir na última semana, depois que conversamos. Tenho um mau pressentimento, sinto que algo terrivelmente errado acontecerá em breve. Uma das coisas que aprendi tra-

balhando com você foi agir de acordo com os mandatos de minha consciência, custe o que custar. Em respeito a isso, quero informar-lhe que logo pela manhã pretendo ligar para Guy Banister em Nova Orleans, e dar-lhe a informação sobre os planos de Kennedy contra Castro. Estou seguro de que isso abortará imediatamente qualquer loucura que estejam planejando por lá. Espero que compreenda, e me desculpe.

Manifestei minha compreensão, embora um abismo se abrisse em meu peito naquele momento. No instante em que Matt Derringer se preparava para acionar o motor do veículo, saquei minha arma e executei meu amigo com um único tiro certeiro na têmpora. Certifiquei-me de que a rua continuava deserta, e coloquei seu corpo sem vida no porta-malas do carro, conduzindo-o para seu descanso final em algum lugar ermo onde ele jamais seria encontrado.

A recordação daqueles instantes traz à tona mais uma vez a dor de ter feito o que fiz. Surpreendo a mim mesmo olhando, na penumbra, para as mãos calejadas sobre meu colo. Ainda me impressiono quando penso na carga de responsabilidade que elas já me trouxeram, seja em omissão, permitindo que milhares morressem no holocausto atômico em duas cidades japonesas, seja em ação, como na noite passada, assassinando meu único amigo nesta época para tentar assegurar a sobrevivência do mundo. Olho para meus cabelos, agora inteiramente grisalhos, no espelho retrovisor. Meus lábios enrugados se contraem num sorriso triste. Volto a fitar a tela retangular da pequena caixa, que exibe com perfeição a imagem captada pela microcâmera que instalei no box faz duas noites, após o fechamento do bar. Minha versão simpática e bem-apessoada, além de vinte anos mais jovem, explica a seus desconfiados interlocutores os detalhes de seu plano. Observo que o jeito histérico de Ferrie e o ar afetado de Shaw continuam os mesmos de que me lembro. Por outro lado, apesar da indefectível carranca, a atitude de Banister me parece mais receptiva. Tudo indica que a mudança que imprimi na linha do tempo, eliminando seu informante das entranhas da CIA, foi mínima e de precisão cirúrgica, como eu planejava. Eles nada sabem sobre os verdadeiros planos de Kennedy, portanto estão engolindo minha história com o melhor dos apetites. Ao que tudo indica, o sacrifício das duas últimas décadas de minha vida não foi em vão.

Dentro do Chat Noir, minha versão mais jovem acaba de explicar o papel de Oswald na trama como bode expiatório. Meu plano utilizando dois atiradores, em pontos opostos em relação ao alvo, torna praticamente impossível a fuga da vítima àquela distância, conforme aprendi em meus dias de comando guerrilheiro no mundo devastado do futuro. Na verdade, serão três atiradores, pois não posso me esquecer de minha versão anterior, Alek Ridell, que estará disparando o rifle Carcano no andar superior do depósito de livros. Meu plano prevê que o novo atirador esteja entrincheirado um ou dois andares abaixo, de modo que meu alter ego *jamais seja surpreendido antes de acionar seu retorno rumo ao futuro. Outro cuidado, que está em meu plano, será sincronizar cuidadosamente os disparos para que os* snipers *do grupo conspirador disparem suas armas praticamente ao mesmo tempo em que Ridell estiver disparando seu desastroso tiro contra as costas do governador Connely.*

Dentro do bar, vejo quando Clay Shaw propõe um brinde ao sucesso do plano, e desta vez todos concordam de imediato. A sensação é libertadora. Está feito! O único cuidado adicional que me resta tomar será acionar o FBI *na manhã do dia 22 de novembro, alertando para a suspeita de que um possível franco-atirador cubano investigado pela* CIA *tenha sido visto entrando no edifício dos correios da Dealey Plaza, em Dallas, horas antes da passagem da comitiva do presidente Kennedy. Só para garantir. Minha orientação será clara: desviar o trajeto da comitiva uma quadra na direção oposta, e fechar o cerco armado exatamente quando o carro do presidente chegar à esquina da Houston com a Elm, de forma que o inimigo seja surpreendido no último instante e não possa escapar... A não ser que ele tenha consigo um dispositivo para viagem no tempo, é claro, penso sem reprimir um sorriso irônico. Assim, os riscos para os agentes em torno da Elm Street estarão minimizados.*

Sinto uma enorme confiança de que, desta vez, minha missão terá êxito. Qualquer grande rio, por mais caudaloso que seja, começa lá em sua nascente como estreitos e tímidos fios d'água. Talvez o segredo para mudar seu curso seja agir justamente nesses locais, onde a correnteza ainda é muito fraca, e o acúmulo das águas em ritmo exponencial ainda não o tenham transformado em uma potência irreprimível.

Se tudo ocorrer como esperado, não pretendo acionar meu mecanismo de volta para o futuro. Afinal, é bem possível que o futuro que conheço nem sequer exista mais, e em seu lugar haja um mundo mais feliz. Talvez não haja Coordenadores, Analistas e nem mesmo uma Máquina do Tempo, por mais paradoxal que isso possa parecer. Pretendo terminar meus dias nesta época tão ingênua e saudável que aprendi a amar, por mais que saiba que estarei eternamente atormentado, como pena por meus atos, pelos efeitos das repetidas incursões temporais. Às vezes eles me vêm na forma de pesadelos, outras vezes como alucinações e delírios. Ora me vejo no alto do edifício dos correios como na primeira vez, sucumbindo baleado por um tiro de um agente do FBI *durante minha tentativa de fuga, ora me vejo errando o tiro fatal graças a um movimento brusco da cabeça de Matt Derringer, que acaba tomando minha arma e atirando em meu coração à queima-roupa. Vejo seu olhar estarrecido e ouço sua voz engasgada, perguntando "por quê?", enquanto minha consciência e minha vida se esvaem, e no momento seguinte acordo assustado e banhado em suor.*

O grupo dentro do bar se dispersa, e eu desligo minha aparelhagem espiã. Talvez minha versão jovem opte por retornar ao futuro para relatar seu sucesso. Ele ainda é inexperiente, não teve tempo para pensar nas implicações de seus atos como eu tive. Ou talvez não. Se for, talvez ele tenha sucesso. Ou talvez não. É assustador pensar que, a partir de agora, não conheço mais o que está por vir. Cada curva do grande rio me reserva uma surpresa absoluta. A incomum sensação de liberdade me causa um instante de vertigem.

O ideal seria que o passado jamais tivesse que ser modificado; que cada ser humano, cujas atitudes representam cada gota que engrossa o fluxo do grande rio, tivesse a sabedoria e a consciência para atuar corretamente em cada um de seus movimentos ao longo da vida, seja no trato diário e individual com seu semelhante, seja no momento de ajudar a escolher seus representantes na política, ou em qualquer outro ato de efeitos coletivos. O grande rio é poderoso, e não conhece piedade, talvez porque, em última instância, somos nós mesmos que determinamos seu curso.

Dou partida no motor do Chevrolet Bel-Air e saio devagar do beco escuro. No quarteirão seguinte, um pequeno grupo dança despreocupadamente ao som de "When The Saints Go Marching In". Acelero o carro e desapareço nas ruas da cidade

O Originista

Orson Scott Card

Surgido no cenário da FC *e fantasia norte-americana em fins da década de 1970, Orson Scott Card tornou-se rapidamente um dos escritores mais premiados e populares do gênero. No Brasil, é mais conhecido por sua série em torno do personagem Ender Wiggin, com os romances* O Jogo do Exterminador *— relançado pela Devir, em 2006 —,* O Orador dos Mortos *— relançado pela Devir, em 2007 —, e* Xenocídio, *lançado pela Devir em 2010. Também publicou* O Segredo do Abismo *(1990),* Um Planeta Chamado Traição *(1993) e* A Odisséia de Worthing *(1994), além de contos e noveletas premiados nas revistas* Isaac Asimov Magazine *e* Quark *como "Dogwalker", "Olho por Olho" e "Sonata Desacompanhada". No campo da fantasia, publicou o conto "Uma Praga de Borboletas", na antologia* Rumo à Fantasia, *pela Devir em 2009.*

Em "O Originista", Card explora uma história de intriga política dentro do universo ficcional da série "Fundação", do escritor norte-americano Isaac Asimov (1920–1992). A história foi publicada originalmente na antologia Foundation's Friends (1989), ao lado de vários outros autores importantes que exploram o universo de robôs e impérios galácticos do Bom Doutor.

Os eventos de "O Originista" se situam entre os romances Fundação *e* Fundação e Império, *quando o historiador Hari Seldon procurava colocar em prática seus planos de estabelecer, secretamente, colônias para resistir à iminente queda do Império Galáctico, e, posteriormente, reerguê-lo. Um de seus auxiliares procura respostas para desafios políticos perigosos dentro deste contexto, e terá de lidar com intricados dilemas de ordem moral e ética que possam justificá-los em nome de objetivos coletivos posteriores e incertos.*

Leyel Forska estava sentado diante da visualização de seu *lector*, passando os olhos por uma sucessão de artigos acadêmicos recém-publicados. Uma holografia de duas páginas de texto flutuava no ar diante dele. A visualização era bem maior do que a maioria das pessoas precisava que as páginas fossem, pois os olhos de Leyel não eram mais jovens que o resto dele. Quando chegou ao fim, não pressionou a tecla "PÁGINA" para prosseguir com o artigo. Em vez disso, usou a tecla "PRÓXIMO".

As duas páginas que estivera lendo deslizaram para trás cerca de um centímetro, juntando-se a uma dezena de artigos já descartados, todos imóveis no ar sobre o *lector*. Com um suave aviso sonoro, duas novas páginas apareceram à frente das antigas.

De onde estava sentada, tomando o café da manhã, Deet falou:

— Está dando à pobre alma só *duas páginas* antes de condená-la à lixeira?

— Estou condenando este ao esquecimento — Leyel respondeu, rindo. — Não, estou condenando-o ao inferno.

— O quê? Redescobriu a religião na velhice?

— Estou criando uma. Não tem um paraíso, mas tem um horrível inferno perpétuo para jovens acadêmicos que acham que podem construir sua reputação atacando a minha obra.

— Ah, você tem uma teologia — disse Deet. — A sua obra é uma escritura sagrada, e atacá-la é blasfêmia.

— Eu gosto de ataques *inteligentes*. Só que este jovem professor cabeça-oca da... sim, é claro, da Universidade Minus...

— A velha UniMinus?

— Ele acha que pode me refutar, me destruir, me deitar por terra, e tudo que se incomodou em citar são estudos publicados nos últimos mil anos.

— O princípio da profundidade milenar ainda é muito usado...

— O princípio da profundidade milenar é a confissão dos intelectuais modernos de que não estão dispostos a gastar tanto esforço na pesquisa quanto o fazem na política acadêmica. Eu esmaguei o princípio da profundidade milenar trinta anos atrás. Provei que era...

— Obtuso e ultrapassado. Só que meu doce, querido e adorado Leyel, você fez isso gastando parte da imensamente vasta riqueza dos Forska para buscar arquivos inacessíveis e esquecidos em todas as seções do Império.

— Negligenciados e deteriorados. Tive que reconstruir metade deles.

— Precisaria do orçamento de mil bibliotecas universitárias para dar o mesmo que você gastou na pesquisa do "A Origem Humana no Planeta Zero".

— Só que depois que gastei esse dinheiro, todos aqueles arquivos ficaram abertos. Estão abertos há três décadas. Todos os pesquisadores *sérios* os usam, já que a profundidade milenar não gera nada além de estrume pré-digerido e pré-excretado. Eles vasculham o cocô de ratos que devoraram elefantes, esperando encontrar marfim.

— Uma figura tão colorida. O gosto do meu café da manhã ficou muito melhor agora... — Ela inseriu a bandeja na abertura de limpeza e o encarou. — Por que anda tão mal-humorado? Você costumava me ler trechos dos artiguinhos bobos deles e a gente dava risada. Nos últimos tempos, você só tem ficado bravo.

Leyel suspirou.

— Talvez seja porque houve uma época em que sonhei mudar a Galáxia, e todos os dias o correio me traz provas de que a Galáxia se recusa a mudar.

— Bobagem. Hari Seldon prometeu que o Império está para cair a qualquer dia.

Pronto. Ela dissera o nome de Hari. Mesmo que tivesse sensibilidade o bastante para evitar falar abertamente daquilo que o incomodava, ela estava insinuando que o mau-humor de Leyel se devia a ele ainda estar aguardando a resposta de Hari Seldon. E talvez fosse... Leyel não o negaria. Era incômodo que levasse tanto tempo para ele responder. Leyel esperara uma chamada no mesmo dia em que Hari recebera a sua inscrição. No máximo, na mesma semana. Não daria à mulher, porém, a satisfação de admitir que a espera o incomodava.

— O Império vai morrer pela própria recusa em mudar. E tenho dito.

— Bem, espero que você tenha uma ótima manhã, rosnando e resmungando sobre a burrice de todo mundo nos estudos de origem... exceto a sua estimada pessoa.

— Por que está implicando com a minha vaidade hoje? Sempre fui vaidoso.

— Considero esse um dos seus traços mais cativantes.

— Pelo menos faço um esforço para estar à altura da minha própria opinião de mim.

— E isso não é nada. Você consegue ficar à altura até da *minha* opinião de você.

Ela beijou o círculo calvo no topo da cabeça dele, enquanto seguia, apressada, rumo ao banheiro.

Leyel voltou sua atenção para o novo ensaio diante da visualização do *lector*. Era um nome que ele não reconhecia. Plenamente preparado para encontrar uma escrita pretensiosa e um raciocínio infantil, teve uma surpresa ao se ver cada vez mais absorvido. Esta mulher estivera seguindo uma trilha de estudos de primatas, um campo há tanto negligenciado que simplesmente não havia artigos científicos dentro da faixa da profundidade milenar. De pronto ele soube que era o seu tipo de pesquisador. Ela até mencionava o fato de que estava usando arquivos abertos pela Fundação de Pesquisa Forska. Leyel não estava acima de ficar satisfeito com essa expressão tácita de gratidão.

Parecia que a mulher, uma Drª Thoren Magolissian, estivera seguindo o exemplo de Leyel, pesquisando os princípios da origem humana em vez de desperdiçar tempo na busca irrelevante de um planeta específico. Ela descobrira um tesouro de pesquisa de primatas de três milênios atrás, o qual se baseava em estudos de chimpanzés e gorilas, que remontavam a sete mil anos no passado. Os primeiros faziam referência a uma pesquisa original tão antiga que possivelmente teria sido realizada antes da fundação do Império... No entanto, esses comunicados mais antigos ainda não haviam sido localizados. Provavelmente não existiam mais. Textos abandonados por mais de cinco mil anos eram de restauração extremamente difícil, e textos de mais de oito mil anos ficavam simplesmente ilegíveis. Era trágico, porém muitos textos haviam sido "guardados" por bibliotecários que nunca os conferiam, nunca os renovavam ou recopiavam. Reinavam sobre vastos arquivos que haviam perdido qualquer resquício de informação legível. Todos muito bem catalogados, é claro, para que você soubesse exatamente o que a humanidade perdera para sempre.

Melhor nem pensar nisso.

O artigo de Magolissian. O que surpreendera Leyel fora a conclusão dela de que a capacidade linguística primitiva parecia ser inerente à mente primata. Mesmo em primatas incapazes de fala, outros símbolos podiam facilmente ser aprendidos, pelo menos para substantivos e verbos simples, e os primatas não-humanos podiam criar frases e ideias que nunca ouviram. Isso significava que a mera produção de linguagem, por si só, era pré-humana, ou pelo menos não era o fator determinante do que é ou não humano.

Era uma ideia fascinante. Significava que a diferença entre os humanos e os não-humanos, a origem real dos humanos em forma que pudesse ser reconhecida como humana, era pós-linguística. É claro que isso contradizia diretamente um dos pressupostos do próprio Leyel em um de seus primeiros artigos: ele dissera que "visto que a linguagem é o que separa os humanos dos animais, a linguística histórica pode fornecer a chave para a origem humana". Este, porém, era o tipo de contestação que ele considerava bem-vinda. Tinha vontade de gritar para o outro sujeito, mandá-lo olhar para o artigo de Magolissian: "Viu só? É assim que se faz! Questione o meu pressuposto, não a minha conclusão, e faça isso com novos indícios, em vez de tentar distorcer as coisas velhas. Jogue luz na escuridão, não fique apenas remexendo no mesmo velho sedimento no fundo do rio."

Antes que pudesse entrar no corpo principal do artigo, porém, o computador doméstico o informou de que alguém estava à porta do apartamento. Era uma mensagem que rastejava ao longo da borda inferior da visualização do *lector*. Leyel pressionou a tecla que trazia a mensagem para a frente, em letras grandes o bastante para leitura. Pela milésima vez, desejou que em algum momento dos dez mil anos de história humana alguém tivesse inventado um computador capaz de *falar*.

Leyel digitou: "Quem é?"

Um momento de espera, enquanto o computador doméstico interrogava o visitante.

A resposta surgiu no *lector*: "Mensageira de segurança, com uma mensagem para Leyel Forska."

O próprio fato de que passara pela segurança da casa significava que era genuína... e importante. Leyel voltou a digitar: "De quem?"

Outra pausa.

"Hari Seldon, da Fundação da Enciclopédia Galáctica."

Em um instante, Leyel estava fora da cadeira. Chegou à porta antes mesmo que o computador doméstico pudesse abri-la e, sem uma palavra, apanhou a mensagem. Atrapalhando-se um pouco, pressionou os lados superior e inferior do losango de vidro negro para provar, através da impressão digital, que era ele, e, pela temperatura corporal e pulso, que estava vivo para recebê-la. Em seguida, quando a mensageira e seus guarda-costas se foram, colocou a mensagem na câmara do *lector* e assistiu enquanto a página surgia no ar diante dele.

No topo havia uma versão tridimensional do logotipo da Fundação Enciclopédica de Hari.

"Que logo também será a minha insígnia", pensou Leyel. "Eu e Hari Seldon, os dois maiores pesquisadores de nosso tempo, unidos em um projeto cujo escopo supera qualquer coisa já empreendida por qualquer homem ou grupo de homens. A reunião de todo o conhecimento do Império de uma maneira sistemática e de fácil acesso, para preservá-lo durante o futuro período de anarquia, de modo que uma nova civilização possa se erguer rapidamente das cinzas da antiga. Hari tivera a visão de prever a necessidade. E eu, Leyel Forska, tenho o conhecimento de todos os antigos arquivos que tornarão possível a Enciclopédia Galáctica."

Leyel começou a ler com a confiança vinda da experiência; não conseguira sempre tudo o que de fato desejara?

> Meu caro amigo:
> Fiquei surpreso e honrado em ver a sua inscrição e fiz questão de escrever a resposta pessoalmente. É imensamente gratificante saber que acredita na Fundação o bastante para desejar fazer parte dela. Posso sinceramente lhe dizer que não recebemos uma inscrição de nenhum outro acadêmico de sua distinção e talento.

"Isso é claro", pensou Leyel. "Não *há* outro acadêmico da minha estatura, exceto o próprio Hari e, quem sabe, a Deet, assim que o trabalho atual dela for publicado. Pelo menos não temos iguais pelos padrões que eu e ele sempre reconhecemos como válidos. O Hari criou a ciência da psico-história. Eu transformei e revitalizei o campo do originismo."

E, apesar disso, havia algo de errado no tom da carta de Hari. Soava como... adulação. Era isso. Hari estava suavizando a pancada que daria. Antes de ler o parágrafo seguinte, Leyel já sabia o que ele diria.

> Não obstante, Leyel, minha resposta precisa ser negativa. A Fundação em Terminus foi concebida para coletar e preservar conhecimento. O trabalho da sua vida foi devotado a expandi-lo. Você é o oposto do tipo de pesquisador que precisamos. É muito melhor que permaneça em Trantor e continue com seus estudos imensamente valiosos, enquanto homens e mulheres menores se exilam em Terminus.
>
> Seu criado,
>
> Hari

Teria Hari imaginado que Leyel era tão superficial que leria essas palavras lisonjeiras e se envaideceria todo satisfeito? Será que achava que ele acreditaria que esse era o motivo real para a sua inscrição ser recusada? Será que Hari Seldon podia se enganar tanto sobre uma pessoa?

Impossível. Hari Seldon, de todas as pessoas do Império, sabia como conhecer outras pessoas. É verdade que o seu grande trabalho na psico-história lidava com grandes massas de pessoas, com populações e probabilidades. Contudo, o fascínio de Hari com populações surgira de seu interesse e desejo de compreender os indivíduos. Além disso, ele e Hari tinham sido amigos desde a primeira vinda de Hari a Trantor. Não era verdade que uma subvenção do fundo de pesquisa do próprio Leyel financiara a maior parte da pesquisa original de Hari? Que eles tinham mantido longas conversas nos primeiros dias, debatendo as ideias um do outro, cada um ajudando o outro a refiná-las? Pode ser que eles não tenham se visto muito nos últimos... o quê, cinco anos? seis?... Mas eram adultos, não crianças. Não precisavam de visitas frequentes para manter a amizade. E esta não era a carta que um verdadeiro amigo enviaria a Leyel Forska. Mesmo se, por mais duvidoso que parecesse, Hari Seldon quisesse realmente rejeitá-lo, ele não teria suposto nem por um momento que Leyel ficaria satisfeito com uma carta *destas*.

Com certeza Hari teria sabido que isto seria como um insulto para Leyel Forska. " 'Homens e mulheres menores', sei!" A Fundação em Terminus era tão importante para Hari Seldon que ele se dispusera a se arriscar à morte com acusações de traição para poder lançar o projeto. Era extremamente improvável que fosse povoar Terminus com pessoas de segunda categoria. Não, esta era a carta padrão enviada para aplacar acadêmicos proeminentes que eram considerados inadequados para a Fundação. Hari teria sabido que Leyel a reconheceria imediatamente como tal.

Havia apenas uma conclusão possível:

— O Hari não pode ter escrito esta carta — Leyel disse.

— É claro que pode — Deet respondeu, direta como sempre. Saíra do banheiro em seu penhoar e lera a carta por cima do ombro do marido.

— Se você acha isso, então fico *mesmo* magoado — disse Leyel.

Ele se levantou, serviu uma xícara de *peshat* e começou a beber. Cuidadosamente evitou olhar para ela.

— Não faça bico, Leyel. Pense nos problemas que o Hari está enfrentando. Ele tem tão pouco tempo e tanto a fazer. Cem mil pessoas para transportar para Terminus, a maior parte dos recursos da Biblioteca Imperial para copiar...

— Ele já *tinha* essa gente...

— Tudo em seis meses desde que o julgamento acabou. Não é de admirar que não temos visto o Hari, social ou profissionalmente em... anos. Uma década!

— Está dizendo que ele não me conhece mais? Impensável.

— Estou dizendo que ele conhece você muito bem. Sabia que você veria que esta mensagem é uma carta padrão. Também sabia que você ia entender na hora o que isso quer dizer.

— Bem, então, minha querida, ele me superestimou. Não entendo o que isto quer dizer, a não ser que signifique que não foi ele quem escreveu.

— Então você está ficando velho e me envergonhando. Vou dizer que não somos casados e fingir que você é meu tio débil mental que eu deixo morar comigo por caridade. Vou dizer para os nossos filhos que eram ilegítimos. Vão ficar muito tristes de saber que não vão herdar nada da riqueza dos Forskas.

Ele jogou uma migalha de torrada nela.

— Você é uma criada cruel e desleal, e eu me arrependo de tê-la tirado da pobreza e da obscuridade. Só fiz isso porque fiquei com pena, você sabe.

Era uma velha brincadeira deles. Deet controlara uma respeitável fortuna dela mesma, embora, é claro, a de Leyel a ofuscasse. E, tecnicamente, ele era seu tio, visto que a madrasta dela era Zenna, a meia-irmã mais velha do marido. Era tudo muito complicado: a mãe de Leyel tivera Zenna quando estava casada com outro homem, antes de se casar com o pai de Leyel. Então, embora Zenna tivesse uma boa pensão, ela não participava da riqueza dos Forskas. O pai de Leyel, achando a situação engraçada, certa vez observara: "Coitada da Zenna. Sorte sua. Corre ouro no meu esperma." Tais são as ironias que acompanham uma grande fortuna. Gente pobre não precisa fazer essas distinções horríveis entre seus filhos.

O pai de Deet, no entanto, achava que um Forska era um Forska e, por isso, muitos anos depois de Deet ter se casado com Leyel, decidiu que não era suficiente sua filha ter se casado com uma fortuna incalculável, que ele precisava fazer o mesmo favor a si mesmo. Ele dizia, é claro, que amava Zenna loucamente, e não ligava nem um pouco para o dinheiro, mas apenas Zenna acreditava nisso. Portanto, ela se casou com ele. Dessa forma, a meia-irmã de Leyel tornou-se a madrasta de Deet, o que fazia de Leyel o tio de sua esposa... e seu próprio tio por casamento. Um emaranhado dinástico que o casal achava muito divertido.

Leyel, é claro, compensara a falta de herança de Zenna com uma pensão vitalícia que equivalia a dez vezes a receita anual de seu marido. Tinha o efeito afortunado de manter o velho pai de Deet apaixonado por Zenna.

Hoje, porém, Leyel estava apenas meio que brincando com a esposa. Havia momentos em que ele precisava dela para validá-lo, para apoiá-lo. No entanto, com a mesma frequência com que o fazia, ela em vez disso o contestava. Algumas vezes isso o levava a repensar sua posição e surgir com uma melhor compreensão: tese, antítese, síntese, a dialética do matrimônio, o resultado de ter desposado alguém do mesmo nível intelectual. Outras vezes, porém, a contestação dela era penosa, desagradável, exasperadora.

Não percebendo a raiva latente dele, ela prosseguiu:

— Ele tinha certeza de que você aceitaria esta carta padrão pelo que ela é: um "não" definitivo e final. Ele não está plantando verde, não está fazendo nenhum rodeio burocrático, não está fazendo politicagem com você. Ele não está te enrolando na esperança de conseguir mais apoio financeiro; se fosse isso, você sabe que ele simplesmente pediria.

— Eu já sei o que ele *não* está fazendo.

— O que ele está fazendo é rejeitando você em caráter final. Uma resposta da qual não há apelação. Ele acreditou que você teria a inteligência de entender isso.

— É muito conveniente para você que eu acredite nisso.

Agora, finalmente, ela percebia como ele estava zangado.

— Onde quer chegar?

— Você pode ficar aqui em Trantor e continuar o seu trabalho com seus amigos burocratas.

O rosto dela esfriou e enrijeceu.

— Eu te disse que ficaria satisfeita de ir para Terminus com você.

— E eu devo acreditar nisso, mesmo agora? Não é possível que a sua pesquisa na formação de comunidades dentro da burocracia imperial continue em Terminus.

— Já fiz a parte mais importante da pesquisa. O que estou fazendo com a equipe da Biblioteca Imperial é um teste.

— Não é nem mesmo um teste científico, já que não tem um grupo de controle.

Ela pareceu contrariada.

— Fui *eu* que te ensinei isso.

Era verdade. Leyel jamais ouvira falar de grupos de controle até que ela lhe ensinasse todo o conceito de experimentação. Deet o descobrira em alguns estudos muito antigos sobre desenvolvimento infantil dos anos 3100 E.G.

— Sim, eu só estava concordando com você — ele disse, de forma pouco convincente.

— O ponto é que eu posso escrever o livro tão bem em Terminus quanto em qualquer lugar. E sim, Leyel, espera-se que você acredite que fico feliz em ir com você, porque eu te disse, e então é assim.

— Acredito que você acredite nisso. Também acredito que, no seu íntimo, está bem feliz de eu ter sido rejeitado, e que não quer que eu insista mais neste assunto para não haver nenhuma chance de ter de ir para o maldito fim do universo.

Essas foram as palavras dela, meses atrás, quando ele primeiro se propôs a ingressar na Fundação Seldon. "Nós íamos ter que ir para o maldito fim do universo!" Ela se lembrava agora tão bem quanto ele.

— Você vai usar isso contra mim pelo resto da vida, não é? Acho que mereço ser perdoada pela minha primeira reação. Eu aceitei ir, não foi?

— Aceitou, sim. Mas nunca quis.

— Bem, Leyel, isso é verdade. Eu nunca *quis*. Essa é a sua ideia do nosso casamento? Que eu devo me incorporar tão profundamente a você que até os seus desejos se tornem os meus? Achei que era o bastante que de vez em quando aceitássemos nos sacrificar um pelo outro. Nunca esperei que você *quisesse* deixar a mansão Forska e vir para Trantor quando precisei fazer minha pesquisa aqui. Só pedi que *fizesse* isso, quer você quisesse ou não, porque *eu* queria. Agradeci e respeitei seu sacrifício. Estou muito brava em descobrir que o *meu* sacrifício é desdenhado.

— O *seu* sacrifício ainda está por fazer. Ainda estamos em Trantor.

— Então, por favor, procure o Hari Seldon, implore a ele, se humilhe, e aí descubra que o que eu te disse é verdade. Ele não quer que você entre na Fundação dele e não vai te deixar ir para Terminus.

— Tem tanta certeza disso?

— Não, não tenho *certeza*. Apenas parece assim.

— Eu vou para Terminus, se ele me aceitar. Espero que não tenha de ir sozinho.

Arrependeu-se das palavras tão logo as disse. A mulher ficou paralisada como se tivesse levado um tapa, uma expressão de horror em seu rosto. Em seguida, virou-se e saiu correndo da sala. Alguns momentos depois ele ouviu a campainha anunciando que a porta do apartamento fora aberta. Ela se fora.

Sem dúvida para discutir tudo com uma de suas amigas. As mulheres não tinham senso de discrição. Não conseguiam manter querelas domésticas para elas mesmas. "Ela vai contar para todas as outras as coisas terríveis que eu disse, e elas vão tagarelar e dizer que é isso mesmo que os maridos fazem, que eles exigem que as esposas façam todos os sacrifícios, pobrezinha, coitadinha da Deet." Bem, Leyel não invejava esse grupinho de fêmeas solidárias dela. Era parte da natureza humana, ele sabia, que as mulheres formassem uma conspiração perpétua contra os homens em suas vidas. Era por isso que elas sempre tiveram tanta certeza de que os homens também formavam uma conspiração contra *elas*.

"Que ironia", pensou. Os homens não tinham esse conforto. Os homens não se uniam tão facilmente em comunidades. Um homem está sempre ciente da possibilidade de traição, de lealdades conflitantes. É por isso que quando um homem *se* envolve de verdade, esse é um laço raro e sagrado, que não é para ser aviltado discutindo-o com outros. Mesmo em um casamento, mesmo em um *bom* casamento como o deles, *seu* envolvimento podia ser absoluto, mas ele nunca podia confiar tão completamente no dela.

Leyel havia submergido dentro do casamento, ajudando e servindo e amando Deet de todo coração. Ela estava errada, completamente errada sobre sua vinda para Trantor. Ele não viera como um sacrifício, contra a vontade, apenas porque ela quisera. Pelo contrário: por ela querer tanto vir, ele *também* quis, mudando até mesmo seus desejos para coincidir com os dela. Deet controlava o próprio coração dele, pois era impossível ele não desejar qualquer coisa que trouxesse felicidade a ela.

Mas ela não, ela não podia fazer isso por ele. Se fosse para Terminus, seria como um nobre sacrifício. Nunca o deixaria esquecer que não quisera. Para ele, o casamento era sua própria alma. Para Deet, o casamento era só uma amizade com sexo. A alma dela pertencia tanto àquelas outras mulheres quanto a ele. Dividindo suas lealdades, ela as fragmentava; nenhuma era forte o bastante para dominar seus desejos mais profundos. Assim ele descobrira aquilo que supunha que todos os homens fiéis descobriam mais cedo ou mais tarde: que nenhum relacionamento humano é mais do que incerto. Não há tal coisa como um laço inquebrantável entre as pessoas. Como as partículas do núcleo do átomo, que são ligadas pelas forças mais poderosas do universo e, mesmo assim, ele pode ser estilhaçado, pode se romper.

Nada dura. Nada é, no fim das contas, o que uma vez pareceu ser. Deet e ele haviam tido um casamento perfeito até que surgisse uma tensão que expusesse suas imperfeições. Qualquer um que achasse que tinha um casamento perfeito, uma amizade perfeita, uma confiança perfeita de qualquer espécie, apenas acreditava nisso porque a tensão que a quebraria ainda não chegara. Poderia morrer com uma ilusão de felicidade, mas tudo o que provara é que algumas vezes a morte chega antes da traição. Se você viver o bastante, a traição será inevitável.

Esses eram os pensamentos sombrios que preenchiam a mente de Leyel enquanto ele abria caminho pelo labirinto da cidade de Trantor. Ele não se isolava dentro de um carro particular quando saía pela cidade planetária. Recusava-se a cair nas armadilhas da riqueza; insistia em experimentar a vida de Trantor como um homem comum. Dessa forma, seus guarda-costas tinham ordens estritas de permanecerem discretos, sem interferir com nenhum pedestre, exceto os que portassem armas, conforme revelado por uma varredura sutil e instantânea.

Era muito mais dispendioso viajar pela cidade desse jeito, é claro: a cada vez que saía pela porta de seu modesto apartamento, entrava em ação quase uma centena de funcionários bem pagos e à prova de suborno. Um carro à prova de armas seria muito mais barato. Leyel, porém, estava decidido a não se deixar aprisionar pela própria riqueza.

Assim, caminhou através dos corredores da cidade, tomando táxis e metrôs, ficando em filas como qualquer um. Sentia a grande cidade pulsando com vida em torno dele. No entanto, seu humor estava tão sombrio e melancólico hoje que a própria vida da cidade o preenchia com um senso de traição e perda. "Mesmo você, grande Trantor, a Cidade Imperial, mesmo você será traída pelo povo que a construiu. O seu Império vai te abandonar e você vai se tornar uma sombra patética de si mesma, revestida com o metal de mil planetas e asteróides como um lembrete de que uma vez a Galáxia inteira prometera servi-la para sempre, e agora você jazia abandonada."

Hari Seldon o vira. Hari Seldon compreendera a inconstância da humanidade. Ele sabia que o grande Império cairia e, assim, diferente do governo, que dependia das coisas permanecerem as mesmas para sempre, Hari Seldon podia efetivamente tomar medidas para minorar a queda do Império, para preparar em Terminus um útero para o renascimento da grandiosidade humana. Hari estava criando o futuro. Era impensável que tivesse mesmo a intenção de excluir Leyel Forska disso.

A Fundação, agora que tinha existência jurídica e financiamento do Império, rapidamente se expandira para um movimentado complexo de escritórios no Edifício Putassuran de quatro mil anos. Como o Putassuran havia sido originalmente construído para abrigar o Almirantado pouco depois da grande vitória que lhe dava nome, ele tinha um ar de triunfo, de otimismo monumental: fileiras de arcos elevados, um átrio abobadado com bolhas flutuantes de luz subindo e dançando em colunas canalizadas de ar. Nos últimos séculos o edifício funcionara como local de palestras e concertos públicos informais, com os escritórios usados para alojar a Administração de Museus. Ficara vazio apenas um ano antes de Hari Seldon receber o direito de formar a sua Fundação, mas parecia como se tivesse sido construído exatamente para isso.

Todos andavam apressados para lá e para cá, sempre parecendo estar em negócios urgentes, e mesmo assim também felizes por serem parte de uma causa nobre. Não houvera causas nobres no Império por um longo, longo tempo.

Leyel rapidamente ziguezagueou através do labirinto que protegia o diretor da Fundação de interrupções casuais. Outros homens e mulheres, sem dúvida, tentaram ver Hari Seldon e falharam, impedidos por este ou aquele funcionário. "Hari Seldon é um homem muito ocupado." "Quem sabe se o senhor marcar um horário para mais tarde." "Vê-lo hoje está fora de questão." "Ele tem reuniões toda a tarde e à noite." "É melhor ligar antes, da próxima vez."

Nada disso, porém, acontecera a Leyel Forska. Tudo o que precisara fora dizer:

— Diga ao Sr. Seldon que o Sr. Forska deseja dar continuidade a uma conversa.

Não importando quanto respeito tivessem por Hari Seldon, não importando o quanto quisessem obedecer a suas ordens de não perturbá-lo, todos sabiam que Leyel Forska era a exceção universal. Mesmo Linge Chen seria interrompido em uma reunião da Comissão de Segurança Pública para falar com Forska, especialmente se Leyel se desse ao trabalho de vir em pessoa.

A facilidade com que conseguiu entrar para ver Hari, a animação e o otimismo das pessoas, do próprio edifício, o encorajaram tanto que ele não estava de modo algum preparado para as primeiras palavras de Hari.

— Leyel, estou surpreso em vê-lo. Achei que entenderia que minha mensagem era definitiva.

Era a pior coisa que Hari poderia ter dito. Será que Deet estivera certa afinal de contas? Leyel estudou o rosto de Hari por um momento, tentando ver algum sinal de mudança. Será que tudo o que se passara entre eles ao longo dos anos estava esquecido agora? Será que a amizade de Hari nunca fora real? Não. Olhando para o rosto de Hari, um pouco mais marcado e enrugado agora, Leyel conseguia ver a mesma sinceridade, a mesma honestidade clara que sempre estivera ali. Por isso, em vez de expressar a raiva e frustração que sentia, Leyel respondeu com cuidado, deixando o caminho aberto para Hari mudar de ideia.

— Entendo que a sua mensagem foi enganosa e, por isso, não podia ser definitiva.

Hari pareceu um pouco zangado.

— Enganosa?

— Sei quais homens e mulheres você tem aceitado na sua Fundação. Não são de segunda categoria.

— Em comparação com você, eles são — disse Hari. — São acadêmicos, o que quer dizer que são burocratas. Organizadores e intérpretes de informações.

— Eu também. E todos os intelectuais de hoje. Mesmo as suas inestimáveis teorias surgiram de filtrar e interpretar um trilhão de trilhão de *bytes* de dados.

Hari fez que não com a cabeça.

— Eu não apenas filtrei dados. Eu tinha uma ideia na cabeça. Você também. Alguns poucos também. Eu e você estamos expandindo o conhecimento humano. A maior parte do resto está apenas cavando em um lugar e empilhando em outro. É isso que a Enciclopédia Galáctica *é*. Uma nova pilha.

— Mesmo assim, Hari, você sabe que eu sei que esse não é o motivo real de você ter me rejeitado. E não me diga que é porque a presença de Leyel Forska em Terminus chamaria atenção demais para o projeto. Você já tem tanta atenção do governo que mal consegue respirar.

— Você é desagradavelmente persistente, Leyel. Não gosto nem de estar tendo esta conversa.

— É uma pena, Hari. Quero ser parte do seu projeto. Contribuiria para ele mais do que qualquer outra pessoa que possa entrar. Fui eu que mergulhei nos arquivos mais antigos e valiosos e expus a vergonhosa quantidade de dados perdidos que essa negligência provocou. Fui eu que lancei a extrapolação computadorizada dos documentos despedaçados de que a sua Enciclopédia...

— ...Depende totalmente. Nosso trabalho seria impossível sem as suas conquistas.

— E mesmo assim você me rejeitou, e com um bilhete tão adulador a ponto de ser tosco.

— Não quis te ofender, Leyel.

— Também não quis me dizer a verdade. Só que *vai* me dizer, Hari, ou eu simplesmente vou para Terminus seja como for.

— A Comissão de Segurança Pública deu para a minha Fundação controle absoluto sobre quem pode ou não ir para Terminus.

— Hari, você sabe muito bem que tudo o que eu tenho de fazer é dar a entender a algum funcionário de baixo escalão que eu quero ir para Terminus. Chen vai ficar sabendo disso em minutos e, em menos de uma hora, ele vai me dar uma exceção para essa concessão sua. Se eu fizesse isso, e você lutasse contra, você perderia a concessão. Você *sabe* disso. Se quiser que eu não vá para Terminus, não é o bastante me proibir. Precisa me convencer de que não devo ir para lá.

Hari fechou os olhos e suspirou.

— Não acho que você esteja disposto a ser convencido, Leyel. Vá, se você precisa.

Por um momento Leyel se perguntou se Hari estava cedendo. Mas não, isso era impossível, não tão fácil.

— Ah, sim, Hari, só que aí vou descobrir que estou isolado de todo mundo em Terminus, exceto dos meus próprios criados. Posto de lado com tarefas inúteis. Deixado de fora das reuniões que contam.

— Isso nem é preciso dizer — respondeu Hari. — Você não é parte da Fundação, nunca será, não pode ser. E se tentar usar a sua riqueza e influência para entrar nela à força, vai conseguir apenas irritar a Fundação, e não fazer parte dela. Está claro?

"Mais do que claro", pensou Leyel, envergonhado. Conhecia muito bem as limitações do poder, e seria indigno dele ter tentado conseguir à força aquilo que só podia ser dado livremente.

— Perdão, Hari. Nunca tentaria te forçar. Você sabe que não faço esse tipo de coisa.

— Sei que nunca fez isso desde que nos tornamos amigos, Leyel. Tive medo de estar descobrindo algo novo sobre você.

Hari suspirou. Virou o rosto por um longo momento e então voltou a encará-lo com um olhar diferente, um tipo diferente de energia na voz. Leyel conhecia esse olhar, esse vigor. Significava que Hari estava confiando mais profundamente nele.

— Leyel, você precisa entender, não estou só criando uma enciclopédia em Terminus.

Leyel ficou imediatamente preocupado. Tivera de usar muito de sua influência para convencer o governo a não exilar Hari Seldon sumariamente quando ele começara a distribuir cópias de seus tratados sobre a iminente queda do Império. Tinham certeza de que Seldon estava tramando uma traição, e até o levaram a julgamento, quando Seldon finalmente os convenceu de que tudo que desejava era criar a Enciclopédia Galáctica, um depósito de toda a sabedoria do Império. Mesmo agora, caso Seldon confessasse algum motivo oculto, o governo atuaria contra ele. Era de se esperar que a SSP, a Secretaria de Segurança Pública, estivesse gravando toda esta conversa. Mesmo a influência de Leyel não poderia detê-los se tivessem uma confissão da própria boca de Hari.

— Não, Leyel, não fique nervoso. O que quero dizer é bastante simples. Para que a Enciclopédia Galáctica funcione, preciso criar uma cidade próspera de intelectuais em Terminus. Uma colônia cheia de homens e mulheres com egos frágeis e ambições incontroláveis, todos eles treinados nas ferozes lutas políticas internas das mais terríveis e perigosas escolas de combate burocrático do Império: as universidades.

— Está me dizendo que não vai me deixar fazer parte da Fundação porque nunca frequentei uma dessas ridículas universidades? O meu autodidatismo vale dez vezes o pseudo-ensino cego e forçado deles.

— Não venha com o seu discurso anti-universitário pra cima de mim, Leyel. Estou dizendo que uma das minhas preocupações mais importantes ao aceitar alguém para a Fundação é a compatibilidade. Não vou levar ninguém para Terminus a não ser que acredite que ele, ou *ela*, seria feliz lá.

A ênfase que Hari colocara na palavra "ela" subitamente deixou tudo claro.

— O problema não sou eu, não é? O problema é a Deet.

Hari ficou em silêncio.

— Você sabe que ela não quer ir. Sabe que ela prefere continuar em Trantor. E é por isso que não está me aceitando! Não é?

Relutante, Hari reconheceu a verdade.

— Tem algo a ver com a Deet, sim.

— Não sabe o quanto a Fundação significa para mim? — exigiu Leyel. — Não sabe o quanto eu estaria disposto a deixar para trás para ser parte da sua obra?

Hari ficou ali sentado em silêncio por um momento. Em seguida, murmurou:

— Até mesmo a Deet?

Leyel quase deixou escapar uma resposta. "Sim, claro, até mesmo a Deet, qualquer coisa por esta grande obra."

No entanto, o olhar calculado de Hari o deteve. Uma coisa que Leyel soubera desde que se encontraram pela primeira vez em um congresso na juventude era que Hari não apoiaria a auto-ilusão de outro homem. Haviam assistido juntos à apresentação de um demógrafo de considerável reputação na época.

Leyel observou enquanto Hari destruía a tese do pobre homem com algumas perguntas bem colocadas. O demógrafo ficou furioso. Estava claro que não vira as falhas em sua própria linha de raciocínio... E agora que elas lhe tinham sido mostradas, se recusava totalmente a admitir que fossem falhas.

Mais tarde, Hari disse a Leyel:

— Fiz um favor a ele.

— Como? Dando alguém para ele odiar?

— Não. Antes, ele acreditava em suas próprias conclusões injustificadas. Estava enganando a si mesmo. Agora, não acredita mais nelas.

— Só que ainda as defende.

— Então agora ele é mais um mentiroso e menos um tolo. Melhorei a sua integridade particular. A moralidade pública eu deixo nas mãos dele.

Leyel lembrou-se disso e soube que se dissesse a Hari que poderia desistir de Deet por qualquer motivo, mesmo para fazer parte da Fundação, seria pior que uma mentira. Seria tolice.

— Você fez algo terrível — disse Leyel. — Sabe que a Deet é parte de mim mesmo. Não posso desistir dela para entrar na sua Fundação. Mas agora, pelo resto de nossas vidas juntos, vou saber que podia ter ido, se não fosse por ela. Você me envenenou para sempre, Hari.

Hari assentiu lentamente.

— Tinha esperança de que, quando lesse o meu bilhete, perceberia que eu estava evitando dizer mais. Esperava que você não viesse perguntar. Não posso mentir para você, Leyel. E não mentiria, se pudesse. Mas soneguei o máximo de informação que pude. Para nos poupar de problemas.

— Só que não funcionou.

— Não é culpa da Deet, Leyel. Ela é quem ela é. Pertence a Trantor, não a Terminus. E você pertence a ela. Isso é um fato, não uma decisão. Não vamos voltar a falar deste assunto nunca mais.

— Não — disse Leyel.

Ficaram ali sentados por um interminável minuto, encarando um ao outro. Leyel se perguntava se ele e Hari voltariam a se falar um dia. Não. Nunca mais. "Nunca mais quero te ver, Hari Seldon. Você fez com que eu me arrependesse da única decisão de que não podia me arrepender na vida: Deet. Você me fez desejar, em alguma parte do meu coração, que nunca tivesse me casado com ela. O que é como me fazer desejar que eu não tivesse sequer nascido."

Leyel levantou-se da cadeira e se retirou da sala sem dizer uma palavra. Quando chegou ao lado de fora, voltou-se para a sala de recepção em geral, onde várias pessoas aguardavam para falar com Seldon.

— Quem de vocês é meu? — perguntou.

Duas mulheres e um homem se levantaram de imediato.

— Tragam um carro protegido e um motorista.

Sem dirigir sequer um olhar um ao outro, um deles saiu para a tarefa. Os outros passaram a caminhar ao lado de Leyel. A sutileza e a discrição estavam canceladas por hora. Leyel não tinha o desejo de se misturar com o povo de Trantor no momento. Queria apenas ir para casa.

Hari Seldon saiu de seu escritório pela porta traseira e logo chegou ao cubículo de Chandrakar Matt no Departamento de Relações Bibliotecárias. Chanda ergueu os olhos e o cumprimentou, em seguida deslizou sem nenhum esforço sua cadeira para trás até que estivesse na exata posição exigida. Hari apanhou uma cadeira do cubículo vizinho e, também sem mostrar nenhum cuidado especial, colocou-a exatamente onde precisava estar.

O computador instalado dentro do *lector* de Chanda imediatamente reconheceu a configuração, gravou a roupa do dia de Hari de três ângulos e superpôs a informação sobre uma holografia há muito armazenada de Chanda e Hari conversando tranquilamente. Em seguida, depois de Hari ter se sentado, começou a exibir o holograma. Esse holograma correspondia exatamente às posições dos reais Hari e Chanda, de modo que sensores infravermelhos não mostrassem nenhuma discrepância entre a imagem e a realidade.

A única coisa diferente eram os rostos: o movimento dos lábios, o piscar dos olhos, as expressões. Em vez de corresponderem às palavras que Hari e Chanda estavam efetivamente proferindo, correspondiam às palavras sendo forçadas para o ar de fora do cubículo: uma série de comentários inofensivos, escolhidos aleatoriamente, que levava em conta eventos recentes, de modo que ninguém suspeitasse que se tratava de uma conversa enlatada.

Era uma das poucas oportunidades de Hari para ter uma conversa franca que a SSP não fosse ouvir, e ele e Chanda a protegiam com muito cuidado. Nunca falavam por tempo bastante ou com frequência o bastante para que a SSP começasse a se perguntar sobre a sua dedicação a essas conversas inúteis.

Muito da comunicação deles era subliminar: uma frase valia por um parágrafo, uma palavra por uma frase, um gesto por uma palavra. Quando a conversa estava concluída, porém, Chanda sabia aonde deveria ir, o que fazer em seguida; e Hari ficava tranquilo que seu trabalho mais importante estava prosseguindo por trás da cortina de fumaça da Fundação.

— Pensei por um momento que ele poderia mesmo deixar a Deet.

— Não se pode subestimar o chamariz da Enciclopédia.

— Me preocupo se não a tornei atraente até demais, Chanda. Acha que algum dia a Enciclopédia Galáctica pode mesmo existir?

— É uma boa ideia. Dá inspiração para boas pessoas. Não serviria a seu propósito se não fosse capaz de fazer isso. O que devo dizer pra Deet?

— Nada, Chanda. Só o fato de que o Leyel vai ficar é o bastante para ela.

— Se ele mudar de ideia, você vai mesmo deixar que vá para Terminus?

— Se mudar de ideia, então ele precisa ir, porque se deixasse a Deet, então não seria o homem de que precisamos.

— Por que não conta pra ele e pronto? Não o convida?

— Ele precisa se tornar parte da Segunda Fundação sem perceber. Precisa fazer isso por inclinação natural, não por uma convocação minha. Acima de tudo, não pela própria ambição.

— Os seus padrões são tão elevados, Hari, que não é de admirar que tão poucos estejam à altura. A maioria das pessoas na Segunda Fundação nem sabe que é parte dela. Acham que são bibliotecários. Burocratas. Acham que a Deet é uma antropóloga que trabalha no meio deles para estudá-los.

— Não é assim. Já pensaram desse jeito, mas agora pensam nela como uma deles. Como uma dos *melhores*. Ela está definindo o que significa ser um bibliotecário. Está conseguindo que fiquem orgulhosos do título.

— Nunca fica preocupado, Hari, que através da prática da sua arte...

— Minha *ciência*.

— A sua mágica intrometida, seu bruxo velho. Você não me engana com todo esse papo de ciência. Já vi os roteiros das holografias que está preparando para o cofre em Terminus.

— Aquilo é só pra desviar a atenção.

— Posso até imaginar você dizendo aquelas palavras. Parecendo bem feliz consigo mesmo. "Se quiserem fumar, não me incomodo... Pausa para risada... Por que me incomodaria? Não estou aqui de verdade." Puro jogo de cena.

Hari afastou a ideia com a mão. O computador rapidamente encontrou um trecho de diálogo que se encaixasse nesse gesto, de modo que a falsa cena não parecesse falsa.

— Não, *não* me incomodo com o fato de que, na prática da minha *ciência*, eu mudo as vidas de seres humanos. O conhecimento sempre mudou a vida das pessoas. A única diferença é eu saber que as estou mudando e que as mudanças que introduzo são planejadas, estão sob controle. Será que o homem que inventou a primeira luz artificial... o que terá sido, gordura animal com um pavio? Um diodo emissor de luz? Será que ele se deu conta do que significaria para a humanidade ter poder sobre a noite?

Como sempre, Chanda o diminuía no momento em que ele começava a se congratular.

— Antes de mais nada, quase com certeza foi uma mulher. E, em segundo lugar, ela sabia exatamente o que estava fazendo. Permitia que ela andasse pela casa à noite. Agora ela podia deixar o bebê que amamentava em outra cama, em outro quarto, para que pudesse dormir um pouco à noite sem ter medo de rolar na cama e sufocar a criança.

Hari sorriu.

— Se a luz artificial foi inventada por uma mulher, com certeza foi uma prostituta, para trabalhar até mais tarde.

Chanda arreganhou os dentes. Não deu uma risada; seria difícil demais para o computador criar piadas para explicar risos.

— Vamos ficar de olho no Leyel, Hari. Como saber quando ele estará pronto, para começarmos a contar com a proteção e liderança dele?

— Quando você já contar com ele, então ele estará pronto. Quando o envolvimento e a lealdade dele forem firmes, quando as metas da Segunda Fundação já estiverem no coração dele, quando ele as aplicar na própria vida, então ele estará pronto.

Havia um tom de decisão na voz de Hari. A conversa estava quase encerrada.

— A propósito, Hari, você estava certo. Ninguém nunca questionou o fato de não haver nenhum dado psico-histórico importante na biblioteca da Fundação em Terminus.

— É claro que não. Acadêmicos nunca olham para fora de seu próprio campo. Esse é outro motivo de eu me alegrar por Leyel não ir para lá. *Ele* notaria que o único psicólogo que estamos mandando é Bor Alurin. Aí eu teria que dar mais explicações do que desejo. Transmita meu carinho pra Deet, Chanda. Diga que o caso de estudo dela está indo muito bem. No final, ela vai ter um marido *e* uma comunidade de cientistas da mente.

— Artistas. Bruxos. Semideuses.

— Mulheres teimosas e desencaminhadas que não reconhecem a ciência que elas mesmas estão construindo. E tudo na Biblioteca Imperial. Até mais, Chanda.

Se Deet houvesse lhe perguntado sobre sua entrevista com Hari, se ela tivesse se solidarizado com ele sobre a sua recusa, o ressentimento de Leyel poderia ter chegado a ser incontrolável, ele poderia ter descarregado em cima dela e dito algo que nunca poderia ser perdoado. Em vez disso, ela foi perfeitamente ela mesma, tão animada sobre o trabalho e tão bela, mesmo com o rosto mostrando toda a flacidez e as marcas de seus sessenta anos, que tudo que Leyel pôde fazer foi se apaixonar por ela novamente, como fizera tantas vezes em seus anos juntos.

— Está funcionando muito melhor do que eu esperava, Leyel. Estou começando a ouvir histórias que criei meses ou anos atrás, retornando como lendas épicas. Lembra da vez que restaurei e extrapolei os relatos do levante em Misericórdia apenas três dias antes do Almirantado precisar deles?

— Foi seu melhor momento. O Almirante Divart ainda fala sobre como usaram os velhos planos de batalha como um guia estratégico e debelaram o ataque dos tellekers com uma única operação de três dias e sem perder nenhuma nave.

— Você tem uma mente afiada, mesmo *nesta* idade.

— É uma pena que tudo o que posso lembrar é do passado.

— Palhaço, isso é tudo o que *todo mundo* pode lembrar.

Ele a estimulou a continuar com seu relato do triunfo do dia.

— Agora é uma lenda épica?

— Voltou para mim sem o meu nome, e muito exagerado. Como uma menção. A Rinjy estava falando com algumas jovens bibliotecárias de uma das províncias internas que estavam na excursão interbibliotecas padrão, e uma delas falou algo sobre como você poderia ficar na Biblioteca Imperial em Trantor toda sua vida e nunca ver nada do mundo real.

Leyel apupou.

— E disse isso justo pra Rinjy!

— Exato. É claro que ela ficou fula da vida, mas o importante é que respondeu na hora contando a história de como uma bibliotecária, *por conta própria*, viu a semelhança entre o levante de Misericórdia e o ataque dos tellekers. Ela sabia que ninguém no Almirantado daria ouvidos a uma bibliotecária, a menos que levasse todas as informações de uma vez. Dessa forma, ela se pôs a pesquisar nos antigos registros e os encontrou em estado deplorável: os dados originais haviam sido armazenados em vidro, só que isso fora quarenta e dois séculos atrás, e ninguém havia renovado a gravação. Nenhuma das fontes secundárias mostrava os planos de batalha ou a trajetória das naves; quem escrevera sobre Misericórdia tinham sido na maior parte biógrafos, não historiadores militares...

— É claro. Foi a primeira batalha de Pol Yuensau, mas ele era só um piloto, não um comandante...

— Sabia que *você* se lembraria, meu adorado interruptor. O importante é o que a Rinjy *falou* sobre essa bibliotecária mítica.

— Você.

— Eu estava bem ali. Acho que ela não sabia que tinha sido eu, ou teria dito algo; ela não estava nem na mesma divisão que eu na época, você sabe. O que importa é que a Rinjy ouviu uma versão da história e, quando ela mesma a contou, a transformou em uma história mágica de heroísmo. A bibliotecária profética de Trantor.

— E o que *isso* prova? Você *é* uma heroína mágica.

— Do jeito que ela contou, eu fiz isso tudo por minha própria iniciativa...

— Mas você fez. Mandaram que fizesse extrapolação de documentos, e por acaso aconteceu de você começar com Misericórdia.

— Só que na versão da Rinjy, eu já tinha visto a aplicação no ataque dos tellekers. Ela disse que a bibliotecária mandou aquilo para o Almirantado e apenas então eles perceberam que era a chave para uma vitória sem derramamento de sangue.

— Uma bibliotecária salva o Império.

— Exato.

— Mas foi o que você fez.

— Só que não foi *de propósito*. E foi o Almirantado que pediu as informações; a única coisa realmente extraordinária foi que eu já tinha terminado duas semanas de restauração de documentos...

— No que foi brilhante.

— Usando programas que você ajudou a projetar, muito obrigado, Ó Grande Sábio que se elogia indiretamente. Foi pura coincidência que eu pudesse dar exatamente o que pediram em cinco minutos. Mas agora é uma história de heróis dentro da comunidade de bibliotecários. Na própria Biblioteca Imperial e agora se espalhando para todas as outras bibliotecas.

— Mas isso é tão empírico, Deet. Não vejo como você pode publicar isso.

— Ah, não pretendo. Exceto, quem sabe, na introdução. O que me importa é que prova a minha teoria.

— Não tem validade estatística.

— Prova para *mim*. Sei que minhas teorias de formação de comunidades estão certas. Que o vigor de uma comunidade depende da lealdade de seus membros, e que essa lealdade pode ser criada e aumentada pela disseminação de histórias épicas.

— Ela fala a linguagem da academia. Eu devia estar anotando isso, assim você não precisa pensar todas essas palavras de novo.

— Histórias que fazem a comunidade parecer mais importante, mais básica para a vida humana. Já que a Rinjy podia contar essa história, isso a deixou mais orgulhosa de ser uma bibliotecária, o que aumentou a lealdade dela para com a comunidade e deixou a comunidade mais forte dentro dela.

— Você está tomando as almas delas.

— E elas, a minha. Nossas almas juntas estão possuindo umas às outras.

Aí é que estava o busílis. O papel de Deet na Biblioteca começara como uma pesquisa aplicada: entrar na equipe da Biblioteca para poder confirmar sua teoria de formação de comunidades. A tarefa seria impossível, porém, sem de fato se tornar um membro engajado da comunidade bibliotecária. Tinha sido a dedicação de Deet à ciência séria que os havia aproximado. Agora era essa mesma dedicação que a levava embora. Deixar a Biblioteca a magoaria mais do que perder Leyel.

"Não era verdade. Não era nem um pouco verdade", ele disse a si mesmo, com gravidade. Autopiedade leva a auto-ilusão. A verdade era exatamente o oposto: perder Leyel a magoaria mais do que deixar sua comunidade de bibliotecários. Foi por isso que ela aceitara ir para Terminus em primeiro lugar. Mas ele podia culpá-la por ficar feliz de não ter de escolher? Feliz que pudesse ter ambos?

No entanto, mesmo enquanto ele vencia os piores pensamentos nascidos de sua frustração, não conseguia evitar que alguns dos mais terríveis contaminassem a conversa.

— Como vai saber quando seu experimento termina?

Ela franziu o cenho.

— Nunca vai *terminar*, Leyel. Eles são todos bibliotecários de verdade; não pego ninguém pelo rabo que nem um ratinho e boto de volta na gaiola quando a experiência termina. Em algum momento vou simplesmente parar, só isso, e escrever meu livro.

— Vai?

— Escrever o livro? Já escrevi alguns, acho que consigo fazer de novo.

— Quero dizer, vai parar?

— Quando, agora? Isso é algum teste para ver se te amo, Leyel? Tem ciúmes da minha amizade com a Rinjy e Animet e Fin e Urik?

"Não! Não me acuse de sentimentos tão infantis e egoístas!"

Antes que pudesse gritar sua negação, porém, ele percebeu que estaria mentindo.

— Às vezes eu tenho, sim, Deet. Às vezes, acho que você fica mais feliz com eles.

E como ele havia falado francamente, o que poderia ter se tornado uma briga continuou a ser uma conversa.

— Mas eu *sou*, Leyel — ela respondeu, com a mesma sinceridade. — É que quando estou com eles, estou criando algo novo, estou criando algo *com eles*. É emocionante, revigorante, estou descobrindo coisas novas a cada dia, em cada palavra que dizem, em cada sorriso, em cada lágrima que alguém derrama, em cada sinal de que ser um de nós é a coisa mais importante das suas vidas.

— Não posso competir com isso.

— Não, você não pode, Leyel. Mas você completa isso. Porque tudo isso não significaria nada, seria mais frustrante do que divertido, se eu não pudesse voltar para você a cada dia e contar o que aconteceu. Você sempre entende o significado, você sempre vibra por mim, você valida a minha experiência.

— Sou seu público. Como um pai.

— Sim, meu velho. Como um marido. Como um filho. Como a pessoa que eu mais amo em todo o mundo. Você é a minha raiz. Faço um belo papel lá fora, só folhas e galhos brilhando à luz do sol, mas volto aqui para beber do seu solo a água da vida.

— Leyel Forska, a fonte da capilaridade. Você é a árvore, eu sou o pó.

— Que, por acaso, está cheio de adubo.

Ela o beijou. Um beijo que lembrava os anos de juventude. Um convite, que ele aceitou com alegria.

Uma área macia do piso serviu de cama improvisada. Ao final, Leyel ficou deitado a seu lado, um braço em torno da cintura dela, sua cabeça no ombro dela, seus lábios roçando a pele do seio. Lembrou-se de quando os seios dela eram pequenos e firmes, empoleirados naquele peito como pequenos monumentos ao potencial dessa mulher. Agora, com ela deitada de costas, eles eram como ruínas, desgastados pela idade de modo a escorrerem para os lados, repousando cansados sobre os braços.

— Você é uma mulher magnífica — ele sussurrou, seus lábios titilando a pele dela.

Seus corpos moles e flácidos agora eram capazes de uma paixão maior do que quando eram firmes e fortes. Antes, eles tinham só potencial. É isso que amamos em corpos jovens, o potencial tentador. Agora o corpo dela é um corpo de realizações. Três filhos maravilhosos foram os botões e depois os frutos desta árvore, que partiram e criaram raízes em outros lugares. A tensão da juventude agora podia dar lugar ao relaxamento da carne. Não havia mais promessas nos atos de amor deles. Apenas satisfação.

Ela disse baixinho em seu ouvido:

— E isto foi um ritual, aliás. Manutenção da comunidade.

— Então eu sou só outra experiência?

— Uma muito bem-sucedida. Estou testando para descobrir se esta pequena comunidade consegue durar até um de nós cair duro.

— E se você cair primeiro? Aí quem vai escrever o artigo?

— Você. Mas vai assinar meu nome. Quero a Comenda Imperial por ele. Póstuma. Grude a medalha na minha lápide.

— Vou ficar com ela pra mim. Se você for tão egoísta a ponto de me deixar com todo o trabalho de verdade, merece só uma cópia barata.

Ela deu um tapa nas costas dele.

— Então você é um velho sujo e egoísta. Quero a de verdade ou nada.

Sentiu a dor da palmada dela como se a merecesse. "Um velho sujo e egoísta." Se ela soubesse o quanto tinha razão. No escritório de Hari, houvera um momento em ele quase dissera as palavras que teriam desmentido tudo o que havia entre eles. As palavras que a tirariam de sua vida.

"Ir para Terminus sem ela! Eu seria mais eu mesmo se eles tirassem meu coração, meu fígado, meu cérebro."

"Como pude achar que eu queria ir para Terminus, afinal? Ficar cercado de acadêmicos do tipo que mais desprezo, lutando com eles para que a Enciclopédia fosse concebida da forma correta. Cada um deles lutaria por sua areazinha insignificante, nunca captando a visão do todo, nunca compreendendo que a Enciclopédia seria inútil se fosse compartimentada."

Seria uma vida no inferno e, no final, ele perderia, pois a mente acadêmica é incapaz de crescimento e mudança.

Era aqui em Trantor que ele ainda podia realizar algo. Quem sabe até resolver a questão da origem humana, ao menos para sua própria satisfação... e quem sabe pudesse fazer isso a tempo de sua descoberta ser incluída na Enciclopédia Galáctica antes que o Império começasse a se despedaçar nas bordas, isolando Terminus do resto da Galáxia.

Isso foi como um choque de eletricidade estática passando pelo cérebro de Leyel; viu até mesmo um brilho em torno das bordas de sua visão, como se uma fagulha tivesse saltado por algum abismo sináptico.

— Que pilantra — ele disse.

— Quem, você? Eu?

— O Hari Seldon. Toda essa conversa da Fundação dele, de criar a Enciclopédia Galáctica.

— Cuidado, Leyel.

Era quase impossível que a SSP tivesse encontrado uma maneira de escutar o que se passava dentro dos aposentos do próprio Leyel Forska. Quase.

— Ele me disse vinte anos atrás. Era uma das primeiras projeções psico-históricas. O Império ruirá nas bordas primeiro. Calculou que isso ia acontecer na próxima geração. Na época, eram números brutos. A esta altura devem ter a precisão de um ano. Quem sabe até de um mês. É claro que ele colocou a Fundação em Terminus. Um lugar tão afastado que, quando as bordas do Império se desfiarem, estará entre os primeiros fios perdidos. Isolado de Trantor. Esquecido de uma hora para outra!

— Qual seria a vantagem disso, Leyel? Aí nunca ficariam sabendo das novas descobertas.

— Aquilo que você disse sobre a gente. Uma árvore. Nossos filhos como fruto daquela árvore.

— Eu nunca disse isso.

— Então eu pensei. Ele está plantando a Fundação lá em Terminus como um fruto do Império, para crescer aos poucos como um novo Império.

— Você me assusta, Leyel. Se a SSP te ouvir falando isso...

— Aquela raposa velha e matreira. Aquele malandro, trapaceiro... A bem dizer, ele nunca mentiu para mim, mas é claro que não podia me mandar para lá. Se a riqueza dos Forska estivesse vinculada a Terminus, o Império nunca deixaria o planeta escapar. As bordas iriam se romper em outros lugares, mas nunca ali. Deixar que eu fosse para Terminus estragaria o *verdadeiro* plano.

Isso era um grande alívio. É claro que Hari não podia ter lhe contado, não com a SSP escutando, mas não tinha nada a ver com ele ou com Deet. Depois de tudo, aquilo não teria de ser uma barreira entre eles. Era apenas um dos preços que devia pagar por ser o guardião da riqueza dos Forska.

— Acha que é isso mesmo? — Deet perguntou.

— Fui um tolo de não ver isso antes. Só que o Hari também foi um tolo, se achou que eu não ia deduzir isso.

— Talvez ele espere que você deduza tudo.

— Ah, ninguém consegue deduzir *tudo* o que o Hari está fazendo. Ele tem mais voltas e reviravoltas no cérebro do que um hipercaminho pelo espaço do centro galáctico. Não importa o quanto se esforce para achar o seu caminho, você vai sempre encontrar o Hari no final dele, sorrindo feliz e te dando os parabéns por ter chegado tão longe. Ele está à frente de todos. Já tem tudo planejado, e o resto de nós está condenado a seguir nas suas pegadas.

— E isso é estar condenado?

— Uma época eu achei que Hari Seldon era Deus. Agora sei que ele é muito menos poderoso do que isso. Ele é só o Destino.

— Não, Leyel. Não diga isso.

— Nem mesmo o Destino. Apenas nosso guia através dele. Ele vê o futuro e mostra o caminho.

— Bobagem. — Ela saiu de debaixo dele, levantou-se e pegou o roupão do gancho na parede. — Meus ossos velhos ficam com frio quando me deito sem roupa.

As pernas de Leyel estavam tremendo, mas não era de frio.

— O futuro é dele, e o presente é seu, mas o passado me pertence. Não sei até que ponto no futuro as curvas de probabilidade do Hari o levaram, mas consigo fazer o mesmo que ele, passo a passo, século a século, em direção ao passado.

— Não me diga que vai resolver a questão da origem. Foi você mesmo quem provou que não valia a pena pesquisar isso.

— Provei que não é importante, nem mesmo possível, descobrir o planeta da origem. Mas também disse que ainda podíamos descobrir as leis naturais que explicavam a origem do homem. As forças que nos criaram como seres humanos ainda devem estar presentes no Universo.

— Já li o que você escreveu, você sabe. Disse que seria um trabalho de mil anos encontrar a resposta.

— Agorinha mesmo. Deitado aqui, agorinha mesmo, eu vi a resposta, quase consegui agarrá-la. Algo sobre o seu trabalho e o trabalho do Hari, e a árvore.

— A árvore era sobre eu precisar de você, Leyel. Não era sobre a origem da humanidade.

— Agora se foi. O que quer que eu tenha visto por um momento, se foi. Mas posso encontrar de novo. Está ali no seu trabalho, e na Fundação do Hari, e na queda do Império, e na maldita pereira.

— Nunca disse que era uma pereira.

— Eu costumava brincar no pomar de peras nas terras da mansão em Holdwater. Para mim, a palavra “árvore” sempre lembra uma pereira. Um dos sulcos cavados mais fundo no meu cérebro.

— Estou aliviada. Estava com medo de que você se lembrasse de peras por causa da forma destes velhos seios quando me abaixo.

— Abra o roupão de novo. Vamos ver se eu penso em peras.

Leyel pagou pelo funeral de Hari Seldon. Não foi luxuoso. Leyel queria que fosse. No momento em que ficou sabendo da morte de Hari (que não foi uma surpresa, pois seu primeiro derrame brutal o deixara semiparalisado em uma cadeira de rodas), Leyel mandou seus empregados trabalharem em um serviço fúnebre digno do maior intelecto científico do milênio. Chegou, porém, a mensagem, na forma de uma visita do Comissário Rom Divart, que qualquer tipo de homenagem pública seria...

— Digamos, inoportuna?

— O homem foi o maior gênio de que eu já ouvi falar! Praticamente inventou um novo ramo da ciência que esclareceu coisas que... Ele criou uma ciência a partir do tipo de coisa que adivinhos e... e... *economistas* costumavam fazer!

É claro que Rom encarara com humor a piadinha de Leyel, pois tinham sido amigos desde sempre. Rom fora o único amigo da infância de Leyel que nunca o adulara, nem se ressentira dele, nem se tornara frio por causa da riqueza dos Forska. Isso porque, é claro, a fortuna dos Divart era, no mínimo, um pouco maior. Haviam brincado juntos sem o estorvo da estranheza, do ciúme ou do temor.

Até mesmo compartilharam um tutor por dois terríveis e gloriosos anos, desde o momento em que o pai de Rom foi assassinado, até a execução de seu avô, o que causou tanto ultraje entre a nobreza que o Imperador louco foi destituído do poder e o Império colocado sob o controle da Comissão de Segurança Pública. Depois disso, como o jovem líder de uma das grandes famílias, Rom embarcou em sua longa e frutífera carreira na política.

Mais tarde, Rom dissera que naqueles dois anos fora Leyel quem lhe ensinara que ainda havia algo de bom no mundo; que a amizade de Leyel fora a única razão pela qual ele não se matara. Leyel sempre achou que isso era puro drama. Rom era um ator nato. Era por isso que se distinguia na arte de realizar entradas espetaculares e representar cenas inesquecíveis no maior de todos os palcos: a política do Império. Sem dúvida, algum dia sairia de cena de forma tão dramática quanto seu pai e seu avô.

No entanto, ele não era só encenação. Rom nunca esquecera o amigo de infância. Leyel sabia disso, e sabia também que o fato de Rom ter vindo entregar esta mensagem da Comissão de Segurança Pública devia significar que Rom lutara para torná-la tão branda quanto era. Por isso Leyel ventou um pouco sua frustração e logo fez aquela piada. Era sua forma de render-se com elegância.

O que Leyel não se dera conta, até o próprio dia do funeral, é exatamente o quanto a sua amizade com Hari Seldon fora perigosa, e como era insensato se associar ao nome de Hari agora que o velho estava morto. Linge Chen, o Comissário-Chefe, não ascendera à posição de maior poder do Império sem ser obstinadamente desconfiado de possíveis rivais e brutalmente eficiente ao eliminá-los. Hari manobrara Chen para uma posição na qual era mais perigoso matá-lo do que lhe dar a sua Fundação em Terminus. Agora, porém, Hari estava morto e, pelo que parecia, Chen estava atento a quem o pranteava.

Leyel o fez. Ele e os poucos membros da equipe de Hari que haviam ficado para trás em Trantor para manter contato com Terminus até o momento da morte de seu líder. Leyel não deveria ter sido tão ingênuo. Mesmo em vida, Hari não teria se importado com quem fosse a seu funeral. E agora, na morte, se importava ainda menos. Leyel não acreditava que seu amigo continuasse a viver em algum plano etéreo, observando atentamente e tomando nota dos presentes ao funeral. Não, Leyel simplesmente sentia que precisava estar ali, que precisava falar. Não por Hari, na verdade. Mas por si mesmo. Para continuar a ser ele mesmo, Leyel tinha de fazer algum tipo de gesto público por Hari Seldon e tudo o que ele defendera.

Quem ouviu? Não muitos. Deet, que achou que seu discurso não fora nem a metade do que deveria ser. A equipe de Hari, que estava bem ciente do perigo e tremia a cada realização dele que Leyel enumerava. Enumerá-las, e enfatizar que apenas Seldon tivera a visão para essas grandes obras, era uma crítica inerente do nível de inteligência e integridade do Império. A SSP também estava ouvindo. Tomaram nota de que Leyel claramente concordava com Hari

Seldon sobre a certeza da queda do Império; que, de fato, como um império galáctico, ele provavelmente já caíra, visto que sua autoridade não se estendia mais a toda a Galáxia.

Se uma pessoa qualquer tivesse dito essas coisas, e para um grupo tão pequeno, teria sido ignorada, exceto para mantê-la longe de qualquer cargo que precisasse de um certificado de segurança. Contudo, quando o líder da família Forska falava abertamente que eram corretas as visões de um homem que fora julgado diante da Comissão de Segurança Pública... isso representava um perigo maior para a Comissão do que Hari Seldon.

Pois, como o líder da família Forska, se Leyel Forska quisesse, poderia ter sido um dos grandes atores no palco da política, poderia ter um assento na Comissão ao lado de Rom Divart e Linge Chen. É claro que isso teria significado estar constantemente alerta para assassinos, quer para evitá-los ou contratá-los, e tentar ganhar a lealdade de diversos líderes militares nos confins mais afastados da Galáxia. O avô de Leyel dedicara a vida a tais empreendimentos, mas seu pai declinara, e o próprio Leyel havia mergulhado tão completamente na ciência que nem sequer se informava sobre política.

Até agora. Até que cometera o ato profundamente político de pagar pelo funeral de Hari e *fazer um discurso* nele. Qual seria seu próximo passo? Havia mais de mil pretendentes a senhores da guerra que imediatamente se revoltariam se um Forska lhes prometesse o que candidatos a imperador tão desesperadamente precisam: um patrocinador nobre, uma máscara de legitimidade, além de dinheiro.

Será que Linge Chen realmente acreditava que Leyel pretendia entrar na política nesta idade tão avançada? Será que achava mesmo que Leyel podia ser uma ameaça?

Dificilmente. *Se* acreditasse nisso, com certeza teria mandado matar Leyel e, sem dúvida, todos os seus filhos, deixando apenas um dos netos pequenos, que Chen controlaria de perto através dos guardiões que nomearia, dessa forma assumindo o controle da riqueza dos Forska, além da sua própria.

Em vez disso, Chen apenas acreditava que Leyel *poderia* causar problemas. Por isso, tomou o que eram, para ele, medidas brandas.

E foi por isso que Rom voltou a visitá-lo, uma semana depois do funeral.

Leyel ficou encantado em vê-lo.

— Espero que não sejam assuntos tristes desta vez — disse ele. — Mas é uma falta de sorte; a Deet está na Biblioteca de novo, ela praticamente mora lá agora, mas ia querer...

— Leyel. — Rom tocou os lábios de Leyel com os dedos.

Então eram assuntos tristes afinal. Pior do que tristes. O amigo recitou o que tinha de ser um discurso memorizado.

— A Comissão de Segurança Pública está preocupada de que em seus anos senis...

Leyel abriu a boca para protestar, mas Rom de novo tocou seus lábios para silenciá-lo.

— Que em seus anos senis a carga de responsabilidades da administração dos bens dos Forska o esteja distraindo de seu trabalho científico extremamente importante. O Império precisa tanto das novas descobertas e informações que o seu trabalho com certeza nos dará, que a Comissão de Segurança Pública criou a Curadoria Forska para supervisionar todos os bens e propriedades da família. É claro que você terá acesso ilimitado a esses fundos para o seu trabalho científico aqui em Trantor, e que ela continuará a financiar todos os arquivos e bibliotecas que você beneficiou. Naturalmente, a Comissão não deseja que nos agradeça por algo que, afinal de contas, é nosso dever para com um dos nossos cidadãos mais nobres, mas, caso a sua reconhecida cortesia o obrigue a fazer um breve pronunciamento público de gratidão, isso não seria inoportuno.

Leyel não era tolo. Sabia como as coisas funcionavam. Estava sendo despojado de sua fortuna e colocado sob prisão em Trantor. Não havia sentido em protestar ou objetar, nenhum sentido nem mesmo em tentar fazer com que Rom se sentisse culpado por ter lhe trazido uma mensagem tão amarga.

De fato, é possível que o próprio Rom estivesse em grande perigo: caso Leyel sequer insinuasse que esperava o seu apoio, seu querido amigo poderia também cair. Por isso, Leyel assentiu gravemente, e escolheu com cuidado as palavras de sua resposta.

— Por favor, transmita aos Comissários que estou profundamente grato pela preocupação deles comigo. Faz muito, muito tempo que ninguém se dá ao trabalho de aliviar a minha carga. Aceito a sua gentil oferta. Fico mais feliz ainda porque isso quer dizer que agora posso me dedicar aos meus estudos sem estorvos.

Rom relaxou visivelmente. Leyel não causaria problemas.

— Meu querido amigo, vou dormir melhor sabendo que você estará sempre aqui em Trantor, trabalhando livremente na Biblioteca ou relaxando nos parques.

Então, pelo menos, ele não seria confinado a seu apartamento. Sem dúvida, nunca o deixariam sair do planeta, mas não fazia mal perguntar.

— Quem sabe agora eu até tenha tempo para visitar meus netos de vez em quando.

— Ah, Leyel, eu e você estamos velhos demais para viagens no hiperespaço. Deixe isso para as crianças; elas podem vir te visitar sempre que quiserem. E algumas vezes podem ficar em casa, enquanto os pais vêm para te ver.

Assim, Leyel ficou sabendo que se qualquer filho viesse visitá-lo, os filhos *deles* seriam mantidos como reféns, e vice-versa. O próprio Leyel jamais voltaria a sair de Trantor.

— Melhor ainda — disse Leyel. — Terei tempo para escrever vários livros que tenho vontade.

— O Império aguarda ansiosamente todos os tratados científicos que você escrever. — Havia uma ligeira ênfase na palavra "científicos". — Só espero que não nos entedie com uma daquelas autobiografias chatas.

Leyel facilmente concordou com a restrição.

— *Prometo* que não, Rom. Você sabe melhor do que ninguém como minha vida sempre foi maçante.

— Que é isso! A minha vida que é aborrecida, Leyel, com toda a conversa fiada da política e enrolações dos burocratas. Você sempre esteve na vanguarda da intelectualidade e do ensino. De fato, meu amigo, a Comissão espera que nos dê a honra da primeira leitura de cada palavra que saia do seu *scriptor*.

— Só se prometerem lê-las atentamente e me alertar dos erros que possa cometer.

Sem dúvida a Comissão pretendia apenas censurar seu trabalho para remover material político, coisa que, de qualquer forma, Leyel nunca incluía. Ele, porém, já se resolvera a nunca mais publicar nada, pelo menos enquanto Linge Chen fosse Comissário-Chefe. A coisa mais segura que poderia fazer agora era desaparecer, deixar que Chen o esquecesse completamente; seria uma tolice da pior espécie enviar-lhe artigos ocasionais, lembrando-o assim de que ele ainda existia.

Rom, porém, ainda não acabara.

— Devo estender essa solicitação também ao trabalho da Deet. Realmente queremos vê-lo antes de qualquer um; não deixe de avisá-la.

"Deet?" Pela primeira vez Leyel quase demonstrou a sua fúria. Por que Deet deveria ser punida pela sua imprudência?

— Ah, ela é acanhada demais para isso, Rom; não acha que o trabalho dela seja *importante* a ponto de receber a atenção de homens tão ocupados quanto os Comissários. As pessoas vão achar que vocês só querem ver o trabalho dela por ser minha esposa; ela detesta quando a protegem.

— Então você precisa bater o pé, Leyel — disse Rom. — Posso garantir que os estudos dela do trabalho da burocracia imperial há muito interessam a Comissão por seus próprios méritos.

Ah. É claro. Chen nunca deixaria que um relato sobre o funcionamento do governo aparecesse sem ter certeza de que não oferecia perigo. A censura da produção de Deet não seria sua culpa, no final das contas. Ou, pelo menos, não inteiramente.

— Direi, Rom. Ela vai ficar lisonjeada. Mas por que não fica para dizer você mesmo? Posso trazer uma xícara de *peshat* e podemos falar sobre os velhos tempos...

Leyel teria ficado surpreso se Rom aceitasse. Não, esta entrevista fora pelo menos tão dura para Rom quanto para ele. O próprio fato de que Rom tinha sido forçado a ser o mensageiro da Comissão para seu amigo de infância era um lembrete humilhante de que os Chen estavam acima dos Divart. Quando Rom fez uma reverência e saiu, porém, ocorreu a Leyel que Chen podia ter cometido um erro.

Humilhar Rom desta maneira, forçando-o a colocar seu melhor amigo sob prisão deste jeito... podia ser a gota d'água. Afinal, embora jamais se tivesse descoberto quem contratara o assassino que matou o pai de Rom, e ninguém jamais descobrira quem denunciou o seu avô, acarretando sua execução pelo Imperador paranóico Wassiniwak, não era preciso ser um gênio para perceber que a Casa dos Chen fora quem mais se beneficiara de ambos os eventos.

— Queria poder ficar — disse Rom. — Mas o dever me chama. Mesmo assim, pode ter certeza de que pensarei sempre em você. É claro que eu duvido que vá pensar em você como é *agora*, seu velhote acabado. Vou me lembrar de você como garoto, de quando a gente sempre azucrinava nosso tutor. Lembra da vez que reprogramamos o *lector* dele, e aí a visualização ficou uma semana inteira mostrando pornografia explícita sempre que a porta do quarto abria?

Leyel teve de rir.

— Você nunca se esquece de nada, hein?

— O pobre tonto. Ele nunca descobriu que tinha sido a gente! Velhos tempos... Por que não podíamos ficar jovens para sempre?

Abraçou Leyel e em seguida saiu rapidamente.

"Linge Chen, seu tolo, você foi longe demais. Seus dias estão contados." Nenhum dos agentes da SSP que escutavam a conversa poderia saber que os dois nunca haviam azucrinado seu tutor... e que nunca haviam feito nada com seu *lector*. Era apenas a maneira de Rom deixar o amigo saber que ainda eram aliados, ainda guardavam segredos juntos... e que alguém com autoridade sobre eles estava para ter algumas surpresas nada agradáveis.

Leyel tinha calafrios só em pensar sobre o que poderia resultar de tudo isto. Amava Rom Divart de todo coração, mas também sabia que ele era capaz de esperar a hora certa e então matar de maneira rápida, eficiente, fria. Linge Chen havia apenas começado seu último mandato de seis anos, mas Leyel sabia que ele nunca o concluiria. E que o próximo Comissário-Chefe não seria um Chen.

No entanto, logo a enormidade do que lhe fora feito começava a penetrar em sua mente. Sempre achara que sua fortuna significava pouco para ele, que seria o mesmo homem com ou sem as propriedades Forska. Agora, porém, começava a se dar conta de que isso não era verdade, de que estivera mentindo para si mesmo todo o tempo. Soubera desde a infância como os homens ricos e poderosos podiam ser desprezíveis: seu pai se assegurara de que visse e compreendesse como os homens se tornavam cruéis quando o dinheiro os convencia de que tinham direito de usar os outros como bem entendessem. Dessa forma, Leyel aprendera a desprezar seu próprio direito de nascença, e, começando com o pai, fingira para todos que podia abrir caminho pelo mundo usando apenas a inteligência e a dedicação ao trabalho, que ele seria exatamente o mesmo homem se tivesse crescido em uma família comum, com uma educação comum. Fizera um trabalho tão bom de agir como se não ligasse para a fortuna que acabou acreditando nisso ele mesmo.

Agora se dava conta de que as propriedades Forska tinham sido uma parte invisível dele mesmo todo esse tempo, como se fossem prolongamentos de seu corpo. Como se pudesse flexionar um músculo e naves de carga sairiam voando, pudesse piscar e minas apareceriam nas profundezas da terra, pudesse suspirar e por toda a Galáxia surgiria um vento de mudança que continuaria a soprar até que tudo fosse exatamente como ele desejava. Agora todos esses membros e sentidos invisíveis tinham sido amputados. Agora ele se sentia um aleijado: tinha apenas tantos braços e pernas e olhos quanto qualquer outro ser humano.

Por fim, ele era o que sempre fingira ser: um homem comum, sem poderes. Odiou isso.

Durante as primeiras horas após a saída de Rom, fingira que podia aceitar tudo sem se perturbar. Sentou-se no *lector* e correu pelas páginas sem dificuldades... e sem que nada nelas se registrasse em sua memória. Ficava desejando que Deet estivesse ali para poder rir com ela sobre como isto quase não o afetara. Depois, começou a ficar feliz por ela não estar presente, pois um só toque de compaixão da mão dela o faria transbordar, tornaria impossível conter as emoções.

Finalmente, não conseguiu mais se controlar. Pensando em Deet, em seus filhos e netos, em tudo o que perderam por ele ter feito um gesto inútil para um amigo morto, jogou-se no piso macio e chorou amargamente.

"Deixe que Chen ouça a gravação do que o raio espião mostrar disto! Deixe que ele saboreie a vitória! Vou destruí-lo de algum jeito, meus empregados ainda me são fiéis, vou montar um exército, vou contratar assassinos, vou fazer contato com o Almirante Sipp, e então vai ser Chen quem vai chorar, pedindo misericórdia enquanto o desfiguro do mesmo jeito que ele me mutilou..."

"Idiota."

Leyel rolou sobre as costas, secou o rosto na manga, ficou ali deitado, olhos fechados, se acalmando. Nada de vingança. Nada de política. Isso era coisa para Rom, não para ele. Tarde demais para entrar no jogo agora. E quem o ajudaria, de qualquer forma, agora que já perdera o poder? Não havia nada a ser feito.

De qualquer forma, Leyel não queria mesmo fazer nada. Eles não haviam garantido que seus arquivos e bibliotecas continuariam a ser financiados? Não haviam lhe garantido acesso a fundos de pesquisa ilimitados? E não era só com isso que ele se importava, afinal? Há muito tempo tinha passado todas as operações Forska para seus subordinados; os curadores de Chen simplesmente fariam o mesmo trabalho. E os filhos de Leyel não seriam tão afetados; ele os criara com os mesmos valores com que crescera, e assim haviam buscado carreiras independentes das propriedades Forska. Eram autênticos filhos de seu pai e mãe; não teriam nenhum respeito próprio se não abrissem sozinhos seu caminho no mundo. Sem dúvida, ficariam desapontados por ter a herança roubada, mas não ficariam arrasados.

"Não estou arruinado. Todas as mentiras que Rom contou são realmente verdades, apenas eles não percebem. Ainda tenho tudo o que importa na minha vida. Realmente *não* ligo para a fortuna. É só o jeito que a perdi que me deixou tão furioso. Posso continuar a ser a mesma pessoa que sempre fui. E isto vai até me dar a chance de ver quem são os meus verdadeiros amigos, de ver quem ainda me respeita pelas minhas conquistas científicas, e quem me despreza pela minha pobreza."

Na altura em que Deet voltou da Biblioteca (tarde, como sempre nos últimos tempos), Leyel estava trabalhando com afinco, repassando todas as pesquisas e especulações sobre o comportamento proto-humano, tentando ver se havia algo mais do que conjecturas sem muita base e enrolação empolada. Estava tão absorto na leitura que passou os primeiros quinze minutos contando as cretinices hilárias que encontrara na leitura do dia, e então compartilhando uma ideia maravilhosa e impossível que tivera.

— E se a espécie humana não for o único ramo que evoluiu na nossa árvore genealógica? E se houver alguma outra espécie de primatas que se pareça exatamente com a gente, mas não pode se reproduzir conosco, que funcione de uma maneira completamente diferente, e nós nem ao menos sabemos, nós todos pensamos que todo mundo é exatamente igual à gente, mas aqui e ali por todo o Império tem cidades inteiras, talvez até planetas, de pessoas que secretamente não são seres humanos?

— Mas, Leyel, meu esposo que trabalha demais, se eles se parecem exatamente conosco e agem exatamente como nós, então eles *são* humanos.

— Só que eles *não* agem exatamente como nós. Há uma diferença. Um conjunto completamente diferente de regras e pressupostos. Só que eles não sabem que nós somos diferentes, e nós não sabemos que *eles* são diferentes. E, mesmo se desconfiarmos, nunca vamos ter certeza. Apenas duas espécies diferentes, vivendo lado a lado e nunca percebendo.

Ela o beijou.

— Seu bobinho, isso não é especulação, isso já existe. Você acabou de descrever o relacionamento entre homens e mulheres. Duas espécies completamente diferentes, completamente ininteligíveis uma para a outra, vivendo lado a lado e pensando que são realmente a mesma. A coisa fascinante, Leyel, é que as duas espécies insistem em se casar uma com a outra e ter bebês, algumas vezes de uma espécie, outras vezes da outra, e o tempo todo não conseguem entender por que não entendem a outra.

Ele riu e a abraçou.

— Como sempre, você tem razão, Deet. Se eu conseguisse entender as mulheres, aí quem sabe eu saberia o que é que torna os homens seres humanos.

— Nada seria capaz de tornar os homens seres humanos — ela respondeu. — Todas as vezes que estão a ponto de fazer as coisas direito, acabam tropeçando no maldito cromossomo Y e voltando a ser animais.

Ela aninhou o rosto no pescoço dele.

Foi nesse momento, com Deet em seus braços, que ele cochichou para ela o que acontecera na visita de Rom. Ela nada disse, mas o abraçou forte por um longo tempo. Então tiveram um jantar muito tardio e cuidaram de suas rotinas noturnas como se nada tivesse mudado.

Não até que estivessem na cama, não até que ela estivesse ressonando baixinho a seu lado, é que ocorreu a Leyel que Deet estava ela mesma enfrentando uma provação. Será que ela ainda o amaria, agora que ele era apenas Leyel Forska, o cientista que vivia de uma pensão, e não Lorde Forska, o senhor de planetas? É claro que ela *pretendia*. Contudo, da mesma forma que Leyel nunca estivera ciente do quanto dependia de sua riqueza para definir a si mesmo, também ela podia não ter percebido o quanto do que amava nele era seu vasto poder; pois mesmo que o marido não o ostentasse, ele sempre estivera ali, como uma plataforma firme sob os pés, que mal é notada exceto agora, ao desaparecer, quando a posição deles se tornava instável.

Mesmo antes disto, ela estivera se afastando dele para ficar na comunidade de mulheres da Biblioteca. Ela se afastaria ainda mais agora, sem nem se dar conta, à medida que Leyel se tornava cada vez menos importante para ela. Não era necessário nada tão drástico quanto um divórcio. Apenas uma pequena brecha entre eles, um espaço vazio que poderia ser uma rachadura tão bem quanto um abismo.

"Minha fortuna era parte de mim e, agora que ela se foi, não sou o mesmo homem que ela amava. Ela não vai nem perceber que não me ama mais. Apenas vai ficar cada vez mais ocupada com o trabalho e, em cinco ou dez anos, quando eu morrer de velhice, ela vai chorar... e então se dar conta de que não estava nem de longe tão desolada quanto achava que ficaria. Na verdade, não vai estar nem um pouco desolada. E vai seguir com a vida e não vai nem se lembrar de como era ser minha esposa. Vou desaparecer de toda a memória humana, exceto talvez por alguns artigos científicos e pelas bibliotecas.

"Sou como as informações que se perderam em todos aqueles arquivos abandonados. Desaparecendo pouco a pouco, sem que ninguém perceba, até que reste apenas um resquício de ruído nas memórias das pessoas. Depois, finalmente, nada. O vazio.

"Imbecil cheio de autopiedade. É isso o que acontece com todo mundo, a longo prazo. Mesmo Hari Seldon: algum dia ele será esquecido, mais cedo ou mais tarde, caso Chen vença. Todos nós morremos. Todos desaparecemos com a passagem do tempo. A única coisa que sobrevive a nós é a nova forma que damos às comunidades em que vivemos. Há coisas que são conhecidas porque eu disse, e mesmo que as pessoas esqueçam quem as disse, vão continuar sabendo. Igual à história que a Rinjy estava contando: ela havia esquecido, se é que soube algum dia, que a Deet era a bibliotecária da história original. Mas ainda se lembrava da história. A comunidade de bibliotecários era diferente porque a Deet fizera parte deles. A partir de agora eram um pouco diferentes, um pouco mais corajosos, um pouco mais fortes, por causa da Deet. Ela havia deixado sua marca no mundo."

Nesse momento, de novo, apareceu o brilho daquela visão, daquela súbita compreensão da resposta a uma pergunta que há muito o atormentava.

No entanto, no momento em que Leyel percebeu que tinha a resposta, esta fugiu. Não conseguia recordá-la.

"Você está dormindo", ele disse baixinho. "Apenas sonhou que sabia a origem da humanidade. É desse jeito nos sonhos: a verdade é sempre maravilhosa, só que você nunca consegue agarrá-la."

— Como ele está aceitando tudo, Deet?

— Difícil dizer. Bem, eu acho. Ele nunca foi de viajar mesmo.

— Ora vamos, não pode ser tão simples assim.

— Não. Não, não é.

— Conte-me.

— As coisas sociais... essas foram fáceis. Raramente íamos mesmo, só que agora ninguém convida a gente. Nós nos tornamos politicamente perigosos. E as poucas coisas que tínhamos marcadas foram canceladas ou, ummm... adiadas. Você sabe... "Vamos entrar em contato logo que tivermos uma nova data."

— Ele não se importa com isso?

— Ele *gosta* dessa parte. Sempre detestou essas coisas. Só que cancelaram as palestras. E o curso de ecologia humana.

— Um baque.

— Ele finge que não liga. Só que está preocupado.

— Conte-me.

— Trabalha o dia inteiro, mas não lê mais para mim, não faz mais eu me sentar no *lector* logo que chego em casa. Acho que não está escrevendo nada.

— Não está fazendo nada?

— Não. Lendo. Só isso.

— Quem sabe ele só precise pesquisar.

— Você não conhece o Leyel. Ele *pensa* através da escrita. Ou da fala. Coisa que também não está fazendo.

— Não fala com você?

— Ele responde. Tento falar sobre as coisas aqui da Biblioteca, mas as respostas são... o quê? Soturnas. Emburradas.

— Ele se ressente do seu trabalho?

— Isso não é possível. O Leyel sempre foi tão apaixonado pelo meu trabalho quanto pelo dele. E também não quer falar do trabalho dele. Pergunto, e ele não responde.

— Não é surpresa.

— Então está tudo bem?

— Não. Apenas não é surpresa.

— O que é? Pode me dizer?

— De que adianta eu falar? É o que chamamos de SPI, Síndrome de Perda da Identidade. É parecido com a estratégia passiva para lidar com a perda de uma parte do corpo.

— SPI. O que acontece nessa síndrome?

— Deet, por favor, você é uma cientista. O que espera? Acabou de me descrever o comportamento do Leyel, eu te disse que é chamado de SPI, você quer saber o que essa síndrome é, e o que eu vou te responder?

— Vai descrever o comportamento do Leyel de volta para mim. Que burra que eu sou.

— Ótimo, pelo menos você consegue rir disso.

— Pode me dizer o que esperar?

— Afastamento completo de você, de todo mundo. Num dado momento, vai ficar completamente antissocial e começar a atacar. Vai fazer alguma coisa autodestrutiva... como uma declaração pública contra Chen, por exemplo.

— Não!

— Ou então vai romper suas velhas conexões, se afastar de você, e se refazer em um grupo diferente de comunidades.

— Ele seria feliz desse jeito?

— Claro. Inútil para a Segunda Fundação, mas feliz. Também faria você virar uma velhota mal-humorada. Não que já não seja, é claro.

— Ah, você acha que o Leyel é a única coisa que me faz continuar humana?

— Quase isso, sim. Ele é a sua válvula de escape.

— Não nos últimos tempos.

— Eu notei.

— Tenho sido tão desagradável?

— Nada que não dê para a gente aguentar. Deet, se é para sermos capazes de governar a raça humana algum dia, não devemos primeiro aprender a sermos bons uns para os outros?

— Bem, fico feliz de dar a vocês uma oportunidade de testar a sua paciência.

— Deve ficar feliz mesmo. Estamos fazendo um bom trabalho até agora, não acha?

— Por favor. Estava me provocando sobre o prognóstico, não é?

— Em parte. Tudo o que eu disse é verdade, só que você sabe tão bem quanto eu que há tantas formas diferentes de uma síndrome c–c evoluir quanto há pessoas que sofrem dela.

— Causa comportamental, efeito comportamental. Nada de injeçãozinha de hormônios, então?

— Deet. Ele não sabe quem ele é.

— Eu não posso ajudá-lo?

— Sim.

— Como? O que posso fazer?

— Isto não passa de um palpite, já que não falei com ele.

— É claro.

— Você não tem ficado muito em casa.

— Não *aguento* ficar lá, com ele emburrado direto.

— Ótimo. Faça com que ele saia com você.

— Ele não vai querer.

— Faça pressão.

— A gente mal se fala. Não sei nem se tenho alguma influência sobre ele.

— Deet. Foi você mesma quem escreveu: "Comunidades que exigem pouco ou nada de seus membros não conseguem gerar lealdade. Tudo o mais sendo igual, os membros que se percebem mais necessários possuem a lealdade mais sólida."

— Decorou isso?

— A psico-história é a psicologia das populações, mas populações só podem ser quantificadas como comunidades. O trabalho de Seldon com probabilidades estatísticas só funcionava para prever o futuro dentro de uma geração ou duas, até que você começou a publicar as suas teorias comunitárias. Isso porque as estatísticas *não conseguem* lidar com causa e efeito. Estatísticas dizem o que está acontecendo, nunca o motivo, nunca o resultado. Dentro de uma geração ou duas, as estatísticas atuais se evaporam, perdem o sentido, você tem populações totalmente novas com novos parâmetros. A sua teoria comunitária nos forneceu um modo de prever quais comunidades iam sobreviver, quais iam crescer, quais iam sumir. Um modo de analisar grandes extensões de tempo e espaço.

— O Hari nunca me contou que estava usando a teoria comunitária para nada importante.

— Como queria ele que contasse? Ele precisou andar em uma corda bamba: publicar o bastante para que a psico-história fosse levada a sério, mas não o bastante para que alguém de fora da Segunda Fundação pudesse duplicar ou continuar o trabalho. A sua pesquisa foi essencial, só que ele tinha de guardar segredo.

— Está me contando isso só para eu me sentir melhor?

— Claro. É por isso que estou contando. Mas também é verdade; já que uma mentira não faria você se sentir melhor, faria?

Estatísticas são como estudar cortes transversais do tronco de uma árvore. Desse jeito, dá para saber muita coisa da história dela. Dá para saber se é saudável, qual o seu volume total, quanto ela tem de raiz e quanto tem de galhos. Só não te diz em que parte vai nascer um galho, e quais galhos vão ser grandes, quais vão ser pequenos, e quais vão secar, cair e morrer.

— Mas não dá para *quantificar* comunidades, dá? São só histórias e rituais que unem as pessoas...

— Você ficaria surpresa com o que conseguimos quantificar. Somos muito bons no que fazemos, Deet. Do mesmo jeito que você. Do mesmo jeito que o Leyel.

— O trabalho dele *é* importante? Afinal, a origem humana é só uma dúvida histórica.

— Bobagem. E você sabe disso. O Leyel descartou as questões históricas e está investigando as científicas. Os princípios pelos quais a vida humana, como a entendemos, se diferencia da não humana. Se ele descobrir isso... Não percebe, Deet? A raça humana está se recriando todo o tempo, em cada planeta, em cada família, em cada pessoa. Nascemos como animais, e ensinamos uns aos outros como sermos humanos. De alguma forma. É importante descobrir como. Importante para a psico-história. Importante para a Segunda Fundação. Importante para a raça humana.

— Então... vocês não estão apenas sendo amáveis com o Leyel.

— Sim, estamos. E você também. Pessoas boas são amáveis.

— E isso é tudo? O Leyel é só um homem que está enfrentando problemas?

— Precisamos dele. Ele não é importante só para você. É importante para *nós*.

— Oh. Oh.

— Por que o choro?

— Estava com tanto medo... de estar sendo egoísta, me preocupando tanto com ele. Gastando o seu tempo deste jeito.

— Ora, se isso não... Achava que você não era mais capaz de me surpreender.

— Os problemas da gente eram só... da gente. Mas agora não são mais.

— E isso é tão importante para você? Diga-me, Deet: valoriza tanto assim esta comunidade?

— Sim.

— Mais do que ao Leyel?

— Não! Mas o bastante... para me sentir *culpada* por me preocupar tanto com ele.

— Vá para casa, Deet. Apenas vá para casa.

— Como assim?

— É lá que você preferia estar. Faz dois meses que dá para ver isso no seu comportamento, desde a morte do Hari. Tem estado mal-humorada e intratável, e agora eu sei o motivo. Você se ressente de nós por te fazermos ficar longe do Leyel.

— Não, foi minha escolha, eu...

— É claro que foi sua escolha! Foi o seu *sacrifício* pelo bem da Segunda Fundação. Por isso agora estou lhe dizendo: curar o Leyel é mais importante para o plano do Hari do que cumprir as suas obrigações de rotina aqui.

— Não está me tirando do meu cargo, está?

— Não. Só estou dizendo para você diminuir a marcha. E tire o Leyel do apartamento. Entendido? Exija que ele saia! Faça com que ele volte a se ligar *a você*, ou todos nós vamos perdê-lo.

— Saio com ele pra *onde*?

— Não sei. Ao teatro. Eventos desportivos. Para dançar.

— A gente *nunca* faz essas coisas.

— Bem, o que vocês fazem?

— Pesquisamos. E depois conversamos sobre o assunto.

— Ótimo. Traga-o aqui à Biblioteca. Faça pesquisa com ele. Converse a respeito.

— Mas ele vai encontrar as pessoas daqui. Com certeza vai ver *você*.

— Ótimo. Ótimo. Isso é bom. Sim, deixe-o vir.

— Mas eu achava que tínhamos de esconder a Segunda Fundação até ele estar pronto para entrar nela.

— Não disse que você devia me apresentar como a Primeira Oradora.

— Não, não, claro que não disse. Onde estou com a cabeça? É claro que ele pode te conhecer, pode conhecer todo mundo.

— Deet, me ouça.

— Sim, estou ouvindo.

— Está tudo bem que você o ame, Deet.

— Sei disso.

— Quero dizer, está tudo bem que você o ame mais do que a nós. Mais do que ama qualquer um de nós. Mais do que ama a todos nós. Aí vai você, chorando de novo.

— Estou tão...

— Aliviada.

— Como que você me entende tão bem?

— Apenas sei o que você demonstra e o que você diz. É tudo o que chegamos a saber uns sobre os outros. A única coisa que ajuda é que ninguém consegue mentir por muito tempo sobre quem realmente são. Nem mesmo para si próprios.

Por dois meses Leyel deu seguimento ao artigo de Magolissian, tentando encontrar alguma conexão entre os estudos linguísticos e as origens humanas. É claro que isso implicou semanas de trabalhosa leitura de antigos e inúteis estudos que buscavam um ponto de origem e sempre indicavam Trantor como o ponto focal da língua durante toda a história do Império, ainda que *ninguém* propusesse seriamente Trantor como o planeta de origem. Novamente, porém, Leyel rejeitou a busca de um planeta específico; queria encontrar regularidades, não eventos únicos.

Leyel esperava encontrar uma pista no trabalho relativamente recente (de apenas dois mil anos) de Dagawell Kispitorian. Kispitorian viera da área mais isolada de um planeta chamado Artashat, onde havia lendas de que os colonos originais vieram de um mundo anterior chamado Armênia, cuja localização havia se perdido. Kispitorian crescera entre montanheses que afirmavam que, muito tempo atrás, eles falavam uma língua completamente diferente. De fato, o título do livro mais interessante de Kispitorian era *Ninguém nos Entendia*; muitos dos relatos folclóricos desse povo começavam com a fórmula “no tempo em que ninguém nos entendia...”

Kispitorian nunca fora capaz de se livrar das lendas de sua infância e, ao dedicar-se ao estudo da formação e evolução dos dialetos, sempre se deparava com indícios de que houve uma época em que a espécie humana falava não uma, mas várias línguas. Sempre fora consenso geral que o galáctico padrão era a versão atualizada da língua do planeta de origem; que embora alguns grupos humanos pudessem ter desenvolvido dialetos, a civilização era impossível sem uma fala mutuamente inteligível. Contudo, Kispitorian começara a suspeitar que o padrão galáctico não se tornara a língua humana universal até *depois* da formação do Império; que, de fato, uma das primeiras lutas do Império foi para esmagar todas as demais línguas concorrentes. Os montanheses de Artashat acreditavam que a sua língua fora roubada. Kispitorian acabou dedicando a vida a provar que eles estavam certos.

Trabalhou primeiro com os nomes, há muito reconhecidos como o aspecto mais conservador da linguagem. Descobriu que havia muitas tradições separadas para a escolha de nomes, e não fora até cerca do ano 6000 E.G. que todas elas finalmente se amalgamaram em uma só corrente abrangendo todo o Império. O que era interessante é que quanto mais ele retrocedia no tempo, *mais* complexidade encontrava.

Como certos planetas tendiam a ter tradições unificadas, a explicação mais simples para isso era a que ele propôs primeiro: os humanos teriam saído de seu mundo de origem com uma língua unificada, mas as forças normais de separação linguística teriam levado cada novo planeta a desenvolver a sua própria ramificação, até que muitos dialetos se tornassem mutuamente ininteligíveis. Assim, línguas diferentes não teriam se desenvolvido até que a humanidade tivesse se mudado para o espaço; essa era uma das razões pelas quais o Império Galáctico era necessário para restaurar a unidade original da espécie.

Kispitorian intitulara seu primeiro e mais importante livro *A Torre da Confusão*, usando a muito difundida lenda da Torre de Blablá como uma ilustração. Conjecturou que essa lenda poderia ter se originado no período pré-imperial, provavelmente entre os mercadores errantes que vagavam de planeta em planeta e tinham de lidar de modo prático com o fato de não haver dois mundos falando a mesma língua. Esses mercadores haviam preservado uma crença de que, quando a humanidade vivia em um só planeta, todos falavam a mesma língua. Explicavam a confusão linguística de sua própria época contando a lenda de um grande líder que construíra a primeira "torre", ou astronave, para que a humanidade subisse ao paraíso celestial. De acordo com a lenda, "Deus" puniu esse povo arrogante confundindo suas línguas, o que os forçou a se espalhar entre os diferentes mundos. A lenda apresentava a confusão das línguas como a *causa* da diáspora, em vez de seu resultado, mas a inversão de causas era um traço comumente reconhecido dos mitos. Estava claro que essa lenda preservava um fato histórico.

Até este ponto, o trabalho de Kispitorian era perfeitamente aceitável para a maior parte dos cientistas. Depois dos quarenta anos, porém, ele começou a seguir tangentes extravagantes. Usando algoritmos polêmicos, em calculadores com um nível suspeitosamente alto de poder de processamento, ele começou a deslindar o próprio galáctico padrão, mostrando que muitas palavras revelavam tradições fonéticas completamente separadas, incompatíveis com a corrente principal da língua. Elas não poderiam ter evoluído de forma natural dentro de uma população que normalmente falasse o galáctico padrão ou sua língua ancestral direta. Ademais, havia muitas palavras com significados claramente relacionados, o que mostrava que elas haviam se separado em outra época, de acordo com padrões linguísticos comuns, e então se reunido mais tarde, com denotações ou conotações diferentes. Todavia, a escala de tempo que se subtendia do grau de mudança era tão grande que não podia ser explicada pelo período entre a primeira colonização humana do espaço e a formação do Império. Obviamente, afirmava Kispitorian, houve muitas línguas diferentes *no planeta de origem*; o galáctico padrão foi a *primeira* língua humana universal. Ao longo de toda a história humana, a separação das línguas fora um fato da vida; apenas o Império tivera o poder universal necessário para unificar a fala.

Depois disso, é claro que Kispitorian fora descartado como um tolo. Sua própria interpretação da Torre de Blablá era agora usada contra ele, como se uma ilustração curiosa tivesse agora se tornado um argumento central. De fato, ele escapou por pouco da execução como separatista, visto que havia um inconfundível tom de pesar em seus escritos sobre a perda da diversidade linguística. O Império *conseguiu* cortar todo o seu financiamento e prendê-lo por algum tempo pelo uso de um calculador com um nível ilegal de memória e poder de processamento. Leyel desconfiava que Kispitorian se livrara de uma boa: trabalhando com linguística como ele fazia, conseguindo os resultados que obteve, podia muito bem ter desenvolvido um calculador tão inteligente que pudesse compreender e produzir fala humana, o que, se descoberto, significaria ou a pena de morte ou um linchamento.

Agora não importava mais. Kispitorian insistiu até o fim que seu trabalho era ciência pura, que não fazia juízos de valor quanto a unidade linguística do Império ser ou não uma coisa boa. Estava apenas comunicando o fato de que a condição natural da humanidade era falar muitas línguas diferentes. E Leyel acreditava que ele estava certo.

Leyel não pôde evitar a sensação de que poderia obter algo importante se combinasse os estudos linguísticos de Kispitorian com o trabalho de Magolissian sobre o uso da linguagem por primatas. Porém, qual era a conexão? Os primatas nunca haviam desenvolvido suas *próprias* línguas: apenas aprendiam os substantivos e verbos que os humanos lhes ensinavam. Assim, dificilmente poderiam ter desenvolvido diversidade linguística. Que conexão poderia haver? Como a diversidade poderia ter surgido? Poderia ter algo a ver com o motivo pelo qual os seres humanos haviam se tornado humanos?

Os primatas usavam apenas um minúsculo subconjunto do galáctico padrão. Aliás, isso se aplicava à maior parte das pessoas: a maioria dos dois milhões de palavras do galáctico padrão era usada apenas por uns poucos profissionais que efetivamente precisavam delas, enquanto o vocabulário comum dos humanos por toda a Galáxia consistia em poucos milhares de palavras.

Estranhamente, porém, esse pequeno subconjunto do galáctico padrão era o *mais* suscetível a mudanças. Artigos técnicos ou científicos extremamente herméticos escritos em 2000 E.G. ainda podiam ser lidos com facilidade. Passagens coloquiais e cheias de gírias na ficção, ainda mais nos diálogos, tornavam-se quase ininteligíveis em quinhentos anos. A língua compartilhada pelas comunidades mais diferentes era a língua que mais mudava. Com o tempo, porém, aquela língua principal sempre mudava *em conjunto*. Portanto, não fazia sentido que existisse qualquer diversidade linguística. A língua mudava mais quanto mais unificada fosse. Portanto, quanto mais as pessoas estivessem divididas, mais sua língua se conservava similar.

"Deixa pra lá, Leyel. Você está fora do seu campo. Qualquer linguista competente saberia o motivo."

Leyel, porém, sabia que não havia muitas chances de isso ser verdade. As pessoas mergulhadas em um só campo raramente questionavam os axiomas da sua profissão. Todos os linguistas aceitavam como verdade absoluta que a língua de uma população isolada é invariavelmente mais arcaica, menos suscetível a mudanças. Será que entendiam o motivo?

Leyel se levantou da cadeira. Seus olhos estavam cansados de ficar encarando o *lector*. Os joelhos e as costas doíam de ficar tanto tempo na mesma posição. Queria se deitar, mas sabia que, se o fizesse, cairia no sono. A maldição de ficar velho: conseguia adormecer tão facilmente, mas nunca conseguia dormir o bastante para ficar bem disposto. Fosse como fosse, não *queria* dormir agora. Queria pensar.

Não, não era isso. Queria *falar*. Era assim que suas melhores e mais claras ideias sempre surgiam, sob a pressão de uma conversa, com as perguntas e argumentos de outra pessoa forçando-o a pensar com agudez, a estabelecer conexões, a conceber explicações. Em um debate com outra pessoa, a sua adrenalina circulava, o seu cérebro fazia conexões que, de outro modo, nunca seriam feitas.

Onde estava Deet? Há alguns anos, ele teria conversado com ela sobre isso o dia inteiro, a semana inteira. Ela saberia tanto sobre a sua pesquisa quanto ele, e várias vezes diria: "Já pensou nisto?" Ou: "Como você pode achar isso!" E ele estaria fazendo o mesmo tipo de questionamento do trabalho *dela*. Nos velhos tempos.

No entanto, estes não eram os velhos tempos. Ela não precisava mais dele: tinha seus amigos na equipe da Biblioteca. Ele achava não haver nada de mal nisso. Afinal, ela não estava *pensando* agora, estava colocando velhas ideias em prática. Precisava *deles*, não *dele*. Ele, porém, ainda precisava *dela*. "Será que ela em algum momento pensava nisso? Eu podia muito bem ter ido para Terminus. Maldito seja Hari por não ter me deixado ir. Fiquei por amor a Deet e, depois de tudo, também não a tenho comigo, não quando preciso dela. Como Hari *se atreveu* a decidir o que era certo para Leyel Forska!"

Só que Hari não havia decidido, não é? Ele teria deixado Leyel ir... sem Deet. E Leyel não ficara com Deet para que ela pudesse ajudá-lo em sua pesquisa. Ficara com ela porque... porque...

Não conseguia se lembrar do motivo. Amor, é claro. Não conseguia, porém, entender por que isso tinha sido tão importante para ele. Não era importante para *ela*. A ideia dela de amor esses dias era insistir que ele fosse à Biblioteca: "Você pode fazer a sua pesquisa lá. Podíamos passar mais tempo juntos durante o dia."

A mensagem era clara. O único jeito que Leyel podia continuar a ser parte da vida dela era se fizesse parte da sua nova família na Biblioteca. Bem, ela podia esquecer essa ideia. Se queria ser engolida por aquele lugar, tudo bem. Se preferia trocá-lo por um punhado de... *indexadores* e *catalogadores*, tudo bem. Tudo bem.

Não. Não estava tudo bem. Queria *falar* com ela. Agora mesmo, neste instante, queria lhe contar o que estava pensando, queria que ela o contestasse e argumentasse com ele até que o fizesse encontrar uma resposta, ou um monte de respostas. Precisava dela para ver aquilo que não via. Precisava dela muitíssimo mais do que *eles* precisavam.

Já estava em meio ao denso tráfego de pedestres do Bulevar Maslo quando se deu conta de que era a primeira vez desde o funeral de Hari que se aventurava além da vizinhança imediata do apartamento. Era a primeira vez em meses que tinha algum lugar para ir. "É isso que estou fazendo aqui", pensou. "Só preciso de uma mudança de cenário, da sensação de estar indo a algum lugar. É só por isso que estou indo à Biblioteca. Toda aquela bobagem emocional lá no apartamento, aquilo foi só a minha estratégia inconsciente para me forçar a sair e me misturar com as pessoas de novo."

Leyel estava quase alegre quando chegou à Biblioteca Imperial. Estivera ali muitas vezes ao longo dos anos, mas sempre para recepções e outros eventos públicos; ter o seu próprio *lector* de alta capacidade significava que podia acessar todos os registros da Biblioteca via cabo. Outras pessoas, como estudantes, professores de escolas mais pobres, diletantes, esses realmente tinham de *vir* aqui para ler. Isso, porém, significava que eles sabiam andar no prédio. Exceto pelos grandes auditórios e pelos salões de recepção, Leyel não tinha a mínima ideia de onde nada ficava.

Pela primeira vez deu-se conta da imensidão que era a Biblioteca Imperial. Deet mencionara os números muitas vezes: uma equipe de mais de cinco mil, incluindo técnicos, carpinteiros, cozinheiros, seguranças... praticamente uma cidade em si mesma. Só agora, porém, Leyel se dava conta de que isso significava que muitas das pessoas dali nunca haviam se encontrado. Quem era capaz de conhecer *cinco mil* pessoas pelo nome? Não podia simplesmente entrar e perguntar pelo nome da esposa. Qual era o departamento em que Deet trabalhava? Ela estava sempre mudando, transitando pela estrutura burocrática.

Todas as pessoas que ele via eram visitantes: pessoas na frente de *lectors*, pessoas na frente de catálogos, até pessoas lendo livros e revistas impressas em papel. Onde ficavam os bibliotecários? Os poucos membros da equipe que passavam pelos corredores resultaram não ser bibliotecários, mas sim professores voluntários, que ajudavam os novatos a aprender como usar os *lectors* e catálogos. Sabiam tão pouco sobre a equipe da Biblioteca quanto ele mesmo.

Finalmente, encontrou uma sala cheia de bibliotecários de verdade, sentados em calculadores, preparando os relatórios diários de acesso e circulação. Quando tentou falar com uma, ela se limitou a mover uma mão. Ele achou que estava sendo mandado embora, até perceber que a mão dela permaneceu no ar, um dedo apontando para a frente da sala. Leyel caminhou até a mesa elevada onde uma mulher de meia-idade, gorda e de aspecto sonolento, inspecionava devagar longas colunas de números, que apareciam no ar diante dela em formação militar.

— Desculpe interromper — ele disse, em voz baixa.

Ela estava com a bochecha apoiada na mão. Nem sequer desviou o olhar quando ele falou. No entanto, respondeu:

— Eu rezo para que alguém me interrompa.

Apenas então Leyel notou que os olhos dela estavam emoldurados por rugas de alegria, que a boca dela, mesmo em repouso, se curvava para cima com um suave sorriso.

— Estou procurando alguém. Minha esposa, na verdade. Deet Forska.

O sorriso dela aumentou. Ela empertigou-se.

— Você é o adorado Leyel.

Era uma coisa absurda para se ouvir de uma estranha, mas, de qualquer forma, ficou feliz ao perceber que Deet devia ter falado dele. É claro que todo mundo devia saber que o marido de Deet era *o* Leyel Forska. Mas esta mulher não havia falado dessa forma, havia? Não como *o* Leyel Forska, a celebridade. Não, aqui ele era conhecido como "o adorado Leyel". Mesmo se ela estivesse caçoando dele, Deet devia ter dado a entender que tinha algum carinho por ele. Não pôde deixar de sorrir. Com alívio. Não havia se dado conta de que temia tanto a possibilidade de perder o amor dela, mas agora tinha vontade de rir alto, de se mexer, de dançar de felicidade.

— Imagino que sou — disse.

— Eu sou Zay Wax. A Deet deve ter falado de mim. Almoçamos juntas todo dia.

Não, ela não tinha. Pensando bem, ela raramente falava de alguém da Biblioteca. As duas almoçavam juntas todo dia, e Leyel nunca ouvira falar dela.

— Sim, claro — disse Leyel. — Fico feliz em conhecê-la.

— E eu fico aliviada de ver que os seus pés tocam mesmo o chão.

— De vez em quando.

— Ela está trabalhando no Departamento de Indexação esses dias. — Zay limpou a sua visualização.

— E isso fica em Trantor?

Zay deu uma risada. Ela digitou algumas instruções e a visualização passou a mostrar um mapa do complexo bibliotecário. Era uma complicada pilha de salas e corredores, quase impossível de compreender.

— Este mapa é só desta ala do edifício principal. A Indexação fica nestes quatro andares.

Quatro camadas próximas do centro da visualização ganharam uma cor intensa.

— E aqui é onde você está agora.

Uma pequena sala no primeiro andar ficou branca. Olhando para o labirinto entre as duas seções iluminadas, Leyel começou a gargalhar.

— Não pode só me dar um ingresso para me guiar?

— Nossos ingressos só servem para os lugares onde os visitantes podem ir. Mas isto não é tão difícil, Lorde Forska. Afinal, você é um gênio, não é?

— Não quando se trata da geografia interna de edifícios, a despeito das mentiras que a Deet possa ter contado.

— Apenas saia por esta porta e siga direto pelo corredor até os elevadores... Não tem como deixar de vê-los. Aí, suba até o décimo quinto. Quando sair, vire como se estivesse continuando pelo mesmo corredor e, depois de um tempo, vai passar por uma arcada dizendo "Indexação". Aí você curva a cabeça para trás e berra "Deet" o mais alto que puder. Faça isso algumas vezes e aí ou ela aparece ou a segurança te prende.

— Era isso que eu ia fazer se *não* achasse alguém para me guiar.

— Tinha esperança de que fosse pedir. — Zay se levantou e falou em voz alta para os bibliotecários ocupados: — O gato vai sair. Os ratos podem brincar.

— Já era hora — um deles disse.

Todos riram, mas continuaram trabalhando.

— Me acompanhe, Lorde Forska.

— Pode me chamar de Leyel.

— Oh, que galante. — Quando se pôs de pé, ela pareceu ainda mais baixa e gorda do que sentada. — Venha comigo.

Conversaram alegremente sobre nada importante enquanto seguiam pelo corredor. Dentro do elevador, encaixaram os pés debaixo da barra enquanto a repulsão gravitacional se acionava. Leyel estava tão acostumado a ficar sem peso, depois de tantos anos usando elevadores em Trantor, que nem percebia. Zay, porém, deixou os braços flutuando no ar e suspirou alto.

— *Adoro* pegar o elevador — ela disse.

Pela primeira vez Leyel se deu conta de que ficar sem peso devia ser um grande alívio para alguém que carregava tantos quilos extras como Zay Wax. Quando o elevador parou, ela deu um belo espetáculo, cambaleando para fora como se suportasse um peso enorme.

— Minha ideia do paraíso é viver para sempre na repulsão gravitacional.

— Pode instalar repulsão gravitacional no seu apartamento, se morar no andar do topo.

— Talvez *você* possa — disse Zay. — Só que *eu* tenho que viver com um salário de bibliotecária.

Leyel ficou constrangido. Sempre tivera o cuidado de não alardear sua riqueza, mas a verdade é que raramente falava muito com pessoas que não pudessem pagar por repulsão gravitacional.

— Desculpe — ele disse. — Acho que também não posso, hoje em dia.

— É, ouvi dizer que esbanjou a sua fortuna em um funeral de arrasar.

Surpreso que ela falasse tão abertamente disso, ele tentou responder no mesmo tom jocoso:

— Acho que se pode dizer isso.

— Eu acho que valeu a pena — ela disse, e lhe dirigiu um olhar furtivo. — Eu conhecia o Hari, sabe? A perda dele custou para a humanidade mais do que se o sol de Trantor virasse supernova.

— Talvez — disse Leyel.

A conversa estava ficando fora de controle. Era hora de ter cautela.

— Ah, não se preocupe. Não sou informante da SSP. Aqui está o arco dourado da entrada da Indexação. A terra das sutis associações conceituais.

Passando pela arcada, era como se tivessem entrado em um prédio completamente diferente. O estilo e o acabamento eram os mesmos de antes, com tecidos muito lustrosos nas paredes, e o chão e o teto feitos do mesmo plástico macio e absorvente de sons, brilhando suavemente com luz branca. Agora, porém, toda tentativa de manter alguma simetria se fora. O teto ficava em alturas diferentes, de maneira quase aleatória; à esquerda e à direita podia haver portas ou arcadas, escadas ou rampas, uma câmara ou um saguão enorme cheio de colunas, prateleiras de livros e obras de arte cercando mesas onde os indexadores trabalhavam com meia dúzia de *scriptors* e *lectors* ao mesmo tempo.

— A forma a serviço da função — disse Zay.

— Devo estar com cara de espanto, como um turista que vem pela primeira vez a Trantor.

— É um lugar estranho. Mas a arquiteta era filha de um indexador, por isso sabia que mapas interiores padronizados, regulares, simétricos, são inimigos do raciocínio associativo livre. O toque mais refinado, e também infelizmente o mais caro, é o fato de que de um dia para o outro a planta é reorganizada.

— Reorganizada! As salas mudam de lugar?

— Uma série de rotinas aleatórias no calculador central. Há algumas regras, mas o programa não tem medo de desperdiçar espaço. Às vezes só uma sala muda, e aparece em algum lugar completamente diferente da área da Indexação. Outros dias, tudo muda. A única constante é a arcada por onde se entra. Eu realmente não estava brincando quando disse que devia vir aqui e dar um berro.

— Mas... os indexadores devem gastar a manhã inteira só para achar seus terminais.

— Nada disso. Qualquer indexador pode trabalhar em qualquer terminal.

— Ah. Então eles só puxam o trabalho que estavam fazendo no dia anterior.

— Não. Apenas pegam o trabalho que já está em andamento no terminal que por acaso escolheram naquele dia.

— É o caos! — disse Leyel.

— Exato. Como acha que se faz um bom hiperíndice? Se apenas uma pessoa indexar um livro, ele só terá as conexões que aquela pessoa conhecer. Deste jeito, cada indexador é forçado a dar uma lida no que seu predecessor fez no dia anterior. Inevitavelmente, vai acrescentar novas conexões em que o outro indexador não pensou. O ambiente, o padrão de trabalho, tudo foi projetado para quebrar hábitos de pensamento, para que tudo seja surpreendente, que tudo seja *novo*.

— Para ficar todo mundo instável.

— Exato. A sua mente trabalha mais rápido quando você corre na beirada de um precipício.

— Por essa lógica, os acrobatas deviam ser todos gênios.

— Bobagem. Toda a arte dos acrobatas é aprender suas rotinas tão bem que *nunca* perdem o equilíbrio. Um acrobata que improvisa morre cedo. Mas os indexadores, quando perdem o equilíbrio, caem em descobertas maravilhosas. É por isso que os índices de referência da Biblioteca Imperial são os únicos que vale a pena ter. Eles o surpreendem e o provocam enquanto você lê. Todos os outros são só... listas burocráticas.

— A Deet nunca me contou sobre isto.

— É difícil os indexadores comentarem o que fazem. Não é algo que dê para explicar, de qualquer forma.

— Quanto tempo faz que a Deet está na Indexação?

— Não muito, na verdade. Ela ainda é aprendiz. Mas me disseram que é muito, muito boa.

— Onde ela *está*?

Zay arreganhou os dentes. Em seguida, inclinou a cabeça para trás e berrou:

— Deet!

O som pareceu ser imediatamente absorvido pelo labirinto. Não houve resposta.

— Não está por perto, pelo jeito — disse Zay. — Vamos ter que tentar um pouco mais pra dentro.

— Não podemos só *perguntar* para alguém onde ela está?

— E quem vai saber?

Precisaram de mais dois andares e mais três gritos antes que ouvissem um grito distante de resposta.

— Aqui!

Seguiram o som. Deet continuou gritando para que pudessem encontrá-la.

— Peguei a sala das flores hoje, Zay! Violetas!

Todos os indexadores por quem eles passaram no caminho levantaram os olhos; alguns sorriram, alguns franziram o rosto.

— Isto não atrapalha as coisas? — perguntou Leyel. — Toda esta gritaria?

— Os indexadores *precisam* de interrupções. Elas quebram a cadeia de pensamento. Quando voltam ao trabalho, têm que repensar o que estavam fazendo.

Deet, não tão longe agora, gritou de novo:

— O cheiro é tão inebriante. Imagina só! A mesma sala duas vezes em menos de um mês!

— É comum os indexadores serem internados? — Leyel perguntou baixinho.

— Por que motivo?

— Estresse.

— Este trabalho não tem estresse — disse Zay. — Só diversão. A gente vem para cá como *recompensa* por trabalhar em outras partes da Biblioteca.

— Entendo. É a hora quando os bibliotecários finalmente conseguem *ler* os livros da Biblioteca.

— Todos escolhemos esta carreira porque amamos os livros em si. Mesmo os velhos e ineficientes livros de papel perecível. A Indexação é como... escrever nas margens.

Era uma noção espantosa.

— Escrever no livro de *outra* pessoa?

— Faziam isso sempre antigamente, Leyel. Como você faz para dialogar com o autor sem escrever as suas respostas e argumentos nas margens? Aqui está ela.

Zay entrou diante dele sob um arco baixo e desceu alguns degraus.

— Ouvi uma voz de homem com você, Zay — disse Deet.

— A minha — Leyel disse.

Ele virou uma esquina e a encontrou. Após uma jornada tão longa para vê-la, achou, por um momento de perplexidade, que não a reconhecia. Que a Biblioteca havia escolhido de forma aleatória uma bibliotecária, da mesma forma que fazia com as salas, e ele havia encontrado uma mulher que apenas lembrava sua esposa tão conhecida; teria de voltar a se familiarizar com ela do começo.

— Achei que era mesmo — disse Deet.

Ela se levantou do terminal, e o abraçou. Mesmo isso o surpreendeu, mesmo que ela costumasse abraçá-lo quando se encontravam. "É apenas o cenário que é diferente", disse a si mesmo. "Estou surpreso só porque ela costuma me abraçar assim em casa, em um ambiente que já conheço. E quase sempre é a Deet quem chega, não eu."

Ou havia, afinal, mais calor no abraço dela aqui? Como se o amasse mais neste lugar do que em casa? Ou, talvez, como se a nova Deet fosse simplesmente uma pessoa mais calorosa, mais à vontade?

"Achava que ela ficasse à vontade comigo."

Leyel ficou desconfortável, tímido diante dela.

— Se eu soubesse que a minha visita causaria tanto problema... — ele começou.

"Por que tinha essa necessidade tão grande de se desculpar?"

— Que problema? — Zay perguntou.

— A gritaria. O estorvo.

— Olha só pra ele, Deet. Acha que o mundo parou por causa de uns gritos.

À distância, podia-se ouvir um homem berrando o nome de alguém.

— Acontece toda hora — disse Zay. — É melhor eu voltar. Algum fidalgote de Mahagonny deve estar soltando fumaça porque não liberei a solicitação para ele acessar os livros contábeis imperiais.

— Foi um prazer conhecê-la — disse Leyel.

— Boa sorte encontrando o caminho de volta — disse Deet.

— É fácil desta vez — Zay disse.

Ela se deteve apenas uma vez ao passar pela porta, não para falar, mas para deslizar um cartão metálico ao longo de uma fresta quase invisível no batente da porta, acima do nível dos olhos. Virou-se e deu uma piscada para Deet. Então se foi.

Leyel não perguntou o que ela fizera; se fosse da sua conta, alguém teria dito. Desconfiava, porém, que Zay ou ativara ou desativara um sistema de gravação. Sem ter certeza de que o pessoal da Biblioteca não os escutava, Leyel apenas ficou ali parado, olhando em volta. A sala de Deet realmente estava cheia de violetas, de verdade, que cresciam em rachaduras e orifícios no chão e nas paredes. O cheiro era perceptível, mas não excessivo.

— Para que *serve* esta sala?

— Para *mim*. Pelo menos hoje. Estou feliz que você veio.

— Nunca me falou deste lugar.

— Não sabia dele até que me mandaram para esta ala. Ninguém fala da Indexação. Nunca contamos a quem é de fora. A arquiteta morreu faz três mil anos. Só os nossos técnicos entendem como funciona. É como...

— Um reino de fadas.

— Isso.

— Um lugar onde todas as regras do universo são suspensas.

— Nem todas. Ainda temos a boa e velha gravidade. A inércia. Esse tipo de coisa.

— Este lugar é perfeito pra você, Deet. Esta sala.

— A maior parte das pessoas passa anos sem pegar a sala das flores. E não são sempre violetas, sabe? Às vezes são rosas trepadeiras. Outras vezes são pervincas. Dizem que há, na verdade, uma dúzia de salas das flores, mas só uma fica acessível de cada vez. Mas comigo foram violetas das duas vezes.

Leyel não pôde se conter. Riu. Era engraçado. Era encantador. O que isto tinha a ver com uma biblioteca? E, no entanto, que coisa maravilhosa para se ter escondida no coração de um lugar tão sisudo. Sentou-se em uma cadeira. Na parte de cima do encosto cresciam violetas que roçavam em seus ombros.

— Acabou se cansando de ficar no apartamento o dia inteiro? — Deet perguntou.

É claro que ela perguntaria por que ele finalmente resolveu sair, depois de tanto tempo ignorando os convites dela. No entanto, ele não tinha certeza se podiam falar abertamente.

— Precisava falar com você. — Voltou os olhos para a ranhura onde Zay mexera no batente e logo completou: — A sós.

Teria sido um olhar de medo que passara pelo rosto dela?

— Estamos a sós — disse Deet, em voz baixa. — Zay cuidou disso. Sozinhos de verdade, como não podemos estar nem no apartamento.

Levou um instante para que Leyel se desse conta do que ela afirmava. Nem se atrevia a dizer as letras. Por isso, apenas as formou com os lábios: SSP?

— Nunca se incomodam com a Biblioteca na vigilância rotineira deles. Mesmo que tenham preparado algo especial para você, agora tem um campo de interferência bloqueando a nossa conversa. Mas é provável que não vão se incomodar em te monitorar de novo até que saia daqui.

Ela parecia tensa. Impaciente. Como se não gostasse de ter esta conversa. Como se quisesse que ele continuasse logo, ou, quem sabe, que ele a encerrasse.

— Se estiver tudo bem pra você — ele disse. — Nunca te interrompi aqui antes, achei que só desta vez...

— É claro — ela disse, mas ainda estava tensa. Como se temesse o que ele poderia dizer.

Por isso ele lhe explicou todas as suas ideias sobre a linguagem. Tudo o que havia juntado dos trabalhos de Kispitorian e Magolissian. Ela pareceu relaxar tão logo se tornou claro que ele falava de sua pesquisa. "Do que ela tinha medo?", ele se perguntava. "Será que tinha medo que tivesse vindo para falar do nosso relacionamento?" Dificilmente ela precisaria ter medo disso. Ele não tinha desejo de piorar as coisas reclamando daquilo que não tinha remédio.

Quando acabou de explicar as ideias que lhe ocorreram, ela assentiu cautelosamente... como fizera milhares de vezes antes, após ele ter explicado uma ideia ou argumento.

— Não sei — ela disse, depois de algum tempo.

Como tantas vezes antes, ela se mostrava reticente em se comprometer com uma resposta imediata.

E ele insistiu, como muitas vezes fizera.

— Mas o que *acha*?

Ela apertou os lábios.

— Assim, sem pensar muito... Nunca tentei uma aplicação linguística séria da teoria comunitária, além da formação de jargões, então isto não é mais que uma primeira ideia, mas tente o seguinte: talvez pequenas populações isoladas *guardem* a sua língua... de forma ciumenta, pois é parte de quem eles são. Talvez a língua seja o ritual mais poderoso de todos, de modo que pessoas com a mesma língua formem uma unidade de um jeito que pessoas que não conseguem entender a fala uma das outras jamais poderiam. Como já faz dez mil anos que todo mundo fala o galáctico padrão, não temos como saber, não é?

— Então não é o tamanho da população, mas o quanto...

— O quanto eles se *importam* com a língua. O quanto ela os define como uma comunidade. Uma grande população começa a achar que todo mundo fala igual a eles. Querem *se distinguir*, formar uma identidade separada. Então começam a criar jargões e gírias para se separar dos outros. Não é isso que acontece com a fala comum? Crianças tentam encontrar maneiras de falar diferente dos pais. Profissionais falam com vocabulários específicos para que os leigos não saibam os códigos. Todos rituais para definição de comunidades.

Leyel concordou, com ar pensativo, mas tinha uma dúvida óbvia.

Tão óbvia que Deet também pensou nela.

— Sim, sim, eu sei, Leyel. Imediatamente interpretei a sua pergunta nos termos da minha própria área. Da mesma forma que os físicos que acham que tudo pode ser explicado pela física.

Leyel começou a rir.

— Pensei nisso, mas o que você disse faz sentido. Isso explicaria por que as comunidades têm uma tendência natural para a diversidade linguística. Queremos uma língua comum, uma língua para conversar abertamente. Mas também queremos línguas particulares. Exceto que uma língua *completamente* particular seria inútil. Com quem iríamos falar? Então, sempre que uma comunidade se forma, ela cria pelo menos algumas barreiras linguísticas para os estranhos, alguns códigos próprios que só os membros sabem.

— E quanto mais leal uma pessoa for a essa comunidade, mais fluente ela se torna nessa língua, e mais vai usá-la.

— Sim, faz sentido — disse Leyel. — Tão simples. Vê o quanto preciso de você?

Ele sabia que suas palavras eram uma suave repreensão: "Por que não estava em casa quando precisei de você?" Não pôde, contudo, resistir a dizê-las. Sentado aqui com Deet, mesmo neste lugar estranho e perfumado, sentia-se bem e tranquilo. Como ela pôde ter se afastado dele? Para ele, a presença dela era o que transformava um espaço em lar. Para ela, este lugar era sua casa, quer ele estivesse ali ou não.

Tentou colocar isso em palavras... Em palavras abstratas, de modo a não magoá-la.

— Acho que a maior tragédia é quando uma pessoa é mais leal à sua comunidade do que qualquer um dos outros membros.

Deet apenas deu um ligeiro sorriso e arqueou as sobrancelhas. Não sabia onde ele queria chegar.

— A pessoa fala a língua da comunidade o tempo todo — Leyel prosseguiu. — Só que ninguém nunca fala com ela nessa língua, ou pelo menos não o bastante. E quanto mais fala, mais se indispõe com os outros e os afasta, até que fica sozinha. Pode imaginar algo mais triste? Alguém que está transbordando com uma língua, ansioso por falar essa língua, por ouvi-la da boca dos outros, e, no entanto, não sobrou ninguém que entenda uma palavra dela.

Ela fez que sim com a cabeça, enquanto seus olhos vasculhavam o rosto dele. "Será que ela entende o que estou dizendo?" Esperou que ela falasse. Já havia dito tudo o que se atrevia.

— Mas imagine isto — ela disse, depois de algum tempo. — E se essa pessoa saísse daquele lugar pequeno onde ninguém a entendia, subisse uma colina e chegasse a um novo lugar, e de repente ouvisse centenas, milhares de vozes falando as palavras que ela havia guardado com carinho em todos aqueles anos de solidão? E aí se desse conta de que nunca soubera a língua de verdade. Que as palavras tinham centenas de significados e nuances que ela nunca havia imaginado. Pois cada um dos falantes, só de falar, já mudava a língua um pouquinho. E quando ela finalmente falou, a sua própria voz soava como música aos seus ouvidos, e os outros ouviam com prazer, com êxtase. Sua música era como a água da vida brotando de uma fonte, e ela então se dava conta de que nunca havia estado em casa antes.

Leyel não se lembrava de ter ouvido Deet soar tão... rapsódica, essa era a palavra. Ela mesma estava cantando. "Ela era a própria pessoa de quem estava falando. Neste lugar, a voz dela é diferente, é isso que ela queria dizer. Em casa, comigo, ela estava sozinha. Aqui na Biblioteca ela havia encontrado outros que falavam a sua língua secreta. Não é que não quisesse que nosso casamento desse certo. Ela desejava isso, mas eu nunca a entendi. Esta gente sim, a entendeu. E ainda entende. Ela se sente em casa aqui, é isso o que está me dizendo."

— Compreendo — ele disse.

— Mesmo? — Ela examinava o seu rosto.

— Acho que sim. Está tudo bem.

Ela o encarou com estranheza.

— Quero dizer, tudo bem. É ótimo. Este lugar. Tudo bem.

Ela pareceu aliviada, mas não de todo.

— Você não devia ficar tão *triste* com isso, Leyel. Este é um lugar feliz. E você podia fazer aqui tudo o que faz em casa.

"Exceto te amar como minha outra metade, e receber o seu amor como sua outra metade."

— Sim, é claro.

— Não, falo a sério. Isso em que você está trabalhando... Dá pra ver que está chegando perto de algo. Por que não trabalhar nisso *aqui*, onde podemos falar do assunto?

Leyel deu de ombros.

— *Está* chegando perto, não está?

— Como vou saber? Estou me debatendo como alguém que se afoga no oceano à noite. Talvez esteja perto da praia, e talvez esteja nadando para dentro do mar.

— Mas e o que você já tem? Não acabamos de chegar mais perto?

— Não. Esse negócio da língua... Se for só um aspecto da teoria comunitária, não pode ser a resposta para a origem humana.

— Por que não?

— Porque muitos primatas formam comunidades. Um monte de outros animais. Animais de manada, por exemplo. Até cardumes de *peixes*. Abelhas. Formigas. Aliás, todos os organismos multicelulares são uma comunidade. Então, se a diversidade linguística surge da comunidade, ela é inerente em animais pré-humanos e, portanto, não é parte da definição da humanidade.

— Oh. É, acho que não.

— Certo.

Ela parecia decepcionada. Como se realmente esperasse que fossem encontrar a resposta para a questão da origem ali mesmo, neste mesmo dia.

Leyel levantou-se.

— Ah, bem. Obrigado pela ajuda.

— Acho que não ajudei em nada.

— Ah, ajudou sim. Mostrou que eu estava seguindo uma rua sem saída. Evitou que eu desperdiçasse um monte de... pensamento. Isso é progresso, na ciência: saber quais respostas não são verdadeiras.

Suas palavras tinham duplo sentido, é claro. Ela também lhe mostrara que o casamento deles era uma rua sem saída. Talvez ela o compreendesse. Talvez não. Não importava: ele *a* compreendera. Aquela história sobre uma pessoa solitária que finalmente descobriu um lugar onde se sente em casa... Como podia deixar de entender isso?

— Leyel — ela disse. — Por que não coloca a sua pergunta para os indexadores?

— Acha que os pesquisadores da Biblioteca encontrariam respostas que *eu* não consegui?

— Não o departamento de pesquisa. A *Indexação*.

— O que quer dizer?

— Escreva as suas perguntas. Todos os caminhos que já tentou. Diversidade linguística. Linguagem dos primatas. E as outras perguntas, as antigas. Abordagens arqueológicas, históricas. Biológicas. Padrões de parentesco. Costumes. Tudo o que puder pensar. É só colocar tudo na forma de perguntas. E aí pedimos pra eles indexá-las.

— Indexar minhas *perguntas*?

— É o que a gente faz. Lemos as coisas e pensamos em outras que podem ter alguma relação, e aí as conectamos. Não decidimos o que a conexão significa, mas sabemos que significa algo, que a conexão é real. Não vamos te dar respostas, Leyel, mas se você seguir o índice, ele pode te ajudar a pensar em conexões. Entende o que quero dizer?

— Nunca pensei nisso. Acha que alguns dos indexadores podem ter tempo de trabalhar nisso?

— Não alguns. *Todos* nós.

— Ah, isso é ridículo, Deet. Nunca me atreveria a pedir uma coisa dessas.

— Pois *eu* sim. Ninguém supervisiona a gente aqui, Leyel. Não temos cotas a cumprir. O trabalho da gente é ler e pensar. Normalmente temos centenas de projetos em andamento, mas não há problema se trabalharmos só um dia no mesmo documento.

— Seria um desperdício. Não tenho nada que possa ser publicado, Deet.

— Não precisa ser publicado. Não entende? Ninguém além de nós sabe o que a gente faz aqui. Podemos pegar o texto como um documento não publicado e trabalhar nele do mesmo jeito. Não precisa nem ficar *online* para toda a Biblioteca.

Leyel negou com a cabeça.

— E se eles me levarem a uma resposta? E aí, vamos publicar o nome de duzentos autores?

— A obra será *sua*, Leyel. Somos só indexadores, não autores. Você ainda vai ter que fazer as conexões. Deixe a gente tentar. Deixe a gente *participar*.

De súbito, Leyel compreendeu por que ela estava insistindo tanto. Fazer com que ele se envolvesse com a Biblioteca era o jeito dela de fingir que ainda fazia parte da sua vida. Assim ela podia acreditar que não o abandonara, se ele se tornasse parte da sua nova comunidade.

Será que ela não sabia o quanto aquilo seria insuportável? Vê-la aqui, tão feliz sem ele? Vir aqui apenas como um amigo entre tantos, quando houve uma época em que eles eram, ou pelo menos ele achava que eram, uma alma indivisível? Como ele poderia fazer uma coisa dessas?

E, no entanto, era o que ela queria. Podia ver isso no olhar dela, tão de criança, tão suplicante, que o fazia lembrar-se do começo da sua paixão, em outro mundo... Ela ficava com esse olhar sempre que ele insistia que precisava ir embora. Sempre que achava que podia perdê-lo.

Será que ela não sabe quem perdeu quem?

Não importa. Qual a diferença se ela entendesse? Se ficasse feliz que ele fingisse ser parte do novo lar dela, parte destes bibliotecários... Se quisesse que ele submetesse o trabalho da sua vida ao auxílio destes indexadores malucos, então por que não? O que custava? Talvez o processo de colocar por escrito todas as perguntas em uma ordem coerente o ajudasse. E talvez ela estivesse certa: talvez um índice de Trantor o ajudasse a resolver a questão da origem.

Talvez, se ele viesse para cá, ainda poderia ser uma pequena parte da vida dela. Não seria como um casamento. Contudo, já que isso não era possível, então pelo menos ele podia ter o bastante dela aqui para que continuasse sendo ele mesmo, continuasse sendo a pessoa que se tornara por amá-la todos esses anos.

— Tudo bem — respondeu. — Vou escrever e trazer as perguntas.

— Acho mesmo que podemos ajudar.

— Sim — ele disse, fingindo ter mais certeza de que sentia. — Talvez.

Encaminhou-se para a porta.

— Já tem que ir?

Ele fez que sim com a cabeça.

— Tem certeza de que consegue encontrar a saída?

— A não ser que as salas tenham mudado de lugar.

— Não, só à noite.

— Então vou achar a saída sem problema.

Deu alguns passos na direção dela e então parou.

— Que foi? — ela perguntou.

— Nada.

— Ah. — Ela pareceu desapontada. — Achei que ia me dar um beijo de despedida. — Então fez um beicinho como uma menina de três anos.

Ele riu. Beijou-a, como um menino de três anos, e saiu em seguida.

Ficou meditativo por dois dias. Via a esposa pela manhã e, depois, tentava ler, assistir vídeos, qualquer coisa. Nada retinha a sua atenção. Fazia caminhadas. Chegou até a ir à superfície uma vez, para ver o céu; era noite, estava cheio de estrelas. Nada disso despertava seu interesse. Nada *prendia* a sua atenção. Um dos programas de vídeo teve um momento, muito breve, de uma cena em um planeta semi-árido, onde crescia uma estranha planta que secava quando amadurecia, rompia-se na raiz e então deixava que o vento a levasse, espalhando suas sementes. Por um momento, Leyel sentiu uma desconcertante afinidade com a planta enquanto ela rolava ao vento: "Será que estou tão seco assim, sendo arremessado sobre uma terra morta?" Mas não, ele sabia que nem mesmo isso era verdade, pois aquela planta ainda tinha vida o suficiente para espalhar sementes. Leyel não tinha mais sementes. Elas foram espalhadas anos atrás.

Na terceira manhã ele se encarou no espelho e deu uma risada triste. "É assim que as pessoas ficam antes de se matarem?", perguntou-se. É claro que não; sabia que estava sendo melodramático. Não tinha vontade nenhuma de morrer.

Contudo, então lhe ocorreu que, se essa sensação de inutilidade continuasse, se nunca encontrasse nada com que se envolver, então seria o mesmo que estar morto, pois continuar vivo não teria outra função além de manter quentes as suas roupas.

Sentou-se no *scriptor* e começou a digitar suas perguntas. Em seguida, debaixo de cada pergunta, explicou como já havia investigado aquele caminho específico e por que ele não rendera a resposta à questão da origem. Depois surgiram mais perguntas; e ele estivera certo: o mero processo de resumir a sua própria pesquisa infrutífera fazia com que as respostas parecessem tentadoramente próximas. Era um bom exercício. Mesmo que nunca encontrasse uma resposta, esta lista de perguntas poderia ajudar alguém com um intelecto mais lúcido, ou com melhores informações, décadas ou séculos ou milênios no futuro.

Deet voltou para casa e foi para a cama ainda com Leyel digitando. Ela sabia que aquele semblante indicava que estava imerso na escrita por completo, e não fez nada para distraí-lo. Ele notou sua presença o bastante para perceber que ela o estava deixando em paz de propósito. Em seguida, voltou a dedicar-se à escrita.

Na manhã seguinte, ela despertou e o encontrou deitado na cama a seu lado, ainda vestido. Uma cápsula de mensagem pessoal estava no chão, na entrada do quarto. Ele terminara as perguntas. Ela se curvou, apanhou a cápsula e a levou com ela para a Biblioteca.

— As perguntas dele afinal não são nada acadêmicas, Deet.

— Eu disse que não eram.

— O Hari estava certo. Mesmo que pareça ser um diletante, com seu dinheiro e sua rejeição das universidades, ele é um homem de conteúdo.

— Então será bom para a Segunda Fundação se ele conseguir uma resposta para a pergunta?

— Não sei, Deet. O Hari que era o adivinho. Supostamente a humanidade já é humana, então não é como se tivéssemos que começar tudo de novo.

— Acha que não?

— Então o quê? Será que devíamos achar um planeta desabitado para colocar uns bebês, deixar que virem feras, e então voltar depois de mil anos e tentar transformá-los em humanos?

— Tenho uma ideia melhor. Vamos pegar dez mil planetas cheios de gente que leva uma vida como a dos animais, sempre com fome, sempre prontos a usar unhas e dentes, e vamos tirar o verniz da civilização para mostrar a essa gente o que eles realmente são. E aí, quando eles se enxergarem claramente, vamos voltar e ensiná-los como serem humanos *de verdade* desta vez, em vez de só ter migalhas e lampejos de humanidade.

— Tudo bem. Vamos fazer isso.

— Sabia que ia concordar.

— Apenas cuide para que o seu marido descubra *como* se faz o truque. Depois vamos ter todo o tempo do mundo para nos preparar e aplicá-lo.

Quando o índice ficou pronto, Deet levou o marido com ela para a Biblioteca ao ir trabalhar de manhã. Não o levou para a Indexação, mas o instalou em uma sala particular de pesquisa com as paredes recobertas por vídeos; só que em lugar de darem a ilusão de janelas para uma cena externa, eles preenchiam todas as paredes, do chão ao teto, de modo que ele parecia estar em um pináculo bem alto acima da cena, e sem paredes ou sequer um corrimão para impedir que caísse. Isso lhe dava instantes de vertigem quando olhava em volta; apenas a porta quebrava a ilusão. Por um momento, pensou em pedir outra sala. Contudo, então se lembrou da Indexação, e deu-se conta de que talvez trabalhasse melhor caso também se sentisse um pouco instável o tempo todo.

A princípio, o índice parecia óbvio. Colocou a primeira página de suas perguntas na visualização do *lector* e começou a ler. O *lector* rastreava suas pupilas, de modo que, sempre que repousava o olhar em uma palavra, outras referências começavam a surgir no espaço ao lado da página que estava lendo. Então ele olharia para uma das referências. Quando ela não tinha interesse ou era óbvia, ele saltava para a próxima referência, e a primeira deslizava para trás na visualização, para fora do caminho, mas ainda ali no caso de ele mudar de ideia.

Se uma referência capturasse a sua atenção, quando ele chegava à última linha do trecho visualizado, ela se expandia para o tamanho de página inteira e deslizava para a frente do texto principal. Então, se este novo material tivesse sido indexado, ele disparava novas referências, e assim por diante, levando-o cada vez mais longe do documento original até que Leyel finalmente decidisse voltar e continuar de onde havia parado.

Até aí, era isso o que se esperava de qualquer índice. Foi apenas quando avançou mais na leitura de suas próprias perguntas que Leyel começou a perceber a peculiaridade deste índice. Normalmente, referências indexadas eram vinculadas a palavras relevantes, de modo que se você apenas quisesse parar e pensar um pouco sem abrir um monte de referências por acidente, tudo o que tinha de fazer era fixar a vista em uma área com palavras de recheio, frases vazias como: "Se isto fosse tudo o que poderia..." Todo mundo que habitualmente lia trabalhos indexados logo aprendia esse truque e o usava até que se tornasse automático.

No entanto, quando Leyel parou em uma dessas frases vazias, apareceram referências mesmo assim. E, em vez de terem uma relação clara com o texto, algumas vezes as referências eram caprichosas ou cômicas ou argumentativas. Por exemplo, parou no meio da leitura do seu argumento de que as buscas arqueológicas pelo "estado primitivo" eram inúteis para a busca das origens, pois todas as culturas "primitivas" representavam um declínio em relação a uma cultura espacial. Havia escrito a frase: "Todo esse primitivismo é útil apenas por prever o que podemos nos tornar se não tivermos o cuidado de preservar nossos frágeis nexos com a civilização." Por hábito, seus olhos se fixaram nas palavras vazias "o que podemos nos tornar se". Ninguém podia indexar uma frase dessas.

E, no entanto, eles o tinham feito. Apareceram várias referências. E assim, em vez de permanecer no seu devaneio, Leyel foi distraído, arrastado para aquilo que os indexadores haviam vinculado a uma frase absurda daquelas.

Uma das referências era uma cantiga de roda que ele já esquecera que sabia:

Vovó é vaidosa.
Foguetes são rosa.
Decolar, vagar,
Todos no chão.

Por que motivo no mundo um indexador havia incluído *isso*? A primeira imagem que veio à mente de Leyel foi ele e alguns dos filhos dos criados, dando as mãos e andando em círculos, rodando e rodando até chegarem às últimas palavras, quando se jogavam no chão e riam como loucos. O tipo de brincadeira que só crianças pequenas poderiam achar divertido.

Como seus olhos se detiveram nos versos, eles passaram para a visualização principal de documento e novas referências apareceram. Uma delas era um artigo acadêmico sobre a evolução da cantiga, especulando que ela poderia ter surgido durante os primeiros dias do voo espacial no planeta de origem, quando podem ter sido usados foguetes para escapar do poço gravitacional do planeta. Teria sido por isso que essa cantiga fora indexada ao seu artigo? Porque estava ligada ao planeta de origem?

Não, seria óbvio demais. Outro artigo sobre a cantiga foi mais útil. Ele rejeitava a ideia dos primeiros tempos dos foguetes, pois as versões mais antigas da cantiga nunca usavam a palavra "foguete". A versão mais antiga que sobrevivera era assim:

> *Dobra uma rosa,*
> Buraco, burrico, buquê,
> *Amarra-nos, bate-nos,*
> Todos no chão.

Obviamente, dizia o comentador, eram palavras na maior parte sem sentido; as versões posteriores surgiram porque as crianças insistiam em tentar dar-lhes sentido.

E ocorreu a Leyel que talvez fosse por isso que o indexador vinculara a cantiga à sua frase; porque ela em uma época não tivera sentido, mas insistimos em lhe dar sentido.

Ou seria isso um comentário sobre toda a busca de Leyel pelas origens? Será que o indexador a achava inútil?

Não. A cantiga fora vinculada à frase vazia "o que podemos nos tornar se". Talvez o indexador estivesse dizendo que os seres humanos são como esta cantiga: nossas vidas não fazem sentido, mas insistimos em lhes dar sentido. Deet não dissera algo assim uma vez, quando falava sobre a importância da narração de histórias na formação de comunidades? "O universo se opõe à causalidade", ela dissera. No entanto, a inteligência humana a exige. Por isso contamos histórias que imponham relações causais entre eventos não conectados do mundo a nosso redor.

E isso inclui a nós mesmos, não é? Nossas próprias vidas não têm sentido, mas lhes impomos uma história, organizamos nossas memórias em cadeias de causa e efeito, forçando-as a fazer sentido mesmo que não façam. Então pegamos a soma de nossas histórias e chamamos a isso de nosso "eu". Essa cantiga nos mostra o processo: de algo aleatório para algo com significado; e depois pensamos em nossos significados como "verdades".

De alguma forma, porém, todas as crianças haviam concordado com a nova versão da cantiga. Na altura do ano 2000 E.G., existia apenas a versão final, que é a atual, em todos os planetas, e ela permaneceu constante desde então. Como era possível que todas as crianças de todos os planetas tivessem concordado na mesma versão? Como a mudança se espalhou? Será que dez mil crianças em dez mil planetas fazem as mesmas mudanças por acaso?

Tinha de ser de boca em boca. Alguma criança, em algum lugar, fez algumas mudanças, e essa versão se espalhou. Alguns anos depois todas as crianças do bairro usavam a nova versão, e depois todas as crianças da cidade, do planeta. De fato, podia acontecer em ritmo muito acelerado, pois cada geração de crianças durava apenas alguns anos: crianças de sete anos podiam aceitar a nova versão como uma piada, mas repeti-la o bastante para as de cinco anos acharem que era a versão verdadeira da cantiga, e em poucos anos não restaria mais ninguém entre as crianças que se lembrasse de como era antigamente.

Mil anos é tempo suficiente para a nova versão da cantiga se espalhar. Ou para que cinco ou dez novas versões colidissem e absorvessem umas às outras e então voltassem a se espalhar, alteradas, para mundos que já tivessem revisado a cantiga uma ou duas vezes.

E enquanto Leyel estava sentado ali, pensando nessas coisas, formou uma imagem em sua mente: uma rede de crianças, ligadas umas às outras pelos fios dessa cantiga, estendendo-se de planeta em planeta através do Império, e para trás no tempo, de uma geração de crianças à anterior, uma malha tridimensional que unia todas as crianças desde o princípio dos tempos.

E, no entanto, à medida que cada criança crescia, ela se separava da malha daquela cantiga. Já não ouviria mais as palavras "vovó é vaidosa" e imediatamente daria as mãos às crianças mais próximas. Não era mais parte da canção.

Porém, seus próprios filhos seriam. E depois seus netos. Todos dando a mão uns aos outros, mudando de roda para roda, em uma corrente humana interminável que remontava a algum ritual há muito esquecido em um dos mundos da humanidade; talvez... talvez no próprio planeta de origem.

A visão foi tão nítida, tão avassaladora, que quando ele, finalmente, se deu conta da visualização do *lector*, teve uma sensação tão súbita e alarmante quanto o despertar. Teve de ficar ali sentado, respirando lentamente, até se acalmar, até seu coração parar de bater tão rápido.

Havia encontrado uma parte da resposta, embora não a compreendesse ainda. Aquela malha conectando todas as crianças, aquilo era parte do que nos tornava humanos, embora não soubesse como. Esta indexação estranha e caprichosa de uma frase sem sentido havia lhe proporcionado uma nova maneira de olhar para o problema. Não que a cultura universal das crianças fosse uma ideia nova. Apenas que ele nunca pensara nisso como tendo algo a ver com a questão da origem.

Teria sido isso que o indexador quisera dizer ao incluir esta cantiga? Será que o indexador tivera a mesma visão?

Talvez, mas provavelmente não. Podia ter sido nada mais que a ideia de se tornar algo que fizera o indexador pensar em uma transformação: no caso, ficar velho, como a vovó vaidosa? Ou pode ter sido um pensamento geral sobre a dispersão da humanidade pelas estrelas, para longe do planeta de origem, que fizera o indexador se lembrar de como a cantiga falava de foguetes que decolavam de um planeta, vagavam por um tempo e depois desciam para pousar em outro planeta. Quem podia saber o que a cantiga significava para o indexador? Quem podia saber por que lhe ocorreu fazer a ligação com aquela frase específica do seu documento?

Foi então que Leyel se deu conta de que, em sua imaginação, estava pensando em Deet fazendo essa conexão específica. Não havia razão para achar que havia sido trabalho dela, exceto que, em sua mente, ela era todos os indexadores. Ela havia se juntado a eles, se tornado um deles e, assim, quando se fazia um trabalho de indexação, ela era parte disso. Era isso que significava ser parte de uma comunidade: todos os trabalhos do grupo se tornavam, até certo ponto, um trabalho seu. Deet tomava parte de tudo o que os indexadores faziam, e, portanto, Deet fizera aquilo.

Mais uma vez lhe ocorreu a imagem de uma malha, só que desta vez era uma malha topologicamente impossível, torcida em si mesma de modo que não importava qual parte da borda você segurava, estaria segurando toda a borda, e o meio também. Era tudo uma coisa só, e cada parte continha o todo dentro dela.

Se isso era verdade, porém, então quando Deet havia entrado para a Biblioteca, Leyel também entrara, pois ela tinha o marido dentro de si. Dessa forma, ao vir para cá, ela não o abandonara de modo algum. Em vez disso, ela o entrelaçara em uma nova malha, de modo que ao invés de perder algo, ele estava ganhando. Era parte disto tudo, pois *ela* era parte e, assim, se ele a perdesse, seria apenas por tê-la rejeitado.

Leyel cobriu os olhos com as mãos. Como esses pensamentos tortuosos sobre a questão da origem o levaram a pensar no seu casamento? Ali estava ele, pensando estar à beira de uma compreensão profunda, e então recaía na própria preocupação.

Limpou todas as referências a "vovó é vaidosa" ou "dobra uma rosa" ou o que quer que fosse, e então voltou a ler seu texto original, tentando limitar os pensamentos ao assunto em questão.

No entanto, era uma batalha perdida. Não conseguia escapar da distração sedutora do índice. Estava lendo sobre tecnologia e o uso de ferramentas, e como isso não podia ser a linha divisória entre humano e animal, pois havia animais que faziam ferramentas e ensinavam seu uso aos outros.

Então, de repente, o índice o levou a ler um antigo conto de terror sobre um homem que almejava ser o maior gênio de todos os tempos, e acreditava que a única coisa que o impedia de atingir a grandeza eram as horas perdidas no sono. Por isso, inventou uma máquina para dormir no lugar dele, e tudo funcionou às mil maravilhas até que se deu conta de que a máquina é que tinha todos os seus sonhos. Então fez a máquina lhe contar o que estava sonhando.

A máquina imprimiu as mais espantosamente brilhantes ideias jamais concebidas por qualquer homem; muito mais inteligentes do que este homem jamais escrevera durante suas horas desperto.

O homem pegou um martelo e destruiu a máquina, para que pudesse ter os sonhos de volta. No entanto, mesmo quando começou a dormir de novo, nunca foi capaz de chegar perto da clareza de ideias que a máquina tivera.

É claro que ele nunca poderia publicar o que a máquina havia escrito; seria impensável apresentar o produto de uma máquina como se fosse a obra de um homem. Depois de o homem morrer, de desgosto, as pessoas encontraram o texto impresso daquilo que a máquina sonhara, e pensaram que o homem o havia escrito e escondido. Elas publicaram o texto, e ele foi aclamado por todos como o maior gênio que já vivera.

Esta era considerada universalmente como uma narrativa horrorosa ao extremo, pois tinha uma máquina roubando parte da mente de um homem e usando-a para destruí-lo, um tema comum. Mas por que o indexador havia se referido a isso no meio de uma discussão sobre o fabrico de ferramentas?

Perguntar-se sobre isso motivou Leyel a pensar que essa narrativa era uma espécie de ferramenta, da mesma forma que a máquina construída pelo homem do conto. O autor entregara os seus sonhos para a narrativa e, então, quando as pessoas a ouvissem ou lessem, os sonhos dele, os pesadelos dele, passavam a viver em suas memórias. Sonhos claros e nítidos e terríveis e verdadeiros, era isso o que as pessoas recebiam. E, no entanto, se ele tentasse lhes *dizer* as mesmas verdades, diretamente, não na forma de uma narrativa, as pessoas achariam que suas ideias eram simplórias e sem importância.

E então Leyel lembrou-se do que Deet dissera sobre como as pessoas absorvem as histórias de suas comunidades e as aceitam como parte de si mesmas e as usam para formar a sua própria autobiografia espiritual. Elas se lembram de ter feito o que os heróis das histórias fizeram, e assim continuam a interpretar o personagem do herói em suas próprias vidas, ou, quando não conseguem, se comparam com o padrão que a história estabeleceu para elas. As histórias se tornavam a consciência humana, o espelho humano.

De novo, como tantas outras vezes, ele terminou essas reflexões com as mãos apertando os olhos, tentando impedir que entrassem (ou que saíssem?) imagens de malhas e espelhos, mundos e átomos, até que finalmente, finalmente abriu os olhos e viu Deet e Zay sentadas diante dele.

Não, inclinadas sobre ele. Estava em uma cama baixa e elas estavam ajoelhadas ao seu lado.

— Estou doente? — perguntou.

— Espero que não — Deet respondeu. — Encontramos você no chão. Está esgotado, Leyel. Fico dizendo pra você: precisa comer, precisa ter um número normal de horas de sono. Não é mais jovem para manter esse ritmo de trabalho.

— Mas acabei de começar.

Zay deu uma risada alegre.

— Olha só ele, Deet. Eu te disse que estava tão fascinado pelo índice que nem sabia que dia era.

— Faz três semanas que está trabalhando, Leyel. Na semana passada, você nem foi pra casa. Eu te trazia comida, mas você não queria comer. As pessoas falavam com você e você se esquecia da conversa no meio dela, entrava numa espécie de transe. Leyel, queria nunca ter te trazido aqui. Queria nunca ter dado a ideia do índice...

— Não! — Leyel gritou. Lutou para sentar-se.

A princípio, Deet tentou forçá-lo a ficar deitado, insistindo que precisava descansar. Foi Zay que o ajudou a sentar-se.

— Deixa o homem falar — disse ela. — Só por ser mulher dele não quer dizer que pode calar a boca dele.

— O índice é fantástico — Leyel disse. — É como um túnel aberto para dentro da minha própria mente. Fico vendo uma luz que está *logo* ali, apenas fora de alcance, e então acordo e estou sozinho em um pináculo, exceto pelas páginas abertas no *lector*. Sempre a perco...

— Não, Leyel, nós que perdemos *você*. O índice está te envenenando, está dominando a sua mente...

— Não seja ridícula, Deet. Foi você quem deu a ideia, e estava certa. O índice fica me surpreendendo, me fazendo pensar de formas novas. Já tenho algumas respostas.

— Respostas? — perguntou Zay.

— Não sei se consigo explicar bem. É o que nos torna humanos. Tem a ver com comunidades e histórias e ferramentas e... tem a ver com nós dois, Deet.

— Tenho a esperança de que sejamos humanos — ela disse, brincando com ele, mas também o estimulando a prosseguir.

— Vivemos juntos todos estes anos, e formamos uma comunidade... com nossos filhos, até que eles foram embora, e então apenas nós dois. Mas éramos como animais.

— Só às vezes — disse ela.

— Quero dizer, como animais de manada, ou tribos de primatas, ou qualquer comunidade que é unida apenas pelos rituais e padrões do momento atual. Tínhamos nossos costumes, nossos hábitos. Nossa linguagem particular de palavras e gestos, nossas danças, todas as coisas que um bando de gansos ou um enxame de abelhas pode fazer.

— Muito primitivo.

— Sim, é isso mesmo. Não entende? Essa é uma comunidade que morre a cada geração. Quando morrermos, Deet, tudo isso vai desaparecer junto. Outras pessoas vão se casar, só que nenhuma delas vai saber as nossas danças e músicas e linguagem e...

— Nossos filhos vão.

— Não, é isso que quero dizer. Eles nos conheceram, até pensam que ainda nos *conhecem*, só que nunca foram parte da comunidade do nosso casamento. Ninguém é. Ninguém *pode* ser. É por isso que quando achei que você estava me abandonando por este...

— Mas quando você achou que eu estava...

— Psiu, Deet — disse Zay. — Deixa o homem falar.

— Quando achei que estava me abandonando, me senti como se estivesse morto, como se estivesse perdendo tudo, porque se você não fosse parte do nosso casamento, então não me sobrava nada. Entende?

— Não entendo o que isso tem a ver com a origem humana, Leyel. Só sei que nunca te abandonaria, e não consigo acreditar que você tenha pensado...

— Não o distraia, Deet.

— São as crianças. Todas as crianças. Quando elas brincam de "vovó é vaidosa", e aí crescem e param de brincar, então a comunidade concreta dessas cinco ou seis crianças específicas deixa de existir. Só que outras crianças ainda estão brincando de roda. Recitando a cantiga. Por dez mil anos!

— É isso que nos faz humanos? Cantigas de roda?

— Todas essas crianças fazem parte da mesma comunidade! Através de todo o espaço vazio entre as estrelas, ainda vai haver conexões, elas ainda vão ser de algum modo as *mesmas crianças*. Dez mil anos, dez mil mundos, quintilhões de crianças, e todas elas sabiam a cantiga, todas elas brincavam de roda... Histórias e rituais são coisas que não morrem com a tribo, e não param nas fronteiras. Crianças que nunca se viram cara a cara, que viviam tão longe umas das outras que a luz de uma estrela ainda não tinha chegado na outra, eram parte da mesma comunidade. Somos humanos porque conquistamos o tempo e o espaço. Conquistamos a barreira da ignorância perpétua entre uma pessoa e a outra. Descobrimos um jeito de colocar as minhas memórias na sua cabeça, e as suas na minha.

— Mas essas são ideias que você já descartou, Leyel. Linguagem e comunidade...

— Não! Não, não apenas a linguagem, não apenas tribos de chimpanzés emitindo sons uns para os outros. *Histórias*, narrativas épicas que definem uma comunidade, narrativas míticas que nos ensinam como o mundo funciona. Nós as usamos para criar uns aos outros. Nós nos tornamos uma espécie diferente, nos tornamos *humanos*, porque encontramos um jeito de continuar a gestação além do útero, um jeito de dar a cada criança dez mil pais e mães que ela nunca vai encontrar cara a cara.

Nesse momento, por fim, Leyel calou-se, aprisionado pela insuficiência de suas próprias palavras. Não podia descrever o que vira em sua mente. Se elas já não tivessem entendido, nunca o fariam.

— Sim — disse Zay. — Acho que indexar o seu artigo foi uma ideia muito boa.

Leyel deu um suspiro e voltou a se deitar na cama.

— Eu não devia ter tentado.

— Pelo contrário, você conseguiu — disse Zay.

Deet fez que não com a cabeça. Leyel sabia o motivo: ela tentava dizer a Zay que não devia tentar reconfortá-lo com falsos elogios.

— Não me mande ficar quieta, Deet. Sei o que estou dizendo. Posso não conhecer o Leyel tão bem quanto você, mas reconheço a verdade quando a ouço. De certa forma, acho que o Hari sabia disso instintivamente. É por isso que insistiu em todas essas holoprojeções bobas, forçando os pobres cidadãos de Terminus a aguentar as suas pontificações de tantos em tantos anos. Era sua maneira de continuar a criá-los, de continuar vivo entre eles. Fazendo com que sintam que suas vidas têm uma finalidade por trás. Uma narrativa mítica e épica, as duas de uma vez. Eles vão levar um pouco de Hari Seldon dentro deles, da mesma maneira que as crianças levam os pais com elas por toda a vida.

A princípio, Leyel conseguiu apreender apenas a noção de que Hari teria aprovado suas ideias da origem humana. Depois, começou a se dar conta de que havia muito mais do que essa simples afirmação no que Zay estava dizendo.

— Conheceu Hari Seldon?

— Um pouco — disse Zay.

— Ou conta tudo ou não conta nada — disse Deet. — Não pode contar isso e guardar o resto.

— Conheci o Hari do mesmo jeito que você conhece a Deet — disse Zay.

— Não — disse Leyel. — Ele teria me contado.

— Teria? Ele nunca falava dos alunos.

— Ele tinha milhares de alunos.

— Eu sei, Leyel. Vi esses alunos lotarem as salas de conferências e ouvirem os fragmentos mal-acabados da psico-história que ele ensinava. Só que, depois, ele saía de lá, vinha para a Biblioteca, para uma sala onde a SSP nunca vai, onde podia falar palavras que os agentes dela nunca ouviriam, e era lá que ele ensinava os alunos de verdade. Aqui é o único lugar onde a ciência da psico-história ainda vive, onde as ideias da Deet sobre a formação de comunidades têm uma aplicação real, onde a sua própria visão da origem da humanidade dará forma a nossos cálculos pelos próximos milhares de anos.

Leyel ficou pasmo.

— Na Biblioteca Imperial? Hari tinha sua própria faculdade aqui na Biblioteca?

— Onde mais? Ele teve que nos deixar no final, quando chegou o momento de vir a público com suas previsões da queda do Império. Aí a SSP passou a ficar sempre de olho nele, e para que não ficassem sabendo da gente, Hari não pôde nunca mais voltar aqui. Foi a pior coisa que já nos aconteceu. Era como se ele tivesse morrido, para nós, anos antes da morte do seu corpo. Ele era parte de nós, Leyel, do mesmo jeito que você e a Deet são parte um do outro. Ela sabe. Ela se uniu a nós antes dele ir embora.

Isso doeu. Saber que houvera um segredo tão grande, e ele não havia participado.

— Por que a Deet, e eu não?

— Não sabe, Leyel? A sobrevivência da nossa pequena comunidade era a coisa mais importante. Enquanto você fosse Leyel Forska, dono de uma das maiores fortunas da história, era impossível que fizesse parte disto: teria provocado comentários demais, atraído demasiada atenção. A Deet podia vir, pois o Comissário Chen não ligava muito para o que ela fizesse. Ele nunca leva as esposas a sério, o que é só uma das maneiras de ele mostrar que é um imbecil.

— Mas o Hari sempre quis que você fosse um de nós — disse Deet. — O maior medo dele era que você fosse precipitado e forçasse a entrada na Primeira Fundação, quando todo o tempo ele queria você nesta: a Segunda Fundação.

Leyel lembrou-se da última vez que falara com Hari. Tentou lembrar se Hari havia lhe mentido em algum momento. Ele disse que Deet não podia ir para Terminus... mas agora isso ganhava um significado completamente diferente. "Aquela raposa velha! Não mentiu em nenhum momento, mas também nunca contou a verdade."

Zay prosseguiu:

— Foi complicado, encontrar o ponto de equilíbrio perfeito, te encorajando a provocar Chen só o bastante para que ele tirasse a sua riqueza e depois te esquecesse, mas não o bastante para mandar te prender ou matar.

— Vocês fizeram isso acontecer?

— Não, não, Leyel. Ia acontecer de qualquer forma, porque você é quem você é, e Chen é quem ele é. Mas havia uma faixa de possibilidades, que iam desde você e a Deet serem torturados até a morte em um extremo e, do outro lado, você e Rom conspirarem para matar Chen e tomar o controle do Império. Qualquer um desses extremos teria tornado impossível que você fizesse parte da Segunda Fundação. O Hari estava convencido, assim como a Deet e eu também, que o seu lugar era conosco. Não morto, não na política. Aqui.

Era ultrajante saber que fizeram essas escolhas por ele, sem deixá-lo saber. Como Deet pôde guardar segredo todo esse tempo? E, no entanto, estavam obviamente certos. Se Hari tivesse lhe contado sobre esta Segunda Fundação, Leyel teria tido prazer, orgulho, de fazer parte dela. Leyel, porém, não podia ficar sabendo, não podia ser parte dela até que Chen não o visse mais como uma ameaça.

— E o que faz você pensar que Chen vai me esquecer algum dia?

— Ah, ele já te esqueceu, pode ter certeza. De fato, calculo que até hoje à noite ele terá esquecido tudo o que já soube.

— Que quer dizer?

— Como acha que nos arriscamos a falar tão abertamente hoje, depois de ficar em silêncio por tanto tempo? Afinal, não estamos mais na Indexação.

Leyel sentiu um arrepio de medo percorrer seu corpo.

— Eles podem nos ouvir?

— Só se estivessem escutando. Mas, no momento, os agentes da SSP estão muito ocupados ajudando Rom a consolidar seu controle da Comissão de Segurança Pública. E, quanto a Chen, se ainda não foi levado para a câmara de radiação, logo vai ser.

Leyel não conseguiu se controlar. A notícia era tão maravilhosa que saltou da cama e quase dançou com a boa nova.

— Rom está agindo! Depois de todos esses anos, está derrubando aquela aranha velha!

— Isso é mais importante do que mera justiça ou vingança — disse Zay. — Temos certeza absoluta de que muitos governadores, prefeitos e comandantes militares vão se recusar a reconhecer a autoridade da Comissão de Segurança Pública. Rom Divart vai precisar passar o resto da vida só para acabar com os rebeldes mais perigosos. Para concentrar suas forças nos maiores rebeldes e aspirantes ao poder próximos de Trantor, vai dar um grau de independência inédito a muitos, muitos planetas da periferia. Para todos os efeitos, esses mundos exteriores não serão mais parte do Império. A autoridade imperial não os tocará mais, e seus impostos não virão mais para Trantor. O Império não é mais galáctico. A morte do Comissário Chen, hoje, vai marcar o começo da queda do Império Galáctico, embora ninguém, além de nós, vá se dar conta do que isso significa, pelas próximas décadas, ou séculos até.

— Tão logo depois da morte do Hari. As previsões dele já estão se cumprindo.

— Ah, não é só coincidência — disse Zay. — Um de nossos agentes conseguiu influenciar Chen só o bastante para garantir que ele mandaria Rom Divart em pessoa tirar a sua fortuna. Essa foi a gota d'água para Rom, que fez com que ele desse o golpe. Chen teria sido derrubado ou morrido em algum momento do próximo ano e meio, não importa o que fizéssemos. Mas confesso que tivemos certo prazer em usar a morte do Hari como gatilho para derrubar aquele déspota um pouco antes, e de um jeito que permitiu trazer você para a Biblioteca.

— Também usamos isso como um teste — disse Deet. — Estamos tentando achar jeitos de influenciar as pessoas sem elas saberem. Ainda está muito verde e incerto, mas neste caso conseguimos influenciar Chen com sucesso total. Tivermos que fazer isso: a sua vida estava em jogo, e também a chance de se unir a nós.

— Eu me sinto como uma marionete — disse Leyel.

— Chen é que foi a marionete — Zay disse. — Você foi o prêmio.

— Isso tudo é bobagem — disse Deet. — O Hari te amava. *Eu* te amo. Você é um grande homem. A Segunda Fundação precisava contar com você. E tudo o que disse e defendeu em toda a sua vida deixou claro que adoraria fazer parte do nosso trabalho. Não é assim?

— É — disse Leyel, e então desatou a rir. — O índice!

— O que tem de tão engraçado? — perguntou Zay, parecendo um pouco ofendida. — Trabalhamos tão duro nele.

— E ele foi fantástico, transformador, hipnótico. Pegar todas essas pessoas e colocá-las juntas como se fossem uma só mente, muito mais inteligente em sua intuição do que qualquer um poderia ser sozinho. A comunidade humana mais fortemente unificada, mais poderosa que já existiu. Se é a nossa capacidade de contar histórias que nos torna humanos, então quem sabe a nossa capacidade de indexação vai nos tornar algo melhor do que humanos.

Deet bateu de leve na mão de Zay.

— Não ligue pra ele, Zay. É claro que é o fervor de um convertido.

Zay ergueu uma sobrancelha.

— Ainda *estou* querendo saber por que o índice fez com que ele *risse*.

Leyel fez a vontade dela.

— Porque todo o tempo eu ficava pensando: como bibliotecários podem ter feito isto? Meros bibliotecários! E agora descubro que esses bibliotecários são todos os melhores alunos de Hari Seldon. Minhas perguntas foram indexadas por psico-historiadores!

— Não só por eles. A maior parte de nós somos bibliotecários mesmo. Ou técnicos, ou curadores, ou o que seja. Os psicólogos e psico-historiadores são só um filete na correnteza da Biblioteca. No começo, eram vistos como gente de fora. Pesquisadores. *Usuários* da Biblioteca, não membros dela. Foi esse o trabalho da Deet nos últimos anos: tentar nos unir todos em uma só comunidade. Ela também chegou aqui como uma pesquisadora, lembra? Mesmo assim, ela tornou a lealdade de cada um à Biblioteca mais importante do que qualquer outra. E está funcionando muito bem, Leyel, você vai ver. A Deet é um prodígio.

— Estamos *todos* fazendo isso juntos — disse Deet. — Ajuda muito que as duzentas e tantas pessoas que estou tentando integrar conheçam tão bem e compreendam tão bem a mente humana. Elas entendem exatamente o que estou fazendo e tentam me ajudar para que dê certo. E ainda *não* conseguimos sucesso completo. Com o passar dos anos, precisamos cuidar para que o grupo dos psicólogos ensine e aceite os filhos dos bibliotecários e dos técnicos e dos médicos em absoluta igualdade com seus próprios, de modo que os psicólogos não virem uma casta dominante. E depois promover casamentos entre os grupos. Quem sabe daqui a um século vamos ter uma comunidade verdadeiramente coesa. Estamos construindo uma cidade-estado democrática, não um departamento acadêmico, nem um clube social.

Leyel já estava pensando em outras coisas. Era quase insuportável se dar conta de que havia centenas de pessoas que conheciam o trabalho de Hari, enquanto ele nada sabia.

— Vocês têm que me ensinar! — Leyel disse. — Tudo o que o Hari ensinou pra vocês, todas as coisas que esconderam de mim...

— Ah, com o tempo, Leyel — disse Zay. — Mas, no momento, estamos muito mais interessados no que você tem para *nos* ensinar. Tenho certeza de que uma transcrição do que disse logo que acordou já está sendo espalhada pela Biblioteca.

— Estavam gravando? — perguntou Leyel.

— Não sabíamos se você ia ficar catatônico a qualquer momento, Leyel. Não faz ideia do quanto nos deixou preocupados. É claro que gravamos: podiam ter sido as suas últimas palavras.

— Pois não vão ser. Não me sinto nem um pouco cansado.

— Então não é tão esperto quanto pensamos. Seu corpo está perigosamente debilitado. Você tem se maltratado demais. Não é mais um garoto, e vamos bater o pé para que fique longe do *lector* por alguns dias.

— Que é isso? Agora você é minha médica?

— Leyel... — disse Deet, tocando o ombro dele do jeito que sempre fazia quando precisava acalmá-lo. — Os médicos *já* te examinaram. E você precisa saber: Zay é a Primeira Oradora.

— Quer dizer que ela é a comandante?

— Isto não é o Império — Zay disse—, e eu não sou Chen. Ser Primeira Oradora significa apenas que falo primeiro quando nos reunimos. E depois, no final, combino tudo o que foi dito e expresso o consenso do grupo.

— Isso mesmo — disse Deet. — *Todo mundo* acha que você precisa descansar.

— *Todo mundo* sabe de mim? — perguntou Leyel.

— É claro — disse Zay. — Com o Hari morto, você é o pensador mais original que temos. Nosso trabalho precisa de você. É lógico que nos preocupamos com você. Além disso, a Deet te ama tanto, e nós amamos tanto *a Deet*, que sentimos como se todos nós estivéssemos um pouco apaixonados por você.

Ela riu, Leyel também riu, e Deet também. Leyel notou, porém, que quando perguntou se todos *sabiam* dele, ela respondera que eles se preocupavam e que o amavam. Apenas quando Zay disse isso foi que ele se deu conta de que ela respondera a pergunta que ele realmente queria fazer.

— E enquanto você se recupera — Zay prosseguiu —, a Indexação vai trabalhar na sua nova teoria...

— Não é uma teoria, é só uma proposta, só uma *ideia*...

— ...E alguns psico-historiadores vão ver se ela pode ser quantificada, quem sabe com alguma variante das fórmulas que temos usado com as leis de desenvolvimento comunitário da Deet. Quem sabe ainda podemos chegar a converter os estudos de origem em uma ciência de verdade.

— Quem sabe — disse Leyel.

— Sente-se bem a respeito de tudo isto? — Zay perguntou.

— Não sei... Acho que sim. Sinto uma enorme euforia, mas também estou um pouco zangado pelo jeito que fui deixado de fora, mas, principalmente, me sinto... me sinto tão aliviado.

— Ótimo. Está totalmente desnorteado. Vai fazer o seu melhor trabalho se te deixarmos sempre fora de equilíbrio.

Com isso, Zay o conduziu de volta para a cama, ajudou-o a se deitar e saiu do quarto.

A sós com Deet, Leyel não tinha nada a dizer. Apenas segurou sua mão e fitou seu rosto, seu coração demasiado cheio para dizer qualquer coisa com palavras. Todas as novas sobre os planos bizantinos de Hari e uma Segunda Fundação cheia de psico-historiadores e Rom Divart assumindo o governo... Tudo isso passou para segundo plano. O que importava era isto: A mão de Deet na sua, os olhos dela olhando nos seus, e o coração dela, a essência dela, a alma dela tão intimamente ligada à sua que ele não sabia e não se importava com onde ele acabava e ela começava.

Como pôde sequer imaginar que ela estava lhe abandonando? Haviam criado um ao outro durante todos esses anos de casamento. Deet era a realização mais esplêndida de sua vida, e ele era a criação mais valiosa da vida dela. "Somos pais um do outro, filhos um do outro. Podemos construir grandes obras que vão continuar a viver nessa outra comunidade, a Biblioteca, a Segunda Fundação. Mas o maior trabalho de todos é aquele que vai morrer conosco, aquele que ninguém mais vai saber, pois vão ficar eternamente de fora. Não podemos nem lhes explicar. Eles não falam a língua necessária para nos entender. É uma língua que só podemos falar um com o outro."

Tradução de Carlos Angelo

Questão de Sobrevivência

Carlos Orsi

Nascido em Jundiaí, interior de São Paulo, em 1971, Carlos Orsi é graduado em jornalismo pela Escola de Comunicações e Artes da USP *e edita a página de Ciência do site de* O Estado de S. Paulo. *É um dos mais ativos e talentosos autores brasileiros dedicados à* FC *e ao horror, surgido nos anos noventa nas páginas de vários fanzines. Estreou profissionalmente na revista* Isaac Asimov Magazine, *em 1992, com a noveleta "Aprendizado". Publicou em antologias como* Outras Copas, Outros Mundos *(1998),* Phantastica Brasiliana *(2000) — em que também é co-editor —,* Como Era Gostosa a Minha Alienígena! *(2003) e* Imaginários *(2009), entre outras, publicou as coletâneas* Medo, Mistério e Morte *(1996) e* Tempos de Fúria *(2005), com a qual foi considerado a "Personalidade do Ano", pelo* Anuário Brasileiro de Literatura Fantástica 2006. *Em 2010 lançou seu primeiro romance,* Guerra Justa, *uma* FC hard.

"Questão de Sobrevivência" tem sido uma de suas histórias mais publicadas — primeiro na revista Sci-Fi News Contos *(2001) e em* Tempos de Fúria *—, e reaparece nesta antologia por sua crítica social e densidade dramática, das mais bem-sucedidas nesta proposta dentro da* FC *brasileira recente. Estamos em São Paulo, em 2030. A crise social chega ao limite do suportável: tendas e acampamentos tomam conta do centro da cidade. Uma misteriosa doença impede o aleitamento materno e as crianças nascem defeituosas. Neste ambiente, o líder dos sem-teto usa de todas as armas — reais e figuradas — para garantir uma vitória estratégica à sua causa. Nem que isso possa perverter seus ideais à mesma hipocrisia de um sistema sociopolítico falido.*

"Nuvens famintas pendem sobre o abismo."
William Blake, *O Casamento do Céu e do Inferno.*

1. Que espere a luz, e [a luz] não venha

Depois da meia-noite. Mesmo já passadas duas décadas desde seu tempo de moleque grafiteiro, Zé Mateus ainda tem agilidade suficiente para trepar pelas paredes do Teatro Municipal, e subir até o telhado — de qualquer forma, ele andou treinando.

De lá, contempla o que às vezes imagina ser seu reino, seu Estado particular dentro do Estado: o Campo Fidel, maior acampamento urbano do Ocidente, um conjunto de tendas e barracos que ocupa o Vale do Anhangabaú, o Viaduto do Chá e quase todo o resto do que já foi o centro histórico de São Paulo. Nas fronteiras que dividem o Campo da cidade, lanças fincadas em vãos do asfalto ostentam as faces mumificadas e os crânios nus de ladrões, assassinos e estupradores. É desta forma, Zé Mateus acredita, que se demarcam os limites, tanto físicos quanto morais.

E são estes, justamente, os limites que lhe vêm à cabeça, enquanto o líder desvia o olhar para as poucas estrelas ainda visíveis no céu sujo de fuligem. E, ao observar as estrelas, Mateus cisma, pondera a respeito da ação marcada para o raiar do dia seguinte. É curioso que exatamente ele, o homem que convenceu o Comitê Central a endossar o ato, venha a nutrir dúvidas, faltando poucas horas para o momento marcado.

Curioso, mas não estranho. Esta é a história da vida de Zé Mateus, sempre o mais severo juiz de si mesmo. Durante boa parte de sua vida, quase até o fim da adolescência, bastava que lhe fizessem a mais leve acusação de comportamento antiético, errado ou injusto, para que o futuro líder sem-teto se visse paralisado por dúvida, medo ou culpa. Com os anos, Zé Mateus havia aprendido a não deixar que essa — ele chamava a sensação assim — "obsessão justiceira" atrapalhasse suas relações com o mundo.

Já as relações consigo mesmo continuavam tão complicadas como antes. Por mais que conseguisse esconder a verdade dos outros, o fato é que a ideia de desrespeitar a lei fazia com que Zé se sentisse, para dizer o mínimo, desconfortável; mais do que isso: era um verdadeiro espinho em sua carne. Ele racionalizava, lembrando que os alemães que tinham ajudado judeus a escapar do nazismo haviam, na prática, quebrado a lei. Mas o exemplo lhe parecia extremo, exagerado demais.

"Leis erradas não devem ser quebradas. Devem ser mudadas." A frase era do pai, do falecido João Mateus, e Zé não conseguia, no fundo, deixar de concordar com ela, ingênua que fosse. Afinal, o próprio Campo Fidel não era um projeto de utopia? Uma prova, portanto, de ingenuidade?

"É preciso que os bons cumpram as leis más, para que os maus cumpram as leis boas." Essa não era do pai, mas o velho vivia a citá-la. Zé Mateus ainda podia ouvir a voz do velho João, o mesmo velho que tinha morrido com uma bala de borracha do Batalhão de Choque da PM no olho. O velho que, mesmo sentindo fome, tinha se recusado a participar dos grandes saques a supermercados de 2025, mas que, infelizmente, tinha estado na rua, com sua cara morena e emaciada de pobre (e, portanto, de suspeito, de culpado) na hora errada.

"Não quebradas. Mudadas." Era para isso, no fim, que Zé Mateus tinha estudado, era para isso que havia entrado na política, no Partido. E se integrado ao Comitê Central do Campo Fidel, tornado-se, com o tempo, o membro mais influente do grupo, o líder nato, "caudilho", como diziam os adversários, pelas costas.

O condutor.

O rei. Ou o príncipe, como definiria Maquiavel.

Zé Mateus balança a cabeça, decepcionado e irritado consigo mesmo. Por alguma razão, ele não consegue fazer com que suas reflexões deixem de conduzi-lo em círculos. E ele só precisa de uma ideia fresca, um conceito novo.

Assim é a vida: um homem precisa de inspiração, e tudo que obtém é dor de cabeça.

A ação, de qualquer forma, já está marcada. Pedro Minanhanga e seus homens estão posicionados, e o e-mail do lobista inglês garante que tudo vai correr bem.

O líder sorri, pensando no lobista, que conversou com o governador; e no governador, que garantiu que a polícia só agiria se fosse emitida uma ordem judicial direta. Mas o Judiciário, neste Estado, é simpático à Causa e ao Partido, portanto a ordem é improvável.

No celular (modelo equipado com criptografia quântica), usando uma voz firme que filtra todo e qualquer sinal de hesitação, Zé Mateus dá a confirmação final:

— Pedro? Te acordei, rapaz? Seguinte: sinal verde.

2. Ainda que eu andasse pelo vale tenebroso...

O Vale da Morte nem sempre contou com esse nome melodramático. No final do século XX, o lugar tinha sido batizado de algo como "jardim-isso" ou, talvez, "vila-aquilo". Um nome bucólico, ou propositalmente irônico, para uma das muitas favelas dependuradas nas encostas que se estendiam ao longo das rodovias em torno de São Paulo. Durante algum tempo, pareceu que havia esperança para o tal jardim (ou vila): devagar, os moradores iam substituindo placas de compensado por bloco e tijolo; ligações clandestinas de luz permitiam que se erguessem antenas parabólicas; o esgoto ainda corria a céu aberto mas, porra, não se pode ter tudo. E, como nunca tinham conhecido outra coisa, os moradores acreditaram que o que os especialistas chamavam de "ocupação irregular do solo com crescimento desordenado da mancha urbana" poderia, realmente, ser um vislumbre de dias melhores.

Só que então veio a ordem de reintegração de posse. Os moradores, compreensivelmente, tentaram resistir. O governador, na época, tinha sido eleito dizendo que não iria tolerar (como, ficava implícito, fizera seu falecido antecessor) que "supostos movimentos sociais" pusessem "os direitos de cidadãos honestos e trabalhadores" em risco. Era 2030, pouco depois do Ano dos Grandes Saques. O discurso do novo governador parecia, portanto, fazer sentido.

Como resultado, depois de os moradores rejeitarem um ultimato dramático das forças da lei, o "jardim" tinha sido bombardeado com uma chuva bioquímica definida, pela assessoria de imprensa do governo do Estado, como "a última palavra em tecnologia de controle de multidões hostis por meios não-violentos". Alguns jornais — mas quem ainda lê jornais, hoje em dia? — levantaram documentos sugerindo que, na verdade, a chuva tinha sido composta de napalm, agente laranja, lixo tóxico e uma dúzia de outras substâncias que as Forças Armadas dos EUA mantinham em estoque, e das quais queriam se livrar a preços baixos.

Não que isso fizesse alguma diferença para os moradores, lógico.

A autoria do epíteto "Vale da Morte" era incerta — se de inspetores de Direitos Humanos da ONU que tinham visitado o local após os bombardeios, ou se de um locutor de telejornal — mas a expressão pegou. E o conjunto de ruínas, árvores retorcidas e solo venenoso, calcinado, deixou de uma vez por todas de ser o "jardim" que jamais havia sido.

A operação de bombardeio, conduzida com helicópteros da PM, havia feito um bocado para marcar a posição do governador como alguém disposto a usar de toda a força necessária para cumprir as determinações da Justiça, mas não havia beneficiado em nada o proprietário legal da área: desde então, à noite, quando o solo devolve o calor do dia à atmosfera, desprendem-se do chão do Vale miasmas de cheiro adocicado e efeito marcadamente cancerígeno. Laudos laboratoriais divergem quanto à vida média da contaminação: algo entre cem e trezentos anos, até que todo o veneno se dissipe e a terra volte a ser habitável.

É por isso que Fonseca usa um capacete especial, com tanques de ar e filtros auriculares, enquanto conduz sua motocicleta de assalto pelas ruínas. Fonseca, agente de segurança com passagens pelos melhores centros de treinamento de Israel e da Guatemala, é um dos batedores do *staff* da companhia de seguros contratada para proteger o caminhão climatizado, cheio de leite materno e derivados, carga tipo exportação, a caminho do Porto de Santos. Normalmente, a firma de laticínios humanos usava trens especiais para levar a carga ao porto, mas aquela era uma encomenda especial, com prazos diferenciados; o caminhão era, portanto, um risco necessário.

A missão de Fonseca é vasculhar as ruínas em busca de qualquer tipo miserável que pareça desesperado o suficiente para tentar alguma bobagem contra o caminhão, e, no jargão da firma, "equacionar o risco". O que quase sempre significava uma bala na cabeça, disparada de um revólver velho, sem registro e sem marcas, que o batedor carrega sob a axila esquerda.

Enquanto dirige pelas ruelas estreitas e irregulares, Fonseca imagina que qualquer um, débil mental o suficiente para se atocaiar num lugar desses — onde cada meia hora de ar não-filtrado equivalia, em potencial cancerígeno, a meia-dúzia de maços de cigarro do tipo antigo —, estaria recebendo, junto com o tiro na testa, um enorme favor.

Não que o velho revólver seja a única arma em poder do batedor; a peça é reservada para executar o que os manuais da firma chamavam de "equacionamentos de alta agilidade, com autoria negativa". Para situações de combate franco, a moto de assalto conta com duas metralhadoras laterais, uma à direita, outra à esquerda, um tubo lançador de granadas traseiro e um lança-chamas montado no escudo frontal. Fonseca carrega duas submetralhadoras leves, pendendo de coldres amarrados junto às coxas, e em seus pulsos há cápsulas de pressão de gás capazes de disparar pequenas cargas de razoável poder explosivo.

A moto é toda blindada — assim como as roupas do batedor, feitas de um tecido especial, desenvolvido na França, inicialmente, para uso dos legionários que atuaram na Crise Nuclear da Polinésia. Os folhetos de propaganda chamavam o material de "blindagem *fashion*", e não sem motivo. O uso do material nos uniformes dos funcionários da firma em que Fonseca trabalha é mais uma exibição de *status* por parte da companhia, do que resposta a uma necessidade real: pelo que Fonseca sabe, laboratórios americanos ainda estão quebrando a cabeça, tentando inventar uma arma pessoal capaz de varar a trama do tecido francês.

Provavelmente é a noção exata desse excesso de armamento e tecnologia — e os seis meses de experiência no emprego, durante os quais Fonseca nunca encontrou nada mais "perigoso" que um andarilho seminu, armado com uma foice quebrada — que faz o batedor relaxar a guarda. Ele nem mesmo se dá ao trabalho de fazer a volta para verificar um *blip* na tela do detector de movimento, registrando um deslocamento súbito à posição de seis horas.

Afinal, Fonseca pensa, um *blip* no detector de movimento sem o *blip* correspondente no detector de metais significa, na pior das hipóteses, um cão faminto. Ou um indigente faminto, só que desarmado e portanto, neste caso, bem menos perigoso que o cão.

Fonseca é um homem razoavelmente bem informado: assiste aos principais *net-newscasts* todos os dias, e lê as revistas nos finais de semana. É possível, então, que o nome "Pedro Minanhanga" lhe seja familiar, já que esteve ligado a um escândalo que ocupou todos os canais há cerca de um mês: uma ONG sueca enviou ao Brasil, em lotes de ajuda médica para os povos indígenas, algumas caixas de armas e munições de alta tecnologia, fuzis e metralhadoras de cerâmica de alta resistência, cartuchos de polímero plástico. Tudo estritamente não-metálico, para passar sem problemas pelos detectores das autoridades portuárias.

Quando o esquema finalmente vazou, tanto as armas quanto o índio encarregado de recebê-las já haviam desaparecido.

O nome do índio? "Pedro Minanhanga", anunciara a locutora do *net-newscast*, o cenho franzido, os brincos que tinham balançado durante todo o programa finalmente parados, as lentes de contato cosméticas, de cor amarela, faiscando, um quê de sombrio, de sinistro, uma insinuação de ameaça iminente, um eco de trombetas do apocalipse imiscuídos na vibração da voz. "'Minanhanga...'", prosseguiu a locutora, depois de uma pausa carregada de significados, nenhum deles muito auspicioso: "... Nome que, que em tupi-guarani significa... 'Diabo-feito-Homem'."

Sim, Fonseca teria se lembrado. E se soubesse que o *blip* no detector de movimento representava o próprio Minanhanga, um fuzil automático, de cerâmica, firme no braço, mira quase feita, dedo no gatilho, o batedor certamente teria reagido de outra forma.

Pedro, por sua vez, está correndo um grande risco, e sabe disso: a posição e a condição física do batedor são monitorados via satélite, a intervalos regulares. A "janela" para o ataque é estreita; há um instante exato para o tiro. E a mira... a mira tem de ser perfeita: diretamente sobre a coluna cervical, junto à base do crânio, por meio de um ponto fraco da blindagem, imediatamente abaixo da borda do capacete, onde a trama francesa se afina para permitir uma movimentação mais livre do pescoço, e onde tem origem a coifa, mais leve e macia, que reveste o capacete por dentro.

Claro, a trama também é mais fina nos joelhos e cotovelos, mas qual a lógica de se aleijar alguém que pode ativar um lança-chamas e um lança-granadas pronunciando uma sequência-padrão de três sílabas-chave no microfone do capacete? A questão, aqui, é matar, instantaneamente e sem dor, ou morrer uma morte um pouco menos rápida, excruciante.

O fato de terem acampado no Vale da Morte durante toda a noite, sem qualquer proteção especial, provavelmente custou a Pedro e à equipe que o acompanha algo entre quinze e vinte anos, em termos de expectativa de vida, e os condenou a uma morte muito pior que qualquer coisa que estilhaços de granada ou o calor do lança-chamas poderiam causar. Todos sabem disso; alguns até já viram, no Campo Fidel, sobreviventes do bombardeio de 2030 vomitando as tripas, os pulmões, ou mastigando as próprias línguas, inchadas demais pelos tumores para permitir a entrada de alimento ou ar pela boca.

Alguns já viram os *filhos* desses sobreviventes, nascidos anos depois da tragédia.

Mas, a despeito de tudo, a Causa é mais importante.

Por isso, Pedro Minanhanga mira com cuidado. Mira em silêncio. Prende a respiração, e imagina que os outros estejam fazendo o mesmo.

Comprime o gatilho.

Atira.

O silenciador converte o estalo explosivo da detonação em pouco mais que um sussurro.

O tecido francês não rasga e nem devolve som algum mas, subitamente, o pescoço de Fonseca se dobra num ângulo engraçado.

A moto segue em linha reta, mantendo-se firme graças aos estabilizadores mecânicos e aos cálculos precisos do computador de bordo. Aos poucos, no entanto, conforme o corpo de Fonseca relaxa e a pressão sobre o acelerador diminui, o veículo perde velocidade. De repente faz uma curva fechada para esquerda, desviando-se de um pedaço de parede.

Finalmente, a moto para.

— Dois minutos até o satélite. Corre, Pereira!

— Sim, companheiro!

Enquanto Pereira corre na direção da moto, os outros membros do comando, emergindo de seus esconderijos em meio à alvenaria destroçada, riem. Mal saído da adolescência, Pereira havia largado a escola de Engenharia para se unir à Causa. Que, por mais que pregue a fraternidade, o respeito e a igualdade entre todos os homens, parece não ter apelo suficiente para reduzir o atrito causado por certas diferenças culturais.

Como resultado, os outros riem. Riem da forma como Pereira se refere a eles, chamando-os de "companheiros", como um daqueles esquerdistas viadinhos, de gravata xadrez, que aparecem nas telenovelas; riem de suas gírias de classe média alta, e desprezam sua busca patológica, de certa forma até arrogante, por camaradagem, por aceitação. Os cidadãos da milícia de Campo Fidel — que só estão ali porque não têm escolha — têm a impressão de que o "pirralho" (como se referem a Pereira pelas costas) só está ali para, depois, contar vantagem e pegar garotas.

Por isso, riem, até que o olhar duro de Pedro Minanhanga os faz parar. A princípio, o índio também não tinha simpatizado muito com o rapaz. Branco demais, Minanhanga tinha pensado. E "branco" no mau sentido.

Mas Pereira havia passado a noite no Vale da Morte, junto com os demais. Tinha respirado os vapores, dormido no chão envenenado, ombro a ombro com eles. Se tivesse ficado na faculdade; se, em seguida, tivesse arrumado um bom emprego, com um bom plano de saúde, o garoto talvez pudesse viver, confortavelmente, até os cem, cento e dez anos.

Agora, teria sorte se chegasse — com muita dor — aos sessenta. Improvável que alguém fizesse esse tipo de sacrifício só para pegar garotas. O olhar de Minanhanga diz: Respeitem esse moleque filho-da-puta.

Silenciosamente, os outros obedecem.

No instante em que recebe o sinal de Pedro, Pereira tem dois minutos para invadir o sistema de bordo da moto do batedor. Depois disso, o satélite responsável por acompanhar o carregamento de leite fará uma nova leitura de sinais vitais, descobrirá que Fonseca foi "desplugado" e enviará um alerta. Minanhanga tem, portanto, dois minutos para preservar o elemento surpresa e, mais importante, para manter a posição de seu comando em segredo.

Desses dois minutos, vinte segundos são gastos com o fecho do capacete; trinta, esperando que o sistema de bordo reconheça o protocolo de conexão usado pelo PDA (também baseado em cerâmicas semicondutoras e grafite, estritamente não-metálico) de Pereira, o mesmo equipamento usado pela equipe para receber ordens de Zé Mateus e se comunicar com o mundo "lá fora". É quando faltam apenas um minuto e dez que o verdadeiro trabalho, de circunavegar as travas virtuais do sistema, tem início.

3. E foi-lhes dado poder para matar com espada, e com fome, e com peste

— Ei, Edmílson, por que paramos?

— A rua está bloqueada, senhora.

— Hein?

— Bloqueada... interditada.

Rafaela, paulistana, executiva brasileira de uma famosa marca belga de laticínios, desvia os olhos da tela do *e-book*, se debruça sobre o encosto do banco da frente da limusine e olha pelo para-brisa polarizado: a rua à frente do carro, uma passagem estreita entre dois prédios amarelados do início do século XX está toda ocupada, fechada por uma massa compacta de mulheres e crianças de pele parda, roupas velhas, caras sujas. Nenhuma delas se aproxima, estende as mãos, balbucia ou implora. Ninguém chega às janelas do carro para vender balas ou pedir trocados.

Elas apenas ficam lá. Paradas. Olhando.

No meio do caminho. Obstruindo o caminho.

Em silêncio.

— Esses mendigos filhos-da-puta estão cada vez mais abusados. Tem alguma manifestação autorizada para esta rua, hoje?

— Nada na net, senhora. Parece que se trata de um bloqueio clandestino.

— Já avisou a PM?

— Sim, senhora. Mandei o sinal assim que os vi.

Rafaela dá de ombros:

— Bom, então o jeito é esperar.

Do terraço de um prédio próximo, Zé Mateus assiste à cena. A uma ordem sua, transmitida por heliógrafo, uma segunda massa de mulheres e crianças emerge das sombras, dos bares e armarinhos ao redor, e fecha a rua atrás do carro. Agora, Rafaela está presa.

Claro, Mateus pensa, a executiva não sabe disso. Ela conta com a equipe de Choque da PM e seus helicópteros de banho químico ou, se as coisas ficarem realmente complicadas, com a Divisão Antissequestro da Polícia Civil. Quanto tempo até Rafaela notar que, desta vez, o socorro não vem?

— Não entendo por que a vagabunda corre um risco desses — diz Rosilda, que observa a situação ao lado de Mateus. — Por anos e anos essa perua burguesinha passou por aqui, todos os dias, mesmo sabendo que o Campo fica tão perto...

— O Campo Fidel é uma comunidade pacífica, justa e ordeira — responde Mateus, citando um trecho do manual doutrinário do Partido. Ele tem o cuidado de manter a voz asséptica, livre de ironia. Rosilda é sua mulher, mas se trata de um casamento arranjado pelo Partido. Ele tem certeza de que ela está ali apenas para testá-lo em sua "ortodoxia". — O que ela teria a temer?

Rosilda morde o lábio, mas não responde. Divertido, Zé Mateus pensa em como ela é incapaz de argumentar contra o manual, mesmo contra citações feitas fora de contexto.

— E, além disso — Mateus continua —, ela sabe que quase não temos armas pesadas, e que as poucas que podemos usar são as sobras das sobras, a raspa do tacho do arsenal dos Barões do Rio, quase tudo relíquias da Guerra dos Morros de 2017. Está vendo o carro da moça? É uma limusine alemã, montada na Bahia e blindada na Guiana Francesa. Mesmo se ela soubesse que estamos com os rifles que os suecos mandaram para os índios, isso não faria nenhuma diferença. Em condições normais, não conseguiríamos nem sequer arranhar a pintura.

— Condições normais?

— É que hoje...

— Hoje, o quê?

Zé Mateus dá de ombros, e Rosilda imagina que ele não tem autorização do Comitê para entrar em detalhes. O que não é verdade; se quisesse, o líder poderia informar a mulher a respeito de seu trunfo na manga a qualquer momento.

Mas Zé Mateus não gosta de pensar no assunto. Ele já se sente mal por ter convencido o Comitê Central da urgência de se enviar o comando de Pedro Minanhanga para saquear o caminhão de leite materno. Mas, diabos, o Campo *precisa* do leite. Desde o fiasco com o anticoncepcional holandês que o Ministério da Saúde tinha mandado misturar na água, que o leite humano só podia ser consumido depois de processado; ainda não havia, afinal, cura definitiva para Síndrome de Papadimitriou.

Da mesma forma, é urgente que ele consiga falar com Rafaela — olheiros da Causa dentro da firma garantem que ela conhece os códigos de desembarque; e que, às vezes, confirma-os pessoalmente, em teleconferência fechada com a equipe do porto. Portanto, o sucesso da missão de Minanhanga depende da "cooperação" da mulher. No fundo, é um tremendo golpe de sorte que ela faça este caminho todos os dias, até o trabalho.

Sorte! A palavra deixa um gosto amargo na boca de Mateus. Os outros, no Partido e no Comitê Central, chamam o saque do caminhão de "expropriação redistributiva" e o sequestro de Rafaela de "ação antiburguesa". Intelectualmente, Zé Mateus concorda com eles: é *errado* que leite materno seja vendido como uma mercadoria qualquer, pior, como um item de luxo; é *errado* que Rafaela se arrogue a prerrogativa de desfilar, com sua limusine, em meio à miséria do Campo Fidel.

No fundo, porém, Zé Mateus não consegue convencer a si mesmo de que um roubo pode ser algo mais que um roubo, ou de que um sequestro valha mais do que um sequestro. "Dois erros não fazem um acerto", diria seu pai, negando a matemática de que menos vezes menos produz mais; e o fato de uma pessoa agir errado é problema dela, de Deus e do Diabo, não seu, o velho acrescentaria.

Se tivesse sobrevivido à bala de borracha no olho, será que o pai ainda teria essas ideias? "Conservadoras e ingênuas", como Zé Mateus as classificava?

"E por ser conservador e ingênuo eu estou automaticamente *errado*?", o pai perguntava, quando discutiam.

E aqui estou eu de novo, pensa Zé Mateus, vendo-se de volta ao beco sem saída, tão familiar, de suas reflexões. *Aqui estou eu.*

Certo ou errado? No fim, é a isso que resume, não é?

Olhando para a rua lá em baixo, Zé Mateus fantasia uma solução indolor para todo o problema: Rafaela desceria do carro e chamaria o líder da manifestação para conversar. Ele pediria a senha que permite abrir o baú do caminhão de leite, a esta altura provavelmente já em vias de ser capturado por Minanhanga; e Rafaela não apenas daria a combinação de bom grado — "Mas era só isso?", ela diria, sorrindo — como, vendo os bebês afligidos pela Síndrome (há vários deles, com córneas amarelas e mãozinhas deformadas, reumáticas, nos braços das mães, colocadas à frente das barreiras que cercam a limusine), cederia legalmente todo o conteúdo do baú ao Campo Fidel, descaracterizando o roubo.

Mas fantasias, assim como as religiões, são o alimento dos tolos e dos covardes, que não veem ou não querem ver as próprias responsabilidades. É o que diz o manual.

E é do que Zé Mateus se lembra ao ver a limusine partir e avançar, ganhando mais e mais velocidade, na direção das mulheres e crianças que bloqueiam o caminho à frente.

4. Sê vigilante e confirma o restante que estava para morrer

De repente, o caminhão para.

— Que foi? — pergunta Nélson, o vigia, com a escopeta firme nas mãos. — Furou pneu?

— Não fui eu — responde Marcondes, o motorista. — O automático parou sozinho. Parece... — Marcondes dá dois tapinhas na tela barata de cristal líquido, que fica acima do toca-discos. — O satélite achou um bloqueio na estrada, uns seiscentos metros adiante. Uma passeata ou outra merda do tipo.

"Seiscentos metros adiante" é depois da curva à esquerda que contorna a encosta do Vale da Morte. O próprio declive, portanto, impede que os dois homens vejam o que está acontecendo no ponto indicado.

— Cadê o corno do Fonseca? O informe da segurança não fala de nenhuma manifestação autorizada. A essa altura, ele já devia ter limpado a pista com o lança-chamas.

Enquanto pragueja, Nélson usa uma flanela grossa para limpar o suor da testa. Não importa o clima do lado de fora, dentro da cabine do caminhão sempre faz trinta e cinco graus, no mínimo, e isso com janelas abertas e tudo. Por causa, dizem, da proximidade com os motores do sistema de refrigeração do baú.

Nélson se mexe no banco, incomodado pelo calor e pela situação. Ele não gosta de estar ali, sentado num banco de vinil barato imitando couro, suando em bicas numa camiseta desbotada de fio sintético e *jeans* vagabundo, armado apenas com uma escopeta que já era peça de museu na época da Guerra dos Morros enquanto Fonseca, o gostosão, anda por aí numa moto que é quase um tanque de guerra, usando blindagem capaz de resistir a sabe-Deus-o-quê e, pra piorar, com *link* estéreo direto com o satélite.

Em compensação, o caminhão de Nélson e Marcondes não tem nem rádio.

"Otimização cirúrgica dos investimentos" é como o pessoal da firma chama a coisa. Nélson sabe do que se trata: todas as fichas estão na seguradora e em Fonseca, o filhinho de papai com seus brinquedinhos caros e seu treinamento especial de viado, feito em escolas de viadagem do exterior. Nélson está ali só para cumprir uma formalidade, tão útil quanto o recibo vencido de IPVA em código de barras, grudado na placa traseira.

Nélson sabe do que se trata, e não gosta nada disso. E está prestes a dizer algo a respeito quando o som de duas detonações, uma próxima, outra mais perto ainda, seguido por um estremecimento da boléia — quase como se o caminhão fosse um elefante estrebuchando — lhe rouba toda a voz.

— Joguem as armas pra fora dessa porra e tratem de descer daí rapidinho! Mãos pra cima, que eu quer ver!

A ordem vem de alguém, um tipo alto com cara de índio (os dois ocupantes do caminhão imaginam que já o viram antes, mas não sabem precisar onde. Na TV, talvez?), parado junto à porta do motorista. Marcondes, Nélson percebe, está dando o melhor de si para obedecer o mais rápido possível.

O segurança olha ao redor: além do índio, tem pelo menos mais cinco caras parados do lado de fora do caminhão, todos armados com rifles. O único que está com a arma pendurada pela alça no ombro segura um trinta e oito fumegante na mão. Todos os outros parecem prontos para abrir fogo.

Nélson reconhece o revólver como algo que poderia fazer parte do equipamento-padrão de Fonseca. A ideia de que meia dúzia de gatos pingados possa ter desarmado o batedor é quase boa demais para o segurança acreditar, mas ele não vê outra explicação — portanto, é com um sorriso maldisfarçado nos lábios que Nélson joga a escopeta janela afora e desce (com as mãos bem visíveis acima da cabeça) da boléia.

Numa prece silenciosa, Minanhanga agradece pela pronta cooperação de Nélson e Marcondes. Matar Fonseca tinha sido uma necessidade, uma inevitabilidade tática, mas cadáveres sempre pegam mal na mídia. Cadáveres de "trabalhadores que apenas cumpriam com o dever", então, são verdadeiras catástrofes de relações públicas. Mate pessoas demais e ninguém vai ligar quando você disser que só fez isso porque crianças estão morrendo da Síndrome de Papadimitriou, dezenas de crianças, talvez centenas, e enquanto isso o governo diz que não tem dinheiro e o leite precisa chegar *rápido* e...

— Qual o código, palhaço? Vamos! Fala, seu filho de uma...

Pedro Minanhanga se volta para a direção de onde partem os impropérios e vê Pereira a brandir o cabo do trinta e oito na direção do motorista que se encolhia, assustado, quase chorando. Pedro tinha decidido que, depois que um sinal falso fosse enviado ao satélite para fazer o caminhão parar, seria ideal estourar pelo menos dois pneus, para garantir que não haveria tentativa de fuga. Ele resolvera dar a "honra" a Pereira, que parecia bastante ansioso para desempenhar o papel de homem de ação. O trinta e oito tinha sido usado para economizar a munição especial dos rifles de cerâmica. Os homens de Minanhanga teriam gostado de pegar outras armas do corpo do batedor — principalmente as submetralhadoras —, mas eram todos aparelhos de empunhadura inteligente, que só dispårariam se recebessem a pressão exata da mão do dono.

Pereira tinha explicado que o *chip* responsável pela identificação era "burro" demais para ser reprogramado.

— Só desmontando e trocando por outro — dissera. — Mas isso provavelmente ativaria alguma rotina de autodestruição. Exatamente como a fechadura do baú do caminhão: sem a senha, ele não abre. E qualquer tentativa de forçar entrada dispara a bomba... E adeus veículo, carga e tudo mais.

Agora, prestes a descarregar coronhadas na cabeça do motorista, Pereira nem de longe parece o *nerd* pequeno-burguês que insistia em usar gravatas xadrez e chamava todo mundo de "companheiro". Algumas pessoas reagem assim, pensa Minanhanga, principalmente as mais tímidas, quando têm o poder de usar da violência pela primeira vez. A ideia de ferir sem ser ferido de volta é forte demais para a cabecinha de certos babacas.

— Para com isso — ordena Pedro. — Não enche o saco do cara.

— Hein? — Pereira mal ergue os olhos. — Que merda é essa? Se esse cara souber...

Pelo jeito, nada de "companheiro" agora, Minanhanga pensa, reprimindo um sorriso irônico.

— Ele não sabe o código. Ninguém aqui sabe. É por isso que estão trabalhando no problema lá em São Paulo.

— É o que querem que a gente pense! E se o pessoal lá de São Paulo não conseguir? Eu acho que este palhaço sabe como abrir a caçamba, o baú, sim. Pense em como isso faria o desembarque mais rápido! Esses cornos só pensam em dinheiro!

Pedro respira fundo. Está na hora do pivete aprender, decide. Por bem ou por mal.

— Eu acho — Minanhanga diz, pausando bem entre as palavras —, que é muito fácil pra um pirralho dar uma de macho pra cima de um coitado desarmado... Ainda mais com cinco homens de verdade pra cuidar da bundinha do nenê.

Cerca de quatro metros separam os dois; a frente do caminhão ocupa parte desse espaço e obstrui o caminho.

Sem uma única palavra, Pereira gira a arma na mão, pondo a coronha de volta na palma, o dedo no gatilho, o cano na posição correta de tiro. Então flexiona o cotovelo e dobra o pulso, como quem vai devolver o revólver à cintura.

Mas em seguida, num gesto que, espera, deve pegar todos os outros de surpresa, volta a distender o braço, gira o torso na direção de Minanhanga, levanta a arma acima do capô do caminhão e atira!

Pedro, no entanto, não está mais lá. Agachando-se atrás do caminhão, escapa da bala do trinta e oito, e, ao se erguer — num salto diagonal, ao mesmo tempo para frente e à direita — aproveita o impulso para arremessar o rifle, com toda a força, diretamente sobre o rosto de Pereira. O canto da coronha atinge o rapaz em cheio, bem no ponto onde o septo nasal se introduz por sob o arco das sobrancelhas. Sangue irrompe numa breve erupção, e Pereira cai.

Marcondes, o motorista, agora tem duas armas — o rifle e o trinta e oito — a seu alcance. É impossível saber se a ideia de aproveitar o momento lhe passa pela cabeça; mas é possível dizer que o olhar firme dos outros quatro milicianos (que não parecem nem um pouco distraídos, ou sequer interessados na briga de seu líder) carrega boa dose de poder dissuasório.

Seja por falta de inspiração ou de coragem, Marcondes se mantém imóvel.

Pereira está caído. Embora não tenha perdido os sentidos, a dor e o jato de sangue o mantêm cego e desorientado. Um segundo depois, Minanhanga está sobre ele — mantendo um joelho firme sobre o esterno, Pedro usa as duas mãos para agarrar a cabeça de Pereira, ambos os polegares pressionando diretamente sobre a ferida no septo, o resto forçando a nuca para frente e para trás, batendo o fundo da cabeça de encontro ao asfalto uma, duas, três...

Tantas vezes quanto necessário até que o som abafado, como o de uma fruta madura caindo na relva, e o cheiro forte revelam que o conteúdo de um crânio humano agora ferve sobre o asfalto quente.

— Pelo menos você escapou da dor do câncer — o assassino diz, num sussurro, dentro da orelha do morto.

Ato contínuo, Minanhanga limpa as mãos nas calças e se ergue, pegando as armas caídas no chão. Revista os bolsos do cadáver e retira o PDA, que ainda funciona.

— Você! — ele diz, apontando para Nélson, que tinha ficado do outro lado do caminhão. — Pegue a sua escopeta, ali no chão. Sem truques! Isso. Venha cá.

O segurança obedece, sob o olhar atento dos outros quatro homens armados. Assim como Marcondes, ele não parece disposto a reagir.

Minanhanga agora aponta para o corpo de Pereira.

— Vamos, atire. Na cabeça.

— O quê?...

O índio se permite um sorriso de cumplicidade, e explica:

— Você não vai querer que seu chefe ache que você entregou o caminhão sem luta, certo?

E eu, Minanhanga pensa, completando mentalmente o raciocínio, quero que a mídia trate isto aqui como um embate heróico, não como uma emboscada seguida de assalto. Certo que pegamos o batedor pelas costas, e que uma perícia pode revelar que Pereira já estava morto e deitado quando levou o tiro, mas aposto que ninguém vai prestar atenção nesses detalhes. Que merda, o cadáver vai ter pólvora no dedo! O que mais podem querer?

Com um sorriso que é o complemento exato do oferecido por Minanhanga, Nélson engatilha a escopeta e atira. A cabeça de Pereira desaparece imediatamente após o estrondo.

— Agora, solte a porra da arma — o índio ordena.

Nélson obedece.

— Ei! — ele diz, de repente sentindo-se solidário com os milicianos. — Vocês sabem que esse caminhão tem uma fechadura de segredo? E uma bomba?

— Sabemos.

— E um *timer* de vingança?

— *Timer de vingança*? Que merda é essa?

— Bom... faz uns... cinco minutos que estamos parados, acho. Se esse troço ficar mais do que meia hora parado fora de um posto autorizado, a carga vira esgoto.

— Que bosta é essa?

— Não é bosta. É algum tipo de gás, que sai pelo ar refrigerado. Inventaram isso pra não deixar que saqueadores lucrassem com a carga. Chamam de "surpresa desagradável", ou "cavalo de Tróia".

— Porra, e se você ou o motorista tivessem uma caganeira? Ou se um pneu furasse, ou o radiador fervesse? Este caminhão não é um carro novo!

— O computador da seguradora calculou que problemas assim poderiam ser resolvidos em menos de trinta minutos. Como, não sei. Além disso, acho que Fonseca, você sabe, o batedor, tinha algum tipo de mumunha com o satélite que permitiria desligar o veneno. Em caso de emergência.

— E Fonseca já era, e Pereira já era — diz Minanhanga, coçando a cabeça. — Caralho, é melhor o pessoal em Sampa trabalhar rápido!

5. EIS QUE O POVO É UM, E TODOS TÊM UMA MESMA LÍNGUA

Vinte minutos atrás, Rafaela arranhava nervosamente o estofamento de couro de jacaré do banco do carro. As unhas, douradas (combinando com as lentes de contato) e pontiagudas, produziam pequenos estalos sempre que resvalavam nas escamas. O som — *tic-tic-tic* — era o único que se ouvia dentro do veículo parado.

Ao redor da limusine, o anel de caras e corpos miseráveis parece sólido como uma muralha. Pelo vidro polarizado ela tem dificuldade em distinguir exatamente as cores do lado de fora, mas já viu na rede que a Síndrome de Papadimitriou deixa as crianças com as córneas amarelas. Melhor para elas, Rafaela pensa. Conseguem olhos amarelos naturais. Se soubessem como é caro entrar na moda...

Corta esse papo de Maria Antonieta, ela diz para si mesma. "Comam brioches." Não é caso aqui, não mesmo. Ela sabe que a Síndrome é uma doença terrível. Ela sabe que trabalha para uma empresa que produz o único tipo de leite que os bebês podem tomar sem o risco de contraí-la. Se pudesse, Rafaela daria toda a produção para essa cambada de pobres-coitados.

Daria mesmo?

Afinal, para que ajudá-los? Eles só iriam produzir mais pobres-coitados, que iriam demandar mais leite especial, e assim por diante. A espiral de custos seria insuportável. Ninguém fala disso, nenhum desses populistas e parasitas fala disso, mas a produção tem custos. Formar um bom bioquímico, um bom farmacêutico, custa caro. Alimentar e cuidar das amas, das doadoras, custa caro. Equipamentos de ordenha mecânica para seios humanos, então, custam mais caro ainda.

Quem vai pagar por tudo isso? A empresa? E os acionistas, vão viver do quê? Ar? E os funcionários? Os funcionários têm famílias e precisam de seus salários. De onde vêm os salários?

Da venda do leite especial. Da venda do leite especial para quem pode pagar.

É triste, e feio, mas é a realidade. E o que se pode fazer a respeito?, Rafaela pensa. Nada. A realidade é o que a realidade é. Ponto final.

E para Rafaela, no momento, a realidade lhe parece perigosa.

Ela se vê, de repente, pensando em Edmílson, seu motorista. Ele não teria parentes lá fora, entre aquela gente suja e desesperada? Edmílson era filho de retirantes, não era? E os baianos lá fora, baianos, pernambucanos ou seja lá o que forem, não são retirantes, também?

Ela poderia confiar em Edmílson?

— Você tem certeza de que não se trata de uma manifestação autorizada? Não deveríamos ter evitado este caminho?

— Não, senhora — responde o motorista. — Não há nenhum alvará de manifestação válido para hoje, neste local. Já conferi duas vezes com a central da Secretaria de Segurança.

— Então, onde está o choque? A equipe de dispersão de multidões?

— Não sei dizer, senhora. É realmente estranho.

Então é isso, Rafaela pensa. Estou sendo sequestrada com a conivência das autoridades. Este governador é um frouxo, mesmo. Pra que serve o monopólio da violência se o Estado tem cagaço de usá-lo?

Que se foda.

— Edmílson, vamos sair daqui.

— Senhora?

— Em frente. Comece devagar, mas pise fundo depois. Tente não atropelar ninguém, claro, mas não pare por causa disso. A manifestação é não autorizada, então estamos agindo em legítima defesa. Vai!

— Sim, senhora.

Do alto de um prédio próximo, Zé Mateus vê o carro começar a se mover e a ganhar velocidade. Também vê que o bloqueio de corpos humanos permanece firme no lugar.

O líder sorri um sorriso amargo. Não é o que ele queria, esta situação, mas no final tudo acabou acontecendo da forma mais vantajosa. Com um sinal do heliógrafo ele alerta o pessoal que está com o morteiro no terraço de um prédio próximo e logo em seguida o projétil traçante é disparado, deixando um rastro branco-acinzentado no céu azul.

Aquela é uma peça de munição única, fornecida aos fidelistas pelo lobista inglês especialmente para o dia de hoje. Uma peça realmente única: que se deixa disparar, com precisão, de um morteiro obsoleto; que se *parece* com uma granada obsoleta; que produz fragmentos que, numa análise superficial, passarão por pedaços de uma granada obsoleta.

E, no entanto...

A peça se estilhaça sobre o capô da limusine blindada. Zé Mateus imagina se Rafaela vai ter tempo de rir da tentativa, aparentemente fútil, de detê-la. Ou se o carro vai pifar rápido demais.

A fumaça finalmente some, e Zé Mateus vê o carro parado, o capô destroçado, o pára-brisa — até o pára-brisa! — reduzido a cacos. Por um instante, o estado do motorista o preocupa. Mas, diabos, fazer o quê?

Zé Mateus envia então mais alguns sinais pelo heliógrafo e, desarmado, desce da torre para conversar e negociar.

6. E estes converterão suas espadas em arados

Dois dias depois, o Campo Fidel ainda comemora a chegada do leite. Rafaela, abalada e intimidada pela explosão da granada sobre o carro, tinha revelado o código secreto que desarmava a bomba e abria o caminhão; a informação, repassada para o PDA de Pereira — companheiro que, desta forma, mesmo depois do martírio se mostrou útil à Causa, sendo, portanto, elevado ao Panteão do Partido — chegou quando ainda faltavam mais de quinze minutos para que o veneno passasse a circular. No entanto, o Comitê decidiu que a versão a ser usada no material didático falaria em "último instante", para melhor edificação das futuras gerações.

Com a ajuda de um helicóptero da polícia, destacado especialmente pelo juiz progressista da comarca que inclui o Vale da Morte, todo o conteúdo do caminhão tinha sido transplantado para o Campo Fidel. Durante algum tempo, pelo menos, as crianças portadoras da Síndrome teriam alguma chance de reconstruir uma vida normal; e os recém-nascidos poderiam receber leite sem medo.

Pedro Minanhanga não tinha ficado para a festa; oficialmente, porque a Causa já exigia sua presença, suas armas e sua experiência em outros lugares. Na verdade, porque ele ainda era, afinal, o Inimigo Público Número Um, um homem caçado pelo Exército e pela Polícia Federal. De forma que mesmo a viagem no helicóptero da PM, de volta à cidade, tinha sido tensa — a despeito da ordem judicial (cassada no dia seguinte) para que ele e sua equipe fossem tratados com a máxima cortesia.

Foi exatamente durante o segundo dia das comemorações que o celular de Zé Mateus tocou. Era o lobista inglês.

— Perfeito! — disse o estrangeiro, em seu português com sotaque de Portugal. — Perfeito!

— Deu certo?

— Se deu! A companhia belga e a seguradora já entraram em contato com nossa filial no Chile. Eles não querem mais saber de blindagens e armaduras francesas! As repercussões no mercado estão sendo magníficas. Desta vez acho que tiramos os sapos do mercado de equipamentos de segurança de uma vez por todas!

"Sapo", Zé Mateus se lembrou de ter lido em algum lugar, era uma gíria européia para "francês".

— Tem certeza de que você deveria estar falando isso, desse jeito? Estou num celular...

— Calma, Zé! A linha é segura, porra!

Zé Mateus respirou fundo. Claro que o inglês sabia da segurança da linha: ele mesmo lhe havia dado o aparelho celular compatível com criptografia quântica. O problema é que Mateus não queria que sua consciência ouvisse o que o lobista iria dizer em seguida. Mas era inevitável.

— E não se preocupe com a parte de vocês — continuou o inglês. — Dez por cento de todas as vendas fechadas na América Latina, a partir de agora, irão para a conta do Partido em Caimã. Acho que com isso vocês vão poder montar seu próprio sistema para refinar leite. Não é ótimo?

— É, sim.

— E também vamos ajudar a equipar a polícia, como forma de agradecimento ao governador. Você vê que, no final...

Conversaram mais um pouco, o inglês entusiasmadíssimo, o brasileiro reticente, e por fim se despediram e desligaram.

Mais tarde, pensando na conversa como quem cutuca a casca de uma ferida, Zé Mateus achou engraçada a ideia do lobista, de usar o dinheiro para montar uma refinaria de leite. Como se o inglês não soubesse que os belgas iam querer vingança pelo roubo da carga, e que os franceses provavelmente deduziriam que o Campo Fidel tinha tomado parte numa orquestração para tirá-los de uma fatia do mercado.

Retaliações viriam. Portanto, o Campo ia precisar de armas. Muitas armas.

Talvez parte do dinheiro pudesse ser usada para ampliar o estoque de leite tratado. Isso seria realmente bom.

Mas o grosso...

Zé Mateus foi dormir sem tocar em Rosilda, e sonhou com o pai.

Vemos as Coisas de Modo Diferente

Bruce Sterling

*No início dos anos 1980, Bruce Sterling tornou-se um dos mais influentes autores da ficção científica norte-americana, como um dos líderes do Movimento Cy-*berpunk. *Juntamente com William Gibson, Sterling mudou o panorama do gênero com a exploração de temas relacionados à realidade virtual, dentro de um contexto urbano e globalizado. Dentre os autores dessa corrente, Sterling é um dos que mais contribuíram com temas sociais e políticos, ao colocar em primeiro plano as relações de poder entre países ricos e pobres, as desigualdades de acesso aos avanços tecnológicos, e a exclusão de minorias num mundo competitivo e de relações privatizadas.*

Seu primeiro livro foi Involution Ocean *(1977), e Sterling tem aparecido no Brasil, com contos nas revistas* Isaac Asimov Magazine *e* Quark, *e com os importantes romances* Piratas de Dados *(1988; vencedor do Prêmio John W. Campbell 1989) e* Tempo Fechado *(1994) — publicado pela Devir em 2008 —, além da presença em antologias como as recentes* Rumo à Fantasia *(2009) — também publicada pela Devir — e* Futuro Proibido *(2003), onde foi primeiramente publicada a noveleta "Vemos as Coisas de Modo Diferente" — originalmente em 1989.*

Uma das principais teses para explicar o novo contexto político internacional depois do fim da Guerra Fria foi a de que a grande disputa não seria mais ideológica, mas de conflitos entre civilizações diferentes. Assim, o Ocidente capitalista e democrático seria confrontado pela cultura islâmica teocrática, e pela ascensão da China e seus valores confucianos e autoritários. Se podemos discutir a verdadeira relevância de tal abordagem (ou se ela é uma justificativa para a imposição ocidental sobre outras culturas), ela recebe, uma interpretação interessante nesta história de Sterling, no qual em um futuro próximo os EUA *não têm mais a liderança isolada da ordem internacional e são forçados a lidar com a ascensão de um renovado islamismo, que goza de certo prestígio e influência. Este contexto é explorado com a visita de um jornalista muçulmano aos* EUA, *para entrevistar um político cantor de* rock. *A história, porém, aos poucos, vem desmentir de forma dramática uma possível convergência entre as duas culturas.*

ERA A JAHILIYAH, A TERRA da ignorância. Era a América. O Grande Satã, o Arsenal do Imperialismo, o Banqueiro do Sionismo, o Bastião do Neo-Colonialismo. O lar de Hollywood e de vagabundas louras vestidas de *nylon* negro. A terra dos F-15s equipados com foguetes que cortavam como facas o céu de Deus, com um orgulho ímpio. A terra de marinhas globais movidas à energia nuclear, com canhões que disparavam obuses tão grandes quanto carros.

Eles se esqueceram que costumavam atirar em nós e nos bombardear, nos insultar e equipar nossos inimigos. Eles não têm memória, os americanos, e nenhuma história. O vento sopra por eles, e o passado se esvanece. São como folhas mortas.

Eu voei para Miami, em uma tarde de inverno. O jato inclinou-se sobre um emaranhado de autopistas vazias, e então uma grande seção morta da cidade — um gueto talvez. Em nossa aproximação final, passamos por uma usina que queimava carvão, refletida nas águas do canal. Por um momento eu a tomei por uma mesquita, suas altas chaminés delgadas como minaretes. Uma Mesquita para o Dínamo Americano.

Tive problemas com minhas câmeras na alfândega. O agente aduaneiro era um americano de aparência suja, branco com o cabelo cor de argila. Ele apertou os olhos diante do meu passaporte.

— Isso é filme demais, Sr. Cuttab — ele disse.

— Qutb — eu disse, sorrindo. — Sayyid Qutb. Pode me chamar de Charlie.

— Jornalista, hein? — Ele não parecia muito feliz.

Aparentemente, eu devia pagar taxas substanciais de importação sobre as minhas câmeras japonesas, assim como sobre os meus numerosos rolos de filme colorido paquistanês. Ele me convidou para um pequeno escritório nos fundos, para discutir isso. O dinheiro mudou de mãos. Eu parti com meus documentos em ordem.

O aeroporto estava quase cheio: na maior parte, com prósperos venezuelanos e cubanos, com o olhar atormentado de homens que buscavam o pecado. Peguei um táxi do lado de fora, um minúsculo veículo como uma motocicleta embrulhada em vidro. O motorista, um idoso homem negro, acondicionou minha bagagem no *trailer* do táxi.

Dentro do atulhado espaço interno, logo nos tornamos involuntariamente íntimos. O hálito do taxista cheirava a álcool adocicado.

— Você é iraniano? — o taxista perguntou.

— Árabe.

— Nós aqui respeitamos os iranianos, respeitamos mesmo — o taxista insistiu.

— Nós também — eu disse. — Lutamos com eles na frente iraquiana durante anos.

— É? — disse o taxista, incerto. — Parece que eu já ouvi falar disso. Como foi que acabou?

— As cidades sagradas xiitas foram cedidas ao Irã. O regime do Partido Ba'ath está morto, e o Iraque agora é parte do Califado Árabe.

Minhas palavras não causaram qualquer impressão nele, eu já sabia disso antes mesmo de falar. Esta é a terra da ignorância. Nada sabem sobre nós, esses americanos. Depois de tudo o que aconteceu, e eles não sabem de absolutamente nada.

— Bem, quem tem mais dinheiro hoje em dia? — o taxista perguntou. — 'Ocês, ou os iranianos?

— Os iranianos detêm a indústria pesada — eu disse. — Mas nós árabes damos gorjetas melhores.

O motorista sorriu. É muito fácil comprar os americanos. A menção do dinheiro os acende como uma dose de drogas. Não é só a pobreza; eles sempre foram assim, mesmo quando eram ricos. É o efeito do vazio espiritual. Um terrível vazio esmagador, nas próprias entranhas do Ocidente, que nenhuma quantidade de Coca-Cola conseguia preencher.

Rodamos por ruas lúgubres rumo ao hotel. As luzes das ruas de Miami eram subsidiadas por empreendimentos comerciais. Foi outro modo de, como dizem, diminuir o fardo dos serviços essenciais, das costas exaustas dos pagadores de impostos. E para os ombros muito mais fortes dos vendedores de aspirina, bebidas adocicadas e grudentas, e cosméticos. Seus *outdoors* reluziam azulados sob luzes duras encerradas em vidro à prova de bala. Lembravam-me tão fortemente da propaganda soviética, que tive uma súbita sensação dissonante de deslocamento, como se estivessem me vendendo Lênin e Engels e Marx num prático tamanho jumbo.

O taxista, talvez preocupado com sua gorjeta, ofereceu-se para trocar meus riais por dólares nas taxas do mercado negro. Declinei educadamente, já tendo feito isso no Cairo. A barra do meu casaco estava recheada com notas novas de $1,000 Reagans. Eu também tinha várias centenas em trocados, e uma extensiva linha de crédito no Banco Islâmico de Jerusalém. Não antecipava qualquer dificuldade.

Fora do hotel, dei ao velho motorista um par de notas de cinquenta. Um outro homem idoso, de descendência hispânica, levou minhas malas em um carrinho. Eu me registrei sob o olhar de uma mulher muito velha. Como todas as mulheres americanas, ela se vestia de um modo que pretendia provocar desejo. Nas jovens, essa técnica funcionava admiravelmente, como era comprovado pela infeliz história americana de pragas sexualmente transmissíveis. Nas muito velhas, provoca apenas uma triste repulsa.

Sorri para essa velha horrível, e paguei adiantado.

Fui recompensado com um punhado duplo de folhetos coloridos que promovia cassinos, casas de *strip-tease* e bares locais.

O quarto era adequado. Esse já havia sido um bom hotel. O ar-condicionado era silencioso e tanto a água quente quanto a fria funcionavam bem. Uma grande tela plana, cobrindo a maior parte de uma das paredes, oferecia dúzias de canais de televisão.

Meu relógio de pulso zumbia silenciosamente, o visor programado indicando a direção de Meca. Apanhei o tapete na minha bagagem e o estendi diante da janela. Lavei meu rosto, minhas mãos, meus pés. Então me ajoelhei diante do caos crepuscular de Miami, muitos andares abaixo. Assumi as oito posições, curvando-me cuidadosamente, afundando, com gratidão, em meditação profunda. Empurrei para longe o *stress* do *jet-lag*, e a tensão e temor inatos de um crente entre inimigos.

Completadas as orações, troquei de roupa, guardando o meu terno escuro ocidental. Assumi um par de jeans de brim, uma camisa de manga comprida e o colete de fotógrafo. Deslizei o meu cartão de imprensa, o passaporte e os cartões de vacinação para dentro dos bolsos com zíper, e enrolei as câmeras à minha volta. Retornei então ao *lobby* lá embaixo, para aguardar a chegada do americano astro do *rock*.

Ele chegou na hora programada, até um pouco mais cedo. Havia apenas um pequeno aglomerado, já que a organização do astro do *rock* havia buscado a confidencialidade. Um comboio de sete ônibus monstruosos entrou no estacionamento do hotel, suas laterais parecendo rebrilhantes baleias de alumínio escovado. Traziam placas de Massachusetts. Eu desci para o asfalto e comecei a fotografar.

Todos os sete ônubus sustentavam a insignia favorecida pelo astro do *rock*, o campo anil com as treze estrelas da primeira bandeira americana. Os ônibus estacionaram com precisão militar, formando uma fortaleza de carros em uma larga seção do asfalto quebrado e com mato crescendo nas frestas. Portas dobráveis se abriram com suspiros, e um vespeiro de equipagem de estrada se espalhou para dentro do círculo formado pelos ônibus.

Tanto homens quanto mulheres vestiam gandolas, cobertas com bolsos abotoados e listras de camuflagem urbana: vermelho tijolo, negro asfalto e cinza concreto. Ombreiras azul-escuras mostravam o círculo de treze estrelas. Trabalhando com eficiência, sem pressa, eles levantaram grandes discos parabólicos nos tetos de dois ônibus. Os ônibus logo foram conectados em formação, barreiras formadas por cabos entramados ligando as lacunas entre frente e traseira. As máquinas pareciam sentadas ali, respirando com a aura incandescente e mastodôntica de locomotivas a vapor.

Uma dúzia de funcionários vestidos de modo idêntico irrompeu dos ônibus e partiram em grupo para o hotel. No meio deles, escudado por seus corpos, estava o astro do *rock*, Tom Boston. As linhas interrompidas das suas gondolas camufladas os faziam parecer borrados em uma única massa, como um rebanho de zebras em movimento. Eu os segui; eles desapareceram rapidamente dentro do hotel. Uma mulher da equipe demorou-se um pouco mais, do lado de fora.

Aproximei-me dela, que estivera arrastando um volumoso item metálico de bagagem com rodinhas. Era uma máquina de vender jornais. Ela o colocou ao lado de três outras máquinas na entrada do hotel. Era o jornal de propaganda da organização de Boston, *Poor Richard's*.

Eu me acheguei.

— Ah, a edição mais recente — eu disse. — Posso pegar uma?

— Vai custar cinco dólares — ela disse, num inglês penoso.

Para a minha surpresa, eu a reconheci como sendo a esposa de Boston.

— Valya Plisetskaya — eu disse, com prazer, e passei a ela um níquel de cinco dólares. — Meu nome é Sayyid; meus amigos americanos me chamam de Charlie.

Ela olhou ao seu redor. Um pequeno grupo já se juntava perto dos ônibus, mantido à distância pela equipe de Boston. Outros se aglomeravam sob o toldo verde e branco do hotel.

— Com quem você está? — ela disse.

— *Al-Ahram*, do Cairo. Um jornal árabe.

— Você não é político? — ela disse.

Balancei a cabeça, divertido diante dessa típica demonstração de paranoia soviética.

— Aqui está a minha credencial de imprensa. — Mostrei-lhe o emaranhado em árabe. — Estou aqui para cobrir Tom Boston. O fenômeno Boston.

Ela apertou os olhos.

— Tom faz sucesso no Cairo hoje em dia? Muçulmanos, certo? Chegados num *rock and roll*.

— Não somos todos aiatolás — eu disse, olhando para cima e sorrindo para ela, que era muito alta. — Muitos ainda ouvem música *pop* ocidental; eles ignoram os conselhos dos seus superiores. Costumavam ouvir *rock* a noite toda em Leningrado. Apesar do Partido Comunista. Não é verdade?

— Você conhece a gente, os russos, não conhece, Charlie?

Ela me entregou meu documento, observando-me com fria desconfiança.

— Não, não consigo mais acompanhar — eu disse. — É como o Líbano de antigamente. Facções demais.

Eu a segui pelas portas giratórias de vidro do hotel. Valentina Plisetskaya era uma eslava de faces largas, com olhos azuis glaciais e loura como o milho. Era uma mulher sem filhos, na casa dos trinta, faminta a ponto de ser magra como uma menina. Tocava saxofone na banda de Boston. Era nascida em Moscou, mas havia sobrevivido à sua destruição. Estava em turnê com sua banda de *jazz*, quando a Frente de Mártires Afegãos detonou a sua bomba nuclear.

Segui logo atrás dela. Tinha interesse pela visão de um outro estrangeiro.

— O que você pensa dos americanos hoje em dia? — perguntei.

Esperávamos ao lado do elevador.

— Você está gravando? — ela disse.

— Não! Sou um jornalista da letra impressa. Eu sei que vocês não gostam de gravações.

— Gostamos bastante de gravações — ela disse, olhando-me de cima. — Contanto que sejam nossas. — O elevador era lerdo. — Quer saber o que eu acho, Charlie? Acho que os americanos estão fodidos. Não tanto quanto os soviéticos, mas fodidos mesmo assim. O que você acha?

— Oh — eu disse. — O lado americano deprê e apocalíptico é história antiga. No *Al-Ahram*, estamos mais interessados nos sinais da ressurgência americana. Esse agora é o ângulo principal. Por isso estou aqui.

Ela me olhou com sarcasmo distante.

— Você não tem medo que eles decidam te moer de pancada? Eles não estão felizes, os americanos. Não são mais doces e sossegados como antes.

Eu queria perguntar a ela o quão doce a CIA havia sido, quando o bombardeio deles matou metade do governo iraniano em 1981. Ao invés, dei de ombros.

— Não há substituto para um homem no local. É o que dizem os meus editores. — O elevador escancarou-se. — Posso subir com você?

— Eu não vou te impedir. — Nós entramos. — Mas eles não vão deixar você ver o Tom.

— Eles deixarão se você pedir, Sra. Boston.

— Sou Plisetskaya — ela disse, remexendo o seu cabelo amarelo. — Vê? Nada de véu.

Era a velha história das assim-chamadas mulheres ocidentais "liberadas". Elas chamavam a vestimenta simples e modesta do Islã de "submissão"... enquanto gastavam horas incontáveis, e milhões de dólares, pintando-se. Deixam as unhas crescer como garras, enfiam os pés em saltos altos, espremem os seios e quadris em *colants*. Tudo em nome do desejo masculino.

Assombra a imaginação. Naturalmente, eu não disse a ela nada disso, apenas sorri.

— Acho que vou infernizar vocês — eu disse. — Tenho um quarto neste hotel. Em alguma hora, verei o seu marido. Preciso, meus editores exigem.

As portas se abriram. Saímos para o *hall* do décimo quarto andar. A *entourage* de Boston tinha se apossado do andar inteiro. Homens de farda e óculos escuros guardavam o saguão; um deles tinha um cão treinado.

— O seu jornal é grande, é? — a mulher disse.

— O maior no Cairo, milhões de leitores — eu disse. — Nós ainda lemos, no Califado.

— Televisão controlada pelo Estado — ela murmurou.

— Pior do que as corporações? — perguntei. — Eu vi o que a CBS disse sobre Tom Boston. — Ela hesitou, e eu continuei a cutucar. — Um "fanático ludita", estou certo? Um "demagogo do *rock*".

— Me dê o número do seu quarto. — O que eu fiz. — Depois eu ligo — ela disse, caminhando para longe, descendo o corredor.

Eu quase que esperava que os guardas fizessem continência a ela, conforme ela passava por eles de maneira tão régia, mas eles nem se mexeram, seus olhos invisíveis por trás das lentes. Pareciam velhos e bem cansados, mas com o ar relaxado e alerta dos profissionais. Tinham a aparência de antigos guarda-costas do Serviço Secreto. As gandolas de cores urbanas eram folgadas o bastante para esconder quase qualquer quantidade de armamento.

Retornei ao meu quarto. Pedi comida japonesa ao serviço de quarto, e a comi. Vinho havia sido usado na sua preparação, mas eu não sou puritano quanto a essas coisas. Já era hora da última oração do dia, embora o meu corpo, ainda sintonizado com o Cairo, não acreditasse.

Minhas devoções foram interrompidas por uma batida na porta. Eu a abri. Era outra pessoa do *staff* de Boston, uma pequena mulher negra cujo cabelo havia sido tratado. Tinha um brilho de *nylon*. Parecia o cabelo de plástico em uma boneca de criança.

— Você é o Charlie?

— Sim.

— Valya diz que você quer ver o negócio. Ver a gente se organizar. Peguei pra você um passe pros bastidores.

— Muito obrigado.

Dexei-a pregar o passe revestido de plástico no meu colete. Ela olhou para além de mim, dentro do quarto, e viu meu tapete de orações junto à janela.

— O que você faz ali? Reza?

— Sim.

— Esquisito — ela disse. — Você vem ou não?

Segui a minha anônima benfeitora até o elevador.

Lá embaixo, a multidão havia inchado. Dois guardas de segurança mantinham-se do lado de fora das portas de vidro, negando entrada a qualquer um que não tivesse uma chave de quarto no hotel. A garota desviou-se e foi cortando pela multidão com uma súbita força, como um jogador de futebol americano. Eu lutava para avançar em seu rastro, os embasbacados, os batedores de carteira e os caçadores de autógrafos fechando nos meus calcanhares. A multidão era salpicada generosamente com os desgraçados repulsivos que se vê tão frequentemente na América: aqueles sem casa, sem família, sem caridade.

Eu me surpreendi com a idade das pessoas. Para uma audiência de astro de *rock*, era de se esperar atordoadas adolescentes e os jovens malandros libidinosos das ruas, que as perseguem. Havia muitos desses, mas ainda mais de um outro tipo: gente cansada e de pés doloridos, com pés de galinha e cabelos grisalhos. Homens e mulheres nas casas dos trinta e dos quarenta, com uma aparência surrada e derrotada. Desempregados, obviamente, e com tempo sobrando para se aglomerarem em torno de qualquer coisa que lembrasse a esperança.

Caminhamos sem pressa até a fortaleza dos ônibus em círculo. Uma retaguarda do pessoal de Boston segurava os espectadores. Dois dos ônibus já estavam desconectados dos outros e a todo vapor. Eu segui a mulher negra, subindo degraus perfurados para dentro das entranhas de uma das máquinas rebrilhosas.

Ela saudou brevemente aos outros que já estavam lá dentro.

O ar sustinha o cheiro agudo de fluido de limpeza. Cordas elásticas prendiam pilhas de amplificadores, caixas estenciladas de instrumentos, plataformas de rodinhas feitas de borracha negra e pinho de um amarelo-vivo. O círculo de treze estrelas marcava tudo, estampado ou pintado com *spray*. Um gerador a metano descansava no fundo do ônibus, ao lado de uma alta prateleira inquebrável com tanques de combustível de alta pressão. Nós ladeamos o equipamento e nos juntamos aos outros em uma estreita fileira de assentos aeronáuticos de segunda mão. Afivelamos os cintos. Eu me sentei do lado da Garota de Cabelo de Boneca.

O ônibus se pôs em movimento repentinamente.

— É bem limpo — eu disse a ela. — Eu esperava alguma coisa um pouco mais doida, num ônibus de *rock and roll*.

— Talvez no Egito — ela disse, com a presunção instintiva de que o Egito estava na Idade das Trevas. — Nós não nos damos ao luxo de enrolar. Não agora.

Decidi não lhe contar que o Egito, como estado-nação, não existia mais.

— A cultura *pop* americana é uma indústria muito grande.

— A maior que restou — ela disse. — E se vocês muçulmanos não fossem tão mesquinhos quanto a isso, talvez a gente conseguisse arrumar uns riais e escapar da dívida.

— Nós compramos um bocado de coisas da América — eu lhe disse. — Grãos, madeira e minérios.

— Isso é coisa do Terceiro Mundo. Nós não somos a sua fazenda. — Ela olhou para o piso imaculado. — Olha, as nossas indústrias são uma droga e todo mundo sabe. Então a gente vende entretenimento. Exceto onde há barreiras contra a mídia. E até nisso a porra dos vídeos piratas estão acabando com a gente.

— Nós vemos as coisas de modo diferente — eu disse. — A América controlou a mídia global por décadas. Para nós, isso é imperialismo cultural. Temos muitos músicos talentosos no mundo árabe. Você já ouviu?

— É muito caro — ela disse, seca. — Nós gastamos todo o nosso dinheiro salvando o Golfo Pérsico dos comunas.

— A Ameaça Global do Totalitarismo Vermelho — disse o homem troncudo no assento perto da Cabelo de Boneca. Os outros riram, fazendo caretas.

— Oh — eu disse. — Na verdade, era o sionismo que preocupava a gente. Quando ainda havia o sionismo.

— Não dá pra acreditar nas merda cheia de ódio que eu vejo sobre a América — disse o troncudo. — Você sabe quanto dinheiro nós demos pras pessoas, demos simplesmente, a troco de nada? Bilhões e bilhões. O Corpo da Paz, ajuda para o desenvolvimento... Por décadas. Qualquer desastre não importa onde, e nos sacrificamos pra doar alimento, remédios... Então os russos afundam e o mundo inteiro se volta contra nós como se fôssemos monstros.

— Moscou — disse um outro cara da equipe, balançando a cabeça desgrenhada.

— Sabe, ainda tem filhos-da-puta que acham que nós americanos é que destruímos Moscou. Eles acham que nós é que demos a Bomba pra aqueles terroristas afegãos.

— Ela veio de algum lugar — eu disse.

— Não, cara. Nós não faríamos isso pra eles. Não, cara, as coisas estavam indo muito bem entre nós. O *Rock* pela Détent... Eu tava naquele *show*.

Rodamos até o Memorial Colosseum de Miami. Era uma estrutura ambiciosa, deixada semicompletada, quando o sistema bancário americano entrou em colapso.

Passamos pelas portas duplas nos fundos, empurrando o equipamento com rodas ao longo de corredores empoeirados. O interior do Colosseum era esquelético; dentro estava úmido e cavernoso. Um palco, um piso de concreto. Aço nu em arcos muito lá no alto, com luzes de palco grosseiramente montados em suportes. Amplas seções de uma bizarra paródia americana da grama, "Astroturf", haviam sido arrastadas para a frente do palco. O tapete verde sarnento, ainda riscado com marcas de jardas de algum estádio esquecido.

A equipe trabalhou com tranquila precisão, instalando amplificadores, esticando suportes de microfone, um enorme kit *high-tech* de tambores com a aparência desordenada e rebrilhosa de uma refinaria de petróleo. Outros conferiam iluminação, acendendo e apagando *spots* azuis e amarelhos pelo palco. Nas entradas do público, dois membros da equipe, vindos de um segundo ônibus, erigiam detetores de metal para câmeras ilíticas, gravadores ou armas de mão. Especialmente armas de mão. Dois atentados já haviam sido feitos contra a vida de Boston, um no Festival da Liberdade em Chicago, quando o Prefeito de Chicago foi ferido ao lado de Boston.

Por um momento, para entender como foi isso, subi no palco vazio e fiquei diante do microfone de Boston. Imaginei a multidão diante de mim, dez mil almas, vinte mil olhos. Sob tanta atenção, eu percebi, cada movimento era amplificado. Mexer o meu braço seria como mexer dez mil braços, cada palavra minha seria como a voz de milhares. Eu me senti como um Nasser, um Qadaffi, um Saddam Hussein.

Essa era a natureza do poder secular. Do poder industrial. Foi o Ocidente que o tinha inventado, que inventou Hitler, o orador da sarjeta transformado em atropelador de nações, que inventou Stalin, o homem a quem chamavam de "Gengis Khan com um telefone". O astro *pop* da mídia, o político. Restava alguma diferença? Não na América; era tudo uma questão de prender os olhares, de prender a atenção. Atenção é riqueza, em uma era de mídia de massa. O centro do palco é mais importante do que os exércitos.

O último dos gemidos e guinchos fantasmagóricos do teste de som morreu. A multidão de Miami começou a se filtrar para dentro do Colosseum. Eles pareciam mais animados do que os fãs desesperados que haviam perseguido Boston até o seu hotel. A América ainda era um país rico, na maior parte dos critérios; as classes de profissionais liberais haviam mantido muito da sua prosperidade. Havia aquelas legiões de advogados, por exemplo, um clero secular que tanto fizera para drenar a antes tão alardeada iniciativa americana. E as suas legiões de burocratas estatais. Eles eram instantaneamente reconhecidos; o corte dos seus ternos e seus telefones de bolso os denunciavam, proclamando o seu *status*.

O que eles procuravam ali? Não tinham lido nunca o jornal propagandista de Boston, com a sua amarga condenação dos ricos? Com seus ataques ferozes ao "complexo legislativo-litigativo", e sua demanda por reformas totais?

Seria possível que eles falhavam em levá-lo a sério?

Eu me uni à multidão, me misturando, ouvindo as conversas. Junto às portas, os quadros de Boston davam desconto nos preços dos bilhetes para aqueles que mostravam registros eleitorais. Os que mostravam cartões de desemprego entravam por ainda menos.

Os americanos mais prósperos ficavam em pequenos grupos de fidalguia acossada, com medo dos outros mas ainda assim curiosos e sorridentes. Havia certa vivacidade nos destituídos: roupas mais brilhantes, lenços amarrados nos cotovelos, botas coreanas baratas de tecido iridescente. Muitos usavam chapéu tricórne, alguns com cocar vermelho, branco e azul, ou o círculo de treze estrelas.

Isso era o ambiente do *rock and roll*, eu percebi; era esse o segredo. Eles todos tinham crescido com ele, esses americanos, até os mais ricos. Para eles, a tradição de sessenta anos da música *rock* parecia tão antiga quanto as Pirâmides. Isso tinha se tornado uma Jerusalém, uma Meca das tribos americanas.

A multidão girava lentamente, esperando, e Boston os deixou esperar. Nos fundos da multidão, as equipes de Boston faziam negócio animado, de camisetas estreladas, programas, e *tapes*. O calor e a tensão cresciam, e as pessoas começaram a suar. O palco permanecia escuro.

Eu comprei os itens de *souvenir* e os estudei. Falavam de computadores baratos, uma empresa de telefonia de propriedade dos seus trabalhadores, uma base de dados gratuita, cooperativas de bairro que poderiam comprar grãos não beneficiados por tonelada. ATENÇÃO MIAMI, lia-se em um folheto em letras de um vermelho gotejante. Nomeava as dez maiores corporações globais e listava meticulosamente cada subsidiária com negócios em Miami, com o seu endereço, número de telefone, a percentagem de renda enviada aos bancos da Europa e do Japão. Cada lista tinha páginas e mais páginas. Nada mais. Para o público de Boston, nada mais era necessário.

As luzes da casa se escureceram. Um grito de animal assustado subiu da multidão. Um único *spot* iluminava Tom Boston, recortando-o contra a escuridão.

— Meus companheiros americanos — ele disse. Um *xiu* fúnebre se seguiu. A multidão ansiava por cada palavra. Boston deu um sorriso pretensioso. — Meus c-c-c-c-companheiros americanos. — Era um microfone esperto, digital, na verdade um pequeno sintetizador. — Meus companheiros am-am-iam-aiam-AIAMI! — As palavras esvaneceram-se em um súbito lamento crescente de *feedback*. — Meus aiami! Meus companheiros! M' aiami! Meus companheiros! M-aiami, Maiami, *Miami*, MIAMI!"

O som da voz de Boston, subitamente separada de todo contexto humano, tornava-se algo estilhaçante, sobre-humano — o efeito era de arrepiar. Rompia todas as barreiras; filtrava-se diretamente para dentro da pele, do sangue.

— Tom Jefferson Morreu Falido! — ele gritou.

Era o título da sua primeira canção. As luzes de palco se acenderam e o inferno escancarou seus portões. Chegava mesmo a ser uma "canção", esta criação estranha, vulcânica? Havia uma melodia ali em algum lugar, perseguida pelo saxofone de Plisetskaya, mas o simples volume e impacto a lançava por sobre o público como um lençol de chamas. Nunca antes eu tinha ouvido algo tão alto. O que a cena renegada do Cairo chamava de *rock and roll* empalidecia até sumir, ao lado deste furacão invisível.

No começo parecia puro barulho. Mas isso era só um tipo de pavimentação, uma rangente e impiedosa fundação sob as arquiteturas ascendentes do som. A tecnologia é que a produzia: uma claridade penetrante, elevada, digitalizada e total, de perfeita acústica cibernética ajustada para cada eco, cem vezes num segundo.

Boston tocava uma harmônica de vidro: um instrumento inventado pelo gênio americano Benjamin Franklin. A harmônica era feita de discos de vidro afinados cuidadosamente, girando em uma roca, e tocada pela ponta molhada do dedo esfregada contra cada beirada em movimento.

Era o som do cristal puro, aparentemente sem fonte, de uma pureza de fazer doer os dentes.

O famoso músico ocidental, Wolfgang Mozart, havia composto para a harmônica de Franklin nos dias em que ela era uma novidade. Mas diz a lenda que seus instrumentistas ficavam loucos, seus nervos esfrangalhados pela clareza do som. Era uma lenda que Boston teve o cuidado de explorar. Ele tocava a máquina parcimoniosamente, com o ar de um mágico, de um Salomão que soltava demônios das lâmpadas. Fui grato pela economia no seu uso, pois o som era tão belo que ferroava o cérebro.

Boston jogou seu chapéu de lado. Longos cabelos encaracolados se derramaram livremente. Boston era o que os americanos chamavam de "negro"; ao menos se referiam a ele frequentemente como negro, embora ninguém parecesse ter certeza. Ele não era mais escuro do que eu. A batida elevou-se, um animal forte resfolegando. Boston movia-se pelo palco como se tivesse molas, agarrado ao microfone. Começou a cantar.

A canção era a respeito de Thomas Jefferson, um famoso presidente americano do século XVIII. Jefferson foi um teórico político que escreveu manifestos revolucionários e favoreceu um modo de governo descentralizado. A canção, contudo, lidava com as relações de Jefferson e uma concubina negra em sua casa. Ele teve vários filhos com essa mulher, que foram fonte de grande vergonha, por conta do velho código legal do período. Legalmente, eles eram seus escravos, e foi apenas no fim de sua vida, quando ele vivia em grande pobreza, que Jefferson os libertou.

Era uma história cujo *pathos* fazia pouco sentido para um muçulmano. Mas o público de Boston, entendendo-se como filhos de Jefferson, a fez calar em seus corações.

O calor se tornou sufocante, conforme massas de corpos balançavam no ritmo. A canção seguinte começou numa torrente de castigo sonoro. Uma histeria frenética apoderou-se da multidão; seus corpos convulsionavam-se a cada batida, o xamã Boston parecendo açoitá-los. Era uma canção assustadora, chamada "Os Brancos dos Olhos deles", tomada a partir de um grito de guerra americano. Ele cantou a respeito de uma tática de combate: esperar até que seu inimigo chegasse perto o bastante para que você pudesse fitá-lo nos olhos, assustando-o com a sua convicção, e então atirar nele a queima-roupa.

Mais três canções se seguiram, uma delas mais lenta, as outras massacrando a audiência como barras de ferro. Boston caminhava feito louco, suas roupas escurecidas pelo suor. Meu coração sofria espasmos conforme pesadas notas de baixo, preenchidas de uma sombria força assassina, subia pelas minhas costelas. Afastei-me do calor para a beirada da multidão, sentindo-me zonzo e enjoado.

Eu não esperava isso. Tinha antecipado um porta-voz político, mas ao invés parecia que fui atacado pela própria Voz do Ocidente. A Voz de uma sociedade bêbada de poder bruto, enlouquecida pelo rugido esmagador das máquinas. Preenchia-me de uma apavorada admiração.

E pensar que no passado o Ocidente nos tinha segurado em suas mãos de ferro. Havia tratado o Islã como um recurso natural, seus exércitos invencíveis rasgando as terras dos fiéis como tratores. O Ocidente havia fatiado o nosso mundo, dividindo-o em colônias, e sorrido para nós com a sua terrível perfídia esquizofrênica. Ele nos mandou separar Deus e Estado, separar Mente e Corpo, separar Razão e Fé. Tinha nos feito em pedaços.

Fiquei ali tremendo, até que o primeiro bloco terminasse. A banda desapareceu nos bastidores, e uma única figura se aproximou do microfone. Eu o reconheci como um famoso comediante da televisão americana, que havia abandonado a própria carreira para se unir a Boston.

O homem começou a fazer piadas e palhaçadas, extravagâncias que pareciam acalmar a multidão, que berrava e gargalhava. Essa interrupção foi uma manobra sábia da parte de Boston, eu achei. O nível de dor, de intensidade, havia se tornado insuportável.

Me ocorreu então o quanto Boston era como o grande Khomeini. Boston também tinha a *persona* do Homem Sofredor, que sofria pela justiça, o asceta entre os corruptos, que combatia contra todas as expectativas. E a aura do místico, do adepto, pelo menos até onde uma coisa dessas era possível na América. Pensei nisso, e um medo profundo me atingiu mais uma vez.

Caminhei pelos portões do salão externo do Colosseum, em busca de ar e espaço para pensar. Outros também tinham saído. Encostavam-se na parede, homens e mulheres, com a aparência de panos de chão no varal. Alguns fumavam cigarros, outros discutiam os folhetos, outros simplesmente ficavam ali com sorrisos paralisados.

E outros choravam. Foram esses os que me perturbaram mais, pois eram aqueles cujas almas pareciam aturdidas e abertas. Khomeini fazia homens chorarem assim, arrancando deles o desespero, como um curativo de queimadura. Caminhei pelo *hall*, observando-os, fazendo anotações mentais.

Parei junto a uma mulher de óculos escuros e um *tailleur* sob medida. Ela se encostava na parede, trêmula, seu rosto por trás dos óculos lustroso de lágrimas silenciosas. Alguma coisa sobre a precisão do seu penteado, de suas faces, chamou uma recordação. Eu fiquei ao lado dela, esperando, e o reconhecimento chegou.

— Alô — eu disse. — Temos algo em comum, eu acho. Você está na cobertura da turnê de Boston. Para a CBS.

Ela me deu um único olhar, então olhou para longe.

— Eu não conheço você.

— Você é Marjory Cale, a correspondente.

Ela puxou o fôlego.

— Você se enganou.

— "Fanático Ludita" — eu disse, alegremente. — "Demagogo do *rock*."

— Vá embora — ela disse.

— Por que não falar sobre isso? Eu gostaria de conhecer o seu ponto de vista.

— Vá embora, seu homenzinho detestável.

Retornei para a multidão lá dentro. O comediante agora lia longamente, da Carta dos Direitos, sua voz repleta de sarcasmo.

— Liberdade de anunciar — dizia. — Liberdade dos conglomerados de redes globais de televisão. Direito a um julgamento público e ligeiro, a ser repetido até que os seus advogados vençam. Sendo necessária uma milícia bem-regulamentada, os cidadãos receberão *lasers* orbitais e porta-aviões.

Ninguém ria.

O público estava feio, quando Boston reapareceu. Até mesmo os bem vestidos agora pareciam carrancudos e militantes, não se reconhecendo mais como o inimigo. Como os soldados do Xá que finalmente se recusaram a atirar, que se atiraram soluçando aos pés de Khomeini.

— Vocês todos conhecem esta — Boston disse.

Com sua mulher, ele levantou uma flâmula, uma das primeiras bandeiras da Revolução Americana. Ela mostrava uma cobra enrolada, uma víbora nativa dos Estados Unidos, com a legenda: NÃO PISE EM MIM. Um chocalhar sinistro e escamoso derramou-se das profundezas de um sintetizador, fundindo-se ao rugido de reconhecimento da multidão, e um ritmo cadenciado e elástico irrompeu. Boston ia e voltava da beirada do palco, seus olhos fixos, seu pescoço comprido oscilando. Ele se agitou como um homem salvo de se afogar, e inclinou-se para o microfone.

— Sabemos que vocês nos possuem/Vocês pisam em nós/Sentimos o ônus/Mais aqui está o bônus/Hoje eu vejo/Então, inimigo/Não pise em mim/Não pise em mim..."

Palavras simples, preenchendo cada batida com toda a áspera precisão da língua inglesa. Um canto de pura hostilidade. Fisgou a multidão. Era o rancor, a humilhação de uma sociedade rebaixada. Os americanos. Em algum lugar dentro deles a convicção ainda queimava. A convicção que eles sempre tiveram: de que eram o único povo verdadeiro em nosso planeta. Os escolhidos, a Luz do Mundo, a Última e a Melhor Esperança da Humanidade, os Livres e os Corajosos, a coroa da criação. Eles teriam matado por ele. E eu sabia, um dia eles o fariam.

Fui chamado à suíte de Boston às duas horas daquela manhã. Eu tinha me barbeado e tomado um chuveiro, aplicado a colônia de cortesia do hotel. Queria cheirar como um americano.

Os guardas de Boston me revistaram, cuidadosa e completamente, do lado de fora do elevador. Eu me submeti com boa vontade.

A suíte de Boston estava apinhada. Tinha a aura de uma vitória eleitoral. Havia muitos políticos, bebericando copos de álcool borbulhante, rindo, apertando mãos. O prefeito de Miami estava ali, com metade da Prefeitura. Reconheci uma jovem senadora, falando urgentemente no seu telefone de bolso, seios enormes e sardentos à mostra em um vestido de festa.

Eu me misturei, ouvindo. Homens falavam da habilidade de Boston em levantar fundos, da importância crescente do seu endosso. Mais guardas de Boston estavam nos cantos, braços cruzados, olhos ocultos, rostos de pedra. Um homem negro distribuía *buttons* de lapela com o rosto de Martin Luther King sobre um fundo de listras vermelhas e brancas. O telão do tamanho de uma parede tocava um tape do primeiro Pouso Lunar. O som tinha sido desligado, e as pessoas do mundo todo, nos trajes dos anos sessenta, mexiam silenciosamente as bocas para a câmera, seus olhos brilhando.

Não foi até as quatro horas, que finalmente pude me encontrar com o astro em pessoa. A festa já havia se dispersado a essa altura, os políticos colocados polidamente para fora, seus votos de lealdade imorredoura respondidos com sorrisos discretos. Boston estava em um quarto dos fundos com sua mulher e um par de assessoras.

— Sayyid — ele disse, e apertou minha mão.

Em pessoa ele parecia menor, mais velho, seu rosto híbrido, com maquiagem de palco começando a descascar.

— Dr. Boston — eu disse.

Ele riu abertamente.

— Sayyid, meu amigo. Você vai arruinar a porra da minha credibilidade nas ruas.

— Eu quero contar essa história conforme a vejo — eu disse.

— Então primeiro vai ter que contá-la para mim — ele disse, e se voltou brevemente para uma assessora. Ditou em voz baixa, em *staccato*, sem perder o seu lugar na nossa conversa, simplesmente disparando uma rajada de pensamentos. — Sejamos francos. Antes que eu demonstrasse interesse, vocês estavam prontos para vender o navio como ferro-velho. Esta não é uma época para superpetroleiros. São uma tecnologia morta, lixo da era das chaminés. Reconsidere a minha oferta.

A secretária martelava as teclas. Boston olhou para mim outra vez, retornando-me o holofote da sua atenção.

— Planeja comprar um superpetroleiro? — eu disse.

— Eu queria um porta-aviões — disse ele, sorrindo. — Estão todos na naftalina, mas os federais fazem cara feia para vender geradores nucleares a cidadãos privados.

— Vamos transformar o navio-tanque num estádio flutuante — Plisetskaya entrou na conversa.

Ela se sentava toda curvada em uma cadeira estofada, vestindo pijamas de cetim. Um cinzeiro meio cheio no braço da cadeira fedia a tabaco forte.

— Já esteve dentro de um navio-tanque? — Boston disse. — Enorme. Ótima acústica. — Ele se sentou subitamente na ampla cama e arrancou suas botas de pele de cobra. — Então, Sayyid. Me conte essa sua história.

— Você se graduou *com magna cum laude* pela Rutgers com um doutorado em ciência política — eu disse. — Em cinco anos.

— Isso não conta — Boston disse, bocejando por trás da mão. — Isso foi antes do *rock and roll* massacrar os meus miolos.

— Você concorreu a um cargo público em Massachusetts — eu disse. — Perdeu em disputa apertada. Dois anos depois, estava em turnê com a sua primeira banda... Swamp Fox. Vocês foram um sucesso imediato. Você se envolveu com fundos de campanha, recrutando seus amigos na indústria musical. Começou o seu próprio selo de gravadora. Ajudou a organizar o *Rock* pela Détent, onde conheceu a sua futura esposa. O romance de vocês foi notícia de primeira página em ambos os continentes. As vendas de discos decolaram.

— Você deixou fora a primeira vez que atiraram em mim — Boston disse. — Isso é mais interessante; a esta altura Val e eu somos notícia velha. — Fez uma pausa, então disparou para a segunda secretária: — Eu volto a incitá-los a não vir a público. Vocês vão se ver vulneráveis a uma compra desfavorável de controle acionário. Eu já lhes contei que Evans é um agente de Marubeni. Se ele não afundar vocês na sua preciosa usina até as orelhas, não venham chorar no meu ombro.

— Fevereiro de 1998 — eu disse. — Um zelota anticomunista atirou contra o seu ônibus.

— Você é mesmo um fã, Sayyid.

— Por que você tem medo das multinacionais? — eu disse. — Essa era a preferência americana, não era? Comércio global, economia global?

— Nós ferramos tudo — Boston disse. — As coisas escaparam do controle.

— Do controle americano, é o que quer dizer?

— Usamos nossas empresas como ferramentas de desenvolvimento — Boston disse, com a paciência de um homem instruindo uma criança. — Mas então os nossos adoráveis amigos na América do Sul se negaram a pagar a dívida deles. E os nossos fiéis aliados na Europa e no Japão assinaram o Acordo Econômico de Genebra e decidiram derrubar o dólar. E nossos amigos nos países árabes decidiram não serem mais países, mas um todo-poderoso Califado, e, só para garantir, eles retiraram todos o seu dinheiro de petróleo dos nossos bancos para depositar em bancos islâmicos. Como conseguiríamos competir? Eram bancos sagrados, e os nosso bancos pagam juros, o que é um pecado, eu entendo. — Ele fez uma pausa, seus olhos brilhando, e afastou cachos do pescoço. — E nesse tempo todo, já estávamos enfiados no prego até a porra das orelhas pra pagar pelo privilégio de sermos a polícia do mundo.

— Então o mundo traiu o seu país — eu disse. — Por quê?

Ele balançou a cabeça.

— Não é óbvio? Quem precisa de São Jorge quando o dragão está morto? Alguns fanáticos afegãos juntaram plutônio suficiente para uma das Grandes, e explodiram a porra da cabeça do dragão. E o resto do corpo ainda está em convulsão, dez anos depois. Nós nos sangramos para competir contra a Rússia, o que foi estúpido, mas vencemos. Com dois gigantes, o mundo treme. Um gigante, os anões conseguem pôr abaixo. Então foi isso o que aconteceu. Eles nos derrubaram, só isso. Somos deles.

— Soa muito simples — eu disse.

Pela primeira vez, ele demonstrou irritação.

— Valya diz que você lê os nossos jornais. Não estou te contando nada de novo. Eu devia mentir a respeito? Olhe as cifras, pelo amor de Cristo. A CEE e os japoneses usam as suas empresas pra bombear dinheiro pra fora; eles estão nos secando, deliberadamente. Você não tem cara de idiota, Sayyid. Sabe muito bem o que está acontecendo com a gente, todo mundo no Terceiro Mundo sabe.

— Você mencionou Cristo — eu disse. — Acredita nele?

Boston balançou para trás nos cotovelos, e abriu um sorriso.

— E você?

— É claro. Ele é um dos nossos Profetas. Nós o chamamos Him Isa.

Boston pareceu ficar cauteloso.

— Eu nunca fico entre um homem e o seu deus. — Fez uma pausa. — Na verdade, temos um bocado de respeito pelos árabes. Pelo que eles realizaram. Libertando-se do sistema econômico mundial, voltando à tradição local autêntica... Você enxerga os paralelos.

— Sim — eu disse. Sorri de modo sonolento, e cobri a boca ao bocejar. — *Jet-lag*. Perdão, por favor. Estas são só perguntas que os meus editores iam querer que eu fizesse. Se eu não fosse um admirador, um fã, como você diz, não teria obtido esta pauta.

Ele sorriu e olhou para a sua mulher. Plisetskaya acendeu outro cigarro e reclinou-se, com cara de cética. Boston sorriu.

— Então a troca de socos acabou, Charlie?

— Tenho todos os seus discos — eu disse. — Este não é um ataque verbal de baixaria. — Fiz uma pausa, pesando minhas palavras. — Ainda acredito que nosso Califa é um grande homem. Eu apóio a Ressurgência Islâmica. Sou um muçulmano. Mas acho, como muitos outros, que fomos um pouco longe demais ao fecharmos todas as janelas para o Ocidente. *rock and roll* no fundo é uma música de Terceiro Mundo. Não concorda?

— Claro — Boston disse, fechando os olhos. — Sabe quais foram as primeiras palavras ditas no Zimbábue independente? Logo depois de subirem a bandeira?

— Não.

Ele falou cegamente, saboreando as palavras.

— Senhoras e senhores. Bob Marley. E os Wailers.

— Você o admira.

— Faz parte do serviço — disse Boston, afastando um cacho de cabelo.

— Ele tinha mãe negra e pai branco. E você?

— Oh, meus pais eram vira-latas descarados como eu mesmo — Boston disse. — Sou segunda-geração de nada-em-particular. Um americano. — Ele se endireitou, cruzando as mãos, parecendo cansado. — Você vai acompanhar a turnê por um tempo, Charlie? — Falou para uma secretária: — Me arrume um kleenex.

A mulher se levantou.

— Até a Filadélfia — eu disse. — Como Marjory Cale.

Plisetskaya soprou fumaça, franzindo o cenho.

— Você falou com aquela mulher?

— É claro. Sobre o concerto.

— O que a cadela disse? — Boston perguntou, preguiçosamente.

Sua assessora lhe deu lenços de papel e um creme frio. Boston umedeceu o kleenex e retirou a maquiagem do seu rosto.

— Ela me perguntou o que eu achava. Eu disse que estava alto demais — falei.

Plisetskaya riu uma vez, abruptamente. Sorri.

— Foi bem divertido. Ela disse que você estava em boa forma. Disse que eu não devia ser tão cu doce.

— "Cu doce"? — Boston disse, levantando as sobrancelhas. Rugas finas haviam aparecido por baixo da pintura. — Ela disse isso?

— Disse que nós muçulmanos temos medo da vida moderna. De novas experiencias. É claro, falei a ela que isso não era verdade. Então ela me deu isto.

Busquei em um dos bolsos do meu colete e puxei um pacotinho fino de folha de alumínio.

— Marjory Cale te deu cocaína? — Boston perguntou.

— Wyoming Flake — eu disse. — Ela contou que tem amigos que cultivam isso nas Montanhas Rochosas. — Abri o pacote, expondo um montículo de pó branco. — Eu a vi usar um pouco. Acho que vai me ajudar com o meu *jet-lag*.

Puxei minha cadeira mais para perto da mesa do telefone, perto da cama. Esvaziei o pacote, com muito cuidado, sobre a superfície brilhante de mogno. Os minúsculos cristais rebrilhavam. Tinha sido muito bem pulverizado.

Abri minha carteira e retirei uma nota nova de mil dólares. O ator-presidente sorriu de modo benigno.

— Isto seria apropriado?

— Tom não usa drogas — disse Plisetskaya, um pouco rápido demais.

— Já usou coca antes? — Boston perguntou. Ele jogou um lenço de papel usado no piso.

— Espero não estar te ofendendo — eu disse. — Aqui é Miami, não é? Aqui é a América.

Comecei a enrolar a nota, desajeitadamente.

— Não estamos impressionados com você — disse Plisetskaya, com severidade. Ela apagou o seu cigarro. — Você está bancando o simplório, Charlie. Um caipira do NCI.

— Tem bastante — eu disse, permitindo que alguma dúvida aparecesse na minha voz.

Busquei no bolso, então dividi a pilha em duas com a beirada de um *slide* revelado. Arranjei as carreiras caprichadamente. Elas tinham vários centímetros de comprimento.

Me reclinei na cadeira.

— Acha que é uma má ideia? Admito, isto é novidade para mim. — Fiz uma pausa. — Já bebi vinho várias vezes, embora o *Cordão* proíba.

Uma das secretárias riu.

— Desculpe — ela disse. — Ele bebe vinho. Que bonitinho.

Fiquei ali e observei a tentação penetrar em Boston. Plisetskaya balançou a cabeça.

— Cocaína de Cale — Boston considerou. — Puxa.

Observamos juntos as carreiras, por vários segundos, ele e eu.

— Eu não quero trazer problemas — eu disse. — Posso jogá-la fora.

— Não se incomode com a Val — Boston disse. — Os russos fumam um atrás do outro.

Ele deslizou pela cama.

Eu me curvei rapidamente e cheirei. Inclinei-me para trás, tocando o nariz. Rapidamente a cocaína o deixou dormente. Entreguei o tubo de papel a Boston. Estava feito em um instante. Ficamos ali, de olhos lacrimosos.

— Oh — eu disse, a droga atravessando o tecido. — Oh, isto é excelente.

— É um bom tapa — Boston concordou. — Parece que você conseguiu uma entrevista estendida.

Conversamos pelo resto da noite, ele e eu.

Meu relato está quase pronto. De onde me sentei para escrever isto, posso ouvir o som da música de Boston, despejada dos toscos alto-falantes de uma fita pirata no bazar. Não há duvida, em minha mente, de que Boston é um grande homem.

Acompanhei a turnê até a Filadélfia. Falei com Boston várias vezes durante a turnê, embora nunca com a primeira forte conexão proporcionada pela droga. Nós nos despedimos como amigos, e falei bem dele no meu artigo para *Al-Ahram*. Não escondi o que ele era; não escondi a ameaça que ele representa. Mas não o maldisse. Vemos as coisas de modo diferente. Mas ele é um homem, um filho de Deus como todos nós.

Sua música até mesmo sofreu um breve agito de *popularidade* no Cairo, depois do artigo. As crianças a escutam, e então se voltam para outras coisas, como as crianças fazem. Elas gostam do som, elas dançam, mas as palavras não significam nada para elas. Os pensamentos, os sentimentos, são alienígenas.

Esta é a *dar-al-harb*, a terra da paz. Arrancamos as mãos do Ocidente da nossa garganta; voltamos a respirar, sob o céu de Deus. Nosso Califa é um bom homem, e eu me orgulho de servi-lo. Ele reina, mas não governa. Homens instruídos debatem no *Majlis*, sem altercações como os políticos, mas buscando o que é verdadeiro com dignidade. Nós temos o respeito do mundo todo.

Fizemos por merecer, pois pagamos o preço do mártir. Nós muçulmanos somos um em cinco, no mundo todo, e enquanto persistir o desprezo a Deus, sempre haverá o conflito, o *jihad*. É motivo de orgulho ser um dos *mujihadeen* do Califa. Não é que damos pouco valor às nossas vidas. Mas que damos mais valor a Deus.

Alguns nos chamam de atrasados, reacionários. Ri disso, enquanto portava em mim o pó. Ele tinha o mais sutil dos venenos: um vírus vivo. É uma coisa minúscula, criada em laboratórios secretos, e em si não causa mal. Mas se espalha por todo o corpo, e exala uma substância química, um traço tênue mas potente, que transporta a podridão do câncer.

O Ocidente consegue muitos resultados com câncer hoje em dia, e um homem rico como Boston pode pagar os tratamentos. Eles podem curar o primeiro ataque, ou o segundo. Mas dentro de cinco anos ele certamente estará morto. As pessoas vão lamentar a sua perda. Talvez coloquem a imagem dele em um selo, como fizeram com Bob Marley. Marley, que também morreu de câncer sistêmico; se pela mão de Deus ou do homem, só Alá sabe.

Eu tirei a vida de um grande homem; ao armar para ele uma armadilha, também tirei minha própria vida, mas isso não significa nada. Não sou importante. Não sou nem mesmo Sayyid Qutb, o mártir e teórico da Ressurgência, embora tenha emprestado o nome desse grande homem como cobertura. Dirigi a ele só respeito, e creio que não envergonhei a sua memória.

Não planejo esperar pela doença. O conflito continua nas terras muçulmanas daquilo que antes foi a União Soviética. Lá os crentes lutam na Jihad Sagrada, libertando suas terras antigas das garras do ateísmo marxista. Secretamente, enviamos a eles carabinas, foguetes, morteiros, e homens sem nome. Serei um deles; quando encontrar a morte, minha tumba também será anônima. Mas nada é anônimo para Deus.

Deus é Grande; os homens são mortais, e erram. Se eu errei, deixem o Juiz dos Homens decidir. Perante a Sua Vontade, como sempre, eu me submeto.

Tradução de R.S. Causo

Agradecimentos

O organizador desta antologia agradece o apoio e a ajuda de Roberto de Sousa Causo, responsável por acreditar na proposta ainda antes dela tomar forma, ao disponibilizar o livro *2084: Election Day*, organizado por Isaac Asimov e Martin H. Greenberg (1984), que me inspirou a editar este. Além disso, e principalmente, Causo auxiliou em todas as etapas do trabalho de edição. Recebi mais de quatro dezenas de histórias, a partir das quais selecionei as que compõem o livro, e agradeço a todos os autores que responderam e participaram. Também quero lembrar de Rossana Arouck pelo incentivo, Cesar Silva, por indicar um conto que acabou selecionado, e os contatos oferecidos por Gerson Lodi-Ribeiro, Márcio Augusto Scherma, Miguel Carqueija, Nelson de Oliveira, Silvio Alexandre e Teresa Sacchet. Também agradeço ao trabalho dedicado do ilustrador Vagner Vargas, do tradutor Carlos Angelo, de Finisia Fideli — que revisou as traduções — e, por último mas não menos importante, ao editor Douglas Quinta Reis, pela oportunidade e por acreditar no projeto desde o início.

Sobre o Organizador

Marcello Simão Branco é mestre e doutor em Ciência Política pela Universidade de São Paulo, e professor na Universidade Paulista (UNIP). Sua tese de doutorado, defendida em 2007, analisa os efeitos teóricos e empíricos da vinculação do federalismo com a democracia, através de pesquisa sobre o comportamento dos senadores nas votações de emendas constitucionais sobre o ajuste fiscal durante o governo de Fernando Henrique Cardoso (1995-2002). Um dos capítulos da tese foi publicado no livro *O Senado Federal Brasileiro no Pós-Constituinte*, organizado por Leany Barreiro Lemos, para as Edições Unilegis de Ciência Política, do Senado Federal, em 2008. Sua dissertação de mestrado, defendida em 2002, foi publicada como *Democracia na América Latina: Os Desafios da Construção: 1983-2002*, pela Editora Humanitas/Fapesp, em 2007. É graduado em Ciências Sociais, pela Universidade de São Paulo e em Jornalismo, pela Universidade Metodista de São Paulo. Atuou como jornalista em *O Estado de S. Paulo*, na co-edição da revista *HorrorShow*, da Editora Escala, e na redação de revistas temáticas para a Editora Mythos. Na ficção científica, co-edita (com Cesar Silva) o *Anuário Brasileiro de Literatura Fantástica*, é autor do estudo *Os Mundos Abertos de Robert Silverberg* (2004), organizou a antologia *Outras Copas, Outros Mundos* (1998), e editou o premiado e importante fanzine *Megalon* (1988-2004). Ao lado de Cesar Silva, criou a Sociedade Brasileira de Arte Fantástica (SBAF), que promoveu prêmios e convenções durante os anos 90, e foi um dos fundadores da Editora Ano-Luz, especializada em FC. Vive em São Paulo.